Sammlung Luchterhand 1125

Über dieses Buch: »Die Autobiographie enthält eine Sammlung von Anekdoten, die so unwahrscheinlich sind, daß sie zweifellos wahr sein müssen, und eine Reihe von Milieuschilderungen, die so wahrscheinlich sind, daß sie wie erfunden wirken. Die Anekdoten, die Milieus und die Personen sind Teile eines umfassenden und raffinierten Spiels ... Gerade in solchem Spiel mit Spiegelungen – Gertrude Stein spricht durch den Mund der geschwätzigen Alice Toklas über Gertrude Stein – liegt das köstliche Geheimnis dieser Prosa. Gertrude Stein bewahrt sich durch das ganze Buch die Fähigkeit, ihren belustigten und neugierigen Blick genauso wie auf sich selbst auch auf andere zu richten.« Cesare Pavese im Vorwort zur italienischen Ausgabe.

Über die Autorin: Gertrude Stein, geboren 1874 in Alleghany, Pennsylvania/USA. Studierte 1893–1900 in Baltimore Philosophie bei William James, brach ihr anschließendes Medizin- und Psychologiestudium ab und ging nach Europa. Siedelte 1903 nach Paris über, wo sie mit wenigen Unterbrechungen bis zu ihrem Tod, 1946, lebte.
In der Sammlung Luchterhand erscheinen gleichzeitig: *Drei Leben*. Erzählungen (SL 1126) und *Mexiko und andere Stücke* (SL 1127).

Gertrude Stein
Autobiographie von Alice B. Toklas

Aus dem Amerikanischen
von Elisabeth Schnack

Luchterhand
Literaturverlag

Sammlung Luchterhand, April 1993
Luchterhand Literaturverlag GmbH, Hamburg 1993. Lizenzausgabe mit freundlicher Genehmigung der Arche Verlag AG, Raabe + Vitali, Zürich. Umschlagentwurf: Max Bartholl. Das Umschlagfoto von Cecil Beaton zeigt Gertrude Stein und Alice B. Toklas im Palais Idéal in Hauterives, Rhônetal, 1939. Druck: Ebner Ulm. FORTUNA-Werkdruck Pegasus, pH-neutral, chlorfrei, Steinbeis Temming Papier GmbH, Glückstadt. Printed in Germany.
ISBN 3-630-71125-1

1 2 3 4 5 6 98 97 96 95 94 93

KURZE VORBEMERKUNG

Gertrude Stein, deren Name in Frankreich, England und Amerika ein Begriff geworden ist, gilt im deutschen Sprachbereich als noch wenig bekannt. Die Schriftstellerin stattete Deutschland nur einen einzigen kurzen Besuch ab.

The Autobiography of Alice B. Toklas schrieb sie in einem überaus amüsanten Stil, der aber nicht gerade typisch für sie ist und den wir ihren Unterhaltungsstil nennen wollen. Wo das Buch nur erschien, erntete es ungeheuren Beifall, was von ihren übrigen Werken nicht behauptet werden kann, so typisch und wichtig sie auch sein mögen. Gertrude Stein hat unzählige Versuche auf allen erdenklichen Gebieten des Stils und der Prosatechnik unternommen, und alle sind interessant und oft großartig.

Ihr Hauptwerk umfaßt *Three Lives*, drei Erzählungen, die im vorliegenden Buch häufig erwähnt werden, *The Making of Americans* (ihr «Tausend-Seiten-Buch»), *Tender Buttons* (Prosa), *Four Saints* (ein Schauspiel in drei Akten), zwei Operntextbücher und viele andere Dramen und zahlreiche Gedichte. Ihre hinterlassenen Schriften werden jetzt von der Yale-Universität in einer Ausgabe vorbereitet, die acht große Bände umfassen soll.

Gertrude Stein war Amerikanerin. Sie wurde in Allegheny im Staate Pennsylvania geboren und lebte, nachdem sie ihr Studium in den Vereinigten Staaten beendet hatte, ständig in Paris, wo sie im Jahre 1946 starb und auf dem Père Lachaise beigesetzt wurde. Ihr Einfluß auf die Literatur ihrer Heimat Amerika wie auf ihre Wahlheimat Frankreich ist heute noch nicht zu ermessen.

Ein von ihrem Freunde Picasso gemaltes Bildnis hängt in New York im *Metropolitan Museum of Art*.

New York, 27. August 1955 Carl van Vechten

I

EHE ICH NACH PARIS KAM

Ich wurde in San Franzisko in Kalifornien geboren. Deshalb habe ich es immer vorgezogen in einem gemäßigten Klima zu leben; aber es ist schwierig, in Europa oder selbst in Amerika ein gemäßigtes Klima zu finden und dort zu leben. Mein Großvater mütterlicherseits war ein Einwanderer; er kam 1849 nach Kalifornien und heiratete meine Großmutter, die große Freude an der Musik hatte. Sie war eine Schülerin von Clara Schumanns Vater gewesen. Meine Mutter war eine stille reizende Frau namens Emilie.

Mein Vater stammte aus einer patriotischen polnischen Familie. Sein Großonkel hatte für Napoleon ein Regiment aufgestellt, dessen Oberst er war. Sein Vater hatte seine junge Frau gleich nach der Hochzeit verlassen, um in Paris auf den Barrikaden zu kämpfen; doch weil sie ihm kein Geld mehr schickte, kam er bald wieder und führte fortan das Leben eines wohlhabenden konservativen Grundbesitzers.

Ich selbst habe Gewalttaten nie leiden können, sondern immer Freude am Sticken und Gärtnern gehabt. Ich liebe Bilder, Möbel, Gobelins, Häuser und Blumen, sogar Gemüse und Obstbäume. Eine schöne Aussicht kann mir gut gefallen; doch sitze ich lieber so, daß ich ihr den Rücken zukehre.

Während meiner Kindheit und Jugend habe ich das behütete Dasein meines Standes und meiner Umgebung geführt. Ich hatte damals ein paar intellektuelle Erlebnisse, aber sie waren nicht aufregend. Als ich etwa neunzehn Jahre alt war, schwärmte ich sehr für Henry James. Ich fand, *The Awkward Age* müsse sich sehr gut als Bühnenstück eignen; ich schrieb an Henry James und schlug ihm vor, es zu dramatisieren. Er schrieb mir einen entzückenden Brief darüber, aber als ich meine Unzulänglichkeit begriff, schämte ich mich ziemlich und hob den Brief nicht auf. Vielleicht fand ich damals, daß ich ihn nicht aufheben dürfe, und jedenfalls ist er nicht mehr da.

Bis zu meinem zwanzigsten Lebensjahr interessierte ich mich ernstlich für Musik und studierte und übte fleißig, bald darauf jedoch kam es mir unnütz vor; meine Mutter war gestorben, ich überließ mich zwar nicht der Verzweiflung; aber es war eben kein echtes Interesse da, das mich angespornt hätte. In ihrem Werk *Geography and Plays* hat Gertrude Stein in der Geschichte der *Ada* eine sehr gute Beschreibung von mir gebracht, wie ich damals war.

Von da an war ich etwa sechs Jahre lang hinreichend beschäftigt. Ich führte ein angenehmes Leben, hatte viele Freunde, mancherlei Abwechslung und viel Interessen; mein Leben war ziemlich ausgefüllt, und ich genoß es ohne mich weiter dafür zu entflammen. Das bringt mich auf die Feuersbrunst in San Franzisko, die zur Folge hatte, daß der ältere Bruder von Gertrude Stein nach San Franzisko zurückkehrte, und damit änderte sich mein Leben völlig.

Ich wohnte zu der Zeit bei meinem Vater und meinem Bruder. Mein Vater war ein ruhiger Mensch, der den Dingen gelassen gegenübertrat, auch wenn sie ihn tief berührten. Am Morgen der schrecklichen Feuersbrunst in San Franzisko weckte ich ihn auf und sagte ihm, es sei ein Erdbeben gewesen und die Stadt stehe jetzt in Flammen. Das wird uns im Osten schaden, sagte er, drehte sich um und schlief weiter. Dabei fällt mir ein Tag ein, an dem mein Bruder mit einem seiner Freunde ausgeritten war, und eins von den beiden Pferden kam zum Hotel zurück, aber ohne Reiter, und die Mutter des Freundes stellte sich fürchterlich an. Beruhigen Sie sich, Madame, sagte mein Vater, ebensogut kann es mein Sohn sein, der verunglückt ist. Einen seiner Grundsätze werde ich nie vergessen: alles, was man tun muß, mit Grazie zu tun. Er sagte mir, auch eine Hausfrau solle sich nie für ein Mißgeschick in ihrem Haushalt entschuldigen; denn wenn sie die Herrin des Hauses sei, gäbe es einfach kein Mißgeschick, eben weil sie die Herrin des Haushalts sei.

Wie ich schon sagte, lebten wir alle behaglich beisammen, und ich sehnte mich nicht nach etwas anderem und dachte auch nicht dran. Aber durch die Feuersbrunst wurde unser Alltagsleben unterbrochen, und durch die anschließende Ankunft von Gertrude Steins älterem Bruder und seiner Frau wurde alles anders.

Mrs. Stein brachte drei kleine Gemälde von Matisse mit, es waren die ersten modernen Sachen, die über den Atlantik kamen. In diesen Wochen großen Durcheinanders lernte ich sie kennen und sie zeigte mir die Bilder und erzählte mir auch viele Geschichten über ihr Leben in Paris. Ich bereitete meinen Vater langsam darauf vor, daß ich San Franzisko vielleicht verlassen würde. Er regte sich nicht darüber auf, schließlich war's zu jener Zeit ein allgemeines Kommen und Gehn, und viele meiner Freunde gingen fort. Im Laufe des Jahres ging ich auch und kam nach Paris. Dort besuchte ich Mrs. Stein, die inzwischen nach Paris zurückgekehrt war, und in ihrem Haus lernte ich Gertrude Stein kennen. Am meisten Eindruck machte mir ihre Korallenbrosche und ihre Stimme. Ich möchte noch erwähnen, daß ich nur dreimal in meinem Leben einem Genie begegnet bin, und jedesmal war's, als ob eine Klingel in mir geläutet hätte, und ich habe mich nicht geirrt, und ich möchte erwähnen, daß es jedesmal geschah, ehe ihre genialen Eigenschaften allgemein erkannt worden waren. Die drei Genies, von denen ich spreche, sind Gertrude Stein, Pablo Picasso und Alfred Whitehead. Ich habe viele bedeutende Menschen kennengelernt, und ich habe mehrere Berühmtheiten kennengelernt, doch habe ich nur drei erstklassige Genies kennengelernt, und in jedem Falle ging bei mir die Klingel – auf den ersten Blick. In keinem der drei Fälle habe ich mich geirrt. So begann mein neues und voll ausgefülltes Dasein.

II

MEINE ANKUNFT IN PARIS

Das war also im Jahre 1907. Gertrude Stein hatte gerade *Three Lives* in Satz gegeben, das sie als Privatdruck herausbrachte, und gleichzeitig arbeitete sie ständig an *The Making of Americans*, ihrem Tausend-Seiten-Buch. Picasso hatte gerade sein Bildnis von ihr beendet, das damals kein Mensch leiden konnte, ausgenommen der Maler und die Gemalte, und dabei ist es jetzt so berühmt, und er hatte gerade sein merkwürdiges kompliziertes Bild von den drei Frauen begonnen; Matisse hatte gerade *Bonheur de Vivre* beendet, sein erstes großes Gemälde, das ihm den Beinamen *Fauve* oder *Zoo* eintrug. Es war der Moment, den Max Jacob seither das heroische Zeitalter des Kubismus genannt hat. Ich erinnere mich, daß Picasso und Gertrude Stein kürzlich über verschiedene Dinge sprachen, die damals passiert waren, und einer von beiden sagte, aber das alles kann doch nicht in dem einen Jahr passiert sein, oh, sagte der andre, meine Beste, du vergißt, daß wir damals jung waren und in einem Jahr haben wir eine Menge geschafft.

Es gäbe eine Unmasse zu erzählen über alles, was damals passiert war und zu alledem führte, doch jetzt muß ich beschreiben, was ich sah als ich ankam.

Der Haushalt in der Rue de Fleurus 27 bestand damals wie auch jetzt noch aus einem winzigen zweistöckigen Pavillon mit vier kleinen Zimmern, Küche und Bad und einem sehr großen Atelier, das sich daran anschloß. Jetzt ist das Atelier durch einen winzigen Flur, der im Jahre 1914 gebaut wurde, mit dem Pavillon verbunden, doch damals hatte das Atelier einen eigenen Eingang; man läutete am Pavillon oder klopfte an die Ateliertür, und viele Leute taten beides, doch meistens klopften sie an die Ateliertür. Ich durfte beides. Ich war eingeladen worden, Samstag abend zum Essen zu kommen, und das war der Abend, wo jedermann kam, und tatsächlich kam auch jedermann. Ich ging also zum Essen. Hélène hatte das Essen gekocht. Jetzt muß ich ein bißchen von Hélène erzählen.

Hélène war schon seit zwei Jahren bei Gertrude Stein und ihrem Bruder gewesen. Sie war eine von jenen Perlen oder mit andern Worten ein Mädchen für alles, sie können gut kochen und haben nichts andres im Kopf als das Wohlergehen ihrer Herrschaft und ihr eignes und sind immer fest überzeugt, daß alles, was man nur kaufen kann, viel zu teuer ist. Oh, aber das ist teuer, war ihre Antwort auf jede Frage. Sie verschwendete nichts und führte den Haushalt mit nicht mehr als acht Franken Wirtschaftsgeld täglich. Mit dieser Summe wollte sie sogar auskommen, wenn wir Gäste hatten, es war ihr ganzer Ehrgeiz, doch war es natürlich schwierig, weil sie um des guten Rufs willen und auf Wunsch ihrer Herrschaft jedem immer genug zu essen geben sollte. Sie war eine ausgezeichnete Köchin und machte ein sehr gutes Soufflé. Damals lebten fast alle Gäste Miß Steins mehr oder weniger von der Hand in den Mund, keiner verhungerte, immer half ihnen jemand, doch die meisten hatten's nicht reichlich. Etwa vier Jahre später, als sie alle bekannt wurden, sagte Braque und seufzte lächelnd, wie sich die Zeiten geändert haben, jetzt haben wir jeder eine Köchin, die Soufflé machen kann.

Hélène hatte ihre eigenen Ansichten, zum Beispiel konnte sie Matisse nicht leiden. Sie sagte immer, ein Franzose solle nicht überraschend zum Essen bleiben, vor allem nicht, wenn er sich vorher beim Mädchen erkundigt, was es zu essen gibt. Sie sagte, Ausländer wären durchaus im Recht sowas zu tun, aber nicht Franzosen, und Matisse hatte es mal getan. Wenn also Miß Stein zu ihr sagte, Monsieur Matisse bleibt heute abend zum Essen, dann sagte sie, in dem Falle mach ich kein Soufflé, sondern Spiegeleier. Dafür braucht man die gleiche Anzahl Eier und die gleiche Menge Butter, aber es ist nicht solche Ehre, und das wird er schon verstehen.

Hélène blieb bis 1913 bei Steins. Dann erlaubte ihr Mann (sie hatte inzwischen geheiratet und einen kleinen Jungen), es ihr nicht länger, daß sie für andre arbeitete. Zu ihrem größten Kummer ging sie, und später sagte sie immer, daß das Leben zu Hause lange nicht so lustig sei wie in der Rue de Fleurus. Viel später, vor etwa drei Jahren, kam sie auf ein Jahr wieder zu uns, da es ihr und ihrem Mann schlecht gegangen und der Junge gestorben war. Sie war so vergnügt wie früher und interessierte sich ganz mächtig für alles. Sie sagte, ist es nicht merkwürdig, alle Leute, die ich damals kannte als sie noch nichts waren, stehen jetzt immer in den Zeitungen gedruckt und neulich abend wurde im Radio von Monsieur Picasso gesprochen. Ja, die Zeitungen schreiben sogar über Monsieur Braque, der immer die großen Bilder beim Aufhängen festhalten mußte, weil er die meiste Kraft hatte, während der Concierge die Nägel einschlug, und jetzt stellen sie im Louvre, wenn man das mal bedenkt, im Louvre! ein Bild von dem armen kleinen Monsieur Rousseau aus, der immer so schüchtern war, daß er nicht mal genug Courage hatte an die Tür zu klopfen. Hélène war furchtbar gespannt, Monsieur Picasso und seine Frau und sein Kind zu sehen, und kochte ihre allerbesten Gerichte für ihn, aber wie er sich verändert hat, sagte sie, aber, sagte sie, das ist schließlich ganz natürlich, und dann hat er ja einen hübschen Sohn. Wir dachten tatsächlich, Hélène sei wiedergekommen um sich die junge Generation zu besehen. Irgendwie tat sie's auch, aber sie interessierte sich nicht für sie. Sie sagte, sie machten ihr keinerlei Eindruck, was alle traurig stimmte, denn sie war in ganz Paris zur Berühmtheit geworden. Nach einem Jahr waren die Zeiten besser, ihr Mann verdiente mehr Geld, und sie lebt nun wieder bei ihm. Aber zurück zum Jahre 1907.

Ehe ich von den Gästen erzähle, muß ich erzählen was ich sah. Wie ich schon sagte, war ich zum Essen eingeladen, ich klingelte am kleinen Pavillon und wurde in den winzigen Vorraum geführt und dann in das kleine Eßzimmer, dessen

Wände mit Büchern bedeckt waren. Auf die einzigen freien Stellen – die Türen – waren ein paar Zeichnungen von Picasso und Matisse geheftet. Da die andern Gäste noch nicht gekommen waren, führte Miß Stein mich ins Atelier. Es regnet oft in Paris und es war immer schwierig im Abendkleid durch den Regen vom kleinen Pavillon zur Ateliertür zu gehen, aber um so etwas mußte man sich nicht bekümmern, da auch die Gastgeber und die meisten Gäste es nicht taten. Wir gingen also ins Atelier, das mit einem Yale-Schlüssel aufgemacht wurde, dem einzigen Yale-Schloß im ganzen Viertel damals, und es war nicht so sehr wegen der Sicherheit, denn die Bilder hatten damals keinen Wert, sondern weil der Schlüssel klein war und in die Geldtasche paßte, anstatt der riesigen französischen Schlüssel. Längs der Wände standen mehrere italienische Renaissance-Möbel und in der Mitte des Zimmers ein großer Renaissance-Tisch, darauf ein reizendes Tintenfaß, und auf dem einen Ende hübsch angeordnet mehrere Hefte von der Sorte wie sie die französischen Kinder benutzen mit Bildern von Erdbeben und Entdeckungsreisen auf dem Dekkel außen. Und an allen Wänden bis oben an die Decke hingen Bilder. An dem einen Ende des Zimmers war ein großer gußeiserner Ofen, den Hélène immer mit Getöse auffüllte, in einer andern Ecke stand ein großer Tisch auf dem Hufeisennägel und Kieselsteine und kleine pfeifenförmige Zigarettenhalter lagen, die man neugierig anschaute aber nicht berührte und die, wie es sich später herausstellte, der Tascheninhalt von Picasso und Gertrude Stein waren. Doch nun zu den Bildern. Die Bilder waren so seltsam, daß man ganz unwillkürlich zuerst lieber alles mögliche andere anschaute als ausgerechnet die Bilder. Ich habe meinem Gedächtnis auf die Beine geholfen und einige Fotos betrachtet, die damals im Atelier aufgenommen wurden. Die Stühle waren auch alle italienische Renaissance, für Leute mit kurzen Beinen nicht sehr bequem, und man gewöhnte sich's an auf den Beinen zu sitzen. Miß Stein saß neben dem Ofen in einem entzückenden Stuhl mit hoher Rückenlehne und ließ friedlich ihre Beine baumeln, was sie sich angewöhnt hatte, und wenn einer von den vielen Besuchern auf sie zukam um sie etwas zu fragen, erhob sie sich und erwiderte meistens auf Französisch: im Moment nicht. Das bezog sich meistens auf etwas, was sie sehen wollten, Zeichnungen, die fortgeräumt worden waren, denn ein Deutscher hatte mal Tinte auf ein Blatt verschüttet – oder es war sonst ein nicht erfüllbarer Wunsch. Doch nun zu den Bildern. Wie ich schon sagte, bedeckten sie die weißgetünchten Wände bis ganz oben an die sehr hohe Decke. Das Zimmer wurde damals durch sehr hohe Gasarmaturen beleuchtet. Das war das zweite Stadium. Sie waren gerade angelegt worden. Davor waren nur Lampen dagewesen, und der größte Gast mußte immer die Lampe halten, während die andern hinschauten. Doch nun war das Gas angelegt worden, und ein erfinderischer amerikanischer Maler namens Sayen, der seine Gedanken von der Geburt seines ersten Kindes ablenken wollte, brachte eine automatische Vorrichtung an, damit die hohen Gasarmaturen von selbst angingen. Die Hauseigentümerin, die alt und schrecklich konservativ war, duldete keine Elektrizität in ihren Häusern, und erst 1914 wurde elektrisches Licht gelegt, weil sie da schon zu alt war um noch den Unterschied zu merken, und so gab ihr Hausverwalter die Erlaubnis. Doch jetzt will ich wirklich von den Bildern erzählen.

Heute, wo alle sich an alles gewöhnt haben, ist es schwierig, das Unbehagen zu beschreiben, das einen überkam, wenn man das erste Mal all diese Bilder an den Wänden betrachtete. Damals waren alle möglichen Bilder da, es war noch nicht die Zeit, als bloß Cézannes, Renoirs, Matisses und Picassos dahingen und erst recht nicht, wie noch später, bloß Cézannes und Picassos. Damals war mancherlei von Matisse, Picasso, Renoir und Cézanne da, aber auch sehr viel andre Sachen. Zwei Gauguins waren da und Manguins und ein großer Akt von Valloton, der so aussah wie die Odaliske von Manet, war's aber nicht, und auch ein Toulouse-Lautrec war da. In jener frühen Zeit sah sich's Picasso mal an und rief ganz tollkühn, einerlei, ich kann doch besser malen als der. Toulouse-Lautrec hatte ihn in seinen ersten Anfängen am meisten beeinflußt. Später habe ich ein winzig kleines Bild von Picasso aus jener Zeit gekauft. Im Atelier war auch ein Bildnis Gertrude Steins von Valloton, das so aussah wie ein David, war's aber nicht, und ein Maurice Denis hing da und ein kleiner Daumier und viele Aquarelle von Cézanne, kurz und gut, einfach alles, sogar ein kleiner Delacroix und ein etwas größerer Greco. Es waren riesige Picassos aus der Harlekin-Periode da, dann zwei Reihen Matisses, das große Bild einer Frau von Cézanne und ein paar kleinere Cézannes, und alle Bilder hatten ihre Geschichte, und ich werde sie noch erzählen. Jetzt war ich ganz verwirrt und schaute und schaute und war verwirrt. Gertrude Stein und ihr Bruder waren diesen Zustand so von ihren Gästen gewöhnt, daß sie es gar nicht beachteten. Dann klopfte es kräftig an die Ateliertür, Gertrude Stein machte auf und ein behender dunkelhaariger kleiner Mann trat ein, an dem alles, Haare, Augen, Gesicht, Hände und Füße, sehr lebendig war. Hallo, Alfy, sagte sie, das hier ist Miß Toklas. Guten Abend, Miß Toklas, sagte er ganz feierlich. Es war Alfy Maurer, ein alter Hausfreund. Er hatte schon bei ihnen verkehrt, ehe sie die Gemälde hatten, als nur japanische Holzschnitte da waren, und er gehörte zu denen, die ein Streichholz anzündeten, um eine Ecke des Cézanne-Porträts zu beleuchten. Natürlich sieht man, daß das Bild fertig ist, pflegte er den andern amerikanischen Malern zu erklären, die herkamen und unsicher dreinschauten, man sieht es daran, daß es eingerahmt ist, denn kein Mensch würde auf die Idee kommen und eine Leinwand einrahmen, wenn das Bild noch nicht fertig ist. Voller Bescheidenheit und Aufrichtigkeit hatte er immer, immer, immer mitgemacht, und er war's auch, der ein paar Jahre später die erste Sendung Bilder für die berühmte Sammlung Barnes getreulich und mit großer Begeisterung zusammenstellte. Und als Barnes dann kam und das Scheckbuch zückte, da war er's, der sagte, meine Güte, ich hab ihn nicht hergebracht. Und an einem andern Abend kam Gertrude Stein, die leicht jähzornig wird, herein, und fand ihren Bruder und Alfy und einen Unbekannten. Der Unbekannte gefiel ihr nicht. Wer ist denn das? fragte sie Alfy. Ich hab ihn nicht hergebracht, sagte Alfy. Er sieht jüdisch aus, sagte sie. Schlimmer, erwiderte Alfy. Aber nun zu meinem ersten Abend dort. Ein paar Minuten, nachdem Alfy gekommen war, klopfte es heftig an die Tür und Hélène rief, das Essen ist da. Komisch, daß Picassos nicht gekommen sind, sagten alle, aber wir wollten nicht warten oder vielmehr Hélène wollte nicht länger warten. Also gingen wir über den Hof in den Pavillon und ins Eßzimmer und fingen an zu essen. Komisch, sagte Miß Stein, Pablo ist immer die Pünktlichkeit in Person, er kommt nie zu früh oder zu spät, er rühmt sich immer und sagt Pünktlichkeit sei die Höflichkeit der Könige, sogar Fernande hat bei ihm Pünktlichkeit gelernt. Natürlich sagt er oft ja, wenn er gar nicht beabsichtigt zu tun, was er verspricht, er kann eben nicht nein sagen, nein ist nicht in seinem Wortschatz, und man muß raten, ob sein Ja nun ja oder nein bedeutet, aber wenn er ein Ja gesagt hat, das ja bedeutet – und wegen heute abend war es so – dann ist er immer pünktlich. Es war zur Zeit, ehe es Autos gab, und keiner dachte an einen Unglücksfall. Wir hatten gerade den ersten Gang hinter uns, als wir eilige Fußschritte auf dem Hof hörten und Hélène öffnete die Tür noch ehe es klingelte. Pablo und Fernande – wie sie damals von allen genannt wurden – traten ein. Er war klein und beweglich aber nicht unruhig und hatte eine merkwürdige Art, die Augen aufzureißen und damit zu verschlingen was er sehen wollte. Er hatte etwas von der Einsamkeit und den Bewegungen eines Stierkämpfers an der Spitze seiner Schar. Fernande war eine große schöne Frau mit einem wunderbaren riesengroßen Hut und einem offensichtlich funkelnagelneuen Kleid, und beide waren aufgeregt. Es ärgert mich so, sagte Picasso, du weißt ja ganz genau, Gertrude, daß ich nie zu spät komme, aber Fernande hatte für die Vernissage morgen ein Kleid bestellt und es kam nicht. Na, nun seid ihr ja da, sagte Miß Stein, und weil du's bist, nimmt es Hélène nicht übel. Und wir setzten uns alle wieder hin. Ich saß neben Picasso, der erst schwieg und sich dann allmählich beruhigte. Alfy machte Fernande Komplimente, und sie war auch bald friedlich und heiter. Nach einem Weilchen sagte ich leise zu Picasso, daß mir sein Bildnis von Gertrude Stein gut gefiele. Ja, sagte er, alle sagen, sie sähe nicht so aus, aber das ist völlig einerlei, denn mal wird sie so aussehen. Die Unterhaltung wurde bald sehr lebhaft, es drehte sich alles um den Eröffnungstag des *Salon des Indépendants* der das große Ereignis des Jahres war. Alle waren gespannt auf den Skandal, den es vielleicht geben würde. Picasso stellte nie aus, wohl aber seine Schüler, und über jeden Schüler gab es eine Menge zu erzählen und die Hoffnungen und Befürchtungen waren auf dem Höhepunkt.

Als wir beim Kaffee saßen, hörten wir auf dem Hof Schritte und Miß Stein stand auf und sagte, beeilt euch nicht, ich will sie nur hereinlassen. Und sie ging.

Als wir ins Atelier hinübergingen, war schon eine Menge Leute da, verschiedene Gruppen und einzelne Besucher und Paare und alle schauten sich die Augen aus dem Kopf. Gertrude Stein saß neben dem Ofen und plauderte und hörte zu und stand auf, um die Tür zu öffnen und auf verschiedene Leute zuzugehen und mit ihnen zu sprechen und zuzuhören. Meistens machte sie selbst auf, wenn es an die Tür klopfte, und die übliche Begrüßung war, wer hat sie empfohlen, wer hat sie hergeschickt? Im Prinzip konnte jeder kommen, doch um der Form willen und weil's in Paris so üblich ist, mußte man sich einführen, und es wurde von jedem erwartet, daß er den Namen dessen angeben konnte, der ihn auf die Sammlung aufmerksam gemacht hatte. Es war eine reine Formsache, eigentlich konnte jeder kommen, und weil die Bilder zu jener Zeit gar keinen Wert hatten und es auch in gesellschaftlicher Hinsicht keinen Vorteil brachte, eine der anwesenden Persönlichkeiten kennenzulernen, so kamen bloß die her, die sich wirklich dafür interessierten. Wie ich also sagte, konnte jeder kommen, aber eine Einführung war nötig. Einmal hatte Miß Stein auch wieder die Tür geöffnet und wie üblich gefragt, wer hat Sie aufgefordert? und da hörten wir, wie eine gekränkte Stimme antwortete, aber doch Sie selbst, Madame. Es war ein junger Mann, den Gertrude Stein irgendwo kennengelernt und mit dem sie sich lange unterhalten hatte, um ihn schließlich liebenswürdig einzuladen und es dann prompt zu vergessen.

Das Zimmer war bald voller Menschen, und wer schon alles. Gruppen von ungarischen Malern und Schriftstellern: zufällig war mal ein Ungar eingeladen worden, und die Kunde hatte sich in ganz Ungarn verbreitet, und jedes Dorf, in dem ein ehrgeiziger junger Mann wohnte, hatte von Rue de Fleurus 27 gehört, und nun lebte er einzig im Gedanken, auch dort hinzugehen, und eine Menge kamen auch. Immer waren sie da, in jeder Größe und Auflage und in allen Abstufungen von arm und reich, manche ganz reizend, andre ungeschliffen, und manchmal erschien auch der und jener schöne junge Bauer. Dann waren auch viele Deutsche da, nicht allzu beliebt, weil sie immer alles sehen wollten, was beiseite gelegt war, und oft zerbrachen sie etwas, und Gertrude Stein hat nun mal eine Schwäche für zerbrechliche Dinge und hat einen Horror vor Menschen, die bloß Unzerbrechliches sammeln. Auch Amerikaner waren ziemlich viele da, von Zeit zu Zeit brachte Mildred Aldrich eine Gruppe, oder auch Sayen, der Elektriker, oder ein andrer Maler, oder gelegentlich kam auch einer, der Architektur studierte, und dann die alten Freunde, darunter Miß Mars und Miß Squires, die Gertrude Stein später in ihrer Geschichte als *Miß Furr and Miß Skeene* verewigte. An jenem ersten Abend sprach ich mit Miß Mars über ein damals ganz neues Thema: wie man sein Gesicht zurechtmacht. Sie interessierte sich für Typen und fand, daß es den dekorativen, den hausfraulichen und den intriganten Typ gäbe, natürlich war Fernande Picasso ein dekorativer Typ, aber was war Madame Matisse? Hausfraulich, sagte ich, und das machte ihr Spaß. Von Zeit zu Zeit hörte man das laute wiehernde spanische Lachen Picassos und die fröhlich herausplatzende Altstimme Gertrude Steins, und die Menschen gingen ein und aus. Miß Stein sagte mir, ich sollte mich zu Fernande setzen. Fernande war immer wunderschön aber ein wenig mühsam. Ich setzte mich also zu ihr, es war meine erste Sitzung mit der Frau eines Genies.

Ehe ich mich entschloß, dieses Buch hier zu schreiben «Meine fünfundzwanzig Jahre bei Gertrude Stein», da hatte ich oft gesagt ich würde ein Buch schreiben über die Frauen von Genies neben denen ich gesessen habe. Ich habe neben so vielen gesessen. Ich saß neben Frauen von Genies, die keine richtigen Ehefrauen waren, aber die Genies waren richtige Genies. Ich habe neben richtigen Ehefrauen von Genies gesessen, die keine richtigen Genies waren. Ich habe neben Frauen von Genies gesessen, die beinahe Genies waren oder zukünftige Genies waren, kurz und gut, ich habe sehr oft und sehr lange neben mancherlei Frauen und neben Frauen von mancherlei Genies gesessen.

Wie ich schon sagte, war Fernande, die damals mit Picasso lebte und schon lange mit ihm gelebt hatte, das heißt damals waren sie alle vierundzwanzig Jahre alt, aber trotzdem hatten sie schon lange zusammen gelebt, Fernande war also die erste Frau eines Genies, neben der ich nun saß, und sie war nicht die uninteressanteste. Wir sprachen über Hüte. Fernande hatte zwei Gesprächsthemen, Hüte und Parfums. An dem Abend damals sprachen wir über Hüte. Sie liebte Hüte, sie hatte die echte französische Auffassung von Hüten. Wenn ein Hut bei den Passanten keine witzige Bemerkung herausforderte, gefiel er eben nicht. Sie und ich gingen später einmal zusammen auf dem Montmartre spazieren. Sie hatte einen großen gelben Hut auf und ich einen viel kleineren blauen.

Während wir so weiterschlenderten, blieb ein Arbeiter stehen und rief, da leuchten Sonne und Mond gleichzeitig. Oh, sagte Fernande und lächelte mir strahlend zu, siehst du wohl, unsre Hüte gefallen.

Miß Stein rief mich und sagte, sie wolle mich Matisse vorstellen. Sie sprach mit einem mittelgroßen Mann mit rötlichem Bart und Brille. Er war von sehr beweglichem, wenn auch etwas schwerem Äußeren, und er und Miß Stein schienen in lauter Anspielungen zu reden. Als ich näherkam, hörte ich sie sagen, ja, doch jetzt wäre es schwieriger. Wir sprachen soeben von einem Mittagessen, sagte sie, das wir vor einem Jahr hier gaben. Wir hatten gerade alle Bilder aufgehängt und alle Maler hergebeten. Du weißt ja wie Maler sind, und ich wollte sie glücklich machen und setzte jeden seinem eigenen Bild gegenüber, und sie waren glücklich, oh, so glücklich, daß wir zweimal Brot nachbestellen mußten, und wenn du Frankreich kennst, weißt du ja, daß es wirklich bedeutet sie waren glücklich, denn ohne Brot können die Franzosen nicht essen und trinken, und da wir zweimal Brot nachbestellen mußten, waren sie also glücklich. Keinem fiel meine kleine List auf, Matisse ausgenommen, und er merkte es erst, als er sich zum Gehen anschickte, und nun sagt er, es sei ein Beweis dafür wie hinterlistig ich sei. Matisse lachte und sagte, ja, ich weiß, Miß Gertrude, die Welt ist für Sie eine Bühne, aber es gibt mancherlei Bühnen, und wenn Sie mir so aufmerksam und andächtig zuhören und doch kein Wort von dem hören, was ich sage, dann muß ich doch sagen, daß Sie sehr hinterlistig sind. Dann fingen sie an, gleich allen andern über die Vernissage der *Indépendants* zu sprechen, und natürlich verstand ich nicht, um was es sich handelte. Aber allmählich verstand ich alles, und später werde ich noch die Geschichte der Bilder, der Maler und ihrer Schüler erzählen und was diese Unterhaltung bedeutete.

Danach geriet ich in Picassos Nähe, der sehr nachdenklich dastand. Finden Sie auch, fragte er, daß ich wirklich wie Ihr

Präsident Lincoln aussehe? Ich hatte an jenem Abend alles mögliche gedacht, aber dieser Gedanke war mir nicht gekommen. Er fuhr fort, Gertrude (ich wünschte, ich könnte die schlichte Herzlichkeit und Zutraulichkeit zum Ausdruck bringen, mit der er ihren Namen äußerte und mit der sie immer Pablo sagte, während der langen Jahre ihrer Freundschaft mit all ihren manchmal schwierigen Augenblicken und Zwischenfällen ist das nie anders geworden), Gertrude hat mir nämlich eine Photographie von ihm gezeigt und ich habe versucht, mein Haar so zu bürsten, daß es wie seins aussieht, und ich finde, über der Stirn stimmt es. Ich wußte nicht, ob es ihm damit ernst war oder nicht; doch zeigte ich ihm, daß es mich interessierte. Damals wußte ich noch nicht, wie sehr und bis zu welchem Grade Gertrude Stein Amerikanerin ist. Später neckte ich sie oft und nannte sie General, einen General im Bürgerkrieg auf der einen oder gar auf beiden Seiten. Sie hatte eine Anzahl Photographien vom Bürgerkrieg, sehr gute Photographien, und Picasso und sie verbrachten ganze Stunden damit, sie anzuschauen. Dann kam ihm auf einmal der Krieg in Spanien in den Sinn und er wurde ein echter Spanier und sehr bitter, und Spanien und Amerika warfen einander bittere Wahrheiten an den Kopf. Doch an jenem ersten Abend wußte ich nichts von alledem, und deshalb war ich höflich und weiter nichts.

Und nun ging der Abend seinem Ende entgegen. Alle Welt brach auf, und immer noch sprachen sie alle von der Vernissage der *Indépendants*. Ich verabschiedete mich und hatte auch eine Einladungskarte für die Vernissage bei mir. Und so endete dieser Abend, einer der wichtigsten meines Lebens.

Zur Vernissage nahm ich auch eine Freundin mit, denn die Einladungskarte, die ich erhalten hatte, galt für zwei Personen. Wir gingen sehr früh hin. Es war mir gesagt worden, wir sollten früh hingehn, sonst würden wir überhaupt nichts sehen und es wären dann auch keine Sitzplätze da, und meine Freundin wollte gerne sitzen. Wir gingen in das Gebäude, das einzig für diese Ausstellung errichtet worden war. In Frankreich errichtet man immer Gebäude für einen bestimmten Tag oder für mehrere besondere Tage und reißt sie dann wieder ab. Gertrude Steins Bruder sagt immer, das Geheimnis, weshalb in Frankreich solche chronische Geschäftigkeit und keine Arbeitslosigkeit herrsche, sei einfach die Unzahl von Männern, die stets emsig dabei sind, provisorische Gebäude zu errichten oder abzureißen. In Frankreich ist die menschliche Natur so dauerhaft, daß sie sich's leisten können, mit ihren Gebäuden so provisorisch umzugehn wie sie nur Lust haben. Wir gingen also zu dem langen niedrigen, ja, bestimmt sehr sehr langen provisorischen Gebäude, das jedes Jahr für die *Indépendants* errichtet wurde. Als nach dem Kriege oder kurz vorher, das hab ich vergessen, die *Indépendants* eine Dauerunterkunft erhielten, war es längst nicht mehr so interessant. Schließlich ist's das Abenteuerliche, worauf es ankommt. Das lange Gebäude erstrahlte in seiner echt pariserischen Lichtflut.

Früher, sehr viel früher, in den Tagen Seurats, hatten die *Indépendants* ihre Ausstellung immer in einem Gebäude gehabt, in das der Regen hineinregnete. Und deswegen, weil er im Regen Bilder aufhing, holte sich auch der arme Seurat seine verhängnisvolle Erkältung. Jetzt fiel kein Regen, es war schönes Wetter, und wir waren sehr festlich gestimmt. Als wir hinkamen, waren wir tatsächlich früh da und beinahe die allerersten. Wir gingen von einem Saal in den andern und hatten offen gesagt keine Ahnung, welche Bilder unsre Samstagabend-Gesellschaft für Kunst halten würde und welche bloß Versuche jener Leute waren, die man in Frankreich Sonntagsmaler nennt, Arbeiter, Friseure, Veterinäre und Visionäre die nur einmal wöchentlich malen, wenn sie nicht arbeiten müssen. Ich sagte, wir hatten keine Ahnung, aber vielleicht wußten wir's doch. Aber nicht bei Rousseau, und da war nun ein riesengroßer Rousseau, der den neuesten Skandal erregte, ein Bildnis aller Beamten der Republik, Picasso besitzt es jetzt, nein, bei dem Bild konnten wir nicht ahnen, daß es eins der berühmtesten werden sollte, eins, das in den Louvre kommen würde, wie Hélène immer sagte. Außerdem war da, wenn mich mein Gedächtnis nicht täuscht, ein Gemälde von dem gleichen Zollbeamten Rousseau, eine Art Apotheose Guillaume Apollinaires mit einer ältlichen Marie Laurencin hinter ihm, als seiner Muse. Das hätte ich auch nicht als ernst zu nehmendes Kunstwerk erkannt. Zu jener Zeit wußte ich natürlich nichts von Marie Laurencin und Guillaume Apollinaire, doch später muß ich eine Menge über sie berichten. Dann gingen wir weiter und sahen einen Matisse. Oh, da begannen wir uns allmählich heimisch zu fühlen. Wir erkannten einen Matisse wenn wir ihn sahen, erkannten ihn sofort und genossen das Bild und wußten, daß es große Kunst und schön war. Es war eine große Frauengestalt, die zwischen einigen Kakteen lag: ein Bild, das nach der Ausstellung in die Rue de Fleurus wandern sollte. Dort sah es eines Tages der fünfjährige kleine Junge des Concierge, der Gertrude Stein oft besuchte und sie sehr gern hatte, und er flog ihr also in die Arme, als sie in der offenen Tür stand, und blickte ihr über die Schulter ins Atelier und rief begeistert aus, oh là, là, was für ein wunderschönes Weibsbild! Miß Stein erzählte diese Geschichte gelegentlich, wenn ein uns unbekannter Laie das Bild betrachtete und in dem üblichen feindseligen Tonfall solcher Laien sagte, was soll das denn darstellen?

Im gleichen Saal wie Matisse und von einer Trennungswand ein bißchen verdeckt hing eine ungarische Fassung des gleichen Motivs, von einem gewissen Czobel, an den ich mich von der Rue de Fleurus her erinnerte; das war nämlich der praktische Einfall der *Indépendants*, einen wilden Schüler gegenüber seinem wilden aber doch nicht ganz so wilden Meister auszustellen.

Wir gingen und gingen und es waren so viele Säle da und so viele Bilder in den Sälen, und schließlich kamen wir zu einem Mittelsaal und da stand eine Gartenbank und weil

Leute hereinkamen, eine ganze Menge Leute, setzten wir uns zum Ausruhen auf die Gartenbank.

Wir hatten uns ausgeruht und jedermann angestaunt und es war wirklich die Bohème genau wie man's in der Oper sehen kann, und so wunderbar war's, sie anzuschauen. Und auf einmal legte uns jemand die Hand auf die Schulter und lachte laut heraus. Es war Gertrude Stein. Ihr habt einen ausgezeichneten Platz gefunden, sagte sie. Aber wieso denn, fragten wir. Weil ihr die ganze Geschichte direkt vor eurer Nase habt. Wir schauten aber wir sahen nichts als zwei große Bilder, die sehr ähnlich aber doch nicht ganz gleich waren. Der eine ist ein Braque und der andre ein Derain, erklärte Gertrude Stein. Es waren seltsame Bilder von seltsam geformten ziemlich holzklotzartigen Figuren, das eine, wenn ich mich recht erinnere, eine Art Mann und Frau, und das andere drei Frauen. Ja, ja, sagte sie und lachte immer noch. Wir waren verdutzt, wir hatten so viel Seltsames gesehen, daß wir gar nicht begriffen, wieso diese hier noch seltsamer sein sollten. Sie verschwand schnell in der aufgeregten und laut schwatzenden Menge. Wir erkannten Pablo Picasso und Fernande, wir glaubten noch viele andre zu erkennen, tatsächlich, alle schienen sich besonders für diese Ecke hier zu interessieren, und wir blieben aber wir begriffen nicht weshalb sie so besonders interessant war. Es dauerte eine ganze Weile ehe Gertrude Stein zurückkam und diesmal war sie offensichtlich noch viel aufgeregter und lustiger. Sie beugte sich über uns und fragte ernst, wollt ihr französische Stunden nehmen. Wir überlegten, ja, doch, wir konnten französische Stunden nehmen. Schön, Fernande wird euch französische Stunden geben, geht und sucht sie und sagt ihr, daß ihr ganz wild drauf seid, französische Stunden zu nehmen. Aber weshalb soll sie uns französische Stunden geben, fragten wir. Weil – na ja, weil Pablo und sie beschlossen haben, für immer auseinanderzugehen. Ich glaube, es ist schon früher mal geschehn, aber nicht, seit ich sie kenne. Pablo sagt nämlich immer, wenn man eine Frau liebt, muß man ihr Geld geben. Na, und nun ist's eben so, wenn man eine Frau verlassen will, muß man warten, bis man genug Geld hat, das man ihr geben kann. Vollard hat ihm gerade sein Atelier abgekauft und deshalb kann er sich's leisten, ihr die Hälfte zu geben und sich von ihr zu trennen. Sie will sich ein Zimmer nehmen und französische Stunden geben und deshalb sollt ihr welche nehmen. Aber was hat das mit den beiden Bildern hier zu tun, fragte meine Freundin, die eine Neugierige ist. Nichts, sagte Gertrude Stein, ging fort und lachte schallend.

Ich werde die Geschichte noch erzählen, alles, was ich darüber erfuhr, aber jetzt mußte ich Fernande suchen und ihr vorschlagen, französische Stunden bei ihr zu nehmen.

Ich wanderte umher und musterte die Leute, nie hätte ich gedacht, daß es so viele Männer geben könne, die Bilder malen und anschauen. In Amerika und sogar in San Franzisko war ich's gewohnt, Frauen auf Bilderausstellungen zu sehen, auch einige Männer, aber hier waren Männer, Männer, Männer, manchmal in Begleitung von Frauen, aber häufiger drei oder vier Männer mit einer einzigen Frau und manchmal fünf oder sechs Männer mit zwei Frauen. Später hatte ich mich an diese Verteilung gewöhnt. In einer von diesen Gruppen von fünf oder sechs Männern und zwei Frauen sah ich die Picassos, das heißt ich sah Fernande mit der für sie charakteristischen Geste: den einen beringten Zeigefinger gerade in die Luft gestreckt. Wie ich später herausfand, ist ihr napoleonischer Zeigefinger genau so lang wie der Mittelfinger, wenn nicht noch ein bißchen länger, und sobald sie erregt war, was aber schließlich nicht oft passierte, denn Fernande war phlegmatisch, stach er schnurstracks in die Luft. Ich wartete ab, weil ich mich nicht in eine Gruppe eindrängen wollte, deren erregte Brennpunkte sie an dem einen und Picasso am andern Ende waren, aber schließlich raffte ich meinen Mut zusammen und trat vor und lenkte ihre Aufmerksamkeit auf mich und trug ihr meinen Wunsch vor. O ja, sagte sie sehr süß, Gertrude hat mir schon von Ihrem Wunsch erzählt, es würde mir das größte Vergnügen bereiten, Ihnen und Ihrer Freundin Stunden zu geben, in den nächsten Tagen habe ich aber noch furchtbar damit zu tun, mich in meiner neuen Wohnung einzurichten. Gertrude will mich Ende der Woche besuchen, wenn Sie und Ihre Freundin sie begleiten wollen, könnten wir dann alles abmachen. Fernande sprach ein sehr elegantes Französisch, machte natürlich einige Schnitzer auf Montmarterisch, die ich schwer verstand, aber sie war für den Beruf einer Lehrerin ausgebildet worden, ihre Stimme war schön und sie war wirklich wunder-wunderschön und hatte einen herrlichen Teint. Sie war eine große Frau, aber nicht zu groß, weil sie phlegmatisch war und sie hatte die kleinen runden Arme, die allen Französinnen ihre besondere Anmut verleihen. Es war wirklich schade, daß kurze Röcke Mode wurden, denn bis dahin hatte man nichts von den stämmigen französischen Beinen der Durchschnitts-Französin ahnen können, man dachte bloß immer an die kleinen rundlichen Arme. Ich willigte in Fernandes Vorschlag ein und trennte mich von ihr.

Auf dem Wege zu dem Platz, wo meine Freundin saß, gewöhnte ich mich nicht so sehr an die Bilder als an die Leute. Es wurde mir klar, daß es einen bestimmten einheitlichen Typus gibt. Viele Jahre später, das heißt also vor wenigen Jahren, als Juan Gris starb, den wir alle so liebten (er war nach Pablo Picasso Gertrude Steins liebster Freund), hörte ich sie zu Braque sagen, als sie bei der Beerdigung neben ihm stand, wer sind alle die Leute, sie sehen alle so bekannt aus und doch kenne ich keinen einzigen. Oh, erwiderte Braque, das sind alles Menschen, wie man sie bei der Vernissage der *Indépendants* und im Herbstsalon zu sehen gewohnt war, zweimal jährlich sah man diese Gesichter, jahrein, jahraus, und das ist der Grund, weshalb sie einem alle so bekannt vorkommen.

Etwa zehn Tage drauf gingen Gertrude Stein und ich zusammen zum Montmartre, ich zum erstenmal. Ich habe ihn so gern, daß ich ihn nie satt bekomme. Wir gehen von Zeit zu Zeit hin, und jedesmal habe ich wieder das feine erwartungsfreudige Gefühl, das ich beim erstenmal hatte. Es ist eine Gegend, wo man immer steht und manchmal wartet, nicht, daß etwas Besonderes passieren soll, sondern man steht nur so herum. Die Bewohner vom Montmartre saßen nie viel, meistens standen sie und das war ganz vernünftig, da die Stühle, die Eßzimmerstühle Frankreichs einen nicht zum Sitzen verlocken. Also ging ich zum Montmartre und begann meine Lehrzeit im Stehen. Zuerst gingen wir Picasso besuchen und dann besuchten wir Fernande. Picasso geht jetzt nicht gern auf den Montmartre, er denkt nicht gern daran und noch weniger möchte er davon sprechen. Selbst Gertrude Stein gegenüber ist er zurückhaltend und spricht nicht darüber, denn dort ereigneten sich damals Dinge, die seinen spanischen Stolz tief verletzten, und die letzte Zeit auf dem Montmartre war voll Bitterkeit und Enttäuschung gewesen, und nichts kann bitterer sein als wenn ein Spanier enttäuscht ist.

Doch damals lebte er noch dort und gehörte zum Montmartre und wohnte in der Rue Ravignan.

Wir gingen zum Odéon und stiegen dort in einen Omnibus, das heißt wir stiegen nach oben, es war einer von den netten alten von Pferden gezogenen Omnibussen, die schön schnell und sicher quer durch Paris fuhren und dann bergauf bis zur Place Blanche. Dort stiegen wir aus und kletterten eine steile Straße hinauf, die auf jeder Seite Läden mit Eßsachen hatte, die Rue Lépic, und dann bogen wir um eine Straßenecke und gingen noch steiler bergauf, beinahe senkrecht hoch, und kamen in die Rue Ravignan, jetzt Place Emile-Gondeau, sonst aber unverändert, deren Stufen zu dem kleinen ebenen Platz mit wenigen aber sehr zierlichen kleinen Bäumen führen; in einer Ecke sitzt ein Mann mit seiner Tischlerarbeit; als ich das letzte Mal dort war, und das ist noch nicht sehr lange her, da saß immer noch ein Mann mit seiner Tischlerarbeit in einer Ecke, und ein kleines Café war gerade dort, wo man die Stufen hinaufgeht, ein Café wo sie immer alle aßen, es ist noch da, und linker Hand das niedrige Holzgebäude mit den Ateliers, das ist auch noch da.

Wir stiegen die paar Stufen hinauf und kamen links an der offenen Tür des Ateliers vorüber, in dem später Juan Gris sein Märtyrerdasein zubringen sollte, wo aber damals ein gewisser Vaillant lebte, ein unbekannter Maler, der bei dem berühmten Bankett für Rousseau sein Atelier als Damengarderobe herlieh, und dann kamen wir an einer steilen Treppe vorbei, an deren Fuß Max Jacob ein wenig später sein Atelier hatte, und kamen an einer andern steilen kleinen Treppe vorbei, die zu einem Atelier führte, wo vor kurzem ein junger Mensch Selbstmord begangen hatte: Picasso hat eins seiner schönsten frühen Bilder von den um den Sarg versammelten Freunden gemalt; überall gingen wir vorbei, bis wir zu einer größeren Tür kamen, an die Gertrude Stein anklopfte, und Picasso machte auf und wir traten ein.

Er trug, was die Franzosen einen Affen nennen, nämlich Overalls aus blauem oder braunem Baumwollköper, ich glaube er trug einen blauen, und «Affe» wird er genannt, weil er aus einem einzigen Stück besteht und einen Gürtel hat, und wenn der Gürtel nicht zugemacht wird, was meistens geschieht, dann baumelt er hinten herunter, so daß man wie ein Affe aussieht. Seine Augen waren herrlicher als selbst ich sie in Erinnerung hatte, so tief und so braun, und die Hände so dunkel und zierlich und behende. Wir gingen weiter ins Zimmer hinein. In einer Ecke stand eine kleine Couch, in der andern Ecke ein sehr kleiner Ofen, der zum Heizen und Kochen diente, ein paar Stühle, der große zerbrochene, in dem Gertrude Stein ihm saß, als sie gemalt wurde, und ein allgemeiner Geruch nach Hund und Farben, und ein großer Hund war da und Picasso verschob ihn dauernd von einem Platz zum andern, genau so, als ob der Hund ein großes Möbelstück gewesen wäre. Er forderte uns zum Sitzen auf, doch da alle Stühle belegt waren, standen wir alle und blieben stehen, bis wir fortgingen. Es war mein erstes Erlebnis im Stehen, aber später merkte ich, daß hier alle stundenlang zu stehen pflegten. Ein riesengroßes Bild war gegen die Wand gelehnt, ein merkwürdiges Bild in hellen und dunklen Farben, das ist alles, was ich darüber sagen kann, von einer Gruppe, einer riesengroßen Gruppe, und daneben ein anderes in einer Art Rotbraun von drei Frauen, viereckig und in Positur, alles recht zum Erschrecken.

Pablo Picasso und Gertrude Stein standen nebeneinander und plauderten. Ich stand weiter rückwärts und sah mich um. Ich kann nicht behaupten, daß ich es deutlich begriff, doch verspürte ich, daß etwas Schmerzliches und Schönes da war und gleichzeitig war es beherrschend und doch eingekerkert. Ich hörte Gertrude Stein sagen, und meins. Daraufhin holte Picasso ein kleineres Bild hervor, ein ziemlich unfertiges Ding, das nicht fertig gemacht werden konnte, sehr blaß, fast weiß, zwei Figuren, sie waren wohl da, aber sehr unfertig und nicht fertigzumachen. Picasso sagte, das wird er aber nie nehmen. Ja, ich weiß, antwortete Gertrude Stein. Aber trotzdem ist es das einzige, das *alles* enthält. Ja, ich weiß, erwiderte er und sie verstummten. Danach setzten sie ihre leise Unterhaltung fort und dann sagte Miß Stein, ja nun müssen wir gehen, wir sollen bei Fernande Tee trinken. Ja, ich weiß, erwiderte Picasso. Wie oft siehst du sie, fragte sie, und er wurde sehr rot und machte ein verlegenes Gesicht. Ich bin überhaupt noch nicht dagewesen, sagte er empfindlich. Sie kicherte, na, jedenfalls gehn wir jetzt hin, sagte sie, und Miß Toklas soll französische Stunden nehmen. Ah, die Miß Toklas, sagte er, mit kleinen Füßen wie eine Spanierin und Ohrringen wie eine Zigeunerin und einem Vater, der König von Polen ist wie die Poniatowskis, natürlich muß sie Stunden nehmen. Wir lachten alle und gingen an die Tür. Dort stand ein sehr schöner Mann, oh, Agero, sagte Picasso, kennen Sie die Damen. Er sieht wie ein Greco aus, sagte ich auf Englisch. Picasso fing den Namen auf, ein falscher Greco, sagte er. Oh, ich habe vergessen dir das hier zu geben, sagte Gertrude Stein und reichte Picasso ein Paket Zeitungen, die werden dich trösten. Er öffnete sie, es waren die Sonntagsbeilagen von amerikanischen Zeitungen, die *Katzenjammer-Kids*. Oh ja, oh ja, rief er und sein Gesicht strahlte vor Vergnügen, merci danke, Gertrude, und damit gingen wir.

Wir gingen fort und stiegen noch höher.

Was hielten Sie von dem, was Sie gesehen haben, fragte Miß Stein. Nun ich habe wirklich etwas gesehen. Ja natürlich, sagte sie, aber haben Sie gesehen, was es mit den beiden Bildern zu tun hatte, denen Sie neulich bei der Vernissage so lange Zeit gegenübersaßen? Nur daß Picasso ziemlich scheußlich war, und die beiden andern waren's nicht. Natürlich, sagte sie, denn Picasso sagte mal, wenn man etwas Neues macht, dann ist es so schwierig zu machen, daß es unbedingt häßlich werden muß, aber diejenigen, die's einem nachher nachmachen, brauchen sich nicht den Kopf zu zerbrechen, wenn sie's machen und deshalb können sie's hübsch machen, und daher gefällt allen, was die andern gemacht haben.

Wir gingen weiter und eine kleine Straße hinunter und dort stand noch ein kleines Haus und wir fragten nach Mademoiselle Bellevallée und wir wurden in einen kleinen Flur gewiesen und klopften und traten in ein mittelgroßes Zimmer, in dem sich ein sehr großes Bett und ein Klavier und ein kleiner Teetisch und Fernande und noch zwei andere befanden.

Eine von den beiden war Alice Princet. Sie war ein ziemlich madonnenähnliches Geschöpf mit großen schönen Augen und entzückendem Haar. Fernande erklärte nachher, daß sie die Tochter eines Arbeiters sei und brutale Daumen habe, die natürlich das Merkmal der arbeitenden Bevölkerung seien. Sie hatte, erklärte Fernande, sieben Jahre mit Princet zusammengelebt, der ein Beamter bei der Regierung war, und sie war ihm auf Montmartre-Art treu gewesen, das heißt sie hatte in gesunden und kranken Tagen zu ihm gehalten, sich aber nebenbei amüsiert. Jetzt wollten sie heiraten. Princet war Chef seiner kleinen Abteilung geworden und nun mußte er andre Abteilungschefs zu sich einladen und deshalb natürlich sein Verhältnis zu Alice regeln. Tatsächlich heirateten sie ein paar Monate später und im Zusammenhang mit dieser Heirat machte Max Jacob seine berühmte Bemerkung, es ist wunderbar, sich sieben Jahre lang nach einer Frau zu sehnen und sie dann endlich zu besitzen. Picassos Ausspruch war praktischer: warum erst heiraten, wenn man sich nachher scheiden lassen muß. Das war eine Prophezeiung.

Kaum waren sie verheiratet, da traf Alice Princet Derain und Derain traf Alice Princet. Es war, was die Franzosen *un coup de foudre* nennen, das heißt Liebe auf den ersten Blick. Sie verliebten sich wahnsinnig ineinander. Princet versuchte damit fertigzuwerden, aber jetzt waren sie verheiratet und alles sah anders aus. Außerdem war er zum erstenmal in seinem Leben zornig und in seinem Zorn zerriß er Alices Pelzmantel, den ersten ihres Lebens, den sie für die Trauung bekommen hatte. Danach war alles aus, und ein halbes Jahr nach der Hochzeit verließ Alice ihren Mann und kehrte nie wieder zu ihm zurück. Sie und Derain verschwanden zusammen und haben sich nie getrennt. Ich mochte Alice Derain immer sehr gern. Sie hatte eine gewisse wilde Ursprünglichkeit in ihrem Wesen, die vielleicht mit ihren brutalen Daumen zusammenhing und merkwürdig mit ihrem Madonnengesicht übereinstimmte.

Die andere Frau war Germaine Pichot, ein ganz andersartiger Typ. Sie war ruhig und ernst und spanisch, sie hatte die viereckigen Schultern und den starren nichtauffassenden Blick der Spanierin. Sie war sehr sanft. Sie war mit dem spanischen Maler Pichot verheiratet, der ein ganz wunderbares Geschöpf war, er war lang und dünn, wie es die primitiven Christusbilder in spanischen Kirchen sind, und wenn er einen spanischen Tanz vorführte, was er später bei dem berühmten Bankett für Rousseau auch tat, dann strahlte er eine erschütternde Frömmigkeit aus.

Germaine, erzählte uns Fernande, war die Heldin manch einer seltsamen Geschichte gewesen, sie hatte einmal einen jungen Mann in ein Krankenhaus gebracht, der war während einer Rauferei in einem Tingeltangel verletzt worden und seine Kollegen hatten ihn im Stich gelassen. Germaine stand ihm bei und half ihm weiter. Sie hatte viele Geschwister, und sie alle waren auf dem Montmartre geboren und aufgewachsen und stammten alle von verschiedenen Vätern und waren alle an Männer verschiedenster Nationalität verheiratet, sogar an Türken und Armenier. Später war Germaine viele Jahre lang schwer krank und immer hatte sie einen anhänglichen Freundeskreis um sich. Sie trugen sie im Sessel ins nächste Kino und so, mit ihr im Sessel, sahen sie sich die Vorstellung an. Das machten sie regelmäßig einmal die Woche. Ich glaube sie machen's heute noch.

Die Unterhaltung an Fernandes Teetisch war nicht lebhaft, keiner hatte etwas zu sagen. Es machte Spaß, sich zu sehen, es war sogar eine Ehre, aber das war auch ungefähr alles. Fernande jammerte ein bißchen, daß ihre Putzfrau das Teegeschirr nicht gut gesäubert und gespült hatte, und daß es gewisse Unannehmlichkeiten mit sich brächte, ein Bett und ein Klavier auf Abzahlung zu kaufen. Sonst wußte keiner von uns viel zu sagen.

Schließlich machten wir wegen der französischen Stunden etwas ab, ich sollte fünfzig Cents pro Stunde bezahlen und nach zwei Tagen wollte sie zu mir kommen und wir wollten anfangen. Gegen Ende der Teevisite wurden sie etwas natürlicher. Fernande fragte Miß Stein, ob sie noch welche von den amerikanischen Witzblättern hätte. Gertrude Stein erwiderte, daß sie sie vorhin Pablo gegeben hätte.

Fernande fuhr auf wie eine Löwin, die ihre Jungen verteidigt. Das ist eine Rohheit, die ich ihm nie verzeihen werde, sagte sie. Ich habe ihn auf der Straße getroffen und er hatte eins von den Witzblättern in der Hand, und ich bat ihn, es mir zu geben, damit ich mich etwas ablenken könnte, und er hat es ganz roh abgeschlagen. Es war eine Grausamkeit, die ich ihm nie verzeihen werde. Ich bitte dich, Gertrude, die nächsten Nummern der Witzblätter mir selber zu geben. Gertrude Stein sagte, natürlich, sehr gerne.

Als wir nach Hause gingen, sagte sie, ich hoffe bloß, daß sie sich wieder ausgesöhnt haben, ehe die nächsten Witze mit den *Katzenjammer-Kids* herauskommen, denn wenn ich sie Pablo nicht bringe, regt er sich auf und wenn ich's tue, wird Fernande eine fürchterliche Sache daraus machen. Ich glaube wahrhaftig, ich werde sie entweder verlieren müssen oder mein Bruder muß sie «aus Versehen» zu Pablo bringen.

Fernande erschien sehr pünktlich zur verabredeten Zeit und wir begannen mit unsrer Stunde. Wenn man französische Stunden nimmt, muß man sich natürlich unterhalten und Fernande hat drei Themen, Hüte – über Hüte hatten wir nicht mehr viel zu sagen –, Parfums – über Parfums konnten wir noch allerlei sagen. In Parfums war Fernande wirklich ganz groß, der ganze Montmartre regte sich darüber auf, weil sie einmal eine Flasche Parfum namens *Rauch* gekauft und achtzig Franken dafür bezahlt hatte, was damals sechzehn Dollar waren, und es duftete überhaupt nicht, hatte aber eine wunderbare Farbe, richtig wie auf Flaschen gefüllter flüssiger Rauch. Ihr drittes Gesprächsthema waren Pelze. Es gab drei Klassen, fand sie, in der ersten Zobel, in der zweiten Hermelin und Chinchilla, in der dritten Fuchs und Eichhörnchen. Es war das erstaunlichste, was ich je in Paris gehört hatte. Ich war sprachlos. Chinchilla zweitklassig, Eichhörnchen als Pelz bezeichnet und Seal überhaupt nicht erwähnt.

Unser einziges anderes Gesprächsthema waren die Namen und die Beschreibung von Hunden, die damals Mode waren. Das war mein Lieblingsthema, und wenn ich ihr welche beschrieben hatte, staunte sie erst jedesmal ein bißchen und rief dann plötzlich begreifend, ach so, Sie sprechen von den kleinen Belgiern, die man *Griffon* nennt.

Ja, so war das also, sie war sehr schön, aber es war ein bißchen eintönig und mühsam, und deshalb schlug ich vor, wir sollten uns im Freien treffen, irgendwo Tee trinken oder nach dem Montmartre gehen. Das war besser. Sie fing an mir allerlei zu erzählen. Ich traf Max Jacob. Fernande und er waren sehr drollig miteinander. Sie taten, als ob sie ein vornehmes Paar aus der Zeit des Ersten Kaiserreichs wären, er der alte Marquis, der ihr die Hand küßte und Komplimente machte, und sie die Kaiserin Josephine, die sie huldvoll entgegennahm. Es war eine Karikatur, aber eine sehr gelungene. Dann erzählte sie mir von einer geheimnisvollen greulichen Frau namens Marie Laurencin, die Töne wie ein Tier ausstoßen konnte und Picasso ärgerte. Ich hielt sie für eine greuliche alte Frau und war entzückt, als ich sie kennenlernte: eine elegante junge Marie, die wie ein Clouet aussah. Max Jacob stellte mir mein Horoskop. Es war eine große Ehre, weil er es schriftlich tat. Damals wußte ich es nicht zu würdigen, aber ich habe es mittlerweile gelernt und vor allem letzthin, da all die jungen Leute, die Max jetzt so bewundern, erstaunt und beeindruckt sind, daß er meins aufgeschrieben hat, weil man allgemein glaubte, daß er sie nie aufschriebe, sondern bloß nebenbei verkünde. Jedenfalls habe ich meins, und zwar schriftlich.

Dann erzählte sie mir auch eine Menge Geschichten über van Dongen und seine holländische Frau und sein kleines holländisches Töchterchen. Van Dongen wurde durch ein Bildnis berühmt, das er von Fernande gemacht hatte. So hat er den Typ der Frauen mit den Mandelaugen geschaffen, die später so in Mode kamen. Aber Fernandes Mandelaugen waren echt, wie alles an Fernande echt war, Gutes und Schlechtes.

Natürlich gab van Dongen nicht zu, daß es ein Bildnis Fernandes war, obwohl sie ihm gesessen hatte, woraus sich dann viel Ärger ergab. Damals war van Dongen sehr arm, er hatte eine Holländerin, die vegetarisch lebte, und sie ernährten sich von Spinat. Oft flüchtete van Dongen vor dem Spinat zu einer Kneipe auf dem Montmartre, wo ihm die Mädchen sein Essen und etwas zu trinken spendierten.

Die van-Dongen-Tochter war erst vier Jahre alt, aber fürchterlich. Van Dongen machte gern Akrobaten-Kunststückchen mit ihr und schwang sie an einem Bein immer um seinen Kopf herum. Wenn sie Picasso herzte, den sie sehr gern hatte, dann brachte sie ihn fast um, er hatte richtig Angst vor ihr.

Fernande erzählte noch viele andere Geschichten von Germaine Pinchot und dem Zirkus, wo sie sich immer ihre Liebhaber holte, und Geschichten vom Montmartre einst und jetzt. Fernande selbst hatte ein einziges Idol. Es war Evelyn Thaw, die Heldin des Tages. Und Fernande verhimmelte sie wie spätere Generationen Mary Pickford anhimmelten, sie war so blond, so bleich, so unwirklich, und Fernande stieß einen Seufzer tiefster Bewunderung aus.

Als ich Gertrude Stein dann wiedersah, fragte sie mich plötzlich, trägt Fernande ihre Ohrringe. Ich weiß es nicht, sagte ich. Dann achte mal drauf, sagte sie. Als ich Gertrude Stein danach wiedersah, sagte ich, ja, Fernande trägt ihre Ohrringe. Ach, sagte sie, dann kann man's nicht ändern, aber es ist dumm, weil Pablo, der alleine wohnt, natürlich ausgehen muß. In der folgenden Woche konnte ich mitteilen, daß Fernande ihre Ohrringe nicht getragen hatte. Oh, dann ist's gut, sagte Gertrude Stein, dann hat sie kein Geld mehr und alles ist vorbei. Es stimmte. Eine Woche drauf war ich mit Fernande und Pablo zusammen in der Rue de Fleurus zum Essen.

Ich schenkte Fernande ein chinesisches Gewand aus San Franzisko, und Pablo schenkte mir eine herrliche Zeichnung.

Und jetzt will ich erzählen, wie zwei Amerikaner zum Mittelpunkt einer neuen Kunst wurden, von der die Welt noch keine Ahnung hatte.

III

GERTRUDE STEIN IN PARIS, 1903–1907

Während der letzten beiden Jahre (1900–1903), die Gertrude Stein in Baltimore an der *John Hopkins Medical School* verbrachte, lebte ihr Bruder in Florenz. Dort hörte er von einem Maler namens Cézanne und sah Gemälde von ihm, die Charles Loeser besaß. Als er und seine Schwester sich im nächsten Jahr in Paris niederließen, gingen sie zu Vollard, dem einzigen Bilderhändler, der Cézannes zu verkaufen hatte, um sie sich anzuschauen.

Vollard war ein großer dunkler Mensch, der ein wenig lispelte. Seine Galerie war in der Rue Lafitte nicht weit vom Boulevard. Diese kurze Straße weiter abwärts war Durand-Ruel, und noch weiter, fast an der *Eglise des Martyrs*, war Sagot, der ehemalige Clown. Weiter oben im Montmartre an der Rue Victor Massé war Mademoiselle Weil, die Bilder, Bücher und Krimskrams verkaufte, und in einem ganz andern Stadtteil von Paris in der Rue Faubourg Saint Honoré war der ehemalige Café-Besitzer und Photograph Druet. In der Rue Lafitte befand sich auch die Confiserie von Fouquet, wo man sich an herrlichen Honigkuchen und Nußpralinen laben und hin und wieder mal anstatt eines Bildes Erdbeermarmelade im Glas kaufen konnte.

Der erste Besuch bei Vollard hat auf Gertrude Stein einen unauslöschlichen Eindruck gemacht. Es war ein unglaublicher Laden. Er sah überhaupt nicht wie eine Bildergalerie aus. Ein paar Bilder standen mit dem Gesicht gegen die Wand gekehrt, in einer Ecke war ein kleiner Stoß großer und kleinerer Bilder die wahllos übereinandergestapelt waren, und in der Mitte des Raumes stand ein großer dunkler Mann und blickte finster drein. Das war Vollard in heiterer Stimmung. Wenn er weniger heiter war, pflanzte er sich mit seinem mächtigen Körper vor die Glastür, die auf die Straße führte, die Arme über dem

Kopf, die Hände oben an den Türecken, und starrte finster nach draußen. Dann wagte es keiner, den Laden zu betreten.

Sie fragten, ob sie Cézannes sehen könnten. Sein Gesicht hellte sich etwas auf und wurde ganz höflich. Wie sie später hörten, war Cézanne für ihn der Traum seines Lebens. Der Name Cézanne war wie ein Zauberwort für ihn. Durch den Maler Pissaro hatte er zum erstenmal von Cézanne gehört. Pissaro war eigentlich der Mann, durch den alle frühen Cézanne-Verehrer zuerst von dem Maler hörten. Cézanne lebte damals unglücklich und verbittert in Aix-en-Provence. Pissaro erzählte Vollard von ihm, und einem Florentiner namens Fabry, der zu Loeser darüber sprach, und auch Picabia, kurzum allen, die damals mit Cézanne bekannt wurden.

Bei Vollard konnte man Cézannes sehen. Gertrude Stein schrieb später ein Gedicht *Vollard and Cézanne*, und Henry McBride druckte es in der *New York Sun*. Es war das erste kürzere Werk Gertrude Steins, das auf diese Art veröffentlicht wurde, und es machte ihr und Vollard sehr viel Freude. Später, als Vollard sein Buch über Cézanne schrieb, schickte er auf Gertrude Steins Anregung hin ein Exemplar des Buches an Henry McBride. Sie erzählte Vollard, daß eine ganze Seite in einer der größten New Yorker Tageszeitungen ausschließlich seinem Buch gewidmet werden würde. Er hielt es nicht für möglich. Etwas derartiges war noch keinem Menschen in Paris passiert. Doch es stimmte, und er war tief gerührt und unsagbar glücklich. Doch nun mehr über jenen ersten Besuch.

Sie sagten Vollard, daß sie einige Landschaften von Cézanne sehen wollten, sie seien von Monsieur Loeser in Florenz an ihn verwiesen worden. O ja, sagte Vollard und sah schon ganz heiter drein und begann im Laden herumzugehen; schließlich verschwand er hinter einer Trennungswand im Hintergrund und man hörte, wie er die Treppe hinaufstapfte. Nach ziemlich langer Zeit kam er wieder hinunter und hatte in der Hand ein winziges Bild von einem Apfel, aber fast die ganze Leinwand war unbemalt. Sie betrachteten es eingehend, und dann sagten sie, aber eigentlich wollten wir eine Landschaft sehen. Ach ja, seufzte Vollard und sah noch etwas heiterer aus, und kurz darauf verschwand er wieder und diesmal kam er mit einem gemalten Rücken an, es war eine wunderbare Malerei, das stand außer Frage, doch damals wußten Bruder und Schwester noch nicht genug von Cézannes Aktstücken und deshalb machten sie einen neuen Vorstoß. Sie fragten, ob sie eine Landschaft sehen könnten. Diesmal kam er nach noch viel längerer Pause mit einer sehr großen Leinwand an, auf die nur ein winziges Stückchen Landschaft gemalt war. Ja, das war's, sagten sie, eine Landschaft, aber was sie eigentlich sehen wollten, war eine kleinere Landschaft, wo aber die ganze Leinwand bemalt war. Sie sagten, daß sie so etwas sehr gerne sehen würden. Inzwischen war die frühe Pariser Winterabenddämmerung angebrochen, und nun kam eine sehr alte Putzfrau die Hintertreppe herunter, brummelte *Bonsoir messieurs et mesdames* und ging still aus der Tür, und nach einem Weilchen kam noch eine alte Putzfrau die gleiche Treppe hinunter, brummelte *Bonsoir messieurs et mesdames* und ging still aus der Tür. Gertrude Stein fing an zu lachen und sagte zu ihrem Bruder, es ist alles Unsinn, er hat gar keine Cézannes. Vollard geht nach oben und sagt den alten Weibern, was sie malen sollen und er versteht uns nicht und sie verstehen ihn nicht und sie malen etwas und er bringt es nach unten und es ist ein Cézanne. Beide begannen unbändig zu lachen. Dann beruhigten sie sich etwas und erklärten ihm noch einmal alles wegen der Landschaft. Sie sagten, was sie suchten, sei eine der wunderbar gelben sonnigen Landschaften um Aix, von denen Loeser mehrere besaß. Wieder verschwand Vollard, und diesmal kam er mit einer wunderbaren kleinen grünen Landschaft zurück. Sie war wunderschön, sie bedeckte die ganze Leinwand, sie kostete nicht viel und sie kauften sie. Später erzählte Vollard jedermann, daß ihn zwei verrückte Amerikaner besucht hätten und sie hätten gelacht und er hätte sich sehr geärgert, aber allmählich hätte er begriffen, wenn sie am lautesten lachten, kauften sie meistens etwas und daher wartete er nun natürlich immer bis sie lachten.

Von da an gingen sie dauernd zu Vollard. Bald wurde ihnen gestattet, seinen Stoß Bilder in der Ecke durcheinanderzubringen und herauszusuchen, was ihnen gefiel. Sie kauften einen winzigen Daumier, den Kopf einer alten Frau. Sie begannen sich für Cézannes Aktstücke zu interessieren und kauften schließlich zwei winzige Stücke mit Gruppen von nackten Frauen. Sie fanden einen sehr sehr kleinen Monet, schwarzweiß gemalt und mit Forain im Vordergrund und kauften ihn, und sie fanden zwei winzig kleine Renoirs. Sehr oft kauften sie zwei Bilder, denn meistens hatten sie jeder ihren eigenen Geschmack, und so verstrich das Jahr. Im Frühling kündete Vollard eine Gauguin-Ausstellung an und zum erstenmal sahen sie Bilder von Gauguin. Sie fanden sie greulich, aber schließlich liebten sie sie und kauften zwei Gauguins. Gertrude Stein liebte seine Sonnenblumen, aber nicht seine Figuren, und ihr Bruder zog die Figuren vor. Heute hört sich das alles gewaltig an, aber damals kosteten diese Sachen nicht viel. So verging der Winter.

Es waren nicht viele Leute die Vollard aufsuchten, aber einmal wurde Gertrude Stein Zeuge eines Gesprächs, das ihr sehr gefiel. Duret war in Paris eine sehr bekannte Persönlichkeit. Er war jetzt ein sehr alter und sehr schöner Mann. Er war ein Freund Whistlers gewesen, Whistler hatte ihn im Frack mit einem weißen Opern-Cape über dem Arm gemalt. Eines Tages war er bei Vollard und unterhielt sich mit einer Gruppe jüngerer Männer und einer von ihnen, Roussel, der zu Vuillard, Bonnard, kurz, zu den Nach-Impressionisten gehörte, beklagte sich über den Mangel an Anerkennung, den er und seine Freunde fänden und daß es ihnen nicht einmal gestattet würde, im Salon auszustellen. Duret sah ihn gütig an. Mein Freund, sagte er, es gibt zwei Arten von Kunst, vergessen Sie das nie, es gibt Kunst und es gibt die offiziell anerkannte Kunst. Wie dürfen Sie, mein armer junger Freund, darauf hoffen, offiziell anerkannte Kunst zu sein? Schauen Sie sich doch nur an. Nehmen wir einmal an, eine bedeutende Persönlichkeit käme nach Frankreich und wollte die repräsentativen Maler kennenlernen, um ein Porträt von sich anfertigen zu lassen. Mein lieber junger Freund, schauen Sie sich doch an, schon Ihr Äußeres würde ihn erschrecken. Sie sind ein reizender junger Mensch, nett und intelligent, aber der hohen Persönlichkeit würden Sie nicht so erscheinen, der würden Sie schrecklich vorkommen. Nein als repräsentativen Maler braucht man einen Mann von mittlerer Größe, ein bißchen untersetzt, nicht zu gut angezogen, aber so angezogen, wie man sich in jenen Kreisen kleidet, weder kahl noch zu geschniegelt, und imstande einen schönen Diener zu machen. Da sehen Sie's, daß Sie dem nie entsprechen würden. Sagen Sie also kein Wort mehr wegen offizieller Anerkennung, oder wenn, dann schauen Sie vorher in den Spiegel und denken Sie an hohe Persönlichkeiten. Nein, mein lieber junger Freund, es gibt Kunst und es gibt offiziell anerkannte Kunst, so ist es immer gewesen und so wird es immer sein.

Als der Winter vorbei war, fanden Gertrude Stein und ihr Bruder, nachdem sie einmal so weit gegangen waren, könnten sie noch etwas weitergehn und beschlossen einen großen Cézanne zu kaufen und dann aufzuhören. Danach wollten sie vernünftig sein. Sie überzeugten ihren ältesten Bruder, daß diese letzte Ausgabe notwendig sei, und notwendig war es, wie man bald merken wird. Sie sagten Vollard, daß sie ein Cézanne-Porträt kaufen wollten. Damals war praktisch noch kein großes Cézanne-Porträt verkauft worden. Fast alle waren in Vollards Besitz. Er freute sich riesig über ihren Entschluß. Sie durften jetzt das Zimmer oben hinter der Trennungswand betreten, von dem Gertrude Stein geglaubt hatte, daß dort die alten Putzfrauen Cézannes anfertigten, und dort verbrachten beide viele Tage, um zu entscheiden, welches Cézanne-Porträt sie kaufen wollten. Es waren etwa acht, unter denen sie auswählen mußten, und der Entschluß war schwierig. Sie mußten oft weggehen und sich bei Fouquet an Honigkuchen stärken. Schließlich verringerte sich die Wahl auf zwei, ein Männerbildnis und ein Frauenbildnis, aber diesmal konnten sie es sich nicht leisten, wieder zwei Stück auf einmal zu kaufen, und schließlich wählten sie das Frauenbildnis.

Vollard sagte, natürlich sei im allgemeinen ein Frauenbildnis immer teurer als ein Männerbildnis, doch, sagte er und sah das Bild sehr aufmerksam an, ich vermute, bei Cézanne macht das keinen Unterschied aus. Sie trugen es in eine Droschke und fuhren damit nach Hause. Es war das Gemälde vor dem Alfy Maurer immer zu erklären pflegte, es sei fertig, und daß es fertig sei, sähe man daraus, weil es einen Rahmen habe.

Es war ein sehr wichtiger Kauf, denn weil Gertrude Stein das Bild wieder und immer wieder ansah, konnte sie *Three Lives* schreiben.

Nicht lange davor hatte sie als literarische Übung Flauberts *Trois Contes* zu übersetzen begonnen und dann bekam sie den Cézanne und unter diesem Einfluß schrieb sie *Three Lives*.

Im Herbst ereignete sich dann wieder etwas. Es war das erste Jahr des *Salon d'Automne*, der erste *Salon d'Automne*, der je in Paris stattfand, und sehr eifrig und aufgeregt gingen sie beide hin, um sich die Ausstellung anzusehen. Dort fanden sie Matisses Bild, das später als *La Femme au Chapeau* bekannt wurde.

Diese erste Herbstausstellung bezeichnet den Beginn der öffentlichen und offiziellen Anerkennung der Außenseiter aus dem *Salon des Indépendants*. Ihre Bilder sollten im *Petit Palais* gegenüber dem *Grand Palais* gezeigt werden, wo immer *Le Salon de Printemps*, die große Frühlingsausstellung stattfand. Das heißt, es sollten jene Außenseiter gezeigt werden, die schon soviel Erfolg hatten, daß sie in bedeutenden Galerien verkauft wurden. Sie hatten in Zusammenarbeit mit einigen Rebellen aus dem alten Salon nun den *Salon d'Automne* ins Leben gerufen.

Die Ausstellung war sehr lebendig, aber nicht weiter beunruhigend. Es waren eine Menge hübscher Bilder da und eins, das nicht hübsch war. Das Publikum wurde wütend und wollte die Farbe abkratzen.

Das Bild gefiel Gertrude Stein, es war das Porträt einer Frau mit langem Gesicht und einem Fächer. Es war sehr merkwürdig in den Farben und der Anatomie. Sie sagte, sie wolle es kaufen. Ihr Bruder hatte inzwischen eine weißgekleidete Frau auf grünem Rasen entdeckt und wollte es kaufen. Wie üblich beschlossen sie also beide Stücke zu kaufen und gingen ins Büro des Sekretärs, um sich nach den Preisen zu erkundigen. Sie waren noch nie im Sekretariat einer Ausstellung gewesen, und es war sehr aufregend in dem kleinen Zimmer. Der Sekretär sah die Preise in seinem Katalog nach. Gertrude Stein hatte vergessen, wieviel es kosten sollte und wer es gemalt hatte, jenes Bild mit der weißen Frau auf dem grünen Rasen, der Matisse jedoch sollte fünfhundert Franken kosten. Der Sekretär erklärte, daß man natürlich nie bezahle, was der Künstler verlange, man schlägt einen Preis vor. Sie fragten, was für einen Preis sie vorschlagen sollten. Er fragte sie, was sie zahlen würden. Sie sagten, sie wüßten es nicht. Er schlug vor, daß sie vierhundert anbieten sollten und er würde ihnen Bescheid geben. Sie willigten ein und gingen.

Am nächsten Tag erhielten sie Bescheid vom Sekretär, daß Monsieur Matisse sich geweigert habe, das Angebot anzunehmen und was sie nun tun wollten.

Sie beschlossen zum Salon hinüberzugehen und das Bild noch einmal anzuschauen. Sie taten es. Die Leute brüllten vor Lachen und kratzten an dem Bild herum. Gertrude Stein konnte nicht verstehen, weshalb eigentlich, ihr kam das Bild völlig natürlich vor. Das Cézanne-Bildnis war ihr nicht natürlich vorgekommen, es hatte einige Zeit gedauert, bis sie fühlte, daß es natürlich war, aber dies Gemälde hier von Matisse erschien ihr vollkommen natürlich und sie konnte nicht begreifen, weshalb alle so wütend darüber waren. Ihr Bruder fand es weniger anziehend, aber immerhin war er einverstanden, und sie kauften es. Dann ging sie wieder hin, um es nochmals anzuschauen, und es regte sie auf, daß alle drüber spotteten. Es ärgerte sie und kränkte sie, denn sie konnte nicht verstehen weshalb, ihr erschien es so richtig, genau wie sie es später nie verstehen konnte, weshalb alle Welt über ihr Prosawerk spottete und sich entrüstete, da es doch alles so klar und natürlich war.

Und das war also die Geschichte des Erwerbs der *Femme au Chapeau*, und jetzt will ich die Geschichte des Verkaufs erzählen, wie sie einige Monate später von Monsieur und Madame Matisse erzählt wurde. Bald nach dem Ankauf des Bildes wollten sie sich gern alle gegenseitig kennenlernen. Ob Matisse schrieb und darum bat, oder ob sie schrieben und fragten, daran kann sich Gertrude Stein nicht mehr erinnern. Jedenfalls waren sie im Nu miteinander bekannt und lernten sich sehr genau kennen.

Die Matisses wohnten am Quai in der Nähe des Boulevard Saint Michel. Sie lebten im obersten Stock in einer kleinen Dreizimmerwohnung mit einem schönen Blick auf Notre Dame und den Fluß. Matisse malte es im Winter. Man mußte steigen und steigen, um nach oben zu kommen. Damals tat man nichts weiter als immer treppauf und treppab zu gehen. Mildred Aldrich hatte eine unangenehme Art ihren Schlüssel mitten im Treppenhaus fallen zu lassen – dort, wo eigentlich ein Fahrstuhl hätte sein sollen –, wenn sie jemand tief unten von ihrem sechsten Stock oben Lebwohl zurief, und dann mußten entweder sie oder der andre die ganzen Treppen hinunter, bzw. hinaufgehen. Zwar rief sie dann oft, laßt nur, ich breche die Tür auf. Nur Amerikaner taten das. Die Schlüssel waren schwer, und entweder vergaß man sie, oder man ließ sie fallen. Als man Sayen nach einem Pariser Sommer gratulierte, er sähe so gesund und sonnverbrannt aus, sagte er, ja das kommt vom vielen Treppensteigen.

Madame Matisse war eine wunderbare Hausfrau. Ihre Wohnung war nur klein, aber tadellos in Ordnung. Sie hielt das

Haus sauber, sie war eine ausgezeichnete Köchin und kaufte gut ein, und sie saß Matisse auch für all seine Bilder. Sie war's, die *La Femme au Chapeau*, die Dame mit dem Hut darstellte. Sie hatte ein kleines Putzgeschäft gehabt, womit sie die Familie in ihrer schwierigsten Zeit über Wasser hielt. Es war eine dunkle, sehr aufrechte Frau, mit einem sehr langen Gesicht und einem großen üppigen Mund, der wie bei einem Pferd herunterhing. Sie hatte eine Flut schwarzen Haares. Gertrude Stein liebte immer die Art, wie sie sich den Hut auf dem Kopf feststeckte, und Matisse machte einmal eine Zeichnung von seiner Frau, als sie diese charakteristische Geste machte und schenkte sie Gertrude Stein. Sie trug immer Schwarz. Immer steckte sie eine große schwarze Hutnadel genau in die Mitte ihres Hutes und mitten auf den Scheitel und dann, mit einer kräftigen schwungvollen Geste, stieß sie sie hindurch. Eine Tochter von Matisse wohnte bei ihnen, die Matisse schon vor seiner Ehe gehabt hatte, und sie hatte Diphterie gehabt und mußte operiert werden und viele Jahre lang ein schwarzes Band mit einem silbernen Knopf um den Hals tragen. Es ist auf vielen Matisse-Bildern zu sehen. Die Tochter glich genau ihrem Vater, und Madame Matisse, wie sie uns einmal in ihrer gleichzeitig pathetischen und schlichten Art erzählte, tat dem Kind gegenüber mehr als ihre Pflicht, weil sie in ihrer Jugend einen Roman gelesen hatte, wo die Heldin auch so handelte und infolgedessen von jedermann ihr Leben lang geliebt wurde und daraufhin beschloß sie es ebenso zu machen. Sie selbst hatte zwei Söhne; aber zu jener Zeit lebten sie beide nicht bei ihnen. Pierre, der jüngere, war in Südfrankreich an der spanischen Grenze bei Madame Matisses Vater und Mutter, und Jean, der ältere, lebte bei Monsieur Matisses Vater und Mutter in Nordfrankreich in der Nähe der belgischen Grenze.

Matisse war von einer erstaunlichen Männlichkeit, über die man sich immer außerordentlich freute, wenn man ihn längere Zeit nicht gesehen hatte. Weniger beim erstenmal, als wenn man ihn später wiedersah. Und dieser Eindruck verlor sich nicht während man mit ihm zusammen war. Doch war in all seiner Männlichkeit nicht viel Leben. Madame Matisse war ganz anders, immer war sie von einem starken Lebensgefühl beseelt gegenüber allen, die sie kannten.

Matisse besaß damals einen kleinen Cézanne und einen kleinen Gauguin, und er sagte, er brauche sie beide. Den Cézanne hatte er mit der Mitgift seiner Frau gekauft und den Gauguin mit dem einzigen Ring, den sie je besessen hatte. Und sie waren sehr glücklich, weil er diese beiden Bilder wirklich brauchte. Der Cézanne war ein Bild von Badenden und einem Zelt, der Gauguin ein Knabenkopf. Später, als Matisse ein sehr reicher Mann wurde, kaufte er weiterhin Bilder. Er sagte, mit Bildern wüßte er Bescheid und hätte Vertrauen zu ihnen und von andern Sachen verstünde er nichts. Und daher kaufte er zu seinem eigenen Vergnügen und als beste Erbschaft, die er seinen Kindern hinterlassen konnte, noch mehr Cézannes. Picasso kaufte später, als er reich wurde, auch Bilder, doch waren es seine eigenen. Er glaubt auch an Bilder und will seinem Sohn die beste Erbschaft hinterlassen und deshalb behält er seine Bilder und kauft noch mehr dazu.

Den Matisses war es sehr schlecht ergangen. Matisse war als junger Mann nach Paris gekommen, um Apotheker zu studieren. Seine Angehörigen waren kleine Getreidehändler im Norden Frankreichs. Er begann sich für Malerei zu interessieren, fing an, die Poussins im Louvre zu kopieren und war ein Maler geworden, ohne sich groß um das Einverständnis seiner Eltern zu bekümmern, die ihm jedoch immer noch den sehr kleinen monatlichen Zuschuß gewährten, den er als Student bekommen hatte. Damals wurde seine Tochter geboren, was sein Leben noch schwieriger machte. Anfänglich hatte er einen gewissen Erfolg gehabt. Er heiratete. Unter dem Einfluß der Bilder von Poussin und Chardin hatte er Stilleben gemalt, die im *Champ de Mars-Salon* beträchtlichen Erfolg hatten. Und dann geriet er unter den Einfluß Cézannes und schließlich der Neger-Skulpturen. All das trug dazu bei, den Matisse aus der Zeit der *Femme au Chapeau* zu formen. Im Jahre nach seinem sehr erheblichen Erfolg im Salon verbrachte er den Winter damit, ein sehr großes Bildnis einer Frau zu malen, die an einem Tisch sitzt und auf dem Tisch steht eine wunderbare Fruchtschale. Es war eine große Belastung für das Budget der Familie Matisse gewesen, das Obst zu kaufen, damals war Obst in Paris im Winter furchtbar teuer, sogar ganz gewöhnliches Obst, wenn man nun bedenkt, wieviel teurer diese besonders köstlichen Früchte waren, und sie mußten sich halten, bis das Bild beendet war, und das Bild erforderte eine lange Arbeitszeit. Um das Obst so lange wie möglich frisch zu bewahren, hielten sie das Zimmer so kalt wie möglich, und das war in einem Pariser Winter und unter dem Dach nicht weiter schwierig, und Matisse malte im Überzieher und mit Handschuhen und malte den ganzen Winter daran. Endlich war es fertig und wurde in den Salon geschickt, in dem Matisse im Jahr davor solchen Erfolg gehabt hatte, und dort wurde es abgelehnt. Und nun begannen Matisses Schwierigkeiten, seine Tochter war schwer krank, er selbst in heftigsten seelischen Kämpfen sein Werk betreffend, und er hatte keinerlei Möglichkeit, seine Bilder auszustellen. Er malte nicht länger zu Hause, sondern in einem Atelier. So war es billiger. Jeden Morgen malte er, jeden Nachmittag arbeitete er an seinen Skulpturen, am Spätnachmittag zeichnete er in der Aktklasse nach Modellen, und jeden Abend spielte er Geige. Es waren sehr trübe Tage, und er war ganz verzweifelt. Seine Frau eröffnete ein kleines Putzgeschäft, und so konnten sie leben. Die beiden Knaben wurden aufs Land zu seinen und ihren Eltern geschickt und blieben am Leben. Die einzige Ermutigung hatte er in dem Atelier, in dem er arbeitete und wo viele junge Leute sich um ihn scharten und von ihm beeinflußt wurden. Unter ihnen war der damals am besten bekannte, Manguin, und heute ist es Derain. Derain war damals noch ein ganz junger Mensch und bewunderte Matisse ungeheuer, er ging mit ihnen aufs Land, nach Collioure bei Perpignan, und war ihnen allen ein großer Trost. Er begann Landschaften zu malen, indem er die Umrisse der Bäume mit Rot nachzog und er hatte ein Raumgefühl, das nur ihm eigen war und sich zum erstenmal auf einer Landschaft zeigte, wo ein Karren eine Straße hinauffährt, die von rotgeränderten Bäumen eingefaßt ist. Im *Salon des Indépendants* wurde man auf seine Bilder aufmerksam.

Matisse arbeitete jeden Tag und jeden Tag und jeden Tag, und er arbeitete schwer. Einmal besuchte ihn Vollard. Matisse pflegte diese Geschichte mit besonderer Vorliebe zu erzählen. Ich habe oft gehört, wie er sie erzählte. Vollard kam und sagte, er wolle das große Bild sehen, das vom Salon abgelehnt worden sei. Matisse zeigte es ihm. Vollard sah nicht hin, sondern sprach mit Madame Matisse und meistens übers Kochen, als echter Franzose kochte und aß er gern, und sie auch. Matisse und Madame Matisse wurden immer nervöser, obgleich sie sich's nicht anmerken ließen. Und diese Tür, fragte Vollard voller Interesse, wo führt sie hin, führt sie auf einen Hof oder führt sie auf die Treppe hinaus. Auf einen Hof, antwortete Matisse. Ach so, sagte Vollard, und dann ging er.

Die beiden Matisses verbrachten ganze Tage damit, zu erörtern, ob hinter Vollards Frage ein tieferer Sinn stecke oder ob es einfach Neugierde gewesen sei. Vollard kannte aber keine grundlose Neugierde, er wollte immer wissen, was jeder über alles mögliche dachte, weil er auf diese Art entdeckte, was er selbst dachte. Das war allgemein bekannt und deshalb fragten die Matisses sich selbst und all ihre Freunde, weshalb hat er die Frage mit der Tür gestellt? Jedenfalls hat er aber dann innerhalb eines Jahres das Bild gekauft, zwar zu einem sehr niedrigen Preis, aber er kaufte es und stellte es beiseite und kein Mensch sah es und das war das Ende der ganzen Geschichte.

Von jener Zeit an ging es Matisse weder besser noch schlechter, und er war mutlos und streitsüchtig. Dann kam der erste *Salon d'Automne*, und er wurde aufgefordert, dort auszustellen und schickte *La Femme au Chapeau*, und es wurde angenommen. Es wurde verspottet und angegriffen und verkauft.

Matisse war damals etwa fünfunddreißig Jahre alt und sehr niedergeschlagen. Nachdem er am Eröffnungstage dort gewesen war und gehört hatte, was sie von seinem Bild gesagt hatten und sah, was sie dem Bild antun wollten, ging er nie wieder hin. Seine Frau ging allein. Er blieb zu Hause und war unglücklich. So erzählte Madame Matisse immer die Sache.

Dann kam ein Brief vom Sekretär der Ausstellung, in dem es hieß, daß ein Angebot für das Bild gemacht worden sei, ein Angebot von vierhundert Franken. Matisse malte gerade Madame Matisse als Zigeunerin, die eine Gitarre hielt. Diese Gitarre hatte auch schon ihre Geschichte gehabt. Madame Matisse pflegte sie sehr gern zu erzählen. Sie hatte damals sehr viel zu tun und außerdem saß sie ihm und sie war sehr gesund und immer sehr müde. Eines Tages saß sie ihm auch, er malte und sie begann einzunicken, und als sie nickte, machte die Gitarre ein Geräusch. Laß das, sagte Matisse, wach auf. Sie wachte auf und nach einer kleinen Weile, als sie wieder eingenickt war, machte die Gitarre noch stärkere Geräusche. Matisse packte die Gitarre voller Wut und zerbrach sie. Und es ging uns damals sehr schlecht, sagte Madame Matisse bekümmert, und wir mußten sie ausbessern lassen, damit er sein Bild weitermalen konnte. Sie hielt die gleiche ausgebesserte Gitarre, als der Brief vom Sekretär des *Salon de l'Automne* kam. Matisse war hocherfreut; natürlich nehme ich an, sagte Matisse. O nein, sagte Madame Matisse, wenn die Leute (*ces gens*) sich so dafür interessieren, daß sie ein Angebot machen, dann interessieren sie sich auch so sehr dafür, daß sie den von dir verlangten Preis zahlen und, fügte sie hinzu, für den Unterschied im Preis kannst du Margot Wintersachen kaufen. Matisse zauderte, ließ sich aber schließlich überzeugen, und sie schickten einen Brief, in dem stand, daß er auf seinem Preis beharre. Nichts geschah, und Matisse geriet in eine schreckliche Aufregung und machte ihr Vorwürfe und dann nach ein oder zwei Tagen, als Madame Matisse ihm wieder mit der Gitarre saß und er malte, kam Margot und brachte einen kleinen blauen Rohrpostbrief. Matisse öffnete ihn und schnitt eine Grimasse. Madame Matisse war entsetzt, sie dachte das schlimmste wäre geschehen. Sie ließ die Gitarre fallen. Was ist denn, fragte sie. Sie haben es gekauft, sagte er. Weshalb machst du dann ein so leidendes Gesicht und jagst mir solchen Schreck ein, daß die Gitarre vielleicht wieder kaputt ist, fragte sie. Ich wollte dir zublinzeln, sagte er, und es dir dadurch zu verstehen geben, denn ich war so gerührt, daß ich nicht sprechen konnte.

Und so, pflegte Madame Matisse ihre Geschichte triumphierend zu schließen, können Sie sehen, daß ich dahinter steckte und daß ich recht hatte, auf dem ursprünglichen Preis zu bestehen und daß Mademoiselle Gertrude recht hatte, indem sie es kaufte und die ganze Sache begann.

Die Freundschaft mit den Matisses vertiefte sich. Matisse arbeitete damals an seiner ersten großen Leinwand *Le Bonheur de vivre*. Er machte kleine und größere und sehr große Vorstudien. Auf diesem Bild verwirklichte Matisse zum erstenmal seine Absicht, die Umrisse des menschlichen Körpers zu verzerren, um statt dessen die Farbwerte aller einfachen nur mit Weiß gemischten Farben zu verstärken. Er benutzte seine verzerrte Zeichnung so, wie man in der Musik von einer Dissonanz Gebrauch macht oder wie Essig oder Zitronen beim Kochen gebraucht werden oder Eierschalen, um den Kaffee zu klären. Ich hole meine Vergleiche immer aus der Küche, weil ich gerne esse und gerne koche und etwas davon verstehe. Und jedenfalls ist es so. Cézanne war notgedrungen zu seinen Verzerrungen und Unfertigkeiten gelangt, Matisse tat es absichtlich.

Nach und nach kamen die Leute in die Rue de Fleurus, um sich die Matisses und Cézannes anzuschauen, Matisse brachte

Bekannte mit, jeder brachte jemanden mit, sie kamen zu jeder beliebigen Zeit, und es begann unerträglich zu werden, und so fing es mit den Samstagabenden an. Und damals war es auch, daß Gertrude Stein sich angewöhnte, nachts zu schreiben. Erst nach elf Uhr abends konnte sie sicher sein, daß keiner mehr an die Ateliertür klopfte. Damals plante sie ihr langes Buch *The Making of Americans*, sie kämpfte mit ihren Sätzen, diesen langen Sätzen, die so exakt gebaut werden mußten. Sätze, nicht nur Worte, sondern Sätze und immer wieder Sätze sind Gertrude Steins lebenslängliche Leidenschaft gewesen. Und damals hatte sie es sich also angewöhnt – und es dauerte bis zum Ausbruch des Krieges, der so viele Gewohnheiten brach –, so hatte sie es sich damals angewöhnt, mit ihrer Arbeit abends um elf anzufangen und bis in die Morgendämmerung hinein zu arbeiten. Sie sagte, sie versuche immer wieder aufzuhören ehe die Morgendämmerung zu hell würde und die Vögel zu munter wären, denn es sei ein unangenehmes Gefühl dann zu Bett zu gehen. Damals gab es viele Vögel auf den Bäumen hinter den hohen Mauern, heute sind es weniger. Doch oft wurde sie von den Vögeln und der Morgendämmerung überrascht und stand im Hof und wartete, um sich daran zu gewöhnen, ehe sie sich hinlegte. Damals hatte sie die Gewohnheit bis zum Mittag zu schlafen, und das Teppichklopfen auf den Hinterhöfen, was damals jeder tat, sogar in ihrem eigenen Haushalt geschah es, konnte sie furchtbar ärgern und stören.

So begannen also die Samstagabende.

Gertrude Stein und ihr Bruder waren oft bei den Matisses und die Matisses waren dauernd bei den Steins. Madame Matisse lud sie gelegentlich zum Mittagessen ein, das ereignete sich meistens, wenn irgendein Verwandter den Matisses einen Hasen geschickt hatte. Hasenpfeffer à la Perpignan von Madame Matisse zubereitet war immer ein Festessen. Sie hatten auch außerordentlich guten Wein, ein bißchen schwer, aber ausgezeichnet. Sie hatten auch eine Art Madeira, der Roncio hieß und wirklich sehr gut war. Maillol, der Bildhauer, kam aus der gleichen Gegend wie Madame Matisse, und einmal, viele Jahre später, als ich ihn bei Jo Davidson traf, erzählte er mir über all diese Weine. Dann erzählte er mir, wie gut er in seiner Studienzeit für fünfzig Franken monatlich in Paris hatte leben können. Allerdings schickte mir meine Familie jede Woche selbstgebackenes Brot, sagte er, und als ich von zu Hause kam, brachte ich so viel Wein mit nach Paris, daß ich für ein Jahr genug hatte, und meine Wäsche schickte ich jeden Monat nach Hause.

Derain war in jener ersten Zeit auch bei einem Mittagessen anwesend. Gertrude Stein und er stritten sich heftig. Sie sprachen über Philosophie und er stützte seine Behauptungen auf die Lektüre des Faust, dessen zweiten Teil er in einer französischen Übertragung gelesen hatte, während er im Militärdienst war. Sie befreundeten sich nicht. Gertrude Stein konnte sich nicht für seine Arbeiten begeistern. Er hatte Raumgefühl, aber ihrer Ansicht nach hatten seine Bilder weder Tiefe noch Leben noch Gültigkeit. Später sahen sie sich selten. Damals war Derain häufig bei den Matisses, und von allen Freunden Monsieur Matisses war er derjenige, den Madame am liebsten mochte.

Es war ungefähr zu dieser Zeit, daß Gertrude Steins Bruder eines Tages zufällig die Galerie Sagot fand. Sagot war ein ehemaliger Zirkusclown, der etwas weiter oben in der Rue Lafitte einen Bilderladen hatte. Hier fand Gertrude Steins Bruder die Bilder von zwei jungen Spaniern, an den Namen des einen kann sich kein Mensch mehr erinnern, und der andre war Picasso. Die Arbeiten der beiden Maler interessierten ihn, und er kaufte ein Aquarell, eine Kaffeehausszene, von dem vergessenen Maler. Sagot schickte ihn auch in ein kleines Möbelgeschäft, wo einige Bilder von Picasso ausgestellt waren. Gertrude Steins Bruder interessierte sich dafür und wollte eins kaufen und fragte nach dem Preis, aber der verlangte Preis war fast so hoch wie für einen Cézanne. Er ging wieder zu Sagot und sagte es ihm. Sagot lachte. Er sagte, das schadet nichts, kommen Sie nur in ein paar Tagen wieder, dann habe ich ein großes Bild für Sie hier. Nach ein paar Tagen hatte er tatsächlich ein großes, und es war sehr billig. Wenn Gertrude Stein und Picasso von jener Zeit erzählen, stimmen ihre Angaben über das, was geschah, nicht immer überein, aber ich glaube, in diesem Falle waren sie sich einig, daß der verlangte Preis hundertfünfzig Franken betrug. Das Bild war das jetzt berühmte Gemälde eines nackten Mädchens mit einem Blumenkorb voll roter Blüten.

Gertrude Stein konnte das Bild nicht leiden, in der Art wie die Füße und die Beine gezeichnet waren, fand sie etwas Abstoßendes, etwas, das sie anwiderte und schockierte. Sie zerstritt sich fast mit ihrem Bruder wegen dieses Bildes. Er wollte es haben, und sie wollte es nicht im Haus dulden. Sagot verstand etwas von ihrer Unterhaltung darüber und sagte, aber das macht doch nichts, wenn Ihnen die Beine und Füße nicht gefallen, ist es eine Kleinigkeit, die Dame zu guillotinieren und nur den Kopf zu nehmen. Nein, das ging auch nicht, fanden alle, und die Sache blieb unentschieden.

Gertrude Stein und ihr Bruder hatten auch weiterhin noch verschiedene Ansichten in dieser Sache und sie waren sich sehr böse. Schließlich wurde entschieden, daß sie es kaufen wollten, da er, der Bruder, es so sehr gern haben wollte, und auf diese Art kam der erste Picasso in die Rue de Fleurus.

Um diese Zeit war es ungefähr auch, daß Raymond Duncan, der Bruder von Isadora, in der Rue de Fleurus ein Atelier mietete. Raymond war gerade von seiner ersten Reise nach Griechenland zurückgekommen und hatte sich eine Griechin und griechische Kostüme mitgebracht. Raymond hatte in San Franzisko die Bekanntschaft von Gertrude Steins älterem Bruder und seiner Frau gemacht. Damals war Raymond der Impresario für Emma Nevada, die den Cellisten Pablo Casals bei sich hatte, der zu der Zeit noch ganz unbekannt war.

Die Duncan-Familie befand sich damals noch im Omar Khayam-Stadium, sie waren noch nicht für Griechisch. Danach waren sie für italienische Renaissance, aber Raymond war jetzt völlig griechisch eingestellt, und das schloß ein griechisches Mädchen mit ein. Isadora verlor ihr Interesse an ihm, sie fand die Griechin zu modern. Jedenfalls war Raymond damals gänzlich ohne Mittel und seine Frau war in andern Umständen. Gertrude Stein schickte ihm Kohle und einen Stuhl, auf dem Penelope sitzen konnte, die andern saßen auf Kisten. Sie hatten noch eine Freundin, die ihnen half, Kathleen Bruce, ein sehr schönes, sehr sportliches englisches Mädchen, eine Art Bildhauerin, sie heiratete später den Südpolforscher Scott und blieb nach seinem Tode unverheiratet. Damals hatte sie auch keine nennenswerten Geldmittel, und jeden Abend pflegte sie Penelope die Hälfte ihres Abendessens zu bringen. Schließlich bekam Penelope ihr Kind, es wurde Raymond genannt, weil Gertrude Steins Bruder und Raymond Duncan, als sie aufs Standesamt gingen, nicht vorher einen Namen ausgesucht hatten. Jetzt wird er gegen seinen Willen Menalkas genannt, doch wäre er sicher zufrieden, wenn er wüßte, daß er dem Gesetz nach Raymond heißt. Aber das ist eine andere Sache.

Kathleen Bruce war Bildhauerin und lernte auch Kindergestalten zu modellieren und bat, ob sie eine Skulptur von Gertrude Steins Neffen anfertigen dürfe. Gertrude Stein ging mit ihrem Neffen zu Kathleens Atelier. Dort trafen sie eines Nachmittags H. P. Roché. Roché war einer von jenen Originalen wie man sie immer in Paris antrifft. Er war sehr ernst, voller Ideale, Hingabe und Begeisterung und Treue, und er machte jedermann mit jedermann bekannt. Er kannte jedermann, und zwar richtig, und er konnte wirklich jeden mit jedem bekanntmachen. Er wollte Schriftsteller werden. Er war groß und rothaarig und sagte nie etwas anderes als gut, gut, ausgezeichnet und wohnte bei seiner Mutter und seiner Großmutter. Er hatte mancherlei in seinem Leben getan, er war mit Österreichern in die österreichischen Alpen gegangen, mit Deutschen nach Deutschland, mit Ungarn nach Ungarn und mit Engländern nach England. Nach Rußland war er nicht gegangen, obwohl er in Paris mit Russen bekannt war. Picasso sagte immer von ihm, Roché ist sehr nett, aber er ist und bleibt eine Übersetzung.

Später war er oft in der Rue de Fleurus 27, mit den verschiedensten Ausländern, und Gertrude Stein hatte ihn immer recht gern. Sie sagte immer von ihm, er ist so treu, vielleicht will man ihn gar nicht unbedingt wiedersehen, aber man weiß, irgendwo ist Roché, und er ist treu. Er hat ihr einmal in den allerersten Tagen ihrer Bekanntschaft eine große Freude gemacht. Damals war gerade *Three Lives*, Gertrude Steins erstes Buch, herausgekommen, und Roché, der englisch lesen konnte, war sehr begeistert. Eines Tages erzählte Gertrude Stein etwas über sich selbst und Roché rief, gut, gut, ausgezeichnet, das ist sehr wichtig für Ihre Biographie. Sie war mächtig gerührt, es war zum erstenmal, daß es ihr richtig zu Bewußtsein kam, eines Tages würde eine Biographie über sie geschrieben werden. Es ist tatsächlich wahr, obwohl sie ihn jahrelang nicht gesehen hat, ist er doch irgendwo, und er ist treu.

Doch nun zurück zu Roché in Kathleen Bruces Atelier. Sie sprachen alle über dies und jenes und Gertrude Stein erwähnte beiläufig, daß sie bei Sagot ein Bild von einem jungen Spanier namens Picasso gekauft hätten. Gut, gut, ausgezeichnet, rief Roché, es ist ein sehr interessanter junger Mann, ich kenne ihn. Oh, wirklich, fragte Gertrude Stein, aber kennen Sie ihn so gut, daß Sie jemand zu ihm führen könnten? Aber natürlich, sagte Roché. Fein, sagte Gertrude Stein, ich weiß, daß mein Bruder ihn sehr gerne kennenlernen möchte. Und dann machten sie etwas ab, und kurz darauf besuchten Roché und Gertrude Steins Bruder Picasso.

Sehr bald danach begann Picasso Gertrude Steins Porträt zu malen, das jetzt so allgemein bekannt ist, aber wie es damals dazu kam, daran kann sich keiner mehr so recht erinnern. Ich habe Picasso und Gertrude Stein oft darüber sprechen hören, aber keiner von beiden kann sich daran erinnern. Sie können sich an das erste Mal erinnern, als Picasso zum Essen in die Rue de Fleurus kam, und sie können sich an das erste Mal erinnern, als Gertrude Stein ihm in der Rue de Ravignan saß, aber dazwischen ist ein leerer Fleck. Wie es soweit kam, daran kann sich keiner erinnern. Seit Picasso sechzehn Jahre alt war, hatte ihm noch nie jemand gesessen, und jetzt war er vierundzwanzig, und Gertrude Stein hatte nie daran gedacht, ein Porträt von sich malen zu lassen und keiner von beiden weiß, wie es eigentlich dazu kam. Jedenfalls kam es dazu, und sie saß ihm für dieses Porträt und zwar neunzigmal und während jener Zeit ereignete sich sehr viel. Doch nun zurück zu den Anfängen.

Picasso und Fernande kamen zum Abendessen, und Picasso war in jener Zeit, was eine liebe Freundin und Schulkameradin von mir, Nelly Jacott, als gut aussehenden Schuhputzer bezeichnete. Er war schmächtig, dunkel, lebhaft, hatte sehr große Augen und war von heftiger aber nicht grober Natur. Er saß beim Essen neben Gertrude Stein, und sie faßte nach einem Stück Brot. Er riß es ihr heftig aus der Hand und sagte, das ist mein Stück Brot. Sie lachte und er machte ein verlegenes Gesicht. Das war der Beginn ihrer Zuneigung.

An jenem Abend holte Gertrude Steins Bruder eine Mappe voll japanischer Holzschnitte nach der andern hervor, um sie Picasso zu zeigen. Gertrude Steins Bruder liebte sie sehr. Picasso sah sich gehorsam und ernsthaft ein Bild nach dem andern an und hörte auf die Erklärungen. Leise sagte er jedoch zu Gertrude Stein: Ihr Bruder ist sehr nett, aber er ist wie Havilland und alle andern Amerikaner und zeigt einem japanische Holzschnitte. Mir gefallen sie gar nicht, nein ganz und gar nicht. Wie ich schon sagte, verstanden sich Gertrude Stein und Picasso vom ersten Augenblick an.

Dann kam die erste Sitzung. Ich habe Picassos Atelier schon beschrieben. Damals herrschte eine noch größere Unordnung, ein Kommen und Gehn, der Ofen glührot und immer Kocherei und andre Unterbrechungen. Ein großer zerbrochener Sessel stand da, in dem Gertrude Stein saß. Eine Couch war da, auf der jeder saß oder schlief. Dann war da ein kleiner Küchenstuhl, auf dem Picasso saß, wenn er malte. Eine große Staffelei war da und viele sehr große Bilder. Picasso näherte sich damals dem Ende der schönsten Harlekin-Periode, als seine Bilder riesengroß waren und ebenso die Figuren und die Gruppen.

Ein kleiner Foxterrier war da, dem etwas fehlte und der schon beim Tierarzt gewesen war und den man nochmal hinbringen wollte. Kein Franzose und keine Französin ist so arm oder so gleichgültig oder so geizig, nicht dauernd das Lieblingshündchen zum Tierarzt zu schleppen.

Fernande war wie immer sehr groß, sehr schön und sehr liebenswürdig. Sie erbot sich, Gertrude Stein La Fontaines Fabeln vorzulesen und sie während des Sitzens damit zu unterhalten. Gertrude Stein nahm ihre Stellung ein und Picasso saß auf der Stuhlkante ganz dicht vor seiner Staffelei und mischte auf einer sehr kleinen Palette, die von einer eintönigen graubraunen Farbe war, noch mehr Graubraun und begann zu malen. Das war die erste von achtzig oder neunzig Sitzungen.

Am späten Nachmittag kamen Gertrude Steins beide Brüder und ihre Schwägerin und Andrew Green, um es sich anzusehen. Sie waren alle begeistert über die Schönheit der Skizze, und Andrew Green bettelte und bettelte, Picasso solle es so lassen wie es war. Aber Picasso schüttelte den Kopf und sagte nein.

Es ist zu schade, aber zu jener Zeit dachte kein Mensch daran, eine Photographie von dem Bild aufzunehmen, wie es damals war, und natürlich erinnerte sich keiner von der Gruppe, die es damals sahen, wie es war, und erst recht nicht Pablo Picasso und Gertrude Stein.

Von diesem Andrew Green wußte keiner, wie sie ihn eigentlich kennengelernt hatten. Er war der Großneffe eines Andrew

Green, der als «Vater von Groß-New York» bekannt war. Er war in Chicago geboren und aufgewachsen, doch war er eigentlich ein typischer großer hagerer Neu-Engländer, blond und liebenswürdig. Er hatte ein großartiges Gedächtnis und konnte das ganze *Verlorene Paradies* von Milton auswendig hersagen und auch alle Übersetzungen von chinesischen Gedichten, die Gertrude Stein sehr liebte. Er war in China gewesen und später lebte er ständig auf einer Südsee-Insel, nachdem er schließlich von seinem Großonkel, der Miltons *Verlorenes Paradies* liebte, ein großes Vermögen geerbt hatte. Er liebte orientalische Stoffe leidenschaftlich. Wie er sagte, schwärmte er für ein fortlaufendes Muster um einen einfachen Mittelpunkt. Er liebte die Gemälde in Museen und haßte alles, was modern war. Einmal, als er während der Abwesenheit der Steins einen Monat lang in der Rue de Fleurus wohnte, kränkte er Hélènes Gefühle, indem er sich jeden Tag frische Bettwäsche geben ließ und alle Bilder mit Kaschmirschals verhängte. Er sagte, die Gemälde seien sehr beruhigend, das könne er nicht leugnen, aber er könne sie nicht ertragen. Er sagte, daß er, nachdem der Monat vergangen war, die neuen Bilder natürlich immer noch nicht leiden könne, aber was das schlimmste war, dadurch, daß er sie nicht leiden konnte, hatte er auch seine Freude an den alten Bildern verloren, und er könne nie im Leben wieder in ein Museum gehen oder ein Bild ansehen. Fernandes Schönheit machte einen sehr großen Eindruck auf ihn. Er war ganz überwältigt. Wenn ich Französisch sprechen könnte, sagte er zu Gertrude Stein, würde ich sie lieben und sie dem kleinen Picasso wegnehmen. Lieben Sie denn mit Worten, lachte Gertrude Stein. Er ging fort, ehe ich nach Paris kam, und er kehrte erst achtzehn Jahre später zurück, und er war sehr langweilig.

Es war ein verhältnismäßig stilles Jahr. Die Matisses waren fast den ganzen Winter in Südfrankreich, in Collioure am Mittelmeer, nicht weit von Perpignan, wo Madame Matisses Angehörige leben. Die Raymond Duncans waren verschwunden, nachdem auch noch eine Schwester von Penelope zu ihnen gezogen war, eine kleine Schauspielerin, die alles andre als griechisch gekleidet war, denn sie war so sehr sie es nur sein konnte, eine kleine Pariserin. Sie erschien in Begleitung eines sehr großen dunklen griechischen Vetters. Er kam um Gertrude Stein zu besuchen und sah sich um und verkündete, ich bin Grieche, das war gerade, als sagte er, ich habe einen einwandfreien Geschmack und mache mir aus keinem einzigen dieser Bilder etwas. Sehr bald danach verschwanden Raymond, seine Frau und sein Kind, die Schwägerin und der griechische Vetter von dem Hof in der Rue de Fleurus 27 und statt ihrer kam eine deutsche Dame.

Diese deutsche Dame war die Nichte und Patentochter von deutschen Feldmarschällen und ihr Bruder war Kapitän bei der deutschen Marine. Ihre Mutter war Engländerin und sie selbst hatte am bayerischen Hof Harfe gespielt. Sie war sehr amüsant und hatte die seltsamsten Freunde, englische und französische. Sie war eine Bildhauerin und sie machte eine typisch deutsche Bildhauerarbeit vom kleinen Roger, dem Jungen des Concierge. Sie machte drei Köpfe von ihm, einen lachenden, einen weinenden und einen, wo er die Zunge herausstreckt, und alle drei auf dem gleichen Sockel. Diese Skulptur verkaufte sie dem Königlichen Museum in Potsdam. Während des Krieges weinte die Conciergefrau oft beim Gedanken, daß ihr Roger dort als Skulptur im Museum in Potsdam war. Diese deutsche Dame erfand Kleider, die man auch mit der Innenseite nach außen tragen oder auseinandernehmen und mal lang, mal kurz tragen konnte, und sie zeigte sie allen Leuten voller Stolz. Sie hatte beim Malen als Lehrer einen gruseligen Franzosen, der genau so aussah, wie die Bilder von Huckleberry Finns Vater. Sie erklärte, daß sie sich nur aus Mitleid seiner bediente, in seiner Jugendzeit habe er eine goldene Medaille im Salon gewonnen und danach habe er nie wieder einen Erfolg gehabt. Sie sagte auch, daß sie nie Dienstboten einstelle, die der Dienstbotenklasse angehören.

Sie sagte, daß verarmte Damen viel appetitlicher und tüchtiger seien und als Hausmädchen habe sie immer eine Beamten- oder Offizierswitwe, die auch für sie nähe und ihr sitze. Eine Zeitlang hatte sie ein österreichisches Mädchen, das einfach köstliche österreichische Mehlspeisen buk, aber sie behielt sie nicht lange. Sie war wie gesagt sehr amüsant und sie und Gertrude Stein unterhielten sich immer miteinander auf dem Hof. Sie wollte stets wissen, was Gertrude Stein von allen dachte, die kamen und gingen. Sie wollte wissen, ob sie zu ihren Ansichten vermittels Deduktion, Beobachtung, Phantasie oder Analyse käme. Sie war amüsant und dann verschwand sie und kein Mensch dachte mehr an sie, bis der Krieg kam, und dann fragten sich alle, ob nicht vielleicht doch etwas Unheimliches im Leben dieser Deutschen in Paris gewesen sei.

Gertrude Stein ging sozusagen jeden Nachmittag nach dem Montmartre, um zu sitzen und dann wanderte sie den Hügel hinab und meistens quer durch Paris, bis in die Rue de Fleurus. Damals gewöhnte sie es sich an, in Paris herumzuspazieren, heute tut sie es in Begleitung eines Hundes, damals war sie allein. An den Samstagnachmittagen gingen die Picassos mit ihr nach Hause und aßen bei ihr und daran schloß sich der Samstagabend an. Während dieser langen Sitzungen und dieser langen Spaziergänge sann Gertrude Stein nach und schrieb in Gedanken ihre Sätze. Sie war damals mitten in ihrer Negergeschichte *Melanctha Herbert*, der zweiten Geschichte aus *Three Lives*, und die ergreifenden Ereignisse, die sie ins Leben Melancthas verflocht, waren oft durch Beobachtungen angeregt worden, die sie bei der Rückkehr von der Rue Ravignan machte.

Zu jener Zeit war es auch, daß die Ungarn ihre Pilgerfahrten in die Rue de Fleurus begannen. Auch Gruppen seltsamer Amerikaner kamen damals. Picasso, den das jungfräuliche Wesen dieser jungen Männer und Frauen überraschte, sagte von ihnen, *ils sont pas des hommes, ils sont pas des femmes, ils sont des américains*. Es sind keine Männer, es sind keine Frauen, es sind Amerikaner. Einmal kam eine Frau aus Bryn Mawr, die Gattin eines bekannten Porträtmalers, die sehr groß und schön war, und weil sie einmal auf den Kopf gefallen war, hatte sie einen merkwürdig leeren Ausdruck im Gesicht. Mit der nun war er sehr einverstanden und nannte sie immer die Kaiserin. Aber dann war da eine gewisse Sorte amerikanischer Kunststudenten, über die er sich immer sehr ärgerte, er pflegte zu sagen, nein, die werden Amerika nicht großmachen! Als er die erste Photographie eines Wolkenkratzers sah, reagierte er ganz typisch. Lieber Himmel, sagte er, stellt euch nur die Eifersuchtsqualen eines Liebhabers vor, die er ertragen muß, bis seine Geliebte all die vielen Treppen bis zu seinem Atelier unterm Dach hinaufgestiegen ist.

In jenen Tagen wurden der Sammlung ein Maurice Denis, ein Toulouse-Lautrec und viele riesengroße Picassos hinzugefügt. Und in jenen Tagen begann auch die Bekanntschaft und Freundschaft mit den Vallotons.

Vollard sagte einmal, als er wegen des Bildes eines gewissen Malers gefragt wurde: *Oh, ça c'est un Cézanne pour les pauvres*, oh, das ist ein Cézanne für arme Sammler. Und Valloton nun war ein Manet für die armen Sammler. Sein großer Frauenakt hatte alle Härte und Unbeweglichkeit und doch nichts von der Qualität der *Olympia* Manets und seine Bildnisse hatten die Trockenheit, aber nicht die Eleganz Davids. Und außerdem hatte er das Pech mit der Schwester eines bedeutenden Bilderhändlers verheiratet zu sein. Er war sehr glücklich mit seiner Frau, und sie war ganz reizend, aber dann waren da die allwöchentlichen Familienzusammenkünfte, und dazu kamen der Reichtum seiner Frau und das heftige Temperament seiner Stiefsöhne. Es war ein guter Mensch, der Valloton, mit scharfem Verstand und sehr viel Ehrgeiz, aber einem ständigen Gefühl von Ohnmacht, was natürlich daher kam, weil er der Schwager eines Bilderhändlers war. Jedoch eine Zeitlang waren seine Bilder sehr interessant. Er bat Gertrude Stein, ihm zu sitzen. Sie tat es im nächsten Jahr. Sie hatte Gefallen daran gefunden, einem Maler zu sitzen, und die vielen stillen Stunden mit dem anschließenden langen Gang durch die Dunkelheit erleichterten die Konzentration, die sie für die Arbeit an ihren Sätzen brauchte, Sätze über die der französische Kritiker Marcel Brion geschrieben hat: durch Genauigkeit, Strenge und das Fehlen aller Abstufungen von Licht und Schatten erreicht Gertrude Stein eine Symmetrie, die sehr analog der Symmetrie einer Bachschen Fuge ist.

Sie hat oft die seltsame Empfindung beschrieben, die Vallotons Art zu malen in ihr weckte. Er war zu jener Zeit für einen Maler kein junger Mann mehr, er hatte im Jahre 1900 auf der Pariser Ausstellung schon erhebliche Anerkennung geerntet. Wenn er ein Bildnis malte, machte er die Skizze und begann dann am oberen Rande der Leinwand zu malen und stieg allmählich immer weiter abwärts. Gertrude Stein sagte, es sei wie das Öffnen eines Vorhangs gewesen, der sich so langsam bewegte wie einer seiner Schweizer Gletscher. Langsam zog er den Vorhang nach unten, und wenn er am unteren Rande der Leinwand angelangt war, dann sah man das Ganze. Der ganze Vorgang erforderte zwei Wochen und danach überreichte er einem das Porträt. Vorher stellte er es aber noch im *Salon d'Automne* aus und es erregte großes Aufsehen und jeder war zufrieden.

Im allgemeinen ging jedermann mindestens einmal wöchentlich in den Zirkus Medrano und zwar alle am gleichen Abend. Die Clowns dort hatten den Einfall gehabt, sich anstatt der alten traditionellen Clown-Kostüme schlechtsitzende Sachen anzuziehen, und diese Art Kleidung, die später durch Charlie Chaplin so berühmt wurde, erregte bei Picasso und all seinen Freunden vom Montmartre helle Begeisterung. Auch die englischen Jockeys und ihre Tracht kamen in Mode und jeder machte sie nach. Es ist noch gar nicht lange her, da sprach jemand darüber, wie gut sich die jungen Maler von heute anzögen, und wie schade es sei, daß sie dafür ihr Geld ausgäben. Picasso lachte. Sie bezahlen bestimmt weniger für ihre

Anzüge und ihre modische Ausstaffierung als wir für unsern Plunder. Ihr glaubt gar nicht, wie schwierig es damals war – und wieviel es kostete –, englischen Tweed oder eine französische Imitation zu bekommen, die derb und schmutzig genug aussah. Und es entspricht auch der Wahrheit, daß die Maler damals eine Menge Geld ausgaben, alles was sie hatten, denn in jener glücklichen Zeit konnten sie jahrelang Geld schuldig bleiben – für Farben, für Leinwand, für die Miete und im Restaurant, einfach für alles, nur nicht beim Kohlenhändler und beim Juwelier.

Der Winter verging. *Three Lives* wurde beendet. Gertrude Stein bat ihre Schwägerin zu ihr zu kommen und es zu lesen. Sie tat es und war ergriffen. Darüber freute sich Gertrude Stein außerordentlich, sie konnte sich nicht vorstellen, daß jemand etwas von ihr Geschriebenes las und sich dafür interessierte. Damals fragte sie niemals jemanden, was er von ihrem Werk dächte, sondern ob er sich soweit dafür interessiere, um es zu lesen. Heute weiß sie, daß jeder, der es zur Hand nimmt, es auch voller Interesse lesen wird.

Sie hatte die Frau ihres älteren Bruders immer sehr geschätzt, doch niemals so sehr wie an jenem Nachmittag. Nun mußte das Buch aber noch mit der Maschine geschrieben werden. Gertrude Stein besaß damals eine erbärmlich kleine Reise-Schreibmaschine, die sie niemals benutzte. Damals und noch viele Jahre hindurch schrieb sie mit Bleistift auf lose Seiten Papier, übertrug es dann mit Tinte in französische Schulhefte und schrieb es danach oft noch einmal mit Tinte ab. Im Zusammenhang mit all diesen Papierfetzchen sagte ihr älterer Bruder einmal, ich weiß nicht, ob Gertrude genialer ist als ihr, das kann ich nicht beurteilen, aber eins ist mir immer aufgefallen, ihr andern malt oder schreibt und seid nicht zufrieden und werft es fort oder zerreißt es, während sie nie sagt, ob sie zufrieden ist oder nicht, sie schreibt es einfach sehr oft ab und wirft nie das kleinste Fetzchen Papier fort, auf das sie etwas geschrieben hat.

Gertrude Stein versuchte *Three Lives* mit der Schreibmaschine abzuschreiben, aber es ging nicht, es machte sie nervös, also kam ihr Etta Cone zu Hilfe. Die Damen Etta Cones, wie Picasso sie und ihre Schwester zu nennen pflegte. Etta Cone war eine Verwandte von Gertrude Stein aus Baltimore und verbrachte einen Winter in Paris. Sie war sehr einsam und interessierte sich für alles.

Etta Cone war entsetzt über die Picassos, fand sie aber romantisch. Sowie die Finanzen der Picassos in hoffnungslose Verwirrung gerieten, nahm Gertrude Stein Etta mit, und sie mußte für hundert Franken Zeichnungen kaufen. Hundert Franken waren damals immerhin zwanzig Dollar. Etta war aber bereit, sich auf so romantische Art in Werken der Nächstenliebe zu ergehen. Natürlich wurden diese Zeichnungen sehr viel später der Kern ihrer Bildersammlung.

Etta Cone erbot sich, *Three Lives* auf der Maschine zu schreiben und begann auch damit. Nun ist Baltimore dafür bekannt, daß seine Einwohner sehr diskret und gewissenhaft sind. Plötzlich kam es Gertrude Stein in den Sinn, daß sie Etta nicht gesagt hatte, sie dürfe das Manuskript lesen, ehe sie mit dem Abschreiben begann. Sie suchte sie also auf und tatsächlich kopierte Etta das Manuskript getreulich Buchstaben um Buchstaben, um nur ja nicht den Inhalt zu erfassen und dadurch eine Taktlosigkeit zu begehen. Nachdem sie Erlaubnis erhalten hatte, den Text auch zu lesen, fuhr sie mit dem Abschreiben fort.

Der Frühling kam und die Sitzungen bei Picasso näherten sich dem Ende. Eines Tages malte er plötzlich den ganzen Kopf. Ich sehe dich überhaupt nicht mehr, erklärte er gereizt. Und deshalb blieb das Bildnis wie es war.

Beide erinnern sich nicht mehr daran, ob sie besonders enttäuscht oder ärgerlich darüber waren, daß die endlosen Sitzungen so endeten. Die Frühlingsausstellung der *Indépendants* begann, und danach gingen Gertrude Stein und ihr Bruder, wie es damals ihre Gewohnheit war, nach Italien. Pablo und

Fernande reisten nach Spanien, sie zum erstenmal, und sie mußte sich einen Hut und ein Kleid und Parfum und einen Kocher kaufen. Alle Französinnen, wenn sie damals ins Ausland reisten, nahmen einen Petroleumkocher mit, auf dem sie kochten. Vielleicht tun sie es noch heutigentags. Einerlei wohin sie gingen, sie nahmen einen Kocher mit. Sie mußten immer sehr viel Zuschlag für ihr Gepäck bezahlen – wie alle Französinnen, die auf Reisen gehen. Und die Matisses waren wieder da und mußten die Picassos kennenlernen und sich gegenseitig reizend finden, mochten sich aber nicht besonders leiden. Und in ihrem Gefolge war Derain und lernte ebenfalls Picasso kennen, und mit ihm erschien Braque.

Heute mag es einem seltsam vorkommen, daß Matisse davor noch nie von Picasso gehört hatte und daß Picasso nirgends Matisse begegnet war. Doch damals lebte jede kleine Gruppe ihr eigenes Leben und wußte praktisch nichts von anderen Gruppen. Matisse auf seinem Quai Saint Michel, der bei den *Indépendants* ausstellte, wußte überhaupt nichts von Picasso und dem Montmartre und Sagot. Zwar hatte Mademoiselle Weil in der allerersten Zeit die Bilder all dieser Maler für ihren Kramladen auf dem Montmartre erworben, aber da sie Bilder von jedermann kaufte, Bilder, die ihr zugetragen wurden, und durchaus nicht immer vom Maler selbst, so war es nicht sehr wahrscheinlich, daß ein Maler dort die Bilder eines andern Malers sah, es sei denn durch einen besonderen Zufall. Später waren sie ihr jedoch alle sehr dankbar, weil doch immerhin jeder der später berühmt wurde, ihr einst sein erstes kleines Bildchen verkauft hatte.

Wie ich schon sagte, waren die Sitzungen vorbei, die Vernissage bei den *Indépendants* war auch vorbei, und jeder reiste ab.

Es war ein sehr fruchtbarer Winter gewesen. Während der Zeit des langen Ringens mit Gertrude Steins Porträt war Picasso von der Harlekin- und der entzückenden frühitalienischen Periode bis zu jenem ungeheuren Ringen vorgedrungen, das dann als Kubismus Form gewann. Gertrude Stein hatte die Erzählung von der Negerin *Melanctha* geschrieben, die zweite Erzählung ihres Buches *Three Lives*, das in der Literatur den ersten entscheidenden Schritt vom neunzehnten ins zwanzigste Jahrhundert darstellte. Matisse hatte sein *Bonheur de Vivre* gemalt und hinsichtlich der Farbe eine neue Schule erschaffen, die bald auf alle Maler ihren Einfluß ausübte. Und nun reiste jedermann ab.

In jenem Sommer fuhren die Matisses nach Italien. Matisse machte sich nicht viel daraus, er zog Frankreich und Marokko vor, aber Madame Matisse war hingerissen. Es war ein Traum ihrer frühen Mädchentage, der nun in Erfüllung ging. Sie sagte, ich muß mir die ganze Zeit über sagen, jetzt bist du wirklich in Italien. Und ich sage es auch Henri dauernd, und er hört sich's auch geduldig an, aber er sagt, und wenn schon.

Die Picassos waren in Spanien, und Fernande schrieb lange Briefe und beschrieb Spanien und die Spanier und Erdbeben.

Das Leben in Florenz war abgesehen vom kurzen Besuch der Matisses und einem kurzen Besuch Alfy Maurers ganz verschieden vom Leben in Paris.

Gertrude Stein und ihr Bruder mieteten für den Sommer eine Villa auf dem Hügel oben in Fiesole bei Florenz, und dort verbrachten sie während mehrerer Jahre den Sommer. In dem Jahr, als ich nach Paris kam, mieteten ich und eine Freundin diese Villa, da Gertrude Stein und ihr Bruder ein größeres Haus auf der andern Seite von Fiesole genommen hatten, weil sie in jenem Sommer auch den andern Bruder und seine Frau und deren Kind mitgebracht hatten. Das kleinere Haus, die Casa Ricci, war ganz entzückend. Eine Schottin hatte es wohnlich eingerichtet, die von Geburt Presbyterianerin gewesen und dann eine eifrige Katholikin geworden war und ihre alte presbyterianische Mutter von einem Kloster zum andern mitgenommen hatte. Schließlich kamen sie in der Casa Ricci zur Ruhe und dort richtete sie eine Kapelle ein und dort starb auch ihre Mutter. Sie gab die Villa dann auf und bezog eine größere, die sie in ein Heim für nicht länger amtierende Priester umwandelte und Gertrude Stein und ihr Bruder mieteten die Casa Ricci von ihr. Gertrude Stein war begeistert über ihre Hauseigentümerin, die genau wie eine Hofdame der Maria Stuart aussah und mit ihren schleppenden schwarzen Gewändern vor jedem Kreuz und Heiligenbild in die Knie sank und dann plötzlich eine steile Leiter hinaufkletterte, um eine Bodenluke zu öffnen und nach den Sternen zu schauen. Eine seltsame Mischung katholischen und protestantischen Überschwanges.

Die französische Köchin Hélène wurde nie nach Fiesole mitgenommen. Sie hatte inzwischen geheiratet. Während der Sommermonate kochte sie für ihren Mann und besserte die Strümpfe Gertrude Steins und ihres Bruders aus, indem sie neue Füßlinge einsetzte. Sie kochte auch Früchte ein. In Italien war es Maddalena, die für die Steins ebenso wichtig in Italien war wie in Paris Hélène, doch zweifle ich, ob sie ebensoviel Sinn für Berühmtheiten hatte wie jene. Italien ist zu sehr gewöhnt an Berühmtheiten und deren Kinder. Und in diesem Zusammenhang erklärte Edwin Dodge einmal, das Leben großer Männer beweist uns, daß wir keine Söhne hinterlassen sollten.

Gertrude Stein liebte Sonne und Wärme, obwohl sie immer sagt, daß der Pariser Winter das ideale Klima sei. In jener Zeit ging sie gern um die Mittagszeit spazieren. Ich mag und mochte die Sommersonne nie leiden, begleitete sie aber oft. Später, in Spanien, setzte ich mich einfach unter einen Baum und weinte, sie aber war unermüdlich trotz all der Sonne. Sie konnte sich sogar in die Sonne legen und mitten in die Mittagssonne blicken und sagte, es ruhe ihre Augen und ihren Kopf aus.

Es waren interessante Leute in Florenz. Die Berensons waren da, und damals war Gladys Deacon, eine weltbekannte Schönheit, bei ihnen, doch nach einem Winter auf dem Montmartre fand Gertrude Stein sie sei nicht interessant weil sie sich zu leicht über alles aufrege. Auch die ersten Russen lernten wir damals kennen, von Heiroth und seine Frau, sie hat nachher noch viermal geheiratet und später mal scherzend gesagt, daß sie mit all ihren Männern immer gut Freund sei. Von Heiroth war töricht, sah aber gut aus und erzählte die üblichen russischen Geschichten. Dann waren die Thorolds da und noch viele andere. Und das wichtigste war die ganz ausgezeichnete englische Leihbücherei mit allen möglichen seltsamen Lebensbeschreibungen, die für Gertrude Stein eine Quelle unerschöpflichen Vergnügens waren. Sie erzählte mir einmal, als sie jung gewesen sei, habe sie so viel gelesen, von den Elisabethanern an bis zu den Modernen, daß sie schreckliche Angst hatte, eines Tages könne sie nichts mehr zu lesen finden. Diese Furcht verfolgte sie Jahre hindurch, aber irgendwie findet sie doch immer noch mehr zu lesen trotzdem sie ununterbrochen liest. Ihr ältester Bruder beklagte sich immer, obwohl er jeden Tag so viele Bücher aus Florenz mitgebracht habe wie er nur tragen konnte, hätte er doch immer genau so viele zurückzuschleppen gehabt.

Während jenes Sommers begann Gertrude Stein ihr großartiges Buch *The Making of Americans*.

Es beginnt mit einem altbekannten Thema, über das sie in Radcliffe geschrieben hatte.

«Eines Tages schleifte ein Mann im Zorn seinen Vater durch den Obstgarten. ‚Hör jetzt auf!‘ stöhnte der Alte schließlich. ‚Hör auf! Ich habe meinen Vater auch nur bis zu diesem Baum hier geschleift!‘

Es ist schwer mit den Anlagen fertigzuwerden, mit denen wir auf die Welt kamen. Denn in unsrer Jugend sind wir über die Maßen unduldsam gegenüber unsern Fehlern, wie wir sie bei andern vergrößert gewahr werden und bei uns selbst erbittert bekämpfen; doch dann werden wir älter und merken, daß diese unsre Sünden eigentlich harmlos sind und dem Charakter sogar einen bestimmten Reiz verleihen, und so hören wir schließlich auf dagegen anzukämpfen.» Es sollte die Geschichte einer Familie werden. Anfänglich war es auch die Geschichte einer Familie, doch zu der Zeit, als ich nach Paris kam, wurde es schon zu einer Geschichte aller menschlichen Kreatur, aller die je lebten und noch leben und leben werden. Gertrude Stein hat sich in ihrem ganzen Leben nie so sehr über etwas gefreut wie über die Übersetzung, die Bernard Faÿ und Madame Seillière jetzt von ihrem Buch anfertigen. Sie sah sie gerade jetzt mit Bernard Faÿ durch und sagt, es ist auf Englisch wunderbar und auf Französisch genau so wunderbar. Elliot Paul, der Herausgeber der *Transition*, sagte einmal, er sei überzeugt, daß Gertrude Steins Bücher in Frankreich Bestseller würden. Es sieht ganz danach aus, als ob seine Prophezeiung sich verwirklichen wird.

Doch nun zurück zu den längst vergangenen Tagen in der Casa Ricci und der Zeit, da Gertrude Stein ihre ersten langen Sätze schrieb, die hinfort die literarischen Ansichten sehr vieler Menschen ändern sollten.

Gertrude Stein arbeitete fieberhaft an den Anfängen ihres Buches *The Making of Americans* und kehrte erfüllt von ihrem Plan nach Paris zurück. Damals war es auch, daß sie infolge ihrer Nachtarbeit so oft von der Morgendämmerung überrascht wurde, wenn sie noch an der Arbeit saß. Sie kehrte ganz begeistert nach Paris zurück. Was sie vorfand, war erstens einmal ihr vollendetes Porträt. Denn am Tage, als Picasso aus Spanien zurückgekommen war, hatte er sich hingesetzt und ihren Kopf auswendig fertig gemalt, ohne sie inzwischen wiedergesehen zu haben. Und als sie es sah, waren er und sie zufrieden. Es ist sehr seltsam, daß sich keiner von beiden daran erinnern kann, wie der Kopf aussah, ehe er ihn beendete. Hier ist noch eine nette Geschichte im Zusammenhang mit diesem Porträt.

Erst vor wenigen Jahren entschloß sich Gertrude Stein, ihr Haar abzuschneiden, bis dahin hatte sie es als Krone frisiert getragen, so wie es auch Picasso gemalt hat, und als sie nun ihr Haar hatte abschneiden lassen, kam sie eines Tages zufällig in ein Zimmer und Picasso befand sich zwei Zimmer weit entfernt. Sie trug einen Hut, aber er erblickte sie durch die zwei Türöffnungen und kam schnell auf sie zu und rief, Gertrude, was ist denn, was ist denn. Was ist was, Pablo, fragte sie. Zeig's mir mal, sagte er. Sie zeigte es ihm. Und mein Porträt, fragte er streng. Dann wurde seine Miene weicher und er sagte, quand même, tout y est, immerhin, es ist alles da.

Matisse war zurückgekommen und die Luft schwirrte von Neuigkeiten. Derain, und mit ihm Braque, waren nach dem Montmartre gegangen. Braque war ein junger Maler, der Marie Laurencin gekannt hatte, als sie beide noch Kunstschüler gewesen waren, und damals hatten sie sich gegenseitig porträtiert. Danach hatte Braque seltsame geographische Landschaften gemalt, mit rundlichen Hügeln, und in den Farben sehr von Matisse und seiner unabhängigen Malerei beeinflußt. Irgendwie hatte er Derain kennengelernt, vielleicht während des Militärdienstes, und jetzt machten sie Picassos Bekanntschaft. Das war ein denkwürdiger Augenblick.

Sie verbrachten fortan ihre Tage oben auf dem Montmartre und aßen immer zusammen in einem kleinen Restaurant gegenüber von Picassos Wohnung, und Picasso war mehr denn je, was Gertrude Stein den kleinen Torero gefolgt von seinen Getreuen nannte, oder wie sie ihn später beschrieb, Napoleon mit seinen vier langen Grenadieren. Derain und Braque waren sehr groß und auch Guillaume war ein großer schwerer Mensch und Salomon war durchaus nicht klein. Picasso war jeder Zoll ein Anführer.

Und damit komme ich in meinem Bericht zu Salmon und zu Guillaume Apollinaire, obzwar Gertrude Stein die beiden und auch Marie Laurencin schon sehr viel früher, und ehe all dies geschah, kennengelernt hatte.

Salmon und Guillaume Apollinaire lebten damals beide auf dem Montmartre. Salmon war sehr wendig und lebendig, aber Gertrude Stein fand ihn nie so besonders interessant.

Sie mochte ihn gern. Guillaume Apollinaire dagegen war wundervoll. Gerade in jenen Tagen, das heißt zu der Zeit als Gertrude Stein ihn kennenlernte, regte sich jeder wegen eines Duells auf, das er mit einem andern Schriftsteller ausfechten wollte. Fernande und Pablo Picasso berichteten so aufgeregt und mit so viel Gelächter und Montmartre-Slang darüber – es war noch in den ersten Anfängen ihrer Bekanntschaft, bei denen sie sich nie so recht erinnern kann, was eigentlich geschah. Jedenfalls drehte es sich irgendwie darum, daß Guillaume den andern angriff und Max Jacob sollte Guillaumes Sekundant und Zeuge sein. Guillaume und sein Gegner saßen jeder den ganzen Tag in ihren Lieblings-Cafés und warteten ab, während ihre Sekundanten hin und her liefen. Wie es alles endete, weiß Gertrude Stein nicht, doch jedenfalls kam es nicht zum Duell, aber es herrschte große Aufregung wegen der Rechnung, die jeder Sekundant präsentierte. Da waren nämlich alle Tassen Kaffee aufgeführt, die sie jedesmal getrunken hatten und natürlich hatten sie jedesmal eine Tasse Kaffee getrunken, wenn sie sich in dem einen oder andern Café zu einem der beiden Gegner setzten und ebenfalls wenn sich die beiden Sekundanten zusammensetzten. Es erhob sich außerdem die Frage, unter welchen Bedingungen sich die unbedingte Notwendigkeit ergeben habe, außer der Tasse Kaffee noch einen Kognak zu bestellen. Und wie oft sie wohl Kaffee getrunken hätten, wenn sie nicht Sekundanten gewesen wären. All das führte zu endlosen Rendez-vous und zu endlosen Erörterungen und zu endlosen weiteren Posten auf den Rechnungen. Das Ganze dauerte Tage, vielleicht sogar Wochen und Monate, und kein Mensch weiß, ob zu guter Letzt jeder einschließlich der Cafébesitzer zu seinem Recht kam. Es war stadtbekannt, daß Apollinaire sich nur mit dem äußersten Unbehagen selbst von dem kleinsten Geldstück trennte. Es war ein sehr ergiebiger Gesprächsstoff.

Apollinaire war sehr schön und sehr interessant. Er hatte einen Kopf wie einer der spätrömischen Kaiser. Er hatte auch einen Bruder, über den viel gesprochen wurde, den man aber nie zu sehen bekam. Er arbeitete in einer Bank und war deshalb verhältnismäßig gut angezogen. Wenn nun jemand vom Montmartre irgendwohin gehen mußte, wo man in anständiger Kleidung zu erscheinen hatte, etwa um einen Verwandten zu sprechen oder geschäftlich, dann trug er stets irgend etwas aus der Garderobe von Apollinaires Bruder.

Guillaume war außerordentlich geistreich, und einerlei wovon die Rede war, er erfaßte im Nu, ob er etwas darüber wußte oder nicht, den Kernpunkt des Themas und ließ sich infolge seines Verstandes und seiner Phantasie lang und breit darüber aus und besser als jeder, der etwas darüber wußte, und seltsamerweise hatte er auch meistens völlig recht.

Einige Jahre später aßen wir einmal mit den Picassos und in der Unterhaltung mit mir zog Guillaume den kürzeren. Ich war sehr stolz darauf, aber, sagte Eve (Picasso lebte damals nicht mehr mit Fernande), Guillaume war entsetzlich betrunken, sonst wäre es nicht dahin gekommen. Nur unter solchen Umständen konnte man sich gegen Guillaume behaupten. Der arme Guillaume. Ich sah ihn zum letztenmal, als er aus dem Krieg nach Paris zurückgekehrt war. Er hatte eine schwere Kopfwunde und ein Stück seiner Schädeldecke war entfernt worden. Er sah ganz wunderbar aus mit seiner blauen Uniform und dem Kopfverband. Er aß mit uns und wir unterhielten uns lange. Er war sehr müde und konnte den Kopf kaum aufrechthalten. Er war sehr ernst, beinahe feierlich. Bald darauf verließen wir Paris, wir arbeiteten damals im *Fonds de Secours Américain pour les Blessés Français* und sahen ihn nie wieder. Später erzählte uns Olga Picasso, Picassos Frau, daß Guillaume Apollinaire in der Nacht nach dem Waffenstillstand starb, sie waren den ganzen Abend bei ihm, es war warm und die Fenster standen offen und die vorüberziehende Menge rief, *à bas Guillaume*, nieder mit Wilhelm, und da Apollinaire ganz allgemein Guillaume genannt wurde, quälte es ihn sogar noch im Todeskampf.

Er war wirklich ein Held. Seine Mutter war Polin, sein Vater möglicherweise Italiener, und als Ausländer wäre es durchaus nicht nötig gewesen, daß er sich als Freiwilliger meldete. Er war voller Lebensfreude, an das Leben als Schriftsteller und an Tafelfreuden gewöhnt, und trotz alledem stellte er sich. Zuerst ging er zur Artillerie. Jeder empfahl es ihm, weil es weniger gefährlich war und auch leichter als in der Infanterie, aber nach einiger Zeit bekam er diese Art Geborgenheit satt und wurde Infanterist und während eines Angriffs wurde er verwundet. Er war lange im Hospital und erholte sich etwas, damals sahen wir ihn, und schließlich starb er am Waffenstillstandstag.

Der Tod Guillaume Apollinaires hatte gerade zu jener Zeit für seine Freunde sehr viel zu bedeuten, ganz abgesehen von ihrem Kummer bei seinem Tode. Es war die Zeit gleich nach dem Kriege, als so vieles sich änderte und die Menschen sich aus den Augen verloren. Guillaume wäre ein Bindeglied gewesen, es lag in seiner Art, die Menschen zusammenzuhalten, und jetzt, da er von uns gegangen war, fand manche Freundschaft ein Ende. Aber all das war sehr viel später und ich will von Anfang an erzählen, wie Gertrude Stein zum erstenmal Guillaume und Marie Laurencin kennenlernte.

Jeder nannte Gertrude Stein Gertrude, oder im Höchstfalle Mademoiselle Gertrude, jeder nannte Picasso Pablo und Fernande Fernande, und jeder nannte Guillaume Apollinaire Guillaume und Max Jacob Max, aber jeder nannte Marie Laurencin Marie Laurencin.

Als Gertrude Stein Marie Laurencin zum erstenmal sah, hatte Guillaume Apollinaire sie in die Rue de Fleurus mitgenommen, und es war nicht an einem Samstagabend, sondern an einem andern Abend. Sie war sehr interessant. Es war ein außergewöhnliches Paar. Marie Laurencin war schrecklich kurzsichtig und natürlich trug sie nie eine Brille, keine Französin und nur sehr wenig Franzosen taten es damals. Sie benutzte eine Lorgnette.

Sie sah sich jedes Gemälde sehr sorgfältig an, das heißt jedes Bild in Augenhöhe, das Gesicht direkt vor der Leinwand, und studierte das Bild Zoll für Zoll mit der Lorgnette. Bilder die nicht in Augenhöhe waren, beachtete sie nicht. Schließlich bemerkte sie, ich persönlich ziehe Porträts vor, und das ist ja nur zu natürlich, da ich selbst wie ein Clouet aussehe. Und es stimmte tatsächlich, sie war ein Clouet. Sie hatte die zarten eckigen Züge der Französinnen aus dem Mittelalter bei den französischen Primitiven. Sie sprach mit hoher, wunderbar harmonischer Stimme. Sie setzte sich neben Gertrude Stein auf die Couch und erzählte ihr ihre Lebensgeschichte und daß ihre Mutter, die ihrer Veranlagung nach Männer nicht leiden konnte, jahrelang die Geliebte einer hohen Persönlichkeit gewesen sei und dann sie, Marie Laurencin, geboren habe. Nie habe ich es gewagt, fuhr sie fort, ihr etwas von Guillaume zu erzählen, obwohl Guillaume so reizend ist, daß sie nicht anders kann als ihn gernhaben, aber lieber nicht. Eines Tages werde ich Sie mit ihr bekanntmachen.

Und Gertrude Stein lernte die Mutter kennen und damals war ich schon in Paris und wurde mitgenommen.

Marie Laurencin lebte ihr seltsames Leben und übte ihre seltsame Kunst aus und wohnte bei ihrer Mutter, die eine sehr stille, sehr angenehme, sehr würdevolle Dame war, und es war als ob die beiden in einem Kloster lebten. Die kleine Wohnung war voller Handarbeiten, die die Mutter nach den Entwürfen Marie Laurencins angefertigt hatte. Marie und ihre Mutter verkehrten genau so wie eine ältere und eine jüngere Nonne miteinander. Es war alles sehr seltsam. Später, kurz vor dem Kriege, erkrankte die Mutter und starb. Sie hatte Guillaume Apollinaire noch gesehen und mochte ihn gern.

Nach dem Tode ihrer Mutter verlor Marie Laurencin jeglichen Halt. Sie und Guillaume Apollinaire sahen einander nicht mehr. Eine Beziehung, die zu Lebzeiten der Mutter solange ohne ihr Wissen bestanden hatte, konnte nun, da sie tot war und nachdem sie Guillaume vorher noch gesehen und geschätzt hatte, nicht länger fortbestehen. Marie heiratete gegen den Rat ihrer Freunde einen Deutschen. Als ihre Freunde ihr Vorwürfe machten, sagte sie, aber er ist der einzige, der mir meine Mutter ersetzt.

Sechs Wochen nach der Heirat brach der Krieg aus und Marie mußte Frankreich verlassen, weil sie mit einem Deutschen verheiratet war. Wie sie mir später erzählte, als wir uns einmal während des Krieges in Spanien trafen, konnten ihr die Behörden nichts anhaben, denn aus ihrem Paß ging hervor, daß niemand wußte, wer ihr Vater war, und natürlich hatten sie Angst, weil sie dachten, vielleicht ist ihr Vater der Präsident der französischen Republik. Während dieser Kriegsjahre war Marie sehr unglücklich. Sie war ganz und gar Französin, den Papieren nach jedoch Deutsche. Wenn man sie traf, pflegte sie zu sagen, darf ich Ihnen meinen Mann, einen Boche, vorstellen, an seinen Namen kann ich mich nicht erinnern. Die französischen Behörden, mit denen sie und ihr Mann gelegentlich in Spanien in Berührung kamen, machten ihr das Leben schwer, indem sie immer betonten, daß Deutschland ihre Heimat sei. Und Guillaume, mit dem sie noch in Briefwechsel stand, schrieb ihr unterdessen leidenschaftlich patriotische Briefe. Es war eine elende Zeit für Marie Laurencin.

Schließlich gelang es Madame Groult, der Schwester Poirets, Marie in ihrem Kummer beizustehen. Marie ließ sich von ihrem Mann scheiden und kehrte nach dem Waffenstillstand nach Paris zurück und fand sich wieder im Leben zurecht. Damals kam sie wieder in die Rue de Fleurus, und zwar mit Eric Satie. Beide waren normannischer Herkunft und stolz und froh darüber.

In der allerersten Zeit hatte Marie Laurencin ein seltsames Bild gemalt, Guillaume, Picasso, Fernande und sich selber darstellend. Fernande erzählte Gertrude Stein davon. Gertrude Stein kaufte es und Marie Laurencin war sehr glücklich. Es war das erste Bild, das sie je verkauft hatte.

Noch ehe Gertrude Stein in der Rue Ravignan bekannt war, hatte Guillaume Apollinaire seine erste bezahlte Stelle als Herausgeber einer kleinen Zeitschrift für Körperkultur. Auf Grund dessen schuf Picasso seine wunderbaren Karikaturen und vor allem eine von Guillaume als Beispiel, wohin man mit der Körperkultur geraten kann.

Und nun noch einmal zurück zu der Zeit, als sie alle von ihren Auslandsreisen wiederkamen und Picasso der Führer einer Bewegung wurde, die später unter dem Namen Kubismus bekannt wurde. Wer sie zuerst Kubisten nannte, weiß ich nicht, vermutlich war es Guillaume Apollinaire. Jedenfalls schrieb er die erste kleine Broschüre über alle und illustrierte sie mit Reproduktionen ihrer Bilder.

Ich kann mich noch so gut daran erinnern, wie Gertrude Stein mich das erste Mal zu Guillaume Apollinaire mitnahm. Es war eine winzige Junggesellenwohnung in der Rue des Martyrs. Das Zimmer war überfüllt mit einer Menge kleiner junger Männer. Ich fragte Fernande, wer sind all die kleinen Männer. Es sind Dichter, antwortete Fernande. Ich war überwältigt. Ich hatte noch nie so viele Dichter gesehen, einen schon, ja, aber nicht so viele. An jenem Abend war es auch, daß Picasso, der ein bißchen angeheitert war, zu Fernandes größter Entrüstung darauf bestand, neben mir zu sitzen und mir in einem spanischen Photographie-Album aufs genaueste Ort und Stelle zu zeigen, wo er geboren war. Ich bekam aber nur eine sehr unklare Vorstellung darüber.

Derain und Braque wurden sechs Monate, nachdem Picasso durch Gertrude Stein Matisse kennengelernt hatte, Anhänger Picassos. Matisse hatte Picasso inzwischen mit der Negerskulptur bekanntgemacht.

In jenen Tagen war die Negerskulptur wohl bei den Kuriosammlern, aber nicht bei Künstlern bekannt. Wer zuerst ihren potentiellen Wert für den modernen Künstler erkannt hat, kann ich leider nicht sagen. Vielleicht war es Maillol, der aus der Gegend von Perpignan kam und im Süden mit Matisse zusammentraf und ihn darauf aufmerksam machte. Allgemein heißt es, daß es Derain gewesen sei. Es ist auch sehr leicht möglich, daß es Matisse selbst war, denn viele Jahre wohnte in der Rue de Rennes ein Kuriohändler, der immer eine Menge solcher Dinge in seinem Schaufenster hatte und Matisse ging oft durch die Rue de Rennes, wenn er sich zu einem seiner Abendkurse begab.

Jedenfalls war es Matisse, der zuerst von den afrikanischen Statuen beeinflußt wurde, und zwar nicht so sehr in seiner Malerei wie in seinen Skulpturen, und Matisse war es, der Picasso darauf aufmerksam machte, und zwar kurz nachdem Picasso das Porträt Gertrude Steins beendet hatte.

Die Wirkung dieser afrikanischen Kunst auf Matisse und Picasso war völlig verschieden. Matisse wurde dadurch eher in seiner Phantasie als in seiner Vision beeinflußt, während es bei Picasso gerade umgekehrt war. Seltsamerweise macht sich dieser Einfluß auf Picassos Phantasie erst sehr viel später geltend und zwar wahrscheinlich durch das Östliche in der russischen Kunst, mit der Picasso durch Diaghilev und das russische Ballett bekannt wurde, und die jenen Einfluß noch verstärkte.

In jener ersten Zeit als er den Kubismus schuf, wirkte die afrikanische Kunst allein auf seine Vision und Form, während seine Phantasie noch rein spanisch blieb. Jene spanische Eigentümlichkeit des Formalen und Abstrakten war sogar durch die Arbeit am Porträt Gertrude Steins noch angeregt worden. Sie hatte damals und immer eine ausgesprochene Neigung zur lebendigen Abstraktion. Nie interessierte sie sich für afrikanische Skulpturen. Sie sagte immer, daß sie ihr zwar gefielen, daß diese Kunst aber die Europäer nicht beträfe, da es ihr an Naivität fehle, denn sie sei sehr alt, sehr begrenzt und sehr raffiniert, ohne doch die Eleganz der ägyptischen Skulpturen zu besitzen, von denen sie übrigens herstamme. Sie sagt, als Amerikanerin liebe sie es, daß primitive Kunst wilder sei.

Nachdem also Matisse und Picasso durch Gertrude Stein und ihren Bruder miteinander bekannt gemacht worden waren, wurden sie Freunde, doch waren sie Gegner. Heute sind sie weder Freunde noch Gegner. Damals waren sie beides.

Sie tauschten Bilder miteinander aus, wie es damals üblich war. Jeder Maler wählte sich dasjenige Werk des andern, das ihn vermutlich am meisten interessierte. Matisse und Picasso wählten nun jeder ein Bild, das zweifellos das uninteressanteste ist, das der andre je gemalt hat. Später benutzte jeder das gewählte Bild als Beispiel, um die Schwächen des andern darzulegen. Ganz offensichtlich traten aber in den beiden gewählten Bildern die hervorragenden Eigenschaften des betreffenden Malers nicht sehr deutlich zutage.

Die Haltung zwischen den Anhängern Picassos und Matisses wurde feindselig. Und das bringt mich nun also zu jenem Saal im *Salon des Indépendants*, wo meine Freundin und ich ohne es zu ahnen vor zwei Bildern saßen, die zum erstenmal in aller Öffentlichkeit deutlich bewiesen, daß Derain und Braque Anhänger Picassos geworden waren und keinesfalls Anhänger Matisses.

In der Zwischenzeit hatten sich natürlich sehr viele Ereignisse abgespielt.

Matisse stellte im *Salon d'Automne* und im *Salon des Indépendants* aus. Er gewann eine immer größere Zahl von Anhängern. Picasso dagegen hatte sein Leben lang nie in einem Salon ausgestellt. Zu jener Zeit konnte man seine Bilder wirklich nur in der Rue de Fleurus 27 sehen. Zum erstenmal stellte er gewissermaßen aus, als Derain und Braque, beide von der jüngsten Entwicklung seines Schaffens völlig beeinflußt, ihre zwei Bilder zeigten. Von da an hatte auch Picasso seine Schule.

Matisse ärgerte sich über die wachsende Freundschaft zwischen Picasso und Gertrude Stein. Mademoiselle Gertrude, sagte er, liebt Lokalfarben und theatralische Effekte. Für einen Menschen ihres Ranges ist es unmöglich mit einem Mann wie Picasso befreundet zu sein. Matisse kam noch oft in die Rue de Fleurus, doch herrschte nicht länger die alte Offenheit im Verkehr aller untereinander. Damals war es, daß Gertrude

Stein und ihr Bruder allen Malern, deren Bilder an den Wänden hingen, ein Essen gaben. Die Bilder der Verstorbenen und der Alten waren natürlich ausgeschlossen. Bei diesem Essen nun machte Gertrude Stein sie alle glücklich und die Einladung zu einer gelungenen Feier, indem sie jedem Maler einen Platz gegenüber von seinem eigenen Werk gab. Keiner von ihnen merkte es, sie freuten sich ganz rückhaltlos, bis beim allgemeinen Aufbruch Matisse, der mit dem Rücken zur Tür gewandt stand und ins Atelier zurücksah, plötzlich begriff, was Gertrude Stein veranlaßt hatte.

Matisse gab Gertrude Stein zu verstehen, daß sie alles Interesse an seinen Bildern verloren habe. Sie antwortete, es ist nichts Kämpferisches mehr in Ihnen, während Sie bis jetzt instinktiv Gegenströmungen bei den andern hervorriefen, die Sie dann zum Kampf anregten. Jetzt haben Sie nur noch Anhänger.

Das war das Ende des Gesprächs, aber der Anfang eines wichtigen Abschnitts in ihrem Werk *The Making of Americans*. Auf diesen Gedanken bauen sich einige der gültigsten psychologischen Unterscheidungen Gertrude Steins auf.

Um diese Zeit begann Matisse zu unterrichten. Er zog vom Quai Saint Michel, wo er seit seiner Heirat gelebt hatte, an den Boulevard des Invalides. Infolge der Trennung von Staat und Kirche, welche gerade damals in Frankreich stattfand, war die französische Regierung in den Besitz von sehr vielen Klosterschulen und anderem kirchlichem Grundbesitz gekommen. Da viele dieser Klöster eingingen, standen damals eine Menge Gebäude leer, darunter auch ein ganz prächtiges am Boulevard des Invalides.

Diese Gebäude wurden zu einem sehr niedrigen Mietzins abgegeben, da kein Vertrag darüber abgeschlossen wurde, weil die Regierung die Mieter ohne Kündigung hinaussetzen wollte, sobald sich herausstellte, wie man die Gebäude auf die Dauer verwenden könne. Es war daher ein idealer Wohnsitz für Künstler, da Gärten und sehr große Räumlichkeiten vorhanden waren und man sich unter diesen Umständen mit den Nachteilen gern abfand. Die Matisses zogen also in ein solches Gebäude und Matisse hatte hinfort anstatt einer kleinen Stube einen sehr großen Raum, in dem er malen konnte, und die beiden Söhne kamen nach Hause und alle waren sehr glücklich. Dann fragten ihn eine Anzahl seiner Anhänger, ob er nicht Unterricht geben wolle, wenn sie im gleichen Gebäude, in dem er nun wohnte, eine Abendklasse für ihn einrichteten. Er willigte ein, und das war der Beginn des «Atelier Matisse».

Die Kandidaten besaßen jede nur erdenkliche Nationalität, und Matisse war zuerst über die große Anzahl und ihre Verschiedenartigkeit betroffen. Sehr vergnügt und überrascht erzählte er, daß er eine kleine Frau in der vordersten Reihe gefragt habe, was sie vor allem malen wolle und für ihre Kunst erstrebe, und sie erwiderte, *Monsieur, je cherche le neuf*. Er wunderte sich auch, wie sie es alle fertigbrachten, Französisch zu erlernen, da er ja keine ihrer Sprachen beherrschte, und ein Journalist bekam Wind von diesen Zuständen und verspottete das Atelier in einer der französischen Wochenschriften. Das verletzte Matisses Gefühle außerordentlich. In diesem Artikel hieß es, wo kommen all die Menschen her? Und die Antwort lautete, von Massachusetts. Darüber war Matisse ganz unglücklich.

Doch trotz alledem und trotz mancher interner Streitigkeiten blühte und gedieh die neue Schule. Natürlich gab es Komplikationen. Einer der Ungarn wollte sich sein Brot verdienen, indem er Modell stand und zwischendurch, wenn jemand anders posierte, wollte er in seiner Arbeit fortfahren. Eine Anzahl junger Damen protestierte, es sei recht und gut, ein nacktes Modell auf dem Podium zu haben, aber das gleiche Modell nachher unter den Malschülern zu sehen, sei etwas ganz anderes. Dann entdeckte man, daß ein andrer Ungar vor Hunger die Brotkrumen aß, die seine Kollegen zum Ausradieren benutzten, und ein solcher Grad von Elend und mangelnder Hygiene schockierte gewisse sensible Gemüter unter den

Amerikanern. Es waren eine ganze Menge Amerikaner da. Einer der Amerikaner gab vor, arm zu sein und erhielt umsonst Unterweisung, bis es sich herausstellte, daß er sich einen kleinen Matisse und einen kleinen Picasso und einen kleinen Seurat gekauft hatte. Das war nicht nur Betrug, weil viele andre Studenten sich auch gern ein Bild des Meisters erworben hätten, es aber nicht bezahlen konnten, jedoch für den Unterricht bezahlten, sondern es war auch Verrat, da er sich ja auch einen Picasso gekauft hatte. Und außerdem geschah es immer wieder einmal, daß jemand in so schlechtem Französisch etwas zu Matisse sagte, daß es wie etwas ganz anderes klang, worüber Matisse sich sehr aufregte und der Unglückliche mußte dann erst lernen sich auf gebührende Art zu entschuldigen. Es war alles sehr schwierig, da das Atelier von den Studenten eingerichtet worden war.

Gertrude Stein freute sich königlich über all diese Schwierigkeiten. Matisse liebte Klatsch, sie auch, und so amüsierten sie sich damit, einander solche Sachen zu erzählen.

Damals begann sie, Matisse den C. M. oder *cher maître* zu nennen. Sie erzählte ihm die beliebte Geschichte aus dem amerikanischen Westen: bitte, meine Herren, nur kein Blutvergießen! Matisse kam ziemlich oft in die Rue de Fleurus, und damals war es auch, daß Hélène ihm bloß Spiegeleier anstatt Omelette vorsetzte.

Three Lives war inzwischen fertig kopiert worden und der nächste Schritt war nun, es einem Verleger zu zeigen. Jemand nannte Gertrude Stein den Namen einer literarischen Agentur und sie versuchte es dort. Ergebnislos. Dann wandte sie sich unmittelbar an die Verleger. Die einzige Firma, die sich überhaupt dafür interessierte, war Bobbs-Merrill, und die sagten, sie könnten es nicht übernehmen. Der Versuch, einen Verleger zu finden, dauerte einige Zeit, und dann entschloß sie sich, ohne weiter entmutigt zu sein, es drucken zu lassen. Es war kein ungewöhnlicher Schritt, da man so etwas in Paris oft machte. Jemand erzählte ihr von der Grafton Press in New

York, einer angesehenen Druckerei, die besondere historische Werke druckten, die deren Autoren in Druck gaben. Eine Abmachung wurde getroffen, *Three Lives* ging in Satz und die Druckfahnen sollten geschickt werden.

Eines Tages klopfte jemand an die Tür und ein sehr netter junger Mann, ein Amerikaner, fragte, ob er Miß Stein sprechen könne. Sie sagte, ja, treten Sie näher. Er sagte, ich komme auf Wunsch der Grafton Press. Ja, sagte sie. Stockend fuhr er fort, der Direktor der Grafton Press fragt sich nämlich, ob Ihre Kenntnisse der englischen Sprache... Aber ich bin Amerikanerin, sagte Gertrude Stein unwillig. Ja, ja, ich verstehe, sagte er, aber vielleicht haben Sie noch nicht viel Erfahrung im Schreiben. Vermutlich stehen Sie unter dem Eindruck, daß ich eine mangelhafte Schulbildung genossen habe, lachte sie nun. Er errötete und sagte, ach nein, aber im Schreiben haben Sie vielleicht nicht viel Erfahrung. O doch, sagte sie, o doch, aber das macht nichts. Ich werde an Ihren Direktor schreiben und Sie können ihm auch schreiben und ihm sagen, daß alles, was in dem Manuskript geschrieben steht, ganz absichtlich so geschrieben wurde, und er braucht weiter nichts zu tun als es zu drucken und ich übernehme die Verantwortung. Der junge Mann zog sich unter Verbeugungen zurück.

Später, nachdem das Buch das Interesse von Schriftstellern und Kritikern erregt hatte, schrieb der Direktor der Grafton Press einen freimütigen Brief an Gertrude Stein, indem er zugab, er sei überrascht ob des Interesses, das ihr Buch erregt habe, daß er ihr aber gern sagen wolle, jetzt, da er das Ergebnis gesehen habe, sei es ihm ein Vergnügen, daß das Buch bei seiner Firma gedruckt worden sei. Doch das ereignete sich erst nachdem ich bereits in Paris war.

IV

GERTRUDE STEIN, EHE SIE NACH PARIS KAM

Jetzt, im Jahre 1904, war ich also wieder in Paris und ging in der Rue de Fleurus ein und aus. Gertrude Stein schrieb an ihrem Buch *The Making of Americans* und hatte gerade begonnen, die Druckfahnen von *Three Lives* zu lesen. Ich half ihr bei der Korrektur.

Gertrude Stein wurde in Alleghany in Pennsylvanien geboren. Da ich eine begeisterte Kalifornierin bin und da sie ihre Jugend dort verlebt hat, bat ich sie, doch lieber Kalifornien als Geburtsland zu wählen, aber sie bleibt steif und fest dabei, daß sie in Alleghany in Pennsylvanien geboren wurde. Sie verließ Alleghany im Alter von sechs Monaten und hat es seitdem nie wiedergesehen und jetzt existiert es sowieso nicht mehr, da alles Pittsburg geworden ist. Ihr jedoch hat es große Freude gemacht in Alleghany in Pennsylvanien geboren zu sein, besonders während des Krieges, als wir im Zusammenhang mit unserm Kriegshilfswerk Formulare ausstellen lassen mußten und man sofort seinen Geburtsort angeben sollte. Sie pflegte zu sagen, wenn sie wirklich in Kalifornien geboren wäre, wie ich es so gern wollte, dann hätte sie nie die Freude gehabt, die verschiedenen französischen Beamten dabei zu beobachten, wie sie versuchten, Alleghany in Pennsylvanien zu schreiben.

Als ich Gertrude Stein anfangs in Paris besuchte, war ich erstaunt, daß ich nie ein französisches Buch bei ihr auf dem Tisch liegen sah, obwohl immer sehr viel englische Bücher herumlagen, und nicht einmal französische Zeitungen waren da. Lesen Sie denn niemals Französisch, fragte ich sie wie auch noch manche andere Leute außer mir. Nein, sagte sie, ich fühle nämlich mit den Augen und es ist mir ganz einerlei, welche Sprache ich höre, ich höre keine Sprache, sondern den Klang und Rhythmus einer Stimme, und mit meinen Augen sehe ich Worte und Sätze, und für mich gibt es nur eine Sprache und das ist Englisch. Was mir all die Jahre so gefallen hat, war gerade, daß ich von Leuten umgeben war, die kein Englisch können. Ich war dadurch mit meinem Englisch und meinen Augen viel intensiver allein. Ich weiß nicht, wie es sonst hätte möglich sein können, daß Englisch mir so eins und alles wurde. Und keiner von allen konnte ein Wort von dem lesen, was ich geschrieben hatte, die meisten wußten nicht einmal, daß ich überhaupt schrieb. Nein, ich lebe gern inmitten von so sehr vielen Menschen und bin ganz allein mit meinem Englisch und mir selbst.

Eins der Kapitel in ihrem Buch *The Making of Americans* beginnt: ich schreibe für mich selbst und für Unbekannte.

Sie wurde in Alleghany in Pennsylvanien geboren und stammt aus einer hochachtbaren bürgerlichen Familie. Sie sagt immer, sie sei äußerst dankbar, daß sie nicht aus einer intellektuellen Familie stamme, sie hat ein Grauen vor Leuten, die sie als Intellektuelle bezeichnet. Es ist wirklich komisch, daß sie, die mit jedermann gut Freund ist und jedermann kennenlernt und sich von jedermann kennenlernen läßt, stets von Schöngeistern bewundert wurde. Aber sie sagt immer, daß die Leute, eben alle, eines Tages entdecken werden, daß sie bedeutsam für sie ist, sie selbst und ihr Werk. Und sie tröstet sich immer damit, daß die Zeitschriften voller Interesse sind. Immer heißt es in den Zeitschriften, sagte sie, daß meine Arbeiten widerwärtig sind, aber immer zitieren sie mich und, was das Erstaunliche ist, sie zitieren richtig. Dagegen die andern Autoren, die sie in den Zeitungen bewundern, die zitieren sie nicht. Das war ihr in Zeiten größter Verbitterung immer ein Trost. Meine Sätze kriechen ihnen unter die Haut, hat sie oft gesagt, aber sie merken nicht, daß es der Fall ist.

Sie wurde in Alleghany in Pennsylvanien in einem Haus, einem Doppelhaus geboren. Ihre Familie lebte in dem einen Haus und die Familie des Bruders ihres Vaters lebte in dem andern. Diese beiden Familien sind die in ihrem Buch *The Making of Americans* beschriebenen Familien. Sie hatten acht Jahre lang in dem Haus gewohnt, ehe Gertrud Stein geboren wurde. Ein Jahr vor ihrer Geburt hatten die beiden Schwägerinnen, die sich nie besonders gut verstanden hatten, aufgehört miteinander zu sprechen.

Gertrude Steins Mutter war, wie sie sie im Buch *The Making of Americans* schildert, eine feine und nette kleine Frau von etwas heftigem Temperament, die sich kurzerhand weigerte, je wieder mit ihrer Schwägerin zu sprechen. Ich weiß nicht genau, was passiert war, aber etwas war passiert. Jedenfalls endete die Partnerschaft zwischen den beiden Brüdern, die sehr erfolgreiche Geschäftspartner gewesen waren, und der eine Bruder ging nach New York, wo er und nach ihm all seine Familienangehörigen sehr reich wurden, und der andre Bruder, Gertrude Steins Vater, ging nach Europa. Zuerst zogen sie nach Wien und blieben dort bis Gertrude Stein etwa drei Jahre alt war. Das einzige woran sie sich aus jener Zeit erinnern kann, ist ein Erlebnis, als ihr einmal erlaubt wurde, während der Schulstunde ihrer Brüder anwesend zu sein und der Lehrer das Fauchen eines Tigers nachmachte: das entzückte und erschreckte sie gleichzeitig. Und in einem Bilderbuch, das ihr der eine ihrer Brüder manchmal zeigte, war die Geschichte von den Wanderungen des Odysseus, der, wenn er saß, auf Eßzimmer-Rohrholzstühlen saß. Und dann erinnert sie sich auch noch daran, daß sie in den öffentlichen Parks zu spielen pflegten und daß der alte Kaiser Franz Joseph oft durch die Anlagen schlenderte und die Musikkapelle manchmal die österreichische Nationalhymne spielte, was ihr gut gefiel. Sie glaubte viele Jahre lang, daß «Kaiser» der richtige Name Franz Josephs gewesen sei und sie wollte sich nie damit abfinden, daß auch noch jemand anders ihn sich zulegen durfte.

Sie lebten drei Jahre in Wien und der Vater war zwischendurch einmal geschäftlich nach Amerika gereist und dann zogen sie nach Paris. Hier kann sich Gertrude Stein viel deutlicher an alles erinnern. Sie erinnert sich noch an die kleine Schule, die sie und ihre ältere Schwester besuchten und in einer Ecke des Schulhofs stand ein kleines Mädchen und die andern kleinen Mädchen sagten, sie solle ihr nicht zu nahe kommen, denn sie kratze. Sie erinnert sich auch an die Schüsselchen mit französischem Brot, die sie zum Frühstück auslöffelten, und sie erinnert sich, daß sie zum Mittagessen Spinat und Hammelfleisch hatten, und da sie sehr gern Spinat, aber gar nicht gern Hammelfleisch aß, tauschte sie mit dem kleinen Mädchen ihr gegenüber das Hammelfleisch in Spinat um. Sie erinnert sich auch daran, wie ihre drei älteren Brüder sie in der Schule besuchten, und sie kamen geritten. Sie erinnert sich an eine schwarze Katze, die in ihrem Haus in Passy von der Zimmerdecke heruntersprang und ihrer Mutter einen Schreck einjagte, und wie jemand Unbekanntes ihnen zu Hilfe kam.

Die Familie blieb ein Jahr in Paris und dann fuhren sie wieder nach Amerika zurück. Gertrude Steins älterer Bruder beschreibt es ganz reizend, wie er und seine Mutter in den letzten Tagen Einkäufe machten und alles kauften, was ihnen in den Sinn kam, Sealskin-Mäntel und Mützen und Muffs für die ganze Familie, von der Mutter bis herunter zu der kleinen Schwester Gertrude Stein, und Handschuhe Dutzende von Handschuhen, wunderschöne Hüte und Reitkostüme und zu guter Letzt noch ein Mikroskop und eine vollständige Ausgabe der berühmten französischen Geschichte der Zoologie. Und dann fuhren sie nach Amerika.

Dieser Aufenthalt in Paris hinterließ bei Gertrude Stein einen nachhaltigen Eindruck. Als sie und ich zu Anfang des Krieges, nachdem wir in England gewesen waren und dort vom Ausbruch des Krieges überrascht wurden und nicht vor Oktober wegfahren konnten und dann endlich wieder in Paris waren, sagte Gertrude Stein am ersten Tage als wir wieder ausgingen, ist es nicht seltsam, Paris ist so anders und doch so vertraut. Und dann sagte sie nachdenklich, ich weiß woher es kommt, es ist keiner hier als die Franzosen (es waren noch keine Soldaten oder die Alliierten da), da sind die kleinen Kinder mit ihren schwarzen Schürzen zu sehen, da sinddie Straßen zu sehen, weil kein Mensch in Paris ist, es ist genau das Paris, an das ich mich erinnere als ich drei Jahre alt war. Der Fahrdamm riecht auch so wie er damals zu riechen pflegte (man hatte wieder Pferde herangeholt), überall ist der Geruch der französischen Straßen und Parks, an den ich mich so gut erinnere.

Sie kehrten nach Amerika zurück und in New York versuchte die New Yorker Familie Gertrude Steins Mutter mit ihrer Schwägerin auszusöhnen, aber sie blieb unbeugsam.

Diese Sache erinnert mich an Miß Etta Cone, eine entfernte Verwandte von Gertrude Stein, die ihr damals *Three Lives* auf der Maschine abschrieb. Als ich sie in Florenz kennengelernt hatte, vertraute sie mir an, sie könne wohl vergeben aber nie vergessen. Ich sagte, was mich beträfe, so könnte ich vergessen aber nicht vergeben. Gertrude Steins Mutter konnte in diesem Falle anscheinend weder das eine noch das andre.

Die Familie zog nach Kalifornien, nachdem sie kurze Zeit in Baltimore im Hause des Großvaters gewohnt hatte, eines frommen alten Mannes, den sie in ihrem Buch *The Making of Americans* beschreibt und der in Baltimore mit einer ganzen Reihe von lieben netten Leutchen, ihren Onkeln und Tanten, in einem alten Hause lebt.

Gertrude Stein hörte nie auf, ihrer Mutter dankbar dafür zu sein, daß sie der Schwägerin nicht verzieh. Stell dir nur vor, sagte sie zu mir, wenn meine Mutter ihrer Schwägerin verziehen hätte und mein Vater wieder in Geschäftsbeziehungen zu meinem Onkel getreten wäre und ich in New York gewohnt hätte und dort aufgewachsen wäre, wie entsetzlich. Wir wären reich gewesen anstatt in braver Armut zu leben, aber stell dir nur vor, wie entsetzlich, wenn wir in New York aufgewachsen wären.

Ich als Kalifornierin kann ihr nur verständnisinnig beipflichten.

Und so bestiegen sie den Zug nach Kalifornien. Das einzige, was Gertrude Stein noch von dieser Reise weiß, ist, daß sie und ihre Schwester wunderschöne große rote österreichische Filzhüte mit einer schönen Straußenfeder trugen, und als ihre Schwester sich einmal aus dem Abteilfenster lehnte, flog ihr der Hut vom Kopf. Ihr Vater zog die Notbremse und brachte den Zug zum Stehen und holte zu allgemeinem Entsetzen und Staunen der Mitreisenden und des Kondukteurs den Hut. Und sonst erinnert sie sich nur noch an den wunderbaren Proviantkorb, den ihnen die Tanten in Baltimore gegeben hatten und in dem ein herrlicher Truthahn war. Und als das Essen im Korbe allmählich immer mehr zusammenschrumpfte, wurde es jeweils wenn der Zug hielt, wieder erneuert und das war das eigentlich Aufregende. Und sie erinnerte sich auch, daß sie irgendwo in der Wüste ein paar rothäutige Indianer sahen und anderswo in der Wüste Pfirsiche zu essen bekamen, die sehr komisch schmeckten.

Als sie in Kalifornien ankamen, zogen sie auf eine Orangenfarm, aber an Orangen kann sie sich nicht erinnern, nur an Limonen, die köstlich waren und mit denen sie ihres Vaters Zigarrenkisten füllte.

Sie begaben sich mit Zwischenstationen nach San Franzisko und ließen sich in Oakland nieder. Sie erinnert sich dort an die Eukalyptusbäume, die ihr so hoch und zierlich und wild vorkamen, und an die Tierwelt, die ihr auch sehr wild erschien. Doch all das und noch viel mehr, vor allem das ganze äußere Leben während jener Zeit, hat sie im Leben der Familie Hersland in ihrem Buch *The Making of Americans* beschrieben. Wichtiger ist es jetzt von ihrer Ausbildung zu sprechen. Ihr Vater, der seine Kinder zuerst mit nach Europa genommen hatte, damit sie die Vorteile einer europäischen Ausbildung genössen, bestand jetzt darauf, sie sollten ihr Französisch und Deutsch wieder vergessen, damit ihr Amerikanisch rein wäre. Gertrude Stein hat zuerst deutsch und dann französisch geplappert, aber gelesen hat sie nicht bevor sie

Englisch lesen konnte. Wie sie immer sagte, waren ihr die Augen wichtiger als das Gehör und dann ging es ihr wie es immer in solchen Fällen geht, daß Englisch ihre einzige Sprache wurde.

Um diese Zeit begann ihr Leben mit Büchern. Sie las alles Gedruckte, das ihr in die Hände fiel, und es war allerlei, was ihr in die Hände fiel. Ihre Eltern besaßen ein paar Romane, ein paar Reisebücher, dann ein paar schön gebundene Geschenkbücher, die ihrer Mutter gehörten: nämlich Wordsworth, Scott und andre Dichter, *Pilgrim's Progress* von Bunyan, eine Shakespeare-Ausgabe mit Anmerkungen, Burns, Kongreßberichte, Enzyklopädien und so weiter. Sie las sie alle und mehrmals. Sie und ihr Bruder begannen sich noch mehr Bücher zu kaufen. In Oakland war eine städtische Volksbücherei, und in San Franzisko befanden sich Bibliotheken für Kaufleute und Arbeiter mit hervorragenden Ausgaben von Autoren aus dem achtzehnten und neunzehnten Jahrhundert. Von ihrem achten Jahr an, als sie den ganzen Shakespeare las, bis zu ihrem fünfzehnten Lebensjahr, als sie Clarissa Harlowe und Fielding und Smollett las und sich Sorgen machte, ob sie nicht etwa nach ein paar weiteren Jahren alles gelesen haben würde und nichts Ungelesenes mehr zu lesen wäre, lebte sie fortwährend in der englischen Sprache. Sie las eine ungeheure Menge an geschichtlichen Werken, oft lacht sie darüber und sagt, sie sei einer der wenigen Menschen ihrer Generation, der jede Zeile von Carlyles *Frederick the Great* und Leckys *Constitutional History of England* sowie Charles Grandison und Wordsworth' längere Gedichte gelesen habe. Und tatsächlich las sie ständig und tut es noch immer. Sie liest alles und jedes und haßt es noch heutigentags beim Lesen gestört zu werden und vor allem kann sie es nicht vertragen, wenn man sich über ein Buch lustig macht oder ihr erzählt, wie es weitergeht – einerlei wie oft sie es gelesen hat oder wie dumm das Buch sein mag. Für sie ist es immer noch so wirklich wie nur je.

Für das Theater hat sie sich stets viel weniger interessiert. Sie sagt, das Tempo wäre zu schnell und das Durcheinander an Gehörs- und Gesichtseindrücken ärgert sie und ihr Gefühl kann nicht Schritt halten. Für Musik interessierte sie sich nur in der Jugend. Sie findet es mühsam, der Musik zu lauschen, denn sie nimmt ihre Aufmerksamkeit nicht voll in Anspruch. Das alles mag natürlich seltsam erscheinen, weil es wieder und immer wieder gesagt wurde, daß ihr Werk sich ausschließlich ans Ohr und ans Unterbewußte wende. Tatsächlich spielen ihre Augen und ihr Geist die aktive und wichtige Rolle da sie während ihres Schaffens die Wahl zu treffen haben.

Als Gertrude Stein etwa siebzehn Jahre alt war, nahm der Aufenthalt in Kalifornien ein Ende. Die letzten Jahre dort waren einsam gewesen und unter den Qualen der Pubertätszeit vergangen. Nach dem Tode ihrer Mutter und dann ihres Vaters verließen Gertrude Stein und ihre Schwester und der eine Bruder Kalifornien und gingen nach dem Osten Nordamerikas. Sie zogen nach Baltimore und lebten bei den Verwandten ihrer Mutter. Dort verlor sie allmählich das Gefühl von Verlassenheit. Sie hat mir oft beschrieben, wie seltsam es für sie war, sich aus dem verzweifelten nach innen gewandten Leben, das sie während der letzten paar Jahre geführt hatte, nun dem heiteren Leben mit all ihren Onkeln und Tanten zuzukehren. Als sie später nach Radcliffe ging, schilderte sie dies Erlebnis in ihrer ersten selbstverfaßten Arbeit. Doch war es nicht das allererste Selbstgeschriebene. Sie erinnert sich, daß sie schon früher zweimal etwas aufgeschrieben hat. Einmal als sie etwa acht Jahre alt war und versuchte ein Shakespearesches Drama zu verfassen, womit sie nicht über die Bühnenanweisung hinauskam, daß die Höflinge geistreiche Bemerkungen machen. Da ihr aber keine geistreichen Bemerkungen einfielen, gab sie es auf.

Der einzige andere literarische Versuch, an den sie sich erinnern kann, muß ungefähr in die gleiche Zeit fallen. Die Kinder ihrer Schule wurden aufgefordert, eine Beschreibung abzufassen. Sie weiß noch genau, daß sie einen Sonnenuntergang beschrieb, bei dem die Sonne in einer Wolkenhöhle verschwand. Immerhin gehörte ihr Aufsatz zu einem halben Dutzend anderer der Schule, die für eine Abschrift auf wunderschönem Pergament ausgewählt wurden. Nachdem sie zweimal versucht hatte, es schön abzuschreiben und ihre Handschrift schlechter und schlechter wurde, mußte sie es jemand anders für sich abschreiben lassen. Ihre Lehrerin betrachtete es als eine Schande. Sie kann sich nicht erinnern, daß sie das auch fand.

Tatsächlich ist ihre Schrift immer unleserlich gewesen, und häufig kann ich sie entziffern, wenn Gertrude Stein es nicht kann.

Sie ist nie imstande gewesen eine der schönen Künste auszuüben und hat auch nie derartige Wünsche verspürt. Sie weiß nie wie etwas aussehen wird, ehe es fertig ist, einerlei ob es die Anordnung eines Zimmers oder Gartens oder ein Kleid betrifft. Sie kann nichts zeichnen. Sie findet die Beziehung zwischen dem Gegenstand und dem Blatt Papier nicht. Als sie Medizin studierte, sollte sie anatomische Zeichnungen anfertigen, wußte aber nicht, wie man etwas Konkaves oder Konvexes in Linien ausdrückt. Sie erinnert sich, wie sie, als sie noch sehr klein war, zeichnen lernen sollte und in die Zeichenstunde geschickt wurde. Es wurde den Kindern gesagt, sie sollten zu Hause eine Tasse mit Unterteller vor sich hinstellen und zeichnen, und für die beste Zeichnung wurde als Preis ein Lederabzeichen ausgesetzt, und in der nächsten Woche wurde das gleiche Abzeichen für die beste Zeichnung versprochen. Gertrude Stein ging nach Hause und erzählte es ihren Brüdern, die eine hübsche Tasse vor sie hinstellten und ihr der Reihe nach erklärten, wie sie es zeichnen müsse. Es ging nicht. Schließlich zeichnete es einer der Brüder für sie. Sie nahm die Zeichnung mit in die Stunde und gewann das Lederabzeichen dafür. Auf dem Heimweg verlor sie das Abzeichen beim Spiel. Damit endete ihr Zeichenunterricht.

Sie sagt, es sei sehr gut, wenn man nicht wisse wie die Dinge gemacht würden, die einem gut gefielen. Man müsse eine Beschäftigung haben, die einen voll in Anspruch nimmt, und alle andern Dinge im Leben könne man richtig genießen, wenn man nur die Resultate betrachte. Auf diese Art habe man bestimmt mehr Freude an den Dingen, als wenn man bei jedem eine kleine Ahnung habe, wie sie gemacht würden.

Sie ist von leidenschaftlicher Hingabe an das *métier* erfüllt, wie die Franzosen es nennen, und sie behauptet, daß jedermann nur ein *métier* und auch nur eine Sprache haben kann. Ihr *métier* ist das Schreiben, ihre Sprache das Englische.

Aus Beobachtung und Plan geht die Phantasie hervor, vorausgesetzt, daß überhaupt Phantasie vorhanden ist, hat sie viele junge Schriftsteller gelehrt. Als Hemingway einmal in einer seiner Geschichten geschrieben hatte, Gertrude Stein wisse immer, was an einem Cézanne gut sei, sah sie ihn an und sagte, Hemingway, Bemerkungen sind noch keine Literatur.

Häufig werfen ihr die jungen Schriftsteller, wenn sie alles von ihr gelernt haben, was sie lernen können, einen unmäßigen Stolz vor. Sie erwidert, aber natürlich. Sie weiß, daß sie in der zeitgenössischen englischen Literatur einzigartig ist. Sie hat es immer gewußt, und jetzt sagt sie es.

Sie versteht so völlig die Basis allen Schaffens, deshalb sind ihr Rat und ihre Kritik ihren Freunden überaus wertvoll. Wie oft hörte ich, daß Picasso, nachdem sie etwas über ein Bild von ihm gesagt hatte und an Hand ihrer eigenen Versuche erläutern wollte, sie dann bat, *racontez-moi cela*. Mit andern Worten, erzähle es mir. Selbst heute noch führen die beiden lange einsame Gespräche. Sie sitzen auf niedrigen kleinen Stühlen oben in seiner Atelierwohnung, Knie an Knie, und Picasso sagt, erkläre es mir. Und so erklären sie sich's gegenseitig. Sie sprechen über alles, über Bilder und Hunde, über Tod und Unglück. Weil nämlich Picasso ein Spanier und das Leben voller Tragik und Bitterkeit und Unglück ist. Gertrude Stein kommt oft zu mir nach unten und sagt, Pablo wollte mich überzeugen, daß ich ebenso unglücklich bin wie er. Er bleibt dabei, daß ich es bin, und zwar hätte ich genau so viel Ursache dazu wie er. Aber bist du's denn, fragte ich dann. Ich glaube nicht, daß ich so aussehe, nicht wahr, und sie lacht. Er sagt, sagt sie, daß ich nicht so aussehe, weil ich mehr Mut habe, doch ich glaube nicht, daß ich unglücklich bin, nein, ich glaube nicht, daß ich's bin.

Und nachdem also Gertrude Stein einen Winter in Baltimore verbracht hatte, wo sie etwas menschlicher wurde und der Pubertät entwuchs und sich weniger einsam fühlte, ging sie nach Radcliffe. Dort gefiel es ihr sehr gut.

Sie gehörte zu einer Gruppe von Harvard-Studenten und Radcliffe-Studentinnen und sie standen sich alle sehr nahe und hatten ein sehr interessantes Leben. Einer davon, ein junger Philosoph und Mathematiker, der eine Arbeit über Psychologie vorhatte, beeinflußte sie nachhaltig. Sie arbeiteten zusammen an einer Reihe von Versuchen über automatische Schrift unter Anleitung von Münsterberg. Gertrude Stein schrieb das Ergebnis ihrer eigenen Versuche nieder und es wurde in der *Harvard Psychological Review* veröffentlicht und war die erste ihrer Arbeiten, die je gedruckt wurden. Es bietet eine sehr interessante Lektüre, weil sich darin bereits der Stil zeigt, den sie nachher in *Three Lives* und *Making of Americans* weiter entwickelt.

Die wichtigste Persönlichkeit in Gertrude Steins Leben in Radcliffe war William James. Sie genoß ihr Leben und sich selbst. Sie war Sekretärin des Philosophie-Klubs und hatte Freude am Umgang mit allen möglichen Leuten. Sie liebte es Fragen aufzuwerfen und sie liebte es selbst zu antworten. Es machte ihr alles Freude. Aber der wirklich nachhaltigste Eindruck während ihres Lebens in Radcliffe ging von William James aus. Es ist seltsam, daß sie sich damals überhaupt nicht für das Werk Henry James' interessierte, den sie jetzt so sehr bewundert und ganz ausgesprochen als ihren Vorläufer betrachtet, da er der einzige Schriftsteller des neunzehnten Jahrhunderts ist, der als Amerikaner die Technik in der Literatur des zwanzigsten Jahrhunderts vorausahnte. Gertrude Stein spricht jetzt immer von Amerika als dem ältesten Land der Welt, weil der Bürgerkrieg und die darauf folgende Entwicklung im Handel das zwanzigste Jahrhundert schufen, und da alle andern Länder jetzt ein dem zwanzigsten Jahrhundert gemäßes Leben führen oder es beginnen, während Amerika das zwanzigste Jahrhundert bereits in den sechziger Jahren des neunzehnten Jahrhunderts schuf, so ist es jetzt das älteste Land der Welt.

Auf die gleiche Weise behauptet sie, daß Henry James der erste in der Literatur war, der den Weg zu den literarischen Methoden des zwanzigsten Jahrhunderts fand. Doch merkwürdigerweise hat sie ihn während der Zeit ihres inneren Werdens nicht gelesen und sich auch nicht für ihn interessiert. Aber wie sie oft sagt, man ist immer feindlich gegenüber seinen Eltern und voller Sympathie gegenüber den Großeltern. Die Eltern stehen einem zu nahe, sie behindern einen, man muß allein sein. Das ist also wahrscheinlich der Grund, weshalb Gertrude Stein erst kürzlich begonnen hat Henry James zu lesen.

William James gefiel ihr außerordentlich. Seine Persönlichkeit und seine Art zu lehren und sich an sich selbst und seinen Schülern zu ergötzen, machte ihr viel Vergnügen. Bewahren Sie sich einen beweglichen Geist, pflegte er zu sagen, und wenn dann einer seiner Studenten erwiderte, aber Professor James, was ich behaupte, ist wahr, dann sagte er, ja, verwerflicherweise ist es wahr.

Gertrude Stein hatte nie unterbewußte Reaktionen und war nie ein geeignetes Medium für automatische Schrift. Einer der Studenten am psychologischen Seminar, an dem Gertrude Stein auf ausdrücklichen Wunsch William James' teilnahm, obwohl sie noch zu den Nichtgraduierten gehörte, führte eine Reihe von Versuchen durch, die sich mit Suggestionen an das Unterbewußtsein befaßten. Als er seine Arbeit über das Ergebnis seiner Versuche vorlas, erklärte er gleich zu Anfang, daß er bei einer der Versuchspersonen keinerlei Resultate habe erzielen können, und da dies das Durchschnittsresultat beeinträchtige und die Schlußfolgerung seiner Versuche fälsche, bäte er, die betreffende Versuchsperson auslassen zu dürfen. Um wen handelt es sich, fragte James. Um Miß Stein, erwiderte der Student. Ah, sagte James, wenn Miß Stein nicht reagierte, dann bedeutet das meiner Ansicht nach, daß es ebenso normal für sie ist, nicht zu reagieren, wie für jemand anders, darauf zu reagieren, und deshalb darf das Ergebnis bestimmt nicht ausgelassen werden.

Es war an einem wunderschönen Frühlingstag, nachdem Gertrude Stein schon seit Tagen Abend für Abend, manchmal auch noch nachmittags, in die Oper gegangen und auch sonst noch reichlich in Anspruch genommen war, trotzdem es die Zeit der Abschlußexamen war; und nun fand die Prüfung für den Kurs von William James statt. Sie saß da und hatte den Fragebogen vor sich liegen, aber sie konnte einfach nichts hinschreiben. Lieber Professor James, schrieb sie zuoberst hin, es tut mir so leid, aber mir ist wirklich heute ganz und gar nicht nach Philosophie-Examen zumute, und damit ging sie.

Am folgenden Tag erhielt sie eine Postkarte von William James auf der stand, liebes Fräulein Stein, ich begreife vollkommen, wie Ihnen zumute ist, mir geht es oft selbst so ähnlich. Und darunter stand die Examennote, die er ihr gab, die beste in seinem Kurs.

Als Gertrude Stein ihr letztes Studienjahr in Radcliffe beendete, fragte William James sie eines Tages, was sie danach tun wolle. Ich habe keine Ahnung, erwiderte sie. Ich finde, sagte er, Sie sollten sich entweder mit Philosophie oder mit Psychologie beschäftigen. Für Philosophie benötigen Sie aber Höhere Mathematik, und ich kann mir nicht denken, daß Sie sich je dafür interessiert haben. Für Psychologie dagegen brauchen Sie eine Ausbildung in Medizin, eine medizinische Ausbildung öffnet alle Türen, wie mir Oliver Wendel Holmes sagte und wie ich es jetzt Ihnen sage. Gertrude Stein hatte sich stets für Biologie und Chemie interessiert, daher boten sich im Medizinstudium keine Schwierigkeiten.

Es boten sich weiter keine Schwierigkeiten, abgesehen davon, daß Gertrude Stein kaum die Hälfte aller Examen für Radcliffe absolviert hatte, weil sie nie ein Abschlußexamen ins Auge gefaßt hatte. Jedoch mit beträchtlicher Anstrengung und vielen Nachhilfekursen gelang es ihr und Gertrude Stein erhielt die Zulassung zur *Johns Hopkins Medical School.*

Einige Jahre später, als Gertrude Stein und ihr Bruder sich gerade mit Matisse und Picasso zu beschäftigen begonnen hatten, kam William James nach Paris. Sie ging ins Hotel, um ihn zu begrüßen. Er interessierte sich ungeheuer für alles, was sie tat, für ihre schriftstellerischen Arbeiten und auch für die Bilder, von denen sie ihm erzählte. Er ging mit ihr in die Rue de Fleurus und sie zeigte ihm die Sammlung. Er sah sie und staunte, ich habe Ihnen ja immer gesagt, Sie sollten sich einen beweglichen Geist bewahren.

Vor etwa zwei Jahren ereignete sich etwas sehr Seltsames. Gertrude Stein erhielt einen Brief von einem Mann in Boston. Aus dem Briefkopf war ersichtlich, daß er zu einer Rechtsanwaltsfirma gehörte. In seinem Brief schrieb er, daß er vor kurzem in der Harvard-Bibliothek gelesen und dabei entdeckt habe, daß die Bücherei William James' der Harvard-Bibliothek gestiftet worden sei. Unter diesen Büchern befände sich ein Exemplar *Three Lives*, das Gertrude Stein William James dediziert und geschickt habe. In diesem Buch seien Randbemerkungen, die William James offenbar gemacht hatte, als er das Buch las. Der Mann schrieb ferner, daß Gertrude Stein sich wahrscheinlich sehr für diese Randbemerkungen interessieren würde und daß er daher vorschlüge, wenn sie es wolle, würde er die Randbemerkungen für sie abschreiben, da er sich das Buch angeeignet habe, mit andern Worten er hatte es weggenommen und betrachtete es als sein Eigentum. Wir waren ganz verlegen und wußten nicht, was wir tun sollten. Schließlich schrieben wir ihm einen Brief, daß Gertrude Stein gerne eine Abschrift der Randbemerkungen William James haben wolle. Als Antwort kam ein Manuskript, das der Mann selbst geschrieben hatte und worüber er sich Gertrude Steins Ansicht erbat. Da Gertrude Stein nicht wußte, was sie zu alledem sagen sollte, tat sie überhaupt nichts.

Nachdem sie in Baltimore das Eintrittsexamen bestanden hatte, ließ sie sich dort nieder und besuchte die Hochschule für Medizin. Sie hatte ein Dienstmädchen namens Lena, und ihre Geschichte ist es, die Gertrude Stein später als erste Erzählung in *Three Lives* aufnahm.

Die ersten beiden Jahre an der Hochschule verliefen zur Zufriedenheit. Sie bestanden nur in Laboratoriumsarbeit, und Gertrude Stein befaßte sich unter der Anleitung von Llewelys Barker sogleich mit Untersuchungsarbeiten. Sie begann eine Studie über die Lage und Ausdehnung des Gehirns, als Vorarbeit für eine vergleichende Abhandlung. Das alles fand später in Llewelys Barkers Buch Verwendung. Sie war entzückt über Doktor Mall, den Professor für Anatomie, der ihre Arbeiten dirigierte. Sie zitiert gerne die Antwort, die er jedem Studenten und jeder Studentin gab, die sich wegen irgendeiner Sache entschuldigte. Er setzte dann eine nachdenkliche Miene auf und sagte, ja, es ist genau wie bei unsrer Köchin, die hat auch immer einen Grund bei der Hand. Nie bringt sie das Essen heiß auf den Tisch. Im Sommer geht es natürlich nicht, weil das Wetter zu heiß ist, und im Winter geht es nicht, weil das Wetter zu kalt ist, ja, so hat sie immer einen Grund bei der Hand. Doktor Mall glaubte, jeder müsse seine eigene Technik entwickeln. Er sagte auch, keiner kann jemandem etwas beibringen, zuerst hat jeder Student ein stumpfes Skalpell und dann hat jeder Student ein scharfes Skalpell, und ohne daß ihnen je einer etwas beigebracht hat.

Diese beiden ersten Jahre an der Hochschule für Medizin gefielen Gertrude Stein sehr gut. Sie mochte es gern, viele

Menschen kennenzulernen und sich in hunderterlei Dinge verwickelt zu sehen und sie interessierte sich nicht allzu sehr für das, was sie tat, fand es aber auch nicht allzu langweilig und außerdem hatte sie Scharen von netten Verwandten in Baltimore und das machte ihr auch Spaß. Die letzten beiden Jahre an der Hochschule für Medizin langweilte sie sich sehr, ganz aufrichtig und offen. Unter den Studenten wurde immer tüchtig intriguiert und geklatscht, was ihr zusagte, aber die Medizin in Praxis und Theorie gefiel ihr überhaupt nicht. Bei ihren Lehrern war sie allgemein dafür bekannt, daß sie alles langweilig fand, da ihr jedoch die beiden ersten Jahre ihrer wissenschaftlichen Arbeiten Ehre gemacht hatten, gab jeder ihr die erforderlichen guten Noten, und das Ende des letzten Jahres rückte näher. Damals hatte sie auch in der Entbindungsabteilung zu arbeiten und lernte die Neger und deren Wohnungen kennen, wie sie sie später in der zweiten Geschichte von *Three Lives*, in *Melanctha Herbert* beschreibt; diese Erzählung war der Beginn ihres revolutionären Werks.

Sie sagt immer von sich, daß sie ein gut Teil Beharrungsvermögen besäße und wenn sie einmal in Gang gesetzt wird, geht sie weiter, bis ihr etwas anderes in den Weg kommt.

Als die Schlußexamen näher rückten, ärgerten sich einige Professoren über sie. Die berühmten, wie Halstead, Osler und so weiter, die ihren Ruf als originelle wissenschaftliche Arbeiterin kannten, machten die Examen zu einer Formsache und ließen sie bestehen. Aber es waren auch andere darunter, die nicht so liebenswürdig waren. Gertrude Stein lachte nur immer, und dadurch wurde es nicht leichter. Sie stellten *ihr* Fragen, obwohl es, wie sie zu ihren Freundinnen sagte, doch recht töricht war, ausgerechnet ihr Fragen zu stellen, da so viele Studenten voller Eifer und Begier waren, Fragen zu beantworten. Jedoch stellten sie ihr von Zeit zu Zeit immer wieder Fragen, und was sollte sie nur tun, sagt sie, sie wußte die Antworten nicht und die Professoren glaubten ihr nicht, daß sie sie nicht wußte, sie glaubten, daß sie nicht antworte, weil sie sie nicht einer Antwort werthielt. Es war eine schwierige Situation, wie sie sagt, sie konnte sich nicht entschuldigen und ihnen erklären, daß sie vor lauter Langeweile sich nicht an Dinge erinnern könne, die der dümmste Medizinstudent nicht vergessen würde. Einer der Professoren sagte, wenn auch alle berühmten Professoren sie durchließen, beabsichtige er doch ihr eine Lektion zu erteilen, und er weigere sich ihr die erforderliche Note zu geben, also bestand sie nicht und erhielt kein Diplom. Darüber herrschte große Aufregung an der Medizinschule. Ihre beste Freundin, Marion Walker, redete auf sie ein und sagte, aber Gertrude, Gertrude, bedenke doch, es geht um die Frauenfrage. Und Gertrude Stein antwortete, du weißt nicht, was es bedeutet, wenn man sich langweilt.

Der Professor, der sie hatte durchfallen lassen, bestellte sie zu sich. Sie ging hin. Er sagte, natürlich brauchen Sie nichts weiter zu tun, Miß Stein, als einen Sommerkurs zu nehmen und dann bekommen Sie im Herbst selbstverständlich Ihr Diplom. Bewahre, sagte Gertrude Stein, Sie glauben gar nicht, wie dankbar ich Ihnen bin. Ich habe solch Beharrungsvermögen und so wenig Initiative, daß ich mich, wenn Sie mich nicht hätten durchfallen lassen, sehr wahrscheinlich, nun ja, nicht gerade der praktischen Medizin, aber doch immerhin der pathologischen Psychologie zugewandt haben würde, und Sie können sich gar nicht vorstellen, wie wenig mich die pathologische Psychologie interessiert und wie mich die ganze Medizin langweilt. Der Professor war vollkommen entgeistert, und das war das Ende der medizinischen Studien Gertrude Steins.

Sie sagt immer, daß sie das Abnorme nicht leiden könne, es sei so durchsichtig. Das Normale, sagt sie, sei auf so viel simplere Art kompliziert und deshalb interessant.

Vor wenigen Jahren erst besuchte Marion Walker, Gertrude Steins alte Freundin, sie in Bilignin, wo wir den Sommer verlebten. Seit jenen Studententagen hatten sie sich nicht wiedergesehen und auch nicht in Briefwechsel miteinander gestanden, doch hatten sie sich noch genau so gern und waren sich genau so uneins betreffs der Frauenfrage wie damals. Nicht etwa, wie Gertrude Stein Marion Walker erklärte, weil sie etwas gegen die Frauenfrage oder irgendwelche andere Probleme einzuwenden habe, sondern einfach weil es sie nichts anginge.

Während der Jahre in Radcliffe und Baltimore verbrachte Gertrude Stein den Sommer häufig in Europa. Ihr Bruder hatte sich inzwischen in Florenz angesiedelt, und jetzt, da die Medizin zur Ruhe gekommen war, reiste sie zu ihm, und später wohnten sie beide während des Winters in London.

In London richteten sie sich ein und waren recht angenehm untergebracht. Sie kannten eine Anzahl Menschen, darunter auch die Berensons, Bertrand Russell, die Zangwills, dann war noch Willard da (Josiah Flint), der *Tramping with Tramps* geschrieben hat und über alle Londoner Kneipen Bescheid wußte, aber es interessierte Gertrude Stein nicht sehr. Sie begann ihre Tage im British Museum zu verbringen und las dort die Elisabethaner. Sie kehrte zu ihrer ersten Liebe, zu Shakespeare und den Elisabethanern zurück und vertiefte sich in die Elisabethanische Prosa, vor allem in die von Creene. Sie füllte ganze Notizbücher mit Redewendungen, die ihr gefielen, wie sie ihr schon gefallen hatten, als sie noch ein Kind gewesen war. Die übrige Zeit wanderte sie in den Straßen Londons umher und fand sie unendlich traurig und deprimierend. Sie kam über diesen Eindruck, den ihr London einmal gemacht hatte, nie ganz hinweg und wollte nie wieder dorthin zurückkehren, aber im Jahre 1912 fuhr sie noch einmal hinüber, um John Lane, den Verleger John Lane zu besuchen und verlebte eine nette Zeit und besuchte sehr fröhliche und nette Menschen und vergaß die Erinnerung an einst und gewann London sehr lieb.

Sie sagt immer, jener erste Aufenthalt in London habe es ihr gerade wie das London Dickens' erscheinen lassen und

Dickens habe sie immer geängstigt. Sie sagt, alles mögliche könne sie ängstigen, ganz gewiß aber das London Dickens'.

Doch gab es Lichtblicke. Da war die Prosa Greenes, und zu jener Zeit entdeckte sie auch die Romane Anthony Trollopes, der für sie der größte Viktorianer ist. Sie verschaffte sich damals sein Gesamtwerk und einige Sachen waren sehr schwer zu beschaffen und nur bei Tauchnitz erhältlich und von dieser Sammlung spricht Robert Coates, wenn er erzählt, Gertrude Stein habe jungen Schriftstellern Bücher geliehen. Sie kaufte auch eine ganze Anzahl Memoiren aus dem achtzehnten Jahrhundert, darunter die Aufzeichnungen von Creevy und Walpole, und sie verlieh sie an Bravig Imbs, als er sein Buch schrieb, das sie für eine bewunderungswürdige Schilderung des Lebens Chattertons hält. Sie liest Bücher, aber sie macht keine großen Umstände, auf eine besondere Ausgabe und Ausstattung kommt es ihr nicht an, so lange der Druck nicht zu schlecht ist und selbst das ist ihr nicht allzu wichtig. Zu jener Zeit war es auch, daß sie aufhörte, sich Sorgen darüber zu machen, ob sie in Zukunft wohl genug zu lesen haben würde, denn nun glaubte sie, daß sie immer etwas würde auftreiben können.

Aber das trübselige London mit seinen betrunkenen Frauen und Kindern und den düsteren Straßen und aller Verlassenheit brachte ihr wieder alle Schwermut ihrer Kindheit ins Gedächtnis zurück, und eines Tages sagte sie, sie führe nach Amerika zurück und tat es auch. Den Rest des Winters verbrachte sie in Amerika. Ihr Bruder hatte inzwischen ebenfalls London verlassen und war nach Paris gegangen und dort zog sie später zu ihm. Sie begann sofort zu schreiben. Sie schrieb einen kurzen Roman.

Das Lustige an diesem Roman ist, daß sie ihn viele Jahre lang völlig vergessen hatte. Sie erinnert sich wohl, daß sie bald danach begonnen hat *Three Lives* zu schreiben, aber ihr Frühwerk hatte sie vollständig vergessen, hat es auch nie mir gegenüber erwähnt, selbst beim allerersten Mal nicht, als ich sie kennenlernte. Sie muß es gleich nach der Niederschrift vergessen haben. In diesem Frühjahr, gerade als wir aufs Land ziehen wollten, suchte sie ein Manuskript ihres Werks *The Making of Americans*, das sie Bernard Faÿ zeigen wollte, und da stieß sie auf zwei sorgsam geschriebene Bände, den vollständig in Vergessenheit geratenen ersten Roman. Sie wollte ihn gar nicht wieder lesen und war ganz scheu und ablehnend. Louis Bromfield war an jenem Abend bei uns, und sie übergab ihm das Manuskript und sagte, lesen Sie es.

V

DIE JAHRE 1907 BIS 1914

Und somit begann das Leben in Paris und da alle Wege nach Paris führen, sind wir jetzt alle hier, und ich fing an zu erzählen, was sich alles ereignete, so bald ich selbst dabei war.

Als ich in Paris ankam, wohnte ich mit einer Freundin in einem kleinen Hotel am Boulevard Saint Michel, dann nahmen wir uns eine kleine Wohnung in der Rue Notre Dame des Champs und dann fuhr meine Freundin nach Kalifornien zurück und ich zog zu Gertrude Stein in die Rue de Fleurus.

Jeden Samstagabend war ich in der Rue de Fleurus gewesen und auch noch sehr oft zwischendurch. Ich half Gertrude Stein bei den Korrekturfahnen der *Three Lives* und dann begann ich *The Making of Americans* mit der Maschine zu schreiben. Die kleine schlecht gebaute französische Reiseschreibmaschine war nicht stark genug, um ein so umfangreiches Buch zu tippen und daher kauften wir eine große und imposante Smith Premier, die anfänglich im Atelier ganz fehl am Ort schien, aber bald hatten wir uns alle daran gewöhnt und sie blieb dort bis ich selbst eine amerikanische Reiseschreibmaschine hatte, das heißt also bis nach dem Kriege.

Wie ich schon sagte, war Fernande die erste Frau eines Genies, neben der ich je gesessen hatte. Die Genies kamen und sprachen mit Gertrude Stein, und ihre Frauen saßen bei mir. Wie sie nun an meinem Auge vorüberziehen, eine endlose Schar im Laufe der Jahre! Es begann mit Fernande und dann kamen Madame Matisse und Marcelle Braque und Josette Gris und Eve Picasso und Bridget Gibb und Marjory Gibb und Hadley und Pauline Hemingway und Mrs. Sherwood Anderson und Mrs. Bravig Imbs und die Damen Ford Maddox Ford und unzählige andere, Genies und Fast-Genies und Vielleicht-Genies, und alle hatten sie Frauen und ich saß und plauderte mit ihnen, mit allen allen Frauen und später, sehr viel später, habe ich auch mit den Männern geplaudert. Doch mit Fernande begann es.

Ich ging auch mit Gertrude Stein und ihrem Bruder in die Casa Ricci in Fiesole. Wie gut erinnere ich mich noch an den ersten Sommer, den ich dort mit ihnen verlebte. Wir unternahmen alle möglichen schönen Dinge. Gertrude Stein und ich nahmen uns zum Beispiel eine alte Droschke in Fiesole, ich glaube es war die einzige, die vorhanden war, und fuhren in dieser alten Kutsche den ganzen Weg bis nach Siena. Gertrude Stein hatte die Strecke einmal mit einer Freundin zu Fuß zurückgelegt, doch in jenen heißen italienischen Sommertagen war ich mehr für eine Droschke. Es war ein herrlicher Ausflug. Dann, ein andermal, fuhren wir nach Rom und brachten einen wunderschönen schwarzen Renaissance-Teller von dort mit heim. Und eines Morgens kam Maddalena, die alte italienische Köchin, in Gertrude Steins Schlafzimmer, um ihr das heiße Wasser zu bringen. Gertrude Stein hatte Schluckauf. Aber kann denn die Signora nicht aufhören, fragte Maddalena besorgt. Nein, sagte Gertrude Stein zwischen den Schluckaufs. Maddalena schüttelte betrübt den Kopf und ging hinaus. Gleich danach krachte es gräßlich. Maddalena flog die Treppe hinauf, oh Signora, Signora, rief sie, ich war so aufgeregt, weil Signora solchen Schluckauf hat, daß ich vor Kummer den schwarzen Teller fallen ließ, den Signora so schön sorgsam von Rom mitbrachte. Gertrude Stein begann zu fluchen, sie hat eine beklagenswerte Gewohnheit, jedesmal zu fluchen, wenn etwas Überraschendes passiert, und sie sagt mir immer, sie habe es in ihrer Kindheit in Kalifornien gelernt und da ich eine treue Kalifornierin bin, kann ich also nichts sagen. Sie fluchte, und der Schluckauf war vergangen. Maddalenas Gesicht erstrahlte vor lauter Lachfalten. Oh, die Signorina, sagte sie, jetzt hat sie keinen Schluckauf mehr. Nein, ich habe den schönen Teller ja gar nicht zerbrochen, ich habe nur so ein Geräusch gemacht und dann gesagt, ich hätte ihn fallen lassen, damit der Schluckauf der Signorina endlich aufhört.

Gertrude Stein ist furchtbar gutmütig, selbst wenn man ihr die geliebtesten Sachen zerbricht, und ich bin's leider, die sie meistens kaputt macht. Weder sie noch das Mädchen noch der Hund tun es, doch das Mädchen rührt sie ja auch nie an, ich dagegen stäube sie ab und ach leider zerbreche ich sie dann manchmal aus Versehen. Ich bitte sie jedesmal mir zu erlauben, daß ich sie von einem Spezialisten ausbessern lassen darf, ehe ich ihr sage, was ich zerbrochen habe, aber sie erwidert immer, daß sie keine Freude an ausgebesserten Dingen hat, doch meinetwegen, laß dies hier ausbessern und dann wird es ausgebessert und dann stellt sie es weg. Sie liebt Dinge, die sehr zerbrechlich sind, billige Sachen und wertvolle Sachen, eine Porzellanhenne vom Kaufmann, ein gläsernes Täubchen vom Markt (wie das welches heute früh kaputt ging, aber diesmal war nicht ich es, die daran schuld ist), und sie liebt sie alle und erinnert sich an alle, doch weiß sie, daß sie über kurz oder lang alle kaputtgehen werden, und sie sagt, daß man genau wie bei Büchern immer wieder neue findet. Für mich allerdings ist das kein Trost. Sie sagt, sie liebt, was sie besitzt und sie liebt auch das Abenteuer des Neuen. Das sagt sie auch von jungen Malern und allem, wenn man erst mal weiß, daß sie gut sind, dann ist das Abenteuer vorbei. Und, fügt Picasso seufzend hinzu, selbst nachdem jeder weiß, daß sie gut sind, lieben doch nicht mehr Menschen sie, als wenn nur wenige wissen, daß sie gut sind.

Aber einen Spaziergang mußte ich in jener Sommerhitze doch machen. Gertrude Stein blieb bei ihrer Ansicht, daß man nach Assisi nur zu Fuß gehen könne. Sie hat drei Lieblingsheilige, Ignatius von Loyola, Theresa von Avila und Franz von Assisi. Ich habe, ach, nur einen einzigen Lieblingsheiligen, Antonius von Padua, weil er's ist, der einem verlorene Sachen wiederverschafft, und Gertrude Steins älterer Bruder sagte einmal von mir, ich würde nie eine Schlacht verlieren, sondern nur sie verlegen. Sankt Antonius hilft mir sie wiederzufinden. In jeder Kirche, die ich besuche, stecke ich immer eine ganz schöne Summe in seine Almosenbüchse. Anfangs war Gertrude Stein sehr gegen diese Verschwendung, aber jetzt sieht sie ein, wie notwendig es ist, und wenn ich nicht dabei bin, denkt sie für mich an Sankt Antonius.

Es war ein sehr heißer italienischer Sommertag und wir brachen wie üblich gegen Mittag auf, weil das Gertrude Steins liebste Stunde für Spaziergänge ist und vermutlich war auch Franz von Assisi dann am häufigsten diese Straße gegangen, da er ohnehin jederzeit hier gegangen war. Wir brachen von Perugia auf und durchquerten das heiße Tal. Allmählich zog ich mir immer mehr Sachen aus, denn damals hatte man viel mehr Sachen an als heutzutage, ich zog mir sogar, was gar nicht üblich war, die Strümpfe aus, doch selbst dann noch vergoß ich einige Tränen, ehe wir ankamen, und schließlich kamen wir ja an. Gertrude Stein liebte Assisi aus zwei Gründen, erstens wegen des Heiligen Franz und der Schönheit seiner Stadt und zweitens wegen der alten Frauen, die an Stelle von Ziegen immer kleine Ferkel auf den Hängen von Assisi spazieren führten. So ein kleines schwarzes Ferkel trug immer ein rotes Band um den Hals. Gertrude Stein hatte kleine Ferkel immer sehr gern gehabt und sie sagt, daß sie auf ihre alten Tage bestimmt mit einem schwarzen Ferkel über die Hänge von Assisi wandern will. Jetzt wandert sie über die Hügel von Ain, aber mit einem großen weißen und einem kleinen schwarzen Hund und das tut's vielleicht auch.

Schweine hatte sie immer gern und deshalb zeichnete Picasso wohl einige herrliche Zeichnungen vom Verlorenen Sohn unter den Schweinen und schenkte sie ihr. Und eine köstliche Zeichnung auf der nur Schweine sind. Um diese Zeit war es auch, daß er für sie eine winzige Deckendekoration auf einem winzigen Holzpaneel anfertigte und es war gedacht als *Hommage à Gertrude*, mit Frauen und Engeln, die Früchte trugen und Trompete bliesen. Jahrelang hatte sie es oberhalb ihres Bettes an der Zimmerdecke befestigt. Erst nach dem Kriege wurde es an die Wand gehängt.

Doch nun zurück zu den Anfängen meines Lebens in Paris. Es ging immer um die Rue de Fleurus und die Samstagabende und war wie ein sich langsam drehendes Kaleidoskop.

Was geschah in jenen Jahren. So vielerlei geschah.

Wie ich schon sagte, waren die Picassos, Pablo und Fernande, als ich zu den ständigen Gästen der Rue de Fleurus gehörte, wieder einmal zusammengezogen. In jenem Sommer fuhren sie wieder nach Spanien und er kam mit einigen Landschaften zurück und man kann sagen, daß diese Landschaften, von denen zwei noch in der Rue de Fleurus sind und die dritte in Moskau in der Sammlung ist, die Stchoukine gründete und die nun Staatseigentum wurde, daß diese den Anfang des Kubismus darstellen. In ihnen war keinerlei Einfluß von afrikanischen Skulpturen. Der Einfluß Cézannes war sehr deutlich sichtbar, besonders seine späten Aquarelle und das Aufteilen des Himmels nicht in Kubusse, sondern in Flächen.

Doch das Wesentliche war die Behandlung der Häuser, da es wesentlich spanisch und deshalb wesentlich für Picasso war. In diesen Gemälden betonte er zum erstenmal die Bauart in spanischen Dörfern, wo die Linie der Häuser nicht der Landschaft folgt, sondern sie durchkreuzt und in sie hineinschneidet und deshalb ununterscheidbar von der Landschaft wird, da sie in sie hineinschneidet. Es war das gleiche Prinzip wie bei der Tarnung von Kanonen und Schiffen während des Krieges. Eines kalten Winterabends in einem der ersten Kriegsjahre gingen Picasso und Eve, mit der er damals lebte, und Gertrude Stein und ich den Boulevard Raspail entlang. Nichts in der Welt ist kälter als der Boulevard Raspail an einem kalten Winterabend; wir pflegten ihn den Rückzug aus Moskau zu nennen. Ganz plötzlich fuhr eine große Kanone die Straße entlang, die erste, die wir je gemalt, das heißt in Tarnung gesehen hatten. Pablo blieb stehen, er war wie gebannt. *C'est nous qui avons fait ça*, das haben wir ja gemacht, rief er. Und er hatte recht, er hatte es gemacht. Von Cézanne über ihn waren sie dorthin gekommen. Seine Vermutung stimmte.

Doch nun zurück zu den drei Landschaften. Als sie zuerst an der Wand hingen, hatte natürlich jeder etwas einzuwenden. Zufällig hatten er und Fernande einige Aufnahmen von den Dörfern gemacht, die er gemalt hatte und Gertrude Stein Abzüge von den Photographien gegeben. Wenn die Leute sagten, daß die Würfel in der Landschaft genau wie Würfel und nichts andres aussähen, dann lachte Gertrude Stein jedesmal und sagte, wenn ihr eure Einwände deshalb gemacht hättet, weil ihr die Landschaften zu realistisch findet, dann hätten eure Einwände wenigstens eine gewisse Berechtigung gehabt. Und damit zeigte sie die Photographien, und tatsächlich, die Gemälde konnten wie sie sehr richtig sagte, als eine zu photographisch getreue Naturwidergabe erklärt werden. Viele Jahre später brachte Elliot Paul einmal auf Gertrude Steins Vorschlag hin im *Transition* eine Photographie von Picassos Gemälde, und Photographien des Dorfes auf der gleichen Seite, was außerordentlich interessant war. Das war also wirklich der Beginn des Kubismus. Auch die Farbe war typisch spanisch, das bleiche Silbergelb mit dem leisesten Hauch Grün, eine Farbe, die nachher auf Picassos kubistischen Bildern so berühmt wurde – und auch bei seinen Anhängern.

Gertrude Stein sagt immer, der Kubismus sei eine rein spanische Idee und daß nur Spanier Kubisten sein könnten und der einzige wahre Kubismus sei der von Picasso und Juan Gris. Picasso schuf ihn und Juan Gris durchdrang ihn mit seiner Klarheit und Leidenschaft. Um das zu verstehen, braucht man nur Gertrude Steins *La Vie et la Mort de Juan Gris* zu lesen, das sie auf den Tod des einen ihrer beiden liebsten Freunde Picasso und Juan Gris geschrieben hatte, und beide waren Spanier.

Sie sagt immer, Amerikaner könnten Spanier verstehen. Es seien die beiden einzigen abendländischen Nationen, die zur Abstraktion gelangen könnten. Bei den Amerikanern drücke sich das durch eine literarische und technische Unmenschlichkeit aus, bei den Spaniern durch ein so abstraktes Ritual, daß es sich nur wieder durch ein Ritual kundtun könne.

Ich muß immer daran denken, wie Picasso im Zusammenhang mit der Bemerkung einiger Deutscher, sie liebten Stierkämpfe, angewidert sagte, natürlich, weil sie Blutvergießen lieben. Für einen Spanier ist es kein Blutvergießen, sondern ein Ritual.

Amerikaner, sagt Gertrude Stein, sind wie die Spanier, sie sind abstrakt und grausam. Sie sind nicht brutal, sondern grausam. Sie haben nicht den engen Zusammenhang mit der Erde wie ihn die meisten Europäer haben. Ihr Materialismus ist nicht der Materialismus von Dasein und Besitz, sondern der Materialismus von Aktion und Abstraktion. Und deshalb ist der Kubismus spanisch.

Als Gertrude Stein und ich zum erstenmal nach Spanien reisten, was ungefähr ein Jahr nach Beginn des Kubismus war, wie natürlich uns da der Kubismus für Spanien erschien. In den Geschäften Barcelonas wurden an Stelle von Postkarten kleine viereckige Rahmen verkauft, die eine Zigarre, eine richtige Zigarre, eine Pfeife, ein Taschentuch und so weiter einschlossen, und das Ganze wurde durch andere aus Papier ausgeschnittene Gegenstände ergänzt. Das ist die moderne Note, die man in Spanien schon seit Jahrhunderten kennt.

Picasso benutzte auf seinen frühen kubistischen Bildern gedruckte Buchstaben wie es auch Juan Gris tat, um die gemalte Oberfläche zu zwingen sich mit etwas Starrem zu messen, und das Starre war der gedruckte Buchstabe. Später bediente man sich dann nicht mehr der gedruckten Buchstaben, sondern man malte sie, und damit war alles verdorben, denn nur Juan Gris konnte einen Buchstaben so durch und durch echt malen, daß der starre Kontrast bestehen blieb. Und so setzte sich der Kubismus nur allmählich durch, aber er kam.

Zu jener Zeit vertiefte sich die Freundschaft zwischen Picasso und Braque. Damals war Juan Gris ein linkischer und etwas überschwenglicher junger Mensch, von Madrid nach Paris gezogen, um sich dort niederzulassen, und er nannte Picasso cher maître, sehr zum Mißfallen Picassos. Im Zusammenhang damit begann Picasso Braque cher maître zu nennen und so den Spaß fortzusetzen; doch leider haben einige dumme Leute den Scherz falsch verstanden und für bare Münze genommen, als ob Picasso Braque als seinen Meister ansähe.

Doch bin ich wieder einmal den ersten Pariser Tagen, als ich Pablo und Fernande kennenlernte, weit vorausgeeilt.

Damals waren also nur die drei Landschaften gemalt worden und er begann Köpfe zu malen, die wie ausgeschnittene Flächen oder wie lange Brotlaibe aussahen.

Um diese Zeit wurde Matisse, dessen Kurse weiterhin bestanden, immer bekannter, und zwar so bekannt, daß Bernheim jr., eine richtige Bourgeois-Firma, ihm zum großen Staunen aller anbot, all seine Arbeiten mit Kontrakt zu sehr guten Bedingungen zu übernehmen. Es war ein aufregendes Ereignis.

Es geschah auf Veranlassung eines Mannes namens Fénéon. *Il est très fin*, sagte Matisse, auf den Fénéon einen großen Eindruck gemacht hatte. Fénéon war Journalist, ein französischer Journalist und Erfinder dessen, was man das Zweizeilenfeuilleton nannte, das heißt, er war der erste, der die Tagesneuigkeiten in zwei Zeilen komprimieren konnte. Er sah aus wie eine Karikatur Onkel Sams auf Französisch und Toulouse-Lautrec hatte ihn auf einem Zirkusbild vor dem Vorhang stehend gemalt.

Und nun stellten die Bernheims, keiner wußte recht wieso und weshalb, Monsieur Fénéon in ihre Dienste, um durch ihn mit der neuen Generation junger Maler Verbindung zu bekommen.

Irgend etwas kam dazwischen, jedenfalls war der Kontrakt mit Matisse nicht von langer Dauer, doch trotz alledem hatten sich dadurch die äußeren Umstände für Matisse zum Besten gekehrt, er hatte jetzt einen fest gegründeten Ruf. Er kaufte in Clamart ein Haus und etwas Land und zog dorthin. Ich will das Haus hier schildern, wie ich es das erste Mal sah.

Dies Haus in Clamart war sehr bequem, wenn auch das Badezimmer – das die Familie durch den langjährigen Verkehr mit Amerikanern sehr schätzte, obwohl erwähnt werden muß, daß die Matisses immer peinlich sauber und gepflegt waren und blieben –, im Erdgeschoß neben dem Eßzimmer lag. Doch das machte nichts weiter, es ist und war in Frankreich so Sitte. Man war abgesonderter, wenn das Badezimmer im Erdgeschoß lag. Und ganz kürzlich noch, als wir das neue Haus ansahen, das Braque sich bauen ließ, lag das Badezimmer auch wieder unten, und zwar in diesem Falle unter dem Wohnzimmer. Als wir fragten, aber weshalb denn nur, antworteten sie, es wäre wärmer, weil es in der Nähe des Heizkessels läge.

Das Grundstück in Clamart war groß und der Garten war, was Matisse in einem Gemisch aus Stolz und Kummer den kleinen Luxembourg-Park nannte. Auch ein Treibhaus für blühende Pflanzen war da. Sie zogen später Begonien darin, die immer kleiner wurden. Dahinter standen Fliederbüsche, und dahinter wiederum lag das zusammensetzbare Atelier. Sie waren ganz verliebt in alles. Madame Matisse ließ sich zu der verzeihlichen Sünde hinreißen, jeden Tag in einer Droschke hinauszufahren, um das Haus anzusehen, Blumen zu pflücken und die Droschke so lange warten zu lassen. Damals ließen nur Millionäre eine Droschke warten, und auch die nur gelegentlich.

Sie zogen ein und fühlten sich sehr wohl und bald füllte sich das riesige Atelier mit riesigen Statuen und riesigen Bildern. Es war zur Zeit der riesengroßen Werke Matisses. Bald fand er Clamart so schön, daß er nicht dorthin zurückkehren mochte, wenn er Abend für Abend für seinen Aktkurs nach Paris fahren mußte, was er jeden Tag seines Lebens von Anbeginn an getan hatte. Seine Schule bestand nicht länger, die Regierung hatte das ehemalige Kloster übernommen, um ein Lycée darin unterzubringen, und das war das Ende des Atelier Matisse.

Es war der Anfang einer sehr sorgenfreien Zeit für die Familie Matisse. Sie reisten nach Algerien und sie reisten nach Tanger und ihre anhänglichen deutschen Schüler schenkten ihnen Rheinwein und einen sehr schönen schwarzen Polizeihund, den ersten dieser Rasse, den wir je erblickt hatten.

Und dann hatte Matisse eine große Bilderausstellung in Berlin. Ich erinnere mich noch gut an den Frühlingstag, es war ein schöner Tag und wir waren zum Mittagessen bei den Matisses in Clamart eingeladen. Als wir hinkamen, standen sie alle um eine riesige Kiste, deren Deckel abgenommen war. Wir gingen hin und traten neben sie, und in der Kiste war der größte Lorbeerkranz, der je gemacht worden war und er war mit einem schönen roten Band umwunden. Matisse zeigte Gertrude Stein eine Karte, die dabei gelegen hatte. Es stand darauf, für Henri Matisse, Sieger auf dem Schlachtfeld von Berlin, und unterzeichnet war es Thomas Whittemore. Thomas Whittemore war ein Archäologe aus Boston und Professor am *Tufts College*, ein großer Verehrer von Matisse, und dies war seine Ehrengabe. Matisse erklärte in noch betrübterem Ton als sonst, aber ich bin ja noch gar nicht tot. Madame Matisse sagte, nachdem sie über den ersten Schreck hinweggekommen war und sich niederbeugte, ein Blatt abpflückte und es kostete, Henri, denk doch, es ist richtiger Lorbeer, wie gut er für die Suppe ist. Und, sagte sie und strahlte noch mehr, das Band kann Margot wunderbar als lange Haarschleife benutzen.

Die Matisses blieben ungefähr bis zum Ausbruch des Krieges in Clamart. Während dieser Zeit sahen sie Gertrude Stein immer seltener. Dann, nachdem der Krieg ausgebrochen war, kamen sie sehr häufig nach der Rue de Fleurus. Sie waren einsam und hatten Sorgen, denn Matisses Familie in St. Quentin in Nordfrankreich lebte innerhalb der deutschen Linien und sein Bruder war Geisel geworden. Madame Matisse lehrte mich wollene Handschuhe stricken. Sie strickte sie wunderbar ordentlich und schnell und ich lernte es auch. Dann zog Matisse nach Nizza, und irgendwie, obwohl sie immer noch sehr gute Freunde blieben, sahen sich Gertrude Stein und die Matisses nicht wieder.

In jener ersten Zeit kamen sehr viele Ungarn zu unsern Samstagabenden und auch eine ganze Anzahl Deutscher und ziemlich viel Angehörige verschiedener Nationen, nur sehr wenige Amerikaner und so gut wie keine Engländer. Diese sollten erst später kommen, und mit ihnen die Aristokratie aller Länder und sogar gekrönte Häupter.

Unter den Deutschen, die damals zu kommen pflegten, befand sich auch Pascin. Er war mager und sah glänzend aus. Er hatte sich bereits einen guten Namen als Zeichner netter kleiner Karikaturen im *Simplizissimus* gemacht, des besten aller deutschen Witzblätter. Die andern Deutschen erzählten seltsame Dinge von ihm, daß er in einem Bordell aufgewachsen wäre und unbekannter Herkunft, wahrscheinlich von königlichem Geblüt sei, und so weiter und so weiter.

Seit jener ersten Zeit hatte ihn Gertrude Stein nie wiedergesehen, doch vor einigen Jahren traf sie ihn bei einer Vernissage eines jungen holländischen Malers namens Kristians Tonny, der ein Schüler von Pascin gewesen war und für dessen Werk sich Gertrude Stein interessierte. Sie genossen das Zusammentreffen und unterhielten sich lange.

Pascin war bei weitem der amüsanteste Deutsche, obwohl das eigentlich doch nicht ganz stimmt, denn da war ja auch noch Uhde.

Uhde war zweifellos guter Herkunft, wenn er auch kein blonder Deutscher war, er war ein großer magerer dunkler Mensch, mit hoher Stirn und von hervorragend flinkem Geist. Als er das erste Mal nach Paris kam, ging er in jede Antiquitätenhandlung und jeden Kramladen der Stadt, um zu sehen, was es dort zu finden gäbe. Er fand nicht viel, er fand angeblich einen Ingres, er fand einige sehr frühe Picassos, und vielleicht fand er auch noch andere Dinge. Jedenfalls nahm man bei Kriegsausbruch an, daß er einer der größten Spione gewesen sei und zum deutschen Generalstab gehört habe.

Es hieß, daß er nach der Kriegserklärung in der Nähe des französischen Kriegsministeriums gesehen worden sei, und zweifellos hatten er und sein Freund ein Sommerhaus in einer Gegend ganz in der Nähe der späteren Hindenburglinie. Doch was auch daran wahr sein mag, er war sehr nett und amüsant. Er war der erste, der die Bilder des Zollbeamten Rousseau in den Handel brachte. Er besaß eine Art private Kunstgalerie. Hier suchten ihn Braque und Picasso in ihren neuesten schäbigsten Anzügen auf und eröffneten nach bester Zirkus-Medrano-Art ein wahres Feuer an gegenseitigen Vorstellungskünsten, indem sie sich ihm vorstellten und sich gegenseitig baten, einander mit ihm bekanntzumachen.

Uhde kam oft an den Samstagabenden in Begleitung von sehr großen blonden schönen jungen Männern, die die Hakken zusammenschlugen und den ganzen Abend feierlich in Habtachtstellung stehenblieben. Sie bildeten einen sehr wirkungsvollen Hintergrund für die übrige Gesellschaft. Ich erinnere mich an einen Abend, als der Sohn des berühmten Gelehrten Bréal und seine sehr unterhaltsame kluge Frau einen spanischen Gitarrespieler mitbrachten, der vorspielen wollte. Uhde und seine Leibgarde bildeten den Hintergrund und es wurde ein sehr lebhafter Abend, der Gitarrespieler spielte und Manolo war auch da. Es war das einzige Mal, daß ich den Bildhauer Manolo sah, der mittlerweile in Paris eine legendäre Gestalt geworden war. Picasso führte einen sehr feurigen, nicht allzu anständigen südspanischen Tanz vor, Gertrude Steins Bruder den Totentanz der Isadora Duncan, es wurde sehr lebhaft, und Fernande und Pablo gerieten in eine Auseinandersetzung wegen Frédéric vom Lapin Agile und der Apachen. Fernande behauptete, daß die Apachen besser als die Künstler seien und ihr Zeigefinger stach in die Luft. Picasso erwiderte, ja, Apachen haben natürlich ihre Universitäten und Künstler haben keine. Fernande schüttelte ihn und sagte, du bildest dir ein, du wärst witzig, aber du bist bloß dumm. Er zeigte ihr voller Ärger, daß sie ihm einen Knopf abgerissen habe und sie erwiderte sehr ärgerlich, das einzige Besondere an dir ist, daß du ein frühreifer Junge bist.

Damals vertrugen sie sich gerade nicht allzu gut miteinander, es war zur Zeit, als sie das Atelier in der Rue Ravignan aufgaben und eine Wohnung am Boulevard Clichy bezogen, wo sie ein Dienstmädchen hielten und in besseren Verhältnissen leben konnten.

Doch nun zurück zu Uhde, aber zuerst zu Manolo. Manolo war vermutlich Picassos ältester Freund. Er war ein eigentümlicher Spanier. Wie es die Fama wollte, war er der Bruder eines ganz berühmten Madrider Taschendiebes. Manolo selbst war fein und liebenswürdig. Er war der einzige Mensch in Paris, mit dem Picasso Spanisch sprach. Alle andern Spanier hatten französische Frauen oder Freundinnen, und da sie so sehr ans Französischsprechen gewohnt waren, sprachen sie auch unter sich Französisch. Das kam mir immer sehr merkwürdig vor. Jedoch Picasso und Manolo sprachen Spanisch miteinander.

Viele Geschichten über Manolo waren im Umlauf, er hatte immer die Heiligen geliebt und unter ihrem Schutz gestanden. Man erzählte sich, wie er das erste Mal nach Paris gekommen sei, habe er die erste Kirche an seinem Wege betreten und dort eine Frau gesehen, die jemandem einen Stuhl brachte und dafür Geld erhielt. Manolo tat also das gleiche, er ging in viele Kirchen und sorgte dafür, daß jeder einen Stuhl erhielt und ließ sich Geld dafür geben, bis er eines Tages von der Frau erwischt wurde, deren Geschäft das war und deren Stühle es waren, und da saß er in der Tinte.

Einmal ging es ihm sehr schlecht und er schlug seinen Freunden vor, Lotterielose für eins seiner Bildwerke von ihm anzunehmen und jeder willigte ein, und als sie sich dann alle trafen, stellte es sich heraus, daß alle die gleiche Nummer hatten. Als sie ihm Vorwürfe machten, sagte er, daß er es absichtlich gemacht habe, weil er wußte, seine Freunde würden unglücklich sein, wenn sie nicht alle die gleiche Nummer hätten. Man erzählte sich auch, daß er Spanien während seiner Dienstzeit verlassen habe und daß er bei der Kavallerie gewesen und über die Grenze gegangen sei, wo er dann sein Pferd und seine

Ausrüstung verkauft habe, und dadurch hatte er genug Geld, um nach Paris zu gehen und Bildhauer zu werden. Einmal wohnte er mehrere Tage im Hause eines Freundes von Gauguin. Als der Hauseigentümer zurückkam, waren all seine Gauguin-Erinnerungen und Gauguin-Zeichnungen fort. Manolo hatte sie an Vollard verkauft und Vollard mußte sie wieder herausrücken. Keiner war Manolo deswegen böse. Er glich eben einem verrückten reizenden fromm erzogenen spanischen Bettler und jeder liebte ihn. Moréas, der griechische Dichter, der damals eine ganz stadtbekannte Figur in Paris war, liebte ihn auch sehr und nahm ihn immer zur Gesellschaft mit, wenn er irgendwo zu tun hatte. Manolo ging immer in der Hoffnung mit, so zu einer Mahlzeit zu kommen, aber meistens mußte er warten, während Moréas aß. Manolo war immer geduldig und hoffnungsvoll, während Moréas damals genau so dafür bekannt war, selten oder am liebsten überhaupt nicht zu zahlen, wie später Guillaume Apollinaire.

Manolo pflegte kleine Statuen für die Kneipen im Montmartre anzufertigen, um sich dafür Mahlzeiten und so weiter geben zu lassen, bis Alfred Stieglitz von ihm hörte und seine Sachen in New York zeigte und einige von ihnen verkaufte, und dann kehrte Manolo nach Céret an die französische Grenze zurück, wo er seitdem ständig mit seiner katalanischen Frau lebt und die Nacht zum Tage macht.

Doch zurück zu Uhde. Eines Samstags stellte er Gertrude Stein seine Braut vor. Uhdes Lebenswandel war durchaus nicht so, wie er sein sollte, und da seine Braut sehr wohlhabend und sehr konventionell zu sein schien, waren wir alle überrascht. Doch stellte es sich heraus, daß es eine Vernunftheirat war. Uhde wollte seinen guten Ruf wieder herstellen und sie wollte in den Besitz einer Erbschaft kommen, was nur ging, wenn sie heiratete. Bald darauf heiratete sie Uhde und ebenso schnell waren sie wieder geschieden. Danach heiratete sie den Maler Delaunay, der gerade damals auf der Bildfläche erschien. Er war der Begründer einer jener zahlreichen Gruppen, die die Idee des Kubismus verflachten, sie malten Häuser, die nicht senkrecht standen und ihre Schule wurde *l'école catastrophique* genannt.

Delaunay war ein großer blonder Franzose. Er hatte eine lebhafte kleine Mutter. Sie pflegte mit alten Grafen in die Rue de Fleurus zu kommen, die genau so aussahen wie man sich als Kind einen alten französischen Marquis vorgestellt hatte. Sie gaben immer ihre Karte ab und schrieben feierliche Dankesworte und ließen es sich nie anmerken, wie völlig fehl am Ort sie sich in solcher Gesellschaft gefühlt haben müssen. Delaunay selbst war amüsant. Er war ziemlich begabt und über die Maßen ehrgeizig. Er fragte immer, wie alt Picasso gewesen sei, als er dieses oder jenes Bild gemalt habe. Wenn es ihm gesagt wurde, antwortete er immer, ach, so alt bin ich noch nicht. Ich werde es ebenso können, wenn ich so alt bin.

Und tatsächlich machte er sehr schnelle Fortschritte. Er pflegte sehr häufig in die Rue de Fleurus zu kommen und Gertrude Stein hatte ihn sehr gern. Er war komisch und er hat ein sehr gutes Bild gemalt, die drei Grazien, die vor Paris stehen, ein riesiges Gemälde, in dem er jedermanns Technik vereinigte und eine gewisse französische Klarheit und seine eigene Frische hinzufügte. Es hatte wirklich beträchtliche Stimmung und war ein großer Erfolg. Danach verloren seine Bilder jegliche Qualität, sie waren entweder groß und leer oder klein und leer. Ich erinnere mich, wie er eines Tages eins von diesen kleinen Bildern anbrachte, er sagte, sehen Sie her, ich bringe Ihnen ein kleines Bild, ein Juwel. Klein ist es, sagte Gertrude Stein, aber ist es ein Juwel?

Delaunay heiratete also Uhdes geschiedene Frau und sie führten einen ziemlich großen Haushalt. Sie nahmen Guillaume Apollinaire auf und er brachte ihnen bei, wie man kochen und wie man leben müsse. Guillaume war erstaunlich. Keiner außer Guillaume – es war das Italienische in ihm, der New Yorker Maler Stella verstand sich auch darauf in seinen ersten Pariser Jahren – keiner konnte wie Guillaume seine Gastgeber zum besten haben, ihre Gäste zum besten haben, ihr Essen verspotten und sie dadurch zu immer größeren Anstrengungen anspornen.

Dann hatte Guillaume zum erstenmal Gelegenheit auf Reisen zu gehen, er fuhr mit Delaunay nach Deutschland und genoß es schrecklich.

Uhde erzählte mit dem größten Vergnügen, wie seine frühere Frau eines Tages zu ihm gekommen sei und sich über Delaunays zukünftige Laufbahn ausgelassen habe: sie habe ihm erklärt, er müsse die Vergangenheit, nämlich Picasso und Braque aufgeben und sich der Zukunft, nämlich der Sache Delaunays anschließen. Dabei muß man bedenken, daß Picasso und Braque zu jener Zeit noch nicht dreißig Jahre alt waren. Uhde erzählte jedermann diese Geschichte mit vielen witzigen schmückenden Beigaben und setzte immer hinzu, das erzähle ich Ihnen alles sans discrétion, das heißt, erzählen Sie es überall weiter.

Der andere Deutsche, der damals in die Rue de Fleurus kam, war langweilig. Er ist heutzutage wie man mir versichert in seiner Heimat ein recht bedeutender Mensch und er war ein sehr treuer Freund von Matisse, sogar während des Krieges. Er war das Bollwerk der Schule Matisse. Matisse war nicht immer ja eigentlich nicht oft freundlich zu ihm. Alle Frauen liebten ihn, erzählt man sich. Er war eine Art stämmiger Don Juan. Ich erinnere mich noch an eine große Skandinavierin, die ihn liebte und nie zu bewegen war, an den Samstagabenden zu erscheinen, doch stand sie immer draußen im Hof und jedesmal, wenn die Tür sich öffnete, sobald jemand kam oder ging, sah man sie im dunklen Hof stehen und wie eine Cheshire-Katze lächeln. – Er ärgerte sich immer über Gertrude Stein. Sie kaufte wirklich zu seltsame Sachen. Er wagte es nie ihr gegenüber etwas zu kritisieren, aber zu mir pflegte er zu sagen, *et vous*, *Mademoiselle*, finden Sie das etwa schön, und deutete auf das, was ihm nicht gefiel.

Einmal, als wir in Spanien waren, es war vielmehr das erstemal, daß wir nach Spanien gereist waren, bestand Gertrude Stein darauf, in Cuenca eine riesengroße funkelnagelneue Schildkröte aus Rheinstein zu kaufen. Sie besaß sehr schönen alten Schmuck, aber mit der größten Freude trug sie nun diese Schildkröte als Brosche. Diesmal war Purrmann sprachlos. Er zog mich in eine Ecke und fragte, das Schmuckstück, das Miß Stein da trägt, besteht das aus echten Edelsteinen?

Da wir gerade von Spanien sprechen, fällt es mir ein, daß wir einmal in einem überfüllten Restaurant waren. Plötzlich erhob sich am andern Ende des Raumes eine große dunkle Gestalt und ein Mann verneigte sich feierlich vor Gertrude Stein, die ihm ebenso feierlich dankte. Es war einer ihrer Ungarn von den Samstagabenden.

Dann kam noch öfters ein anderer Deutscher, den wir, das muß ich gestehen, beide gern hatten. Es war sehr viel später, etwa im Jahre 1912. Auch er war ein großer dunkler Typ. Er sprach Englisch und war ein Freund von Marsden Hartley, den wir sehr gut leiden mochten, und seinen deutschen Freund hatten wir auch gern, ich kann nicht sagen, daß wir ihn nicht gern hatten.

Er pflegte sich als den reichen Sohn eines nicht so reichen Vaters zu bezeichnen. Mit andern Worten, er hatte einen schönen Monatswechsel von einem verhältnismäßig armen Vater. Der Vater war Universitätsprofessor. Rönnebeck war reizend und er wurde immer zum Essen eingeladen. Er war auch eines Abends zum Essen da, als Berenson, der berühmte Kunstkritiker italienischer Kunst, anwesend war. Rönnebeck hatte einige Photographien von Bildern Rousseaus mitgebracht. Er hatte sie im Atelier gelassen und wir waren alle im Eßzimmer. Jeder fing an von Rousseau zu sprechen. Berenson war verdutzt. Aber Rousseau sagte er, Rousseau war ein braver Maler, doch wozu all diese Aufregung. Oh, sagte er seufzend, die Mode wechselt, das weiß ich, aber ich hätte nie gedacht, daß Rousseau bei den Jungen in Mode kommen würde.

Berenson hatte einen Hang zum Hochmut und daher ließen sie ihn einfach reden und reden. Schließlich sagte Rönnebeck sehr nett, aber Monsieur Berenson, vielleicht haben Sie noch nicht von dem großen Rousseau, dem Zollbeamten Rousseau gehört. Nein, gab Berenson zu, das hatte er noch nicht. Und als er nachher die Photographien sah, begriff er noch weniger als vorher und geriet ganz aus der Fassung. Mabel Dodge, die auch da war, sagte, aber Berenson, bedenken Sie doch, daß Kunst unvermeidlich ist – wie das Schicksal. Das, erwiderte Berenson, der sich wieder gefaßt hatte, können Sie als *femme fatale* natürlich gut begreifen.

Wir hatten Rönnebeck sehr gern, und außerdem zitierte er gleich bei seinem ersten Besuch etwas aus Gertrude Steins letzten Arbeiten. Sie hatte Marsden Hartley einige ihrer Manuskripte geliehen. Es war ihr noch nie passiert, daß jemand etwas aus ihren eigenen Arbeiten zitierte, und das gefiel ihr natürlich sehr. Er übersetzte auch einige der «Bildnisse», die sie damals schrieb, in die deutsche Sprache und verhalf ihr dadurch zum erstenmal zu internationalem Ruf. Zwar stimmt das nur teilweise, denn Roché, der getreue Roché, hatte bereits einige Deutsche mit *Three Lives* bekannt gemacht, und sie waren schon ganz in ihrem Bann. Jedenfalls war Rönnebeck reizend und wir hatten ihn sehr gern.

Rönnebeck war Bildhauer, er machte kleine Bildnis-Skulpturen und zwar sehr gute. Er war in eine Amerikanerin verliebt, die Musik studierte. Er liebte Frankreich und alles, was französisch war und er hatte uns sehr gern. Wie üblich trennten wir uns, als der Sommer kam. Er sagte, er habe einen sehr unterhaltsamen Sommer vor sich. Er hatte einen Auftrag von einer Gräfin und ihren beiden Söhnen, zwei kleinen Grafen, eine Porträtbüste zu machen und sollte den Sommer über im Heim der Gräfin daran arbeiten, die einen wunderbaren Landsitz an der Ostsee hatte.

Als wir im Herbst wiederkamen, war Rönnebeck ganz verändert. Vor allem hatte er eine Unmenge Photographien von

Schiffen der deutschen Kriegsmarine mitgebracht und bestand darauf, sie uns alle zu zeigen. Wir interessierten uns überhaupt nicht dafür. Gertrude Stein sagte, natürlich haben Sie eine Kriegsmarine, Rönnebeck, das ist ja selbstverständlich, Amerika hat eine Kriegsmarine, alle Welt hat eine Kriegsmarine, aber die meisten Leute, mit Ausnahme der Marine, finden, daß *ein* dickes Panzerschiff genau so wie alle aussieht, also stellen Sie sich nicht an. Aber er war anders. Er hatte sich gut unterhalten. Er hatte auch Photographien von sich selbst mit lauter Grafen und eins mit dem deutschen Kronprinzen, der ein guter Freund der Gräfin war. Der Winter, es war der Winter von 1913 auf 1914, verging. Es war alles wie sonst, und wir gaben wie üblich unsere Abendgesellschaften. Ich habe vergessen, welcher besondere Anlaß einmal für eine bestand, aber jedenfalls dachten wir, Rönnebeck wäre ein sehr geeigneter Gast dafür. Wir luden ihn ein. Er schrieb, daß er für zwei Tage nach München reisen müsse, doch würde er die Nacht durch fahren und rechtzeitig für die Gesellschaft zurückkommen. Er tat es auch und war so nett wie er immer war.

Bald danach machte er eine kleine Reise nach dem Norden, um sich die Kathedralstädte anzusehen. Als er wiederkam, brachte er uns eine Reihe von Photographien all dieser Städte in Nordfrankreich mit, aber von oben gesehen. Was ist denn das, fragte Gertrude Stein. Oh, sagte er, ich dachte, Sie würden sich dafür interessieren, es sind Ansichten, die ich von allen Kathedralstädten gemacht habe. Ich habe sie von den Türmen aus aufgenommen und dachte, Sie würden sich dafür interessieren, weil sie nämlich genau wie Gemälde der Anhänger Delaunays aussehen, die Sie immer die Erdbebenschule nennen, sagte er zu mir. Wir dankten ihm und dachten nicht weiter darüber nach. Als ich sie später während des Krieges wiederfand, war ich so wütend, daß ich sie zerriß.

Dann sprachen wir alle von unsern Plänen für den kommenden Sommer. Gertrude Stein wollte im Juli nach London gehen, um John Lane aufzusuchen und den Vertrag für *Three*

Lives zu unterzeichnen. Rönnebeck sagte, weshalb kommen Sie nicht statt dessen oder lieber noch vorher oder gleich danach nach Deutschland. Weil ich, sagte Gertrude Stein, die Deutschen nicht leiden kann, wie Sie ganz genau wissen. Ja, das weiß ich, sagte Rönnebeck, aber mich können Sie ja leiden, und sie würden sich ausgezeichnet unterhalten. Alle würden sich so für Sie interessieren und Sie würden ihnen eine große Freude mit Ihrem Besuch machen, kommen Sie doch, bat er. Nein, sagte Gertrude Stein, ich habe Sie sehr gern, aber die Deutschen kann ich nicht leiden.

Im Juli fuhren wir nach England, und als wir dort waren, erhielt Gertrude Stein einen Brief von Rönnebeck, der schrieb, daß er immer noch sehr hoffte, wir kämen nach Deutschland, aber da wir es nicht wollten, wäre es nicht besser, wir verbrächten den ganzen Sommer in England oder vielleicht in Spanien, anstatt wie geplant schon bald nach Paris zurückzukehren. Das war natürlich das Ende.

Zu Beginn meines Aufenthalts in Paris erschienen an den Samstagabenden nur sehr wenige Amerikaner, allmählich wurden es mehr und mehr, aber ehe ich von den Amerikanern spreche, muß ich von dem Bankett für Rousseau erzählen.

Wie ich schon sagte, wohnte ich anfangs mit einer Freundin in einer kleinen Wohnung in der Rue Notre Dames des Champs. Ich nahm nicht länger französische Stunden bei Fernande, weil sie und Picasso wieder zusammenlebten, doch kam sie oft zu Besuch. Der Herbst war da, und ich kann mich gut daran erinnern, weil ich mir meinen ersten Pariser Winterhut gekauft hatte. Es war ein sehr schöner Hut aus schwarzem Samt, ein großer Hut mit einem gelben Phantasieschmuck. Sogar Fernande billigte meine Wahl.

Eines Tages aß Fernande mit uns zu Mittag und sie erzählte, daß ein Bankett für Rousseau gegeben werden solle und daß sie es geben würde. Sie zählte die Zahl aller Eingeladenen auf. Wir waren auch dabei. Wer war Rousseau? Ich wußte es nicht, aber darauf kam es wirklich nicht an, da es ein Bankett war, zu dem jedermann gehen würde und wir waren auch eingeladen.

Am nächsten Samstagabend sprach in der Rue de Fleurus jeder von dem Bankett für Rousseau, und da merkte ich, daß Rousseau der Maler ist, dessen Bild ich damals auf der ersten Ausstellung der *Indépendants* gesehen hatte. Ich hörte, daß Picasso vor kurzem ein großes Frauenbildnis auf dem Montmartre gefunden hatte, das von Rousseau stammte, und er hatte es gekauft und das Fest war zu Ehren dieses Kaufs und zu Ehren des Malers, und es würde ganz wunderbar werden.

Fernande erzählte mir sehr viel über die Speisenfolge. Es sollte Reis à la Valenciennes geben, Fernande hatte ihn während ihres letzten Aufenthalts in Spanien kochen gelernt, und dann hatte sie etwas bestellt, ich weiß nicht mehr was es war, das sie bestellt hatte, aber sie hatte eine Unmenge Sachen bei Félix Potin bestellt, dem großen Geschäft, wo man auch fertig zubereitete Gerichte kaufen konnte. Jeder war begeistert. Guillaume Apollimaire war es, der, wie ich mich erinnere, Rousseau sehr gut kannte und ihm das Versprechen abgenommen hatte, zu kommen; er wollte ihn abholen und alle Welt wollte dafür dichten und Lieder machen, und es sollte sehr «rigolo» werden, was ein beliebtes Montmartre-Wort ist und bedeutet, ein sehr lustiger Abend. Wir sollten uns alle im Café unten an der Rue de Ravignan treffen und dort einen Apéritif nehmen und dann zu Picassos Atelier hinaufgehen und dort essen. Ich setzte meinen neuen Hut auf und wir gingen alle zum Montmartre und trafen uns in dem Café.

Als Gertrude Stein und ich das Café betraten, schienen schon eine Menge Menschen da zu sein, und mitten unter ihnen ein großes mageres Mädchen mit großen mageren Armen, die sie ausstreckte und dabei hin und her schwankte. Ich wußte nicht, was sie tat, offenbar war es keine Gymnastik, es war verblüffend, aber sie sah sehr verführerisch aus. Was ist das, flüsterte ich Gertrude Stein zu. Oh, das ist Marie Laurencin, und ich fürchte, sie hat zu viele Apéritifs getrunken.

Ist sie die alte Dame, von der mir Fernande erzählt hat, die immer Laute wie ein Tier ausstoßen kann und Picasso damit ärgert? Sie ärgert Picasso allerdings, aber es ist eine sehr junge Frau und sie hat offenbar zu viel getrunken, sagte Gertrude Stein und ging weiter. Gleichzeitig entstand ein mächtiger Lärm an der Tür des Cafés und Fernande erschien und war sehr groß und sehr aufgeregt und sehr ärgerlich. Félix Potin hat das Essen nicht geschickt, rief sie. Bei dieser furchtbaren Nachricht waren alle ganz niedergeschmettert, aber ich als praktische Amerikanerin sagte zu Fernande, komm schnell, wir wollen telephonieren. Damals pflegte man nicht in Paris zu telephonieren, vor allem nicht an ein Lebensmittelgeschäft. Aber Fernande war einverstanden und wir gingen schnell fort. Doch überall, wohin wir auch gingen, gab es entweder kein Telephon oder es funktionierte nicht, schließlich fanden wir eins, das funktionierte, aber bei Félix Potin hatten sie schon geschlossen oder wollten gerade schließen und blieben unsern Rufen gegenüber stumm. Fernande war vollkommen erledigt, aber ich überredete sie schließlich, mir einfach zu sagen, was Félix Potin uns hätte schicken sollen und dann fanden wir in diesem und jenem kleinen Lädchen auf dem Montmartre Ersatz dafür und zu guter Letzt erklärte Fernande noch, daß sie so viel Reis à la Valenciennes gemacht habe, daß er die Löcher ausfüllen würde, und das tat er auch.

Als wir wieder ins Café kamen, waren fast alle, die dort gewesen waren, fortgegangen, doch waren andere gekommen, und Fernande forderte alle auf, mitzukommen. Als wir dann den Berg hinaufkletterten, sahen wir die ganze Gesellschaft vor uns. In der Mitte war Marie Laurencin, die auf der einen Seite von Gertrude Stein und auf der andern von Gertrude Steins Bruder gestützt wurde, und sie fiel erst in das eine Paar Arme und dann in das andre Paar Arme und ihre Stimme klang immer reizend und hoch und ihre Arme waren dünn und lang und graziös. Guillaume war natürlich nicht dabei, er sollte Rousseau bringen, nachdem schon alle andern Platz genommen hatten.

Fernande überholte die langsame Prozession, und ich ihr nach, und wir kamen zum Atelier. Es war sehr eindrucksvoll, sie hatten sich Schragen geliehen, gezimmerte Schragen, und darauf hatten sie Bretter gelegt und rundherum Bänke aufgestellt. An der Spitze der Tafel befand sich die Neuerwerbung, der Rousseau, mit Fähnchen und Girlanden geschmückt, und zu beiden Seiten große Statuen, ich weiß nicht mehr, was für welche. Es war ganz prächtig und sehr festlich. Der Reis à la Valenciennes kochte unten im Atelier von Max Jacob. Max stand sich gerade nicht gut mit Picasso und war deshalb nicht dabei, aber sein Atelier wurde benutzt, um den Reis zu kochen und die Mäntel der Herren dort abzulegen. Die Damen sollten ihre Mäntel in das vordere Atelier legen, das damals in der Spinatzeit van Dongen gehört hatte und in dem jetzt ein Franzose namens Vaillant war. Es war das Atelier, das später Juan Gris gehörte.

Ich hatte kaum Zeit, meinen Hut abzunehmen und die Vorbereitungen zu bewundern, während Fernande die ganze Zeit über furchtbar auf Marie Laurencin schimpfte, und dann kam schon die ganze Gesellschaft. Fernande versperrte ihnen groß und imponierend den Weg und sagte, sie ließe sich ihr Fest nicht von Marie Laurencin verderben. Es wäre eine ernstzunehmende Gesellschaft und ein wichtiges Bankett zu Ehren Rousseaus und weder sie noch Picasso würden solch Benehmen dulden. Picasso hielt sich natürlich die ganze Zeit über außer Sicht und im Hintergrund. Gertrude Stein protestierte, halb auf Französisch, halb auf Englisch, daß sie sich hängen ließe, wenn es alles für umsonst gewesen wäre, Marie Laurencin den schrecklichen Berg hinaufzuschleppen. Das ginge nicht und außerdem erinnerte sie Fernande daran, daß Guillaume und Rousseau jetzt jede Minute kommen könnten, und es sei notwendig, daß jeder vorher anständig Platz genommen habe. Pablo war mittlerweile nach vorne vorgedrungen und stimmte mit ein und sagte, ja, ja, und Fernande gab nach. Sie hatte immer ein bißchen Angst vor Guillaume Apollinaire, vor seinem Ernst und seinem Witz, und alle gingen ins Haus. Jeder setzte sich hin.

Jeder setzte sich hin und fing an, den Reis und die übrigen Sachen zu essen, das heißt sowie Guillaume Apollinaire und Rousseau erschienen, was auch sofort und unter wildem Beifall geschah. Wie gut ich mich noch an ihr Erscheinen erinnere, Rousseau, der kleine schmächtige blasse Franzose, mit seinem Bärtchen, einfach wie irgendein andrer Franzose, wie man sie überall sah, und Guillaume Apollinaire, mit seinem feingeschnittenen frischen Gesicht, dem dunklen Haar und der schönen Hautfarbe. Jeder wurde vorgestellt und alle nahmen wieder Platz. Guillaume drängte sich neben Marie Laurencin auf einen Platz. Marie Laurencin, die sich auf ihrem Platz neben Gertrude Stein inzwischen vollständig beruhigt hatte, fing beim Anblick Guillaumes wieder an wild zu gestikulieren und laut zu rufen. Guillaume schaffte sie nach draußen und die Treppe hinunter und nach einer angemessenen Pause erschienen sie wieder, Marie ein bißchen zerschunden, aber nüchtern. Mittlerweile hatten sie alle von allem gegessen und es ging mit dem Dichten los. Ach ja, vorher war noch Frédéric vom Lapin Agile und der Apachen-Universität erschienen, wie immer in Begleitung eines Esels, und er hatte etwas zu trinken bekommen und war wieder abgezogen. Bald danach waren italienische Straßensänger gekommen, die von dem Fest gehört hatten. Fernande am andern Ende der Tafel wurde rot und stand auf und stach mit ihrem Zeigefinger in die Luft und rief, es sei ein anständiges Fest, und sie wurden prompt hinausgeworfen.

Wer dort war? Wir waren dort und Salmon, André Salmon, damals ein kommender junger Dichter und Journalist, und Pichot und Germaine Pichot und Braque und vielleicht Marcelle Braque, aber daran kann ich mich nicht mehr erinnern, ich weiß nur, daß damals über sie gesprochen wurde, und dann die Raynals, die Agéros, der falsche Greco und seine Frau und mehrere andere Paare, die ich nicht kannte und an die ich mich nicht erinnern kann, und Vaillant, ein sehr liebenswürdiger ganz alltäglicher junger Franzose, dem das vordere Atelier gehörte.

Die eigentliche Feier begann. Guillaume Apollinaire stand auf und hielt eine feierliche Ansprache, ich kann mich überhaupt nicht erinnern, was er sagte, aber er schloß mit einem Gedicht, das er verfaßt hatte und das er halb singend vortrug und dann stimmte jeder in den Kehrreim ein: *La peinture de ce Rousseau.* Dann stand jemand anders auf, wahrscheinlich Raynal, ich erinnere mich nicht mehr daran, und danach folgten Trinksprüche und plötzlich sprang André Salmon, der ganz ernst neben meiner Freundin gesessen und mit ihr über Reisen und Literatur gesprochen hatte, auf den keineswegs soliden Tisch und erging sich in einer Lobpreisung und einem Stegreifgedicht. Zum Schluß ergriff er ein großes Glas und trank alles, was darin war und begann zu faseln, da er vollständig betrunken war, und wurde streitsüchtig. Die Männer konnten ihn überwältigen, die Statuen schwankten, und Braque, ein großer stämmiger Mensch, klemmte sich je eine Statue unter den Arm und hielt sie fest und blieb so stehen, während Gertrude Steins Bruder, der auch ein großer stämmiger Mensch war, den kleinen Rousseau und seine Geige vor Schaden bewahrte. Die andern mit Picasso an der Spitze – denn Picasso ist zwar klein, aber sehr stark – schleppten Salmon in das vordere Atelier und sperrten ihn dort ein. Dann kamen alle wieder und setzten sich.

Von nun an verlief der Abend friedlich. Marie Laurencin sang mit ihrer feinen kleinen Stimme ein paar reizende alte normannische Lieder. Ageros Frau sang ein paar reizende Lieder, Pichot tanzte einen wunderbaren spanischen religiösen Tanz, der damit endete, daß er sich als gekreuzigter Christus auf die Erde warf. Guillaume Apollinaire kam zu mir und meiner Freundin und bat uns feierlich, ein paar Gesänge der indianischen Rothäute zum besten zu geben. Aber weder sie noch ich fühlten uns dazu in der Lage, sehr zum Bedauern

Guillaumes und der ganzen Gesellschaft. Rousseau spielte strahlend vor Glück und Zufriedenheit auf seiner Geige und erzählte uns von den Stücken, die er geschrieben hatte und von seinen Erinnerungen an Mexiko. Es war alles sehr friedlich und gegen drei Uhr morgens gingen wir alle in das Atelier wo Salmon abgestellt worden war und wo wir unsre Mäntel und Hüte abgelegt hatten, die wir nun holen wollten, um nach Hause zu gehen. Dort auf der Couch lag Salmon in friedlichem Schlummer, und rings um ihn her lagen halb zerkaut eine Schachtel mit Streichhölzern und ein Rohrpostbriefchen und mein gelbes Phantasiestück. Selbst um drei Uhr morgens war das zu viel für meine Gefühle. Salmon wachte jedoch auf, war sehr liebenswürdig und sehr höflich, und alle zusammen gingen wir auf die Straße hinaus. Plötzlich rannte Salmon laut schreiend den Berg hinunter.

Gertrude Stein und ihr Bruder, meine Freundin und ich brachten, alle in einer Droschke, Rousseau nach Hause.

Etwa einen Monat drauf, als ich an einem dunklen Winternachmittag nach Hause eilte, spürte ich plötzlich, daß mir jemand folgte. Ich lief und lief immer schneller, und die Schritte kamen immer näher und dann hörte ich, *Mademoiselle*, *Mademoiselle*. Ich drehte mich um, es war Rousseau. Oh, Mademoiselle, rief er, nach Anbruch der Dunkelheit sollten Sie nicht mehr allein über die Straße gehn, darf ich Sie nach Hause bringen? Was er auch tat.

Nicht lange Zeit danach kam Kahnweiler nach Paris. Kahnweiler war ein Deutscher, der mit einer Französin verheiratet war und sie hatten viele Jahre lang in England gelebt. Kahnweiler war als Geschäftsmann in England gewesen und hatte sich Geld gespart, um einen alten Traum zu verwirklichen, nämlich in Paris eine Bildergalerie zu besitzen. Nun war es so weit, und er eröffnete eine nette kleine Galerie in der Rue Vignon. Er steckte zuerst die Fühler ein bißchen aus und verschrieb sich dann ganz den Kubisten. Zuerst hatte er Schwierigkeiten, da der immer vorsichtige Picasso sich nicht zu sehr binden wollte. Fernande verhandelte mit Kahnweiler und schließlich merkten sie alle, daß sein Interesse und sein Glauben echt waren und daß er ihre Werke verkaufen konnte und wollte. Sie schlossen alle einen Vertrag mit ihm ab und bis zum Ausbruch des Krieges setzte er sich ganz für sie ein. Die Nachmittage, wenn die Gruppe in seinem Laden ein- und ausging, waren für Kahnweiler wirklich Nachmittage bei Vasari. Er glaubte an sie und ihre Zukunft und Größe. Erst im Jahr vor dem Kriege nahm er auch Juan Gris auf. Knapp zwei Monate vor Kriegsausbruch sah Gertrude Stein die ersten Bilder von Juan Gris bei Kahnweiler und kaufte drei.

Picasso erzählt, daß er damals Kahnweiler immer gesagt habe, er solle französischer Staatsbürger werden, denn es würde Krieg geben und dann säße er in der Tinte. Kahnweiler sagte immer, er würde es tun, so bald er über das militärdienstpflichtige Alter hinaus sei, denn er wollte natürlich nicht noch einmal Militärdienst machen. Der Krieg brach aus, Kahnweiler war gerade mit seiner Familie in der Schweiz auf Urlaub und konnte nicht zurück. Alles, was er besaß, wurde beschlagnahmt.

Die Versteigerung von Kahnweilers Bildern durch die französische Regierung – es waren praktisch alle kubistischen Bilder der drei letzten Vorkriegsjahre –, vereinigte zum erstenmal nach dem Kriege alle aus der alten Gruppe. Die Bilderhändler bemühten sich jetzt, nachdem der Krieg beendet war, ganz eindeutig, den Kubismus aus dem Wege zu räumen. Der Fachmann, der die Versteigerung leitete und der ein wohlbekannter Bilderhändler war, gab ganz offen zu, daß er es beabsichtige. Er hielt die Preise so niedrig wie möglich nnd schreckte das Publikum ab. Wie sollten sich die Künstler dagegen wehren?

Ein oder zwei Tage vor der Ausstellung, die der Versteigerung der Bilder vorausging, waren wir zufällig mit den beiden Braques zusammen und Braques Frau Marcelle sagte uns, daß sie einen Entschluß gefaßt hätten. Picasso und Juan Gris könnten nichts ausrichten, da sie Spanier wären und es sich um einen Verkauf durch die französische Regierung handle. Marie Laurencin war den Papieren nach eine Deutsche, Lipshitz war Russe und dadurch auch nicht gerade beliebt. Braque als Franzose, der während eines Angriffs das *Croix de guerre* erworben hatte, zum Offizier befördert worden war, das Band der Ehrenlegion erhalten hatte und schließlich eine schlimme Kopfverletzung davontrug, konnte machen, was er wollte. Er hatte auch sonst noch ein Hühnchen mit dem Fachmann zu rupfen, der die Auktion leiten sollte. Er hatte ihm nämlich eine Liste von Leuten eingeschickt, die wahrscheinlich seine Bilder kaufen würden, ein Vorrecht, das jedem Künstler eingeräumt wird, dessen Bilder öffentlich verkauft werden, doch diesen Leuten waren keine Kataloge geschickt worden. Als wir kamen, hatte Braque bereits seine Pflicht getan. Wir sahen nur noch das Ende des Tumults. Es herrschte schreckliche Aufregung.

Braque war auf den Experten zugegangen und hatte ihm vorgeworfen, daß er seiner Pflicht nicht nachgekommen sei. Der Mann erwiderte, daß er es getan habe und tun könne, was er wolle und darauf habe er Braque ein Normannenschwein genannt. Braque hatte ihm einen Hieb versetzt. Braque ist ein großer Mensch, der Experte ist es nicht. Braque versuchte nicht zu fest zuzuschlagen, aber der Mann fiel trotzdem um. Die Polizisten kamen und sie wurden auf die Polizeistation geführt. Dort erzählte jeder den Vorgang. Braque als Kriegsteilnehmer wurde natürlich mit dem ihm gebührenden Respekt behandelt, und als er mit dem Fachmann sprach und das zwischen ihnen sonst übliche Du benutzte, verlor der Kunsthändler vollkommen den Kopf und benahm sich derartig, daß er einen öffentlichen Verweis erhielt. Gleich nachdem es vorüber war, kam auch Matisse und wollte wissen, was geschehen war und was noch werden sollte. Gertrude Stein erzählte es ihm. Matisse sagte – und es war echt Matisse, es so auszudrücken –, Braque a raison, *celui-la a volé la France, et on sait bien ce que c'est que voler la France.*

Die Käufer aber wurden tatsächlich abgeschreckt, und alle Bilder, mit Ausnahme derjenigen von Derain, gingen für eine sehr niedrige Summe weg. Der arme Juan Gris, dessen Bilder auch ganz billig verkauft wurden, versuchte tapfer zu sein. Sie bringen mir wenigstens einen Ehrenpreis, aber traurig war er doch.

Glücklicherweise erhielt Kahnweiler, der nicht gegen Frankreich gekämpft hatte, im nächsten Jahr die Erlaubnis, nach Paris zurückzukehren. Die andern brauchten ihn nicht länger, aber Juan Gris brauchte ihn ganz verzweifelt, und Kahnweilers Treue und Großzügigkeit gegenüber Juan Gris während all der harten Jahre läßt sich nur mit Juan Gris' Treue und Großzügigkeit vergleichen, als er kurz vor seinem Tode endlich berühmt geworden war und verlockende Angebote von andern Händlern erhielt.

Für alle hatte es sehr viel zu bedeuten, daß Kahnweiler nach Paris zurückkam und die Sache der Kubisten wieder finanziell in die Hand nahm. Damit waren ihre Zukunft und die Gegenwart gesichert.

Die Picassos zogen von dem alten Atelier in der Rue Ravignan in eine Wohnung am Boulevard Clichy. Fernande begann Möbel zu kaufen und nahm sich ein Dienstmädchen, und das Mädchen konnte natürlich auch Soufflé machen. Es war eine hübsche sonnige Wohnung. Im großen und ganzen war Fernande aber doch nicht so glücklich, wie sie es früher gewesen war. Es kamen immer viele Menschen, und sie gab sogar Nachmittagstees. Braque war auch oft da, seine Freundschaft mit Picasso stand auf dem Höhepunkt, damals begannen sie auch zum erstenmal Musikinstrumente auf ihren Bildern zu malen. Es war die Zeit, in der Picasso mit seinen Konstruktionen begann. Er machte Stilleben aus Gegenständen und photographierte sie. Später machte er Konstruktionen aus Papier und eine schenkte er Gertrude Stein. Es ist vielleicht die einzige, die noch existiert.

Damals hörte ich auch zum erstenmal von Poiret. Er hatte

ein Hausboot auf der Seine und darauf eine Gesellschaft gegeben und Fernande und Picasso dazu eingeladen. Er schenkte Fernande eine schöne rosenfarbene Schärpe mit goldenen Fransen und für ihren Hut ein Phantasieschmuckstück aus gesponnenem Glas, was damals etwas ganz Neues war. Sie schenkte es mir, und ich trug es noch jahrelang auf einer kleinen spitzen Strohkappe. Vielleicht besitze ich es heute noch. Dann muß ich noch vom jüngsten Kubisten erzählen. Seinen Namen erfuhr ich nie. Er machte Militärdienst und sollte in die Diplomatenlaufbahn. Wie er zum Kubismus kam und ob er malte, weiß ich nicht, das einzige was ich weiß ist, daß er als der jüngste Kubist bekannt war.

Fernande hatte damals eine neue Freundin, von der sie mir oft erzählte. Es war Eve, die mit Marcoussis lebte. Und eines Abends kamen sie alle vier in die Rue de Fleurus, Pablo, Fernande, Marcoussis und Eve. Es war das einzige Mal, daß wir Marcoussis sahen, und dann erst wieder nach vielen vielen Jahren.

Ich konnte Fernandes Zuneigung für Eve sehr gut verstehen. Wie ich schon erzählt habe, war Fernandes Idol Evelyn Thaw, die klein und negativ war. Und hier hatten wir nun eine zierliche französische Evelyn Thaw, die klein und positiv war.

Nicht lange danach kam Picasso eines Tages vorbei und erzählte Gertrude Stein, daß er sich entschlossen habe, ein Atelier in der Rue Ravignan zu nehmen. Dort könne er besser arbeiten. Sein einstiges Atelier hatte er nicht bekommen können, doch nahm er eins in dem Stock darunter. Eines Tages besuchten wir ihn dort. Er war nicht da, und Gertrude Stein ließ zum Spaß ihre Visitenkarte dort. Ein paar Tage drauf gingen wir wieder hin. Picasso arbeitete an einem Bild, auf das er *ma jolie* geschrieben hatte und in die untere Ecke hatte er Gertrude Steins Visitenkarte gemalt. Nachdem wir gegangen waren, sagte Gertrude Stein, Fernande ist sicher nicht *ma jolie*, ich möchte mal wissen, wer es ist. Nach ein paar Tagen wußten wir es. Pablo war mit Eve auf und davongegangen.

Es war im Frühling. Damals hatten alle die Gewohnheit, im Sommer nach Céret in der Nähe von Perpignan zu gehen, wahrscheinlich wegen Manolo, und trotz allem gingen sie wieder dorthin. Fernande war mit den Pichots dort und Eve war mit Pablo dort. Es gab ein paarmal einen furchtbaren Streit, und dann gingen alle wieder nach Paris.

Eines Abends – wir waren inzwischen auch zurückgekehrt –, erschien Pablo. Er unterhielt sich sehr lange mit Gertrude Stein. Es war Pablo, sagte sie, als sie wieder ins Zimmer kam, nachdem sie ihm Lebwohl gesagt hatte, und er hat etwas Wunderbares wegen Fernande gesagt, er hat gesagt, ihre Schönheit hielte ihn immer wieder, aber ihre mindere Art könne er nicht ertragen. Außerdem erzählte sie, daß Pablo und Eve jetzt am Boulevard Raspail wohnten und daß wir sie morgen besuchen würden.

In der Zwischenzeit hatte Gertrude Stein einen Brief von Fernande erhalten, der sehr würdig klang und mit aller Zurückhaltung einer Französin abgefaßt war. Sie schrieb, daß sie Gertrude Stein sagen wollte, daß sie immer durchaus begriffen habe, eine Freundschaft habe nur mit Pablo bestanden, und obwohl Gertrude immer ganz reizend zu ihr gewesen sei, sei es jetzt, da Fernande und Pablo sich getrennt hätten, selbstverständlich unmöglich, daß sie künftig noch miteinander verkehrten, denn da die Freundschaft um Pablos willen bestanden habe, käme eine Wahl ja gar nicht in Frage. Sie würde sich immer sehr gern an ihre Bekanntschaft erinnern, und wenn sie einmal in Not geriete, würde sie sich erlauben, sich an Gertrudes Großmut zu wenden.

Und damit verließ Picasso den Montmartre und kehrte nie wieder dorthin zurück.

Als ich zum erstenmal in die Rue de Fleurus kam, war Gertrude Stein dabei, die Fahnen von *Three Lives* zu korrigieren. Bald half ich ihr dabei und binnen kurzem wurde das Buch veröffentlicht. Ich bat sie, ob ich nicht ein Abonnement bei der Presse-Agentur Romeike nehmen könne, denn Romeikes

Anzeigen im San Franziskoer *Argonaut* gehörten zur Romantik meiner Jugendzeit. Bald begannen die Presseausschnitte bei uns einzutreffen.

Es ist ganz erstaunlich, wieviel Zeitungen von dem Buch Notiz nahmen, das doch nur als Privatdruck erschienen war und von einer völlig unbekannten Autorin stammte. Die Kritik, die Gertrude Stein am meisten gefiel, stand im *Kansas City Star*. Sie fragte damals und auch noch in späteren Jahren, wer es wohl gewesen sein könnte, der die Kritik geschrieben hatte, aber sie erfuhr es nie. Es war eine sehr freundliche und sehr verständnisvolle Kritik. Später, wenn sie sich durch das, was andere schrieben, entmutigen ließ, erinnerte sie sich wieder daran, weil es ihr damals so wohlgetan hatte. In *Composition and Explanation* sagt sie, wenn man etwas schreibt, ist es einem völlig klar, und dann beginnt man es anzuzweifeln, und noch später, wenn man es wiederliest, geht man gänzlich darin auf, genau wie am Tage, da man es verfaßte.

Was ihr außerdem noch im Zusammenhang mit dem Erscheinen ihres Buches große Freude bereitete, war ein begeisterter Brief von H. G. Wells. Sie bewahrte ihn jahrelang auf, er hatte ihr so viel bedeutet. Damals schrieb sie ihm, und oft wollten sie sich treffen, doch fügte es der Zufall, daß nie etwas daraus wurde. Und jetzt ist es auch nicht sehr wahrscheinlich.

Damals schrieb Gertrude Stein an ihrem Buch *The Making of Americans*. Von einer Familiengeschichte war es zur Geschichte von allen Leuten geworden, die ihre Familie kannte und danach zu einer Geschichte jedes menschlichen Wesens überhaupt. Doch trotz alledem hatte es einen Helden, und er sollte sterben. Am Tage, als er starb, traf ich Gertrude Stein in Mildred Aldrichs Wohnung. Mildred hatte Gertrude Stein sehr gern und nahm regen Anteil am Schluß des Buches. Es war über tausend Seiten lang und ich sollte es mit der Maschine abschreiben.

Ich sage immer, man kann nicht sagen, wie ein Bild eigentlich ist oder wie ein Gegenstand eigentlich ist, wenn man ihn nicht jeden Tag regelmäßig abstäubt, und man kann nicht sagen, wie ein Buch ist, wenn man es nicht abtippt oder die Korrekturen liest. Dann ruft es einen besonderen Eindruck hervor, den man durch die bloße Lektüre nie erhält. Sehr viele Jahre später sagte Jane Heap einmal, daß sie die Qualität von Gertrude Steins Werk nie richtig schätzte, bis sie die Korrekturen las.

Als das Buch *The Making of Americans* beendet war, begann Gertrude Stein ein neues, das sie *A Long Gay Book* nannte, doch wurde es nicht lang, dies nicht und auch nicht ein um die gleiche Zeit begonnenes *Many Many Women*, weil die Arbeit an beiden unterbrochen wurde durch das Abfassen ihrer Wortporträts. Es begann folgendermaßen.

An den Sonntagabenden blieb Hélène meistens bei ihrem Mann, das heißt, sie war immer bereit, bei uns zu bleiben, doch sagten wir ihr oft, es sei nicht nötig. Ich koche gern, ich verstehe mich außerordentlich gut auf Fünf-Minuten-Gerichte, und außerdem wollte Gertrude Stein gern, daß ich von Zeit zu Zeit amerikanische Gerichte koche. Eines Sonntagabends war ich eifrig dabei, eins von diesen Gerichten zuzubereiten, und dann rief ich Gertrude Stein, sie solle zum Essen kommen. Sie kam sehr aufgeregt vom Atelier herüber und wollte sich nicht setzen. Ich muß dir hier etwas zeigen, sagte sie zu mir. Nein, sagte ich, es muß heiß gegessen werden. Nein, sagte sie, erst mußt du es sehen. Gertrude Stein liebt ihr Essen nicht gern heiß, und ich liebe es sehr heiß, da können wir uns nie einigen. Sie gibt zu, daß man abwarten kann, bis es sich abgekühlt hat, aber man kann es nicht wieder heißmachen, wenn es erst einmal auf dem Teller liegt, deshalb sind wir übereingekommen, daß es mir so heiß wie möglich serviert wird. Trotz meiner Proteste und trotzdem das Essen kalt wurde, mußte ich erst lesen. Ich kann noch immer die winzigen kleinen Seiten des Notizbuches vor mir sehen, die in allen Richtungen beschrieben waren. Es war das *Ada* genannte Porträt, das erste in *Geography and Plays*. Ich begann es und glaubte, sie wolle sich über mich lustig machen und protestierte, da sagte sie, ich protestiere wegen meiner Autobiographie. Schließlich las ich alles und war ganz hingerissen. Und dann aßen wir.

Das war der Beginn einer langen Reihe von Porträts. Sie hat Porträts von praktisch allen Menschen geschrieben, die sie kannte, und sie hat sie in allen nur erdenklichen Stilen und Techniken geschrieben.

Auf Ada folgten Porträts von Matisse und Picasso, und Stieglitz, der sich sehr für sie und für Gertrude Stein interessierte, veröffentlichte sie in einer Sondernummer der *Camera World*.

Dann begann sie kurze Porträts von jedermann, der kam und ging. Sie schrieb eins von Arthur Frost, dem Sohn von A. B. Frost, dem berühmten amerikanischen Illustrator. Frost war ein Schüler von Matisse, und man mußte ihn hören, wie stolz er war, als er sein Porträt las und feststellte, daß es volle drei Seiten länger als das Porträt von Matisse und das Porträt von Picasso war.

A. B. Frost beklagte sich bei Pat Bruce, der Frost zu Matisse gebracht hatte, er bedaure, daß Arthur nicht Akademie-Maler werden und so zu Ruhm und Geld kommen könne. Pat Bruce erwiderte, man kann ein Pferd an die Tränke führen, aber man kann es nicht zum Trinken zwingen. Die meisten Pferde trinken, Mr. Bruce, sagte A. B. Frost.

Bruce, Patrik Henry Bruce, war einer der ersten und begeistertsten Matisse-Schüler und machte bald kleine Matisses, aber das machte ihn nicht glücklich. Er erklärte Gertrude Stein seinen Kummer und sagte, die Leute sprechen alle vom Unglück der großen Künstler und der Tragik im Leben großer Künstler, aber schließlich sind es *große* Künstler. Ein kleiner Künstler kennt auch allen Kummer und alle Tragik eines großen Künstlers, aber er ist kein großer Künstler.

Sie machte Porträts von Nadelmann, auch von den Protégés der Bildhauerin Mrs. Whitney und auch von Harry Phelan

Gibb, ihrem ersten und besten englischen Freund. Sie verfaßte Porträts von Manguin und Roché und Purrmann und David Edstrom, dem dicken schwedischen Bildhauer, der die Leiterin der Christlichen Wissenschaft in Paris heiratete und sie zugrunde richtete. Und dann Brenner, den Bildhauer Brenner, der nie etwas fertig machte. Er hatte eine wunderbare Technik und eine Menge Anfechtungen, die ihn von der Arbeit abhielten. Gertrude Stein liebte ihn sehr und liebt ihn auch jetzt noch. Einmal saß sie ihm während vieler Wochen und er hat ein unvollendetes Porträt von ihr gemacht, das sehr schön ist. Er und Cody gaben später einige Nummern einer kleinen Zeitschrift heraus, die *Soil* hieß, und sie gehörten zu den ersten, die etwas von Gertrude Stein veröffentlichten. Einzig die kleine Zeitschrift *Rogue* hatte noch früher etwas von ihr gebracht, der Herausgeber war Allan Norton und er brachte ihre Beschreibung der Galerie Lafayette. All das war natürlich sehr viel später und kam durch Carl van Vechten zustande.

Sie verfaßte auch Porträts von Miß Etta Cone und ihrer Schwester Doktor Claribel Cone. Sie verfaßte auch Porträts von Miß Mars und Miß Squires, die unter dem Titel *Miss Furr and Miss Skeene* erschienen. Auch Porträts von Mildred Aldrich und ihrer Schwester wurden geschrieben. Jeder bekam sein Porträt zu lesen und jeder freute sich darüber, und es war alles sehr amüsant. All das nahm einen großen Teil des Winters in Anspruch, und dann gingen wir nach Spanien.

In Spanien begann Gertrude Stein Aufzeichnungen zu machen, die dann *Tender Buttons* ergaben.

Mir gefiel Spanien außerordentlich. Wir gingen einige Male nach Spanien und ich liebte es mehr und mehr. Gertrude Stein sagt, ich sei unparteiisch in bezug auf alle Dinge, nur nicht in bezug auf Spanien und die Spanier.

Wir gingen geradenwegs nach Avila und ich verlor sofort mein Herz an Avila, ich bestand darauf, immer und ewig in Avila zu bleiben. Gertrude Stein war ganz betroffen, Avila war ganz recht und schön, aber, behauptete sie, sie brauche Paris. Ich spürte, daß ich Avila brauchte. Wir ereiferten uns beide sehr. Schließlich blieben wir zehn Tage, und da St. Teresa ein Idol Gertrude Steins während ihrer Kinderzeit gewesen war, so genossen wir es beide. In der Oper *Four Saints*, die sie vor ein paar Jahren geschrieben hat, schildert sie die Landschaft, die mich so tief bewegte.

Wir fuhren weiter nach Madrid und trafen dort Georgiana King von Bryn Mawr, eine alte Freundin Gertrude Steins aus der Baltimore-Zeit. Georgiana King schrieb eine der interessantesten ersten Kritiken über *Three Lives*. Sie bereitete damals eine Neuausgabe von Streets *Cathedrals of Spain* vor und hatte im Zusammenhang damit ganz Spanien bereist. Sie gab uns eine Menge guter Ratschläge.

Gertrude Stein trug damals ein Kostüm aus braunem Rippensamt, aus Jacke und Rock bestehend, eine kleine Strohmütze, die ihr immer eine Frau in Fiesole häkelte, und Sandalen, und oft trug sie auch einen Stock. In jenem Sommer hatte der Stock einen Kopf aus Bernstein. Es ist mehr oder weniger dieses Kostüm (ohne die Mütze und den Stock), das Picasso auf seinem Porträt von ihr gemalt hat. Dies Kostüm war für Spanien ideal. Jedermann glaubte, sie gehöre einem religiösen Orden an, und wir wurden immer mit dem tiefsten Respekt behandelt. Ich erinnere mich, daß uns einmal eine Nonne die Schätze einer Klosterkirche in Toledo zeigte. Wir standen nahe den Altarstufen. Plötzlich knatterte es laut. Gertrude Stein hatte ihren Stock fallen lassen. Die Nonne wurde blaß und die Betenden erschraken. Gertrude Stein hob den Stock auf und wandte sich an die entsetzte Nonne, nein, er ist nicht zerbrochen, sagte sie beruhigend.

Ich pflegte damals eine Kleidung zu tragen, die ich meine spanische Verkleidung nannte. Ich trug immer einen schwarzen Seidenmantel, schwarze Handschuhe und einen schwarzen Hut, und die einzige Freude, die ich mir dabei gönnte, waren schöne künstliche Blumen auf dem Hut. Dafür interessierten sich die Bäuerinnen immer sehr und sie pflegten sehr höflich um Erlaubnis zu fragen, ob sie sie berühren dürften, um sich zu überzeugen, daß sie künstlich seien.

In jenem Sommer fuhren wir nach Cuenca, der englische Maler Harry Gibb hatte uns davon erzählt. Harry Gibb war ein seltsamer Mensch, der alles voraussah. Er war in seiner Jugend ein erfolgreicher Tiermaler in England gewesen, er stammte aus Nordengland, hatte geheiratet und war dann nach Deutschland gegangen, dort gefiel ihm nicht mehr, was er machte, und er hörte von der neuen Malerschule in Paris. Er ging nach Paris und geriet sofort unter den Einfluß von Matisse. Dann interessierte er sich für Picasso und unter diesem doppelten Einfluß gelangen ihm einige sehr bemerkenswerte Bilder. All dies zusammen führte ihn in eine andre Richtung, und es gelang ihm etwas, was die Surrealisten nach dem Kriege anstrebten. Das einzige, woran es ihm fehlte, war das, was die Franzosen *saveur* nennen. Und weil es ihm daran fehlte, war es unmöglich, in Frankreich Interesse zu erregen. Englische Interessenten gab es zu jener Zeit natürlich nicht. Für Harry Gibb kamen harte Zeiten. Immer waren sie hart für ihn. Er und seine Frau Bridget – eine der nettesten Frauen von Genies, mit denen ich je zusammengesessen habe –, waren immer voller Mut und traten den Dingen in großartiger Haltung gegenüber, aber immer waren sie in Schwierigkeiten. Und dann wurde es ein wenig besser. Er fand ein paar Gönner, die an ihn glaubten, und um diese Zeit, das heißt 1912 bis 1913, ging er nach Dublin und hatte dort eine ziemlich aufsehenerregende Ausstellung. Damals nahm er auch ein paar Kopien des Porträts von Mabel Dodge in der Villa Curonia mit nach Irland, Mabel Dodge hatte in Florenz Reproduktionen davon machen lassen, und so wurden die Dubliner Schriftsteller in ihren Bars mit Gertrude Steins Werk bekannt. Doktor Gogarthy, der Gastfreund und Verehrer von Harry Gibb, liebte es, aus Gertrude Steins Werk laut vorzulesen oder sich vorlesen zu lassen.

Danach kam der Krieg und damit wieder schwere Zeiten für den armen Harry Gibb, und seither war es ein einziger langer und trauriger Kampf. Er kannte gute und schlechte Tage, aber die schlechten waren häufiger, und erst vor ganz kurzem wendete sich alles zum Besseren. Gertrude Stein war überzeugt, daß die beiden Maler ihrer Generation, die sie beide sehr liebte und die erst nach ihrem Tode entdeckt werden würden, weil ihnen ein tragisches Schicksal vorbestimmt war, Juan Gris und Harry Gibb waren. Juan Gris, der nun fünf Jahre tot ist, kommt allmählich zu seinem Recht. Harry Gibb lebt und ist immer noch nicht bekannt. Gertrude Stein und Harry Gibb haben sich immer treue und liebevolle Freundschaft gehalten. Eins ihrer besten frühen Porträts verfaßte sie über ihn, und es wurde in der *Oxford Review* und dann in *Geography and Plays* veröffentlicht.

Harry Gibb also erzählte uns von Cuenca und die Bevölkerung von Cuenca genoß uns. Sie genoß uns so sehr, daß es unbequem wurde. Und dann eines Tages, während wir spazieren gingen, hielt sich die Bevölkerung, vor allem die Kinder, plötzlich auf Abstand. Bald kam ein Uniformierter auf uns zu, salutierte und sagte, daß er ein städtischer Polizist sei und daß der Gouverneur der Provinz ihm einen Sonderauftrag erteilt habe, sich immer in der Nähe aufzuhalten, falls wir irgendwo spazieren gingen, damit wir nicht von der Bevölkerung belästigt würden, und er hoffe, daß er uns nicht unbequem würde. Das war nicht der Fall, er war reizend und zeigte uns herrliche Fleckchen in der Umgebung, die wir allein nie besucht hätten. Das war Spanien in der guten alten Zeit.

Schließlich gingen wir nach Madrid zurück, und dort entdeckten wir die Argentina und die Stierkämpfe. Die jungen Journalisten Madrids hatten sie gerade erst entdeckt. Wir stießen zufällig eines Tages auf sie, als sie in einem Kabarett tanzte, wohin wir gegangen waren, um spanische Tänze zu sehen. Nachdem wir die Argentina einmal gesehen hatten, gingen wir jeden Nachmittag und Abend hin. Dann sahen wir uns Stierkämpfe an. Zuerst regte ich mich schrecklich dabei auf, und Gertrude Stein mußte sagen, jetzt schau hin, jetzt schau weg, bis ich schließlich die ganze Zeit über hinschauen konnte.

Endlich kamen wir nach Granada und blieben einige Zeit und dort arbeitete Gertrude Stein sehr angespannt. Sie hatte Granada immer sehr geliebt. Dort hatte sie zum erstenmal etwas von Spanien kennengelernt, als sie noch ein Schulmädchen war, gleich nach dem Spanisch-Amerikanischen Krieg, als sie und ihr Bruder eine Spanienreise machten. Sie hatten es sehr genossen, und sie erzählt immer noch, wie sie einmal im Eßsaal saßen und mit einem Herrn aus Boston und dessen Tochter sprachen, als sie plötzlich ein gräßliches Geräusch hörten, das Hüha eines Esels. Was ist denn das, fragte das junge Mädchen zitternd. Ach, sagte der Vater, es ist der Sterbeseufzer der Mauren.

Wir genossen Granada, wir trafen viele amüsante Menschen, Engländer und Spanier, und dort und während dieser Zeit war es, daß Gertrude Steins Stil sich allmählich änderte. Sie sagt, daß sie sich bisher nur für den inneren Menschen interessiert habe, für seinen Charakter und was in ihm vorginge, aber während jenes Sommers bekam sie zum erstenmal Lust, den Rhythmus der sichtbaren Welt auszudrücken.

Es war ein langer und qualvoller Prozeß: sie schaute, lauschte und beschrieb. Immer wurde sie von den Problemen des Außen und Innen verfolgt. Eine der Fragen, die ihr bei der Malerei immer Sorge machen, ist die Schwierigkeit, der sich der Künstler gegenübersieht – und die ihn schließlich zum Malen von Stilleben treibt –, daß nämlich das Wesentliche des Menschen nicht malbar ist. Ganz kürzlich jedoch hat sie wieder einmal geglaubt, ein Maler habe etwas zur Lösung dieses Problems beigetragen. Sie interessiert sich für Picabia, der sie bisher nicht interessiert hat; er weiß wenigstens, daß, wenn man das Problem der Malerei nicht in der Darstellung des Menschen löst, man es überhaupt nicht lösen kann. Picabia hat auch einen Schüler, der das gleiche Problem erfaßt hat – aber wird er es lösen? Vielleicht nicht. Jedenfalls ist es das, worüber sie dauernd spricht, und nun hatte ihr eigenes Ringen um dieses Problem begonnen.

Es waren die Tage, in denen sie *Susie Asado* und *Preciosilla* und *Gypsies in Spain* schrieb. In ihrem Bemühen zu beschreiben versuchte sie es mit allen möglichen Experimenten. Sie versuchte es mit dem Erfinden von Worten, gab es aber bald auf. Die englische Sprache war ihr Medium, und mit der englischen Sprache mußte die Aufgabe bewältigt und das Problem gelöst werden. Die Verwendung erfundener Worte widerte sie an, es war eine Flucht in imitierte Empfindung.

Nein, sie blieb bei ihrer Aufgabe, obwohl sie nach der Rückkehr nach Paris noch Gegenstände beschrieb, beschrieb sie Zimmer und Gegenstände, die sich ihren in Spanien gemachten ersten Versuchen anschlossen und den Band *Tender Buttons* ausmachten.

Immer jedoch blieben Menschen ihr wesentliches Studium, und daher auch die nie endende Reihe von Porträts.

Wir kehrten wie immer in die Rue de Fleurus zurück.

Einer der Menschen, der mir großen Eindruck gemacht hatte, als ich zuerst in die Rue de Fleurus kam, war Mildred Aldrich.

Mildred Aldrich war damals anfangs der Fünfziger, eine untersetzte kräftige Frau, mit einem George-Washington-Gesicht, weißem Haar und bewunderungswürdig frischen Kleidern und Handschuhen. Eine auffallende Persönlichkeit und sehr anziehend in all dem Völkergemisch. Sie war bestimmt jemand von dem Picasso sagen konnte und es auch tat, *c'est elle qui fera la gloire de l'Amérique*. Ich war sehr stolz auf meine Heimat, die einen Menschen wie sie hervorgebracht hatte.

Nachdem ihre Schwester nach Amerika zurückgekehrt war, lebte sie allein im obersten Stock eines Gebäudes an der Ecke vom Boulevard Raspail und der Boissonade. Dort hatte sie einen riesigen Käfig mit Kanarienvögeln am Fenster stehen. Wir glaubten alle, es sei deshalb, weil sie Kanarienvögel liebe. Durchaus nicht. Eine Freundin hatte ihr einmal während einer längeren Abwesenheit einen Kanarienvogel im Käfig in Pflege gegeben. Mildred, die alles, was sie tat, ausgezeichnet machte, versorgte den Kanarienvogel ausgezeichnet. Eine Freundin, die sah und daraus natürlich schloß, daß Mildred Kanarienvögel gern habe, schenkte ihr einen zweiten Kanarienvogel. Mildred versorgte natürlich auch diesen Kanarienvogel ausgezeichnet und die Kanarienvögel vermehrten sich und der Käfig wurde zu klein, bis sie im Jahre 1914 aufs Land zog, nach Huiry auf das Marne-Plateau, und vorher ihre Kanarienvögel verschenkte. Als Grund gab sie an, daß auf dem Lande die Kanarienvögel von Katzen gefressen werden. Der wahre Grund jedoch war, wie sie mir einmal erzählte, daß sie Kanarienvögel wirklich nicht ausstehen konnte.

Mildred war eine ausgezeichnete Hausfrau. Ich hatte einen ganz andern Eindruck von ihr gehabt und war deshalb sehr überrascht, als ich eines Tages nach oben ging, um sie zu besuchen, und sie beim Ausbessern ihrer Hauswäsche vorfand, was sie sehr schön machte.

Mildred schwärmte für Telegramme, sie schwärmte dafür, in der Klemme zu sein oder vielmehr, sie gab gern Geld aus, und da ihre Verdienstmöglichkeiten wenn auch groß, so doch beschränkt waren, steckte sie beständig in der Klemme. Damals schloß sie Verträge ab, um Maeterlincks *L'Oiseau Bleu* auf die amerikanischen Bühnen zu bringen. Die Abmachungen erforderten endlose Kabelgramme, und meine ersten Erinnerungen an Mildred bestanden darin, daß sie noch spät abends in unsre kleine Wohnung in der Rue Notre Dame des Champs kam und mich bat, ihr Geld für ein langes Kabelgramm zu leihen. Ein paar Tage darauf erhielt ich das Geld wieder, zusammen mit einer schönen Azalee, die fünfmal so viel wert war wie das geliehene Geld. Kein Wunder, daß sie immer in der Klemme saß. Aber jeder hörte ihr zu. Kein

Mensch in der ganzen Welt konnte so gut Geschichten erzählen wie Mildred. Ich sehe sie noch in der Rue de Fleurus, wie sie in einem der hohen Lehnstühle saß und ihre Zuhörerschaft allmählich wuchs.

Sie hatte Gertrude Stein sehr gern, interessierte sich sehr für ihr Werk, war begeistert über die *Three Lives*, erschüttert aber leicht beunruhigt über *The Making of Americans*, ganz entsetzt über die *Tender Buttons*, aber immer treu und überzeugt, wenn Gertrude Stein etwas tue, dann sei auch etwas daran, das die Mühe lohne.

Rührend waren ihre Freude und ihr Stolz, als Gertrude Stein im Jahre 1926 ihren Vortrag in Oxford und Cambridge hielt. Gertrude Stein mußte kommen und ihn ihr vorlesen, ehe sie abreiste. Gertrude Stein tat es, sehr zum beiderseitigen Vergnügen.

Mildred Aldrich liebte Picasso und sogar Matisse, das heißt persönlich, aber sie tat es voller Unruhe. Eines Tages sagte sie zu mir, Alice, sag mir doch, taugt es was, taugen sie wirklich was, ich weiß, daß es Gertrude glaubt und Gertrude muß es wissen, aber wirklich, ist es nicht alles *fumisterie*, ist es nicht alles unecht?

Trotz dieser gelegentlichen Anwandlungen von Zweifeln gefiel ihr alles sehr. Sie liebte es selbst zu kommen und sie liebte es andre Leute mitzubringen. Sie brachte sehr viele an. Sie war es, die Henry McBride brachte, der damals für die *New York Sun* schrieb. Es war Henry McBride, der während all der qualvollen Jahre dem Publikum Gertrude Steins Namen vor Augen hielt. Lacht, wenn ihr wollt, pflegte er ihren Verleumdern zuzurufen, lacht, wenn ihr wollt, aber lacht nicht über sie, sondern mit ihr, dann werdet ihr es um so mehr genießen.

Henry McBride glaubte nicht an öffentlichen Erfolg. Es schadet dir, es schadet dir, pflegte er zu sagen. Aber Henry, antwortete Gertrude Stein kläglich, glaubst du denn, daß ich nie Erfolg haben werde? Ich möchte wirklich gern ein ganz klein wenig haben. Denk nur an meine unveröffentlichten Manuskripte. Aber Henry McBride blieb fest. Das beste, was ich dir wünschen kann, sagte er immer, ist, daß du keinen Erfolg hast. Das ist das einzige, was Wert hat. Er blieb dabei.

Er freute sich jedoch ungeheuer, als Mildred Erfolg hatte, und jetzt sagt er, er glaube, die Zeit sei allmählich gekommen, wo Gertrude Stein ein klein wenig Erfolg haben dürfe. Er glaubt nicht, daß es ihr jetzt schaden könne.

Ungefähr um diese Zeit war es auch, daß Roger Fry in die Rue de Fleurus kam. Er brachte Clive Bell und Mrs. Clive Bell mit und später noch viele andere. Damals kam Clive Bell mit den beiden andern und beklagte sich ziemlich, daß seine Frau und Roger Fry sich so sehr für große Kunstwerke interessierten. Er redete dabei so drollig. Er war sehr amüsant, später war er viel weniger amüsant, als er erst ein richtiger Kunstkritiker war.

Roger Fry war immer reizend, reizend als Gast und reizend als Gastgeber. Als wir später nach London reisten, verbrachten wir einen Tag bei ihm auf dem Lande.

Beim Anblick von Picassos Porträt von Gertrude Stein wurde er ganz aufgeregt. Er schrieb in der *Burlington Review* einen Artikel darüber und illustrierte ihn mit zwei Photographien nebeneinander, die eine war das Porträt und die andere ein Porträt Raphaels. Er betonte, daß die beiden Bildnisse gleichwertig seien. Er führte uns eine Unmenge Leute ins Haus. Bald kamen Scharen von Engländern, Augustus John und Lamb, und Augustus John sah betroffen und nicht allzu nüchtern aus, während Lamb ziemlich seltsam und einnehmend aussah.

Zu jener Zeit versammelte Roger Fry viele junge Anhänger um sich. Unter ihnen befand sich Wyndham Lewis. Wyndham Lewis war groß und mager und sah eher wie ein junger französischer Arrivist aus, vielleicht weil er sehr französische Füße oder zumindest Schuhe hatte. Er pflegte zu kommen und sich hinzusetzen, um Bilder auszumessen. Ich will nicht sagen, daß er sie tatsächlich mit einem Maßstab maß, aber er machte ganz den Eindruck, als sei er im Begriff sehr sorgfältig die Leinwand und die Linien auf der Leinwand und alles, was sonst noch nützlich sein mochte, auszumessen. Gertrude Stein hatte ihn sehr gern. Sie hatte besonders viel für ihn übrig, nachdem er eines Tages zu uns gekommen und ihr alles über seinen Streit mit Roger Fry erzählt hatte. Nur wenige Tage vorher war auch Roger Fry dagewesen und hatte uns schon alles erzählt. Sie erzählten beide genau die gleiche Geschichte, nur klang sie sehr verschieden, völlig verschieden.

Es war auch die gleiche Zeit als Prichard vom Museum of Fine Arts in Boston, später am Kensington-Museum, zu uns zu kommen begann. Prichard brachte auch sehr viel junge Oxford-Leute mit. Sie nahmen sich nett im Atelier aus und sie fanden Picasso großartig. Sie fanden – und es stimmte tatsächlich auch irgendwie –, daß er einen Heiligenschein habe. Mit ihnen kam Thomas Whittemore vom Tufts College. Er war impulsiv und reizend, und eines Tages erklärte er zur größten Freude Gertrude Steins, Blau ist immer kostbar.

Alle Welt brachte alle Welt an. Wie ich schon sagte, änderte sich der Charakter der Samstagabende allmählich, das heißt, die Art Leute, die jetzt kamen, waren anders. Einer brachte die Infantin Eulalia und sogar wiederholt. Sie war entzückend und mit dem schmeichelhaften Gedächtnis der Könige erinnerte sie sich meines Namens sogar noch nach Jahren, als wir uns ganz zufällig auf der Place Vendôme trafen. Als sie das Atelier zum erstenmal betrat, war sie ein ganz klein wenig erschrocken. Es schien ihr ein seltsamer Raum zu sein, aber allmählich gewöhnte sie sich daran und mochte ihn sehr gern.

Lady Cunard brachte ihre Tochter Nancy zu uns, die damals ein kleines Mädchen war, und gebot ihr sehr ernst, diesen Besuch nie zu vergessen.

Wer kam sonst noch? Es waren so viele. Der bayerische Gesandte brachte Scharen von Leuten. Jacques-Emile Blanche brachte reizende Menschen an, ebenso Alphonse Kann. Lady

Otoline Morrell kam und sah aus wie eine wunderschöne weibliche Version von Disraeli: sie war groß und scheu und blieb zaudernd in der Tür stehen. Eine holländische beinahe königliche Hoheit kam und wurde von ihrer Eskorte im Stich gelassen und mußte hinausgehen und sich eine Droschke suchen, und während dieses kurzen Zwischenfalls sah sie furchtbar verängstigt aus.

Einmal war eine rumänische Prinzessin da, und der Kutscher draußen wurde ungeduldig. Hélène kam, um empört mitzuteilen, daß der Kutscher nicht länger warten wolle. Und dann klopfte jemand empört an die Tür, und der Kutscher selber teilte mit, daß er nicht länger warten könne.

Es war eine endlose bunte Schar. Und jeder kam, und immer war es das gleiche. Gertrude Stein saß friedlich in ihrem Stuhl, und wer konnte, saß auch, und die übrigen standen. Freunde waren da und saßen am Ofen, um mit Gertrude Stein zu plaudern, und unzählige Fremde kamen und gingen. Wie lebhaft mir noch alles vor Augen steht.

Wie ich schon sagte, brachte jeder jemanden mit. William Cook brachte viele Leute aus Chicago, sehr reiche dicke Damen und ebenso reiche sehr gut aussehende magere Damen. In jenem Sommer entdeckten wir die Balearen auf der Karte und fuhren zur Insel Mallorca hinüber und auf der Überfahrt trafen wir auf dem kleinen Boot Cook. Er hatte ebenfalls Mallorca auf der Landkarte entdeckt. Wir blieben nur kurz, aber er richtete sich für den ganzen Sommer dort ein und ging später zurück und war der erste Vorläufer einer großen Schar von Amerikanern, die später in Massen Palma entdeckten. Während des Krieges fuhren wir alle wieder hin.

Während jenes Sommers gab uns Picasso einen Brief an seinen Jugendfreund Raventos in Barcelona. Kann er denn Französisch sprechen, fragte Gertrude Stein. Pablo lachte los, besser als du, Gertrude, sagte er.

Raventos bemühte sich sehr um uns, er und ein Nachkomme de Sotos fuhren uns zwei lange Tage überall umher, die Tage waren lang, weil sie sich zum größeren Teil in die Nacht hinein erstreckten. Die beiden hatten ein Automobil, sogar damals schon, und fuhren uns in die Berge hinauf, um uns frühe Kirchen zu zeigen. Wir rasten bergauf und fuhren dann zufrieden und etwas langsamer bergab und alle zwei Stunden oder so nahmen wir ein Essen ein. Als wir schließlich wieder in Barcelona anlangten, etwa gegen zehn Uhr abends, sagten sie, jetzt nehmen wir einen Apéritif und dann können wir uns zum Essen setzen. Es war anstrengend, mit so vielen Essen, aber wir unterhielten uns gut.

Später, sehr viel später, nämlich vor wenigen Jahren erst, machte uns Picasso mit einem andern Jugendfreund bekannt.

Sabartes und er kannten sich seit sie fünfzehn Jahre alt waren, aber da Sabartes in Südamerika untergetaucht war, in Montevideo in Uruguay, ehe Gertrude Stein Picasso kennenlernte, hatte sie nie von ihm gehört. Vor ein paar Jahren also war es, daß Picasso uns einen Brief sandte und uns mitteilte, er würde mit Sabartes zu uns kommen. Sabartes hatte in Uruguay in einigen Zeitschriften mancherlei von Gertrude Stein gelesen und war ein großer Verehrer ihres Werkes geworden. Es kam ihm nie in den Sinn, daß Picasso sie kennen könnte. Als er nun zum erstenmal nach so viel Jahren nach Paris kam, besuchte er Picasso und erzählte ihm auch von Gertrude Stein. Aber sie ist ja meine einzige Freundin hier, sagte Picasso, ihr Haus ist das einzige, in dem ich verkehre. Nimm mich mit, sagte Sabartes, und sie gingen hin.

Gertrude Stein versteht sich mit allen Spaniern, und so war auch hier die Freundschaft schnell geschlossen.

Ungefähr um die gleiche Zeit hatten die Futuristen, die italienischen Futuristen, ihre große Ausstellung in Paris und verursachten beträchtliches Aufsehen. Alle Welt war mehr als aufgeregt, und da die Ausstellung in einer sehr bekannten Galerie untergebracht war, ging jedermann hin. Jacques-Emile Blanche regte sich schrecklich dabei auf. Wir fanden ihn, wie er im Jardin des Tuileries herumwanderte und sagte, es sieht richtig aus, aber ist es richtig? Bewahre, sagte Gertrude Stein. Sie tun mir wohl, sagte Jacques-Emile Blanche.

Die Futuristen, unter der Leitung von Severini, drängten sich um Picasso. Er brachte sie alle in die Rue de Fleurus. Marinetti kam allein und später, wie ich mich erinnere. Aber jedenfalls fand jeder die Futuristen langweilig.

Der Bildhauer Epstein kam eines Abends zu uns. Als Gertrude Stein im Jahre 1904 das erstemal nach Paris reiste, war Epstein ein mageres, sehr schönes und sehr schwermütiges Gespenst, das zwischen den Rodin-Statuen im Luxembourg-Museum herumzugeistern pflegte. Er hatte Hutchins Hapgoods Studien aus dem Ghetto illustriert und die Einnahme daraus machte ihm den Aufenthalt in Paris möglich, aber er war sehr arm. Als ich ihn jetzt das erstemal sah, war er nach Paris gekommen, um seine Sphinx für Oskar Wilde über dessen Grab aufstellen zu lassen. Er war ein ziemlich stämmiger Mensch, nicht uninteressant, aber nicht etwa schön. Er hatte eine englische Frau, die ganz erstaunliche braune Augen von einer Farbe hatte, wie ich sie nie zuvor bei Braunäugigen gesehen hatte.

Doktor Claribel Cone aus Baltimore ging majestätisch ein und aus. Sie liebte es, Gertrude Steins Werk laut zu lesen und sie las bemerkenswert gut, wenn sie vorlas. Sie war sehr für Behaglichkeit und Schönheit. Sie und ihre Schwester Etta waren zum Beispiel auf Reisen, und das eine Zimmer im Hotel war nicht behaglich. Etta bat ihre Schwester, sich damit abzufinden, da es nur für eine Nacht sei. Etta, antwortete Doktor Claribel, eine Nacht ist so wichtig wie die andre in meinem Leben, und ich muß es behaglich haben. Als der Krieg ausbrach, war sie gerade in München mit wissenschaftlichen Arbeiten beschäftigt. Sie konnte nicht abreisen, weil das Reisen nicht bequem gewesen wäre.

Jeder war entzückt von Doktor Claribel. Picasso machte sehr viel später eine Zeichnung von ihr.

Emily Chadburne kam zu uns, sie hatte uns Lady Otoline Morrell gebracht und auch sehr viele Leute aus Boston.

Mildred Aldrich brachte eines Tages eine ganz erstaunliche Person namens Myra Edgerly an. Ich erinnerte mich noch sehr gut, daß ich in meiner frühesten Jugend einmal auf einen Kostümball, einen Karnevaltanz in San Franzisko ging und dort eine sehr große und sehr schöne und strahlende junge Frau sah. Das war Myra Edgerly in ihrer Jugend. Genthe, der bekannte Photograph, hatte unzählige Photographien von ihr aufgenommen, meistens mit einer Katze. Sie war als Miniaturmalerin nach London gegangen und hatte dort einen jener phänomenalen Erfolge, wie ihn die Amerikaner in Europa haben können. Sie hatte Miniaturen von jedermann und der königlichen Familie gemacht, und trotz allem hatte sie immer ihre ernsthaft-heitere, schlichte und offene San-Franzisko-Art beibehalten. Jetzt kam sie nach Paris, um ein wenig zu studieren. Sie lernte Mildred Aldrich kennen und freundete sich sehr mit ihr an. Myra war es auch, die im Jahre 1913, als Mildred nicht mehr so gut verdienen konnte, eine Jahresrente für sie ausstellte und es Mildred ermöglichte, sich auf dem Marne-Hochplateau zur Ruhe zu setzen.

Myra Edgerly war sehr ernstlich besorgt, daß Gertrude Steins Werk besser bekannt werden sollte. Als Mildred ihr von all den unveröffentlichten Manuskripten Gertrude Steins erzählte, sagte Myra, es müsse etwas unternommen werden. Und natürlich wurde etwas unternommen.

Sie kannte John Lane flüchtig und sagte, Gertrude Stein und ich müßten nach London fahren. Aber erst mußte Myra nach London schreiben, und dann mußte ich an jedermann für Gertrude Stein Briefe schreiben. Sie sagte mir eine Formel, die ich in jedem Brief benutzen konnte. Ich erinnere mich noch, daß es so begann: Miß Gertrude Stein, wie Sie vielleicht wissen oder nicht wissen, ist... und dann fuhr man fort und sagte alles, was man zu sagen hatte.

Infolge von Myras energischem Betreiben gingen wir also im Winter 1912/13 für einige Wochen nach London. Wir haben uns furchtbar gut unterhalten.

Myra nahm uns mit zu Oberst und Mrs. Rogers in Riverhill in Surrey, bei denen wir wohnten. Es war in der Nähe von Knole und Ightham Mote, schönen Landhäusern mit schönen Parks. Es war das erstemal, daß ich bewußt in englischen Landhäusern zu Gast war, denn damals als kleines Kind mußte ich noch in der Kinderstube bleiben. Ich genoß jede Minute. Die Bequemlichkeit, die Kaminfeuer überall, die großen Zimmermädchen, die wie Engel der Verkündigung aussahen, die schönen Gärten, die Kinder und all das Behagen. Und welche Menge an Sachen und schönen Dingen. Was ist das, pflegte ich Mrs. Rogers zu fragen. Oh, das weiß ich nicht, das war schon hier, als ich ins Haus kam. Ich begriff, daß schon sehr viele schöne junge Bräute in das Haus gezogen waren und immer bei ihrem Einzug all diese Sachen vorgefunden hatten.

Gertrude Stein machte der Aufenthalt in Landhäusern weniger Freude als mir. Der andauernde heitere, ein wenig zaudernde Redefluß und der unaufhörliche Klang menschlicher Stimmen, die Englisch sprachen, irritierte sie.

Während unserer nächsten Reise nach England, als wir durch den Krieg überrascht wurden und sehr lange bei Freunden auf dem Lande leben mußten, brachte sie es fertig, sich den größten Teil des Tages zurückzuziehen und mindestens einer der drei oder vier Mahlzeiten aus dem Wege zu gehen, und so gefiel es ihr besser.

Wir unterhielten uns herrlich in England. Gertrude Stein vergaß vollkommen jene erste trübselige Erinnerung an London und geht seitdem außerordentlich gern nach London.

Wir besuchten Roger Frys Haus auf dem Lande und wurden reizend von seiner Schwester, einer Quäkerin, aufgenommen. Wir fuhren zu Lady Otoline Morrell und lernten alle kennen. Wir gingen zu Clive Bell. Wir gingen dauernd irgendwohin, machten Einkäufe und bestellten Sachen. Meine Handtasche und das Schmuckkästchen besitze ich heute noch. Wir haben uns ganz mächtig gut amüsiert. Und wir gingen sehr oft zu John Lane. Wir sollten ihn eigentlich jeden Sonntagnachmittag zum Tee besuchen und Gertrude Stein hatte verschiedene Besprechungen in seinem Verlag. Wie gut kenne ich all die Geschäfte rings um den Bodley Head-Verlag, denn während Gertrude Stein drinnen bei John Lane saß, wo zuerst gar nichts zustande kam und dann schließlich doch etwas zustande kam, wartete ich draußen und betrachtete alle Auslagen.

Die Sonntagnachmittage bei John Lane waren sehr amüsant. Wenn ich mich recht erinnere, waren wir während unsres ersten Aufenthaltes in London zweimal dort.

John Lane interessierte sich für alles. Mrs. John Lane war eine Dame aus Boston und sehr liebenswürdig.

Die Tees bei John Lane an den Sonntagnachmittagen waren ein Erlebnis. John Lane hatte Exemplare von *Three Lives* und *The Portrait of Mabel Dodge* bei der Hand. Ich weiß nicht, weshalb er gerade jene Anwesenden ausgesucht hatte, um ihnen die Bücher zu zeigen. Keinem gab er eins der beiden Bücher zu lesen. Er gab es ihnen in die Hand, nahm es gleich wieder weg und murmelte unhörbar, daß Gertrude Stein da sei. Kein Mensch wurde einem vorgestellt. Von Zeit zu Zeit führte John Lane Gertrude Stein in dieses oder jenes Zimmer, um ihr seine Bilder zu zeigen, merkwürdige Gemälde verschiedener englischer Schulen aus verschiedenen Epochen, manche von ihnen sehr nett. Manchmal erzählte er eine Anekdote, wie er sie erworben hatte. Nie sagte er etwas anderes über ein Bild. Er zeigte ihr auch sehr viele Beardsley-Zeichnungen und sie sprachen über Paris.

Am zweiten Sonntag bat er sie, noch einmal in den Verlag zu kommen. Diesmal hatten sie eine lange Unterredung. Er sagte, daß Mrs. Lane *Three Lives* gelesen hätte und es sehr schätze und daß er das größte Vertrauen in ihr Urteil habe. Er fragte Gertrude Stein, wann sie wieder nach London käme.

Gertrude Stein sagte, daß sie wahrscheinlich nicht wieder nach London käme. Wenn Sie im Juli kommen könnten, sagte er, könnte ich mir vorstellen, daß wir ein Übereinkommen zustandebrächten. Vielleicht kann ich Sie auch im Vorfrühling in Paris aufsuchen, setzte er hinzu.

Und so verließen wir London. Im großen und ganzen waren wir recht zufrieden. Wir hatten uns sehr gut amüsiert und Gertrude Stein hatte sich zum erstenmal in ihrem Leben mit einem Verleger unterhalten.

Mildred Aldrich brachte an den Samstagabenden oft ganze Gruppen von Leuten an. Eines Abends kam eine ganze Anzahl Menschen gleichzeitig mit ihr herein und darunter befand sich Mabel Dodge. Ich erinnere mich noch sehr gut, welchen Eindruck sie auf mich gemacht hat.

Sie war eine etwas untersetzte Frau, mit einer sehr starren Franse dichten Haars über der Stirn, schweren Augenwimpern und sehr hübschen Augen und einer sehr altmodischen Art kokett zu sein. Sie hatte eine schöne Stimme. Sie erinnerte mich an einen Jugendschwarm, die Schauspielerin Georgia Cayvan. Sie lud uns ein, in Florenz bei ihr zu wohnen. Wir wollten wie üblich den Sommer in Spanien verbringen, aber im Herbst wollten wir wieder in Paris sein, und vielleicht war es danach möglich. Als wir wieder nach Paris kamen, waren mehrere dringende Telegramme von Mabel Dodge eingetroffen, die uns bat, in die Villa Curonia zu kommen, was wir auch taten.

Wir haben uns sehr gut unterhalten. Edwin Dodge gefiel uns, und Mabel gefiel uns, aber vor allem gefiel uns Constance Fletcher, die wir dort kennenlernten.

Constance Fletcher kam ein oder zwei Tage nach unsrer Ankunft und ich ging an die Bahn, um sie abzuholen. Mabel Dodge hatte sie mir als eine sehr große Frau beschrieben, die ein violettes Kleid tragen würde und taub wäre. In Wirklichkeit trug sie aber Grün und war nicht taub, sondern sehr kurzsichtig, und sie war entzückend.

Ihr Vater und ihre Mutter stammten aus Newburyport in Massachusetts und wohnten auch dort. Edwin Dodges Familie stammte aus der gleichen Stadt, und das war ein festes Band. Als Constance zwölf Jahre alt war, verliebte sich ihre Mutter in den englischen Professor von Constances jüngerem Bruder. Constance wußte, daß ihre Mutter das Haus verlassen wollte. Eine Woche lang lag Constance im Bett und weinte, und dann begleitete sie ihre Mutter und ihren zukünftigen Stiefvater nach Italien. Da ihr Stiefvater Engländer war, wurde Constance mit Leib und Seele Engländerin. Der Stiefvater war Maler und hatte unter den in Italien lebenden Engländern einen gewissen lokalen Ruhm.

Als Constance achtzehn Jahre alt war, schrieb sie einen Bestseller namens *Kismet* und verlobte sich mit Lord Lovelace, dem Nachkommen Lord Byrons. Sie heiratete ihn aber nicht und lebte nachher ständig in Italien. Schließlich ließ sie sich in Venedig nieder. Das war nach dem Tode ihrer Eltern. Als Kalifornierin mochte ich gern die Beschreibung Joaquin Millers hören, den sie in ihrer Jugend in Rom sah.

Jetzt war sie schon ziemlich alt, aber immer noch schön und anziehend. Ich interessiere mich sehr für Handarbeiten und war hingerissen von den Blumengirlanden, die sie stickte. Sie zeichnete überhaupt nichts auf die Leinwand, sondern hielt sie einfach in der Hand und von Zeit zu Zeit betrachtete sie sie ganz von nahem und so nahm die Stickerei allmählich Form an. Sie schwärmte für Geister. In der Villa Curonia gab es deren zwei, und Mabel Dodge hatte eine Vorliebe amerikanischen Gästen damit Angst zu machen, was ihr in ihrer andeutenden Art auch großartig gelang. Einmal war eine ganze Gruppe von Hausgästen da, Jo und Yvonne Davidson, Florence Bradley, Mary Foote und noch eine Anzahl anderer, und sie trieb sie fast zum Wahnsinn, so fürchteten sich alle. Schließlich, um den Eindruck wirkungsvoll abzuschließen, ließ sie die Gespenster vom Ortspriester austreiben. Man kann sich den Zustand vorstellen, in dem sich ihre Gäste befanden.

Aber Constance Fletcher liebte Gespenster sehr und besonders das letzte, denn das war der traurige Geist einer englischen Gouvernante, die sich in diesem Haus umgebracht hatte.

Eines Morgens ging ich ins Schlafzimmer Constance Fletchers, um sie zu fragen, wie sie die Nacht verbracht habe, da sie sich am Abend vorher nicht besonders wohlgefühlt hatte.

Ich trat ein und schloß die Tür. Constance Fletcher lag sehr groß und sehr bleich in einem der riesengroßen Renaissancebetten, mit denen die Villa ausstaffiert war. In der Nähe der Tür stand ein sehr großer Renaissanceschrank. Ich habe eine herrliche Nacht hinter mir, sagte Constance Fletcher, das sanfte Gespenst war die ganze Nacht bei mir, ja, sie hat mich eben erst verlassen. Ich glaube, sie steckt noch im Schrank, schau doch bitte mal nach. Ich tat es. Ist sie da, fragte Constance Fletcher. Ich sagte, daß ich nichts sehen könne. Natürlich, sagte Constance Fletcher.

Wir unterhielten uns köstlich, und damals schrieb Gertrude Stein ihr *Portrait of Mabel Dodge*. Sie schrieb auch das *Portrait of Constance Fletcher*, das nachher in *Geography and Plays* veröffentlicht wurde. Viele Jahre später, ja, nach dem Kriege, traf ich in London auf einer Gesellschaft die von Edith Sitwell für Gertrude Stein gegeben wurde, Siegfried Sassoon. Er sprach von Gertrude Steins *Portrait of Constance Fletcher*, das er in *Geography and Plays* gelesen hatte, und er sagte, daß sein Interesse für Gertrude Steins Werk durch dieses Porträt in ihm geweckt worden sei. Und er fuhr fort, kennen Sie Constance, und wenn Sie sie kennen, können Sie mir mehr von ihrer wunderbaren Stimme erzählen. Ich war sehr interessiert und sagte sogleich, dann haben Sie sie also nie kennengelernt. Nein, sagte er, ich habe sie nie gesehen, aber sie hat mir das Leben verdorben. Wieso, fragte ich aufgeregt. Weil sie, antwortete er, meinen Vater und meine Mutter auseinandergebracht hat.

Constance hat ein sehr erfolgreiches Stück geschrieben, das in London eine lange Spielzeit hatte, und es hieß *Green*

Stockings, doch ihr eigentliches Leben spielte sich in Italien ab. Sie war italienischer als die Italiener. Sie bewunderte ihren Stiefvater und war deshalb sehr englisch, aber eigentlich war sie wie beherrscht von der feinen Italienerhand eines Machiavelli. Sie konnte viel bessere Intriguen einfädeln als die Italiener selbst, und in Venedig übte sie lange Jahre einen verheerenden Einfluß nicht nur auf die Engländer, sondern auch auf die Italierner aus.

Während wir in der Villa Curonia wohnten, tauchte André Gide auf. Damals trafen wir auch zum erstenmal mit Muriel Draper und Paul Draper zusammen. Gertrude Stein mochte Paul immer sehr gern. Sie war entzückt über seine amerikanische Begeisterung und darüber, wie er alle musikalischen und menschlichen Fragen erklären konnte. Er hatte sehr viel Abenteuer im Westen Amerikas gehabt, und das bildete ein weiteres Band zwischen den beiden. Als Paul abreiste, um nach London zurückzukehren, erhielt Mabel Dodge ein Telegramm, in dem es hieß, Perlen verschwunden, habe zweiten Mann im Verdacht. Sie kam sehr aufgeregt zu Gertrude Stein und fragte, was sie tun solle. Wecke mich nicht, sagte Gertrude Stein, und tue nichts. Und dann setzte sie sich hoch. Das ist aber schlimm, so etwas zu sagen, habe zweiten Mann im Verdacht, das ist ja wirklich reizend, aber wer ist denn der zweite Mann? Mabel erklärte, als das letzte Mal ein Diebstahl in der Villa vorgekommen sei, habe die Polizei gesagt, sie könnten nichts machen, weil niemand einen Verdacht auf jemand habe, und deshalb habe Paul diesmal, um Komplikationen zu vermeiden, den zweiten Diener verdächtigt. Während sie es uns noch erklärte, kam ein zweites Telegramm, Perlen gefunden. Der zweite Diener hatte die Perlen in die Kragenschachtel gepackt.

Haweis und seine Frau, die spätere Mina Loy, waren auch in Florenz. In ihrem Haus war alles abmontiert, weil sie die Arbeiter gehabt hatten, doch brachten sie es in Ordnung, um uns ein reizendes Mittagessen geben zu können. Haweis und

Mina gehörten zu den allerersten, die sich für Gertrude Steins Werk interessierten. Was Haweis in Manuskriptform von *The Making of Americans* gelesen hatte, fand er faszinierend. Er legte jedoch ein Wort für mehr Kommas ein. Gertrude Stein erwiderte, Kommas seien überflüssig, der Sinn müsse auch so aus dem Satz hervorgehen und nicht erst durch Kommas erklärt werden und obendrein seien Kommas Zeichen, wann man pausieren oder Atem holen solle, aber man müßte ganz von selbst wissen, wann man pausieren und Atem holen wolle. Da sie jedoch Haweis sehr gerne hatte und er ihr ein reizendes Bild für einen Fächer gegeben hatte, gab sie ihm zwei Kommas. Es muß jedoch hinzugefügt werden, daß sie beim Überlesen des Manuskripts die zwei Kommas wieder strich.

Mina Loy, die sich ebenso dafür interessierte, konnte auch ohne die Kommas alles verstehen. Sie hatte immer alles verstehen können.

Als Gertrude Stein das *Portrait of Mabel Dodge* geschrieben hatte, wollte Mabel Dodge es sofort drucken lassen. Sie ließ dreihundert Exemplare auf florentinisches Papier drucken und binden. Constance Fletcher korrigierte die Fahnen und wir freuten uns alle sehr darüber. Mabel Dodge hatte sofort den Einfall, Gertrude Stein solle sich der Reihe nach von einem Landhaus zum nächsten einladen lassen und dort Porträts schreiben und zuletzt nur noch Porträts von amerikanischen Millionären verfassen, was eine sehr aufregende und lukrative Laufbahn sei. Gertrude Stein lachte. Ein wenig später kehrten wir nach Paris zurück.

Während jenes Winters war es auch, daß Gertrude Stein Stücke zu schreiben begann. Die Reihe begann mit einem das betitelt ist *It Happened a play*. Es handelte von einem Abendessen, das Harry und Bridget Gibb gegeben hatten. Später schrieb sie *Ladies' Voices*. Ihr Interesse für Stücke besteht auch jetzt noch. Sie sagt, eine Landschaft ist der gegebene Hintergrund für eine Schlacht oder ein Theaterstück, so daß man einfach ein Stück dafür schreiben *muß*.

Florence Bradley, eine Freundin von Mabel Dodge, verbrachte einen Winter in Paris. Sie hatte einige Bühnenerfahrung und immer Interesse gehabt ein kleines Theater zu eröffnen. Sie interessierte sich ernstlich dafür, diese Stücke auf die Bühne zu bringen. Demuth war zu dieser Zeit auch gerade in Paris. Er interessierte sich damals mehr für Schriftstellerei als für Malerei und diese Stücke interessierten ihn ganz besonders. Er und Florence Bradley sprachen sie beständig zusammen durch.

Gertrude Stein hat Demuth seither nicht wiedergesehen. Als sie zuerst erfuhr, daß er male, interessierte sie sich für ihn. Sie schrieben einander nie, aber sie sandten sich oft durch gemeinsame Freunde Grüße zu. Demuth ließ ihr immer bestellen, daß er eines Tages ein kleines Bild malen würde, das ihm restlos gefiele, und das er ihr dann schicken würde. Und tatsächlich gab jemand vor etwa zwei Jahren während unsrer Abwesenheit in der Rue de Fleurus ein kleines Bild ab und ließ ausrichten, dies sei das Bild, das Demuth Gertrude Stein schenken wolle. Es ist eine sehr bemerkenswerte kleine Landschaft, in der die Dächer und Fenster so zart angedeutet sind, daß sie so geheimnisvoll und lebendig wie Dächer und Fenster von Hawthorne und Henry James wirken.

Nicht lange danach ging Mable Dodge nach Amerika zurück. Es war im gleichen Winter, in dem die *Exposition de la Caserne* stattfand, auf der die Öffentlichkeit zum erstenmal Gelegenheit hatte, diese Art Bilder zu sehen. Damals wurde auch Marcel Duchamps Bild *Nu descendant un escalier* gezeigt.

In jenen Tagen lernten sich Picabia und Gertrude Stein kennen. Ich erinnere mich, wie wir zu den Picabias zum Essen gingen, es war ein reizender Abend, Gabrielle sprühte vor Leben und Heiterkeit, Picabia, der dunkel war, sah auch angeregt aus, und Marcel Duchamp glich einem jungen normannischen Kreuzfahrer.

Ich konnte die Begeisterung, die Marcel Duchamp in New York erregte, als er während der ersten Jahre des Krieges dort erschien, durchaus begreifen. Sein Bruder war gerade an den Folgen seiner Verwundung gestorben, ein anderer Bruder von ihm war noch an der Front, und er selbst für den Militärdienst nicht tauglich. Deshalb war er sehr niedergeschlagen und ging nach Amerika. Dort liebten ihn alle. Sie liebten ihn so, daß man in Paris darüber scherzte, weil jeder später nach Paris kommende Amerikaner fragte, und wie geht's Marcel? Als Gertrude Stein einmal kurz nach dem Kriege Braque besuchte und ins Atelier ging, wo zufällig gerade drei junge Amerikaner waren, fragte sie Braque, und wie geht's Marcelle. Die drei jungen Amerikaner traten aufgeregt auf sie zu und fragten, haben Sie Marcel gesehen? Sie lachte, weil sie sich an die unausrottbare amerikanische Ansicht gewöhnt hatte, daß es in der ganzen Welt nur einen Marcel gäbe, und erklärte ihnen, daß Braques Frau auch Marcelle hieße und daß sie sich nach ihr erkundigt habe.

Damals konnten Gertrude Stein und Picabia gar nicht gut miteinander auskommen. Sie ärgerte sich über seine Flatterhaftigkeit, und das was sie als «vulgäre Äußerungen einer verspäteten Pubertät» bezeichnete. Doch merkwürdigerweise sind sie sich in diesem Jahr sehr nahegekommen. Sie interessiert sich sehr für seine Zeichnungen und Gemälde. Es begann mit seiner Ausstellung vor etwa einem Jahr. Sie ist jetzt überzeugt, daß er, obwohl er zwar in gewissem Sinne keine malerische Begabung besitzt, doch Ideen hat, die ungeheuer wertvoll waren und es für alle Zeiten sein werden. Sie nennt ihn den Leonardo da Vinci der Bewegung. Und es ist wahr, er versteht und erfindet alles.

Kaum war der Winter mit der *Exposition de la Caserne* verstrichen, als Mabel Dodge wieder nach Europa kam und in ihrem Gefolge war, was Jacques-Emile Blanche ihre *collection de jeunes gens assortis* nannte, eine Sammlung junger Leute in ausgewählter Mischung. Zu dieser Gruppe gehörten auch Carl van Vechten, Robert Jones und John Reed. Carl van Vechten kam nicht mit ihr in die Rue de Fleurus. Er kam später allein, im Frühling. Die andern beiden kamen mit ihr. Ich erinnere mich noch an den Abend, als sie alle kamen. Picasso war auch da. Er betrachtete John Reed kritisch und sagte: *le genre de Braque mais beaucoup moins rigolo:* von Braques Art, aber sehr viel weniger unterhaltsam. John Reed erzählte mir von seinen Reisen in Spanien, wie ich mich entsinne. Er erzählte mir, daß er ganz seltsame Dinge dort erlebt habe, zum Beispiel habe er gesehen, daß in den Straßen von Salamanca Hexen verfolgt wurden. Da ich Monate in Spanien verlebt hatte, und er nur Wochen, gefielen mir seine Geschichten so wenig wie ich sie glaubte.

Robert Jones war sehr beeindruckt von Gertrude Steins Aussehen. Er wollte sie in goldene Stoffe hüllen und sie stehenden Fußes porträtieren, sagte er. Es war ihr gleichgültig.

Unter den Leuten, die wir bei John Lane getroffen hatten, befanden sich auch Gordon Caine und ihr Mann. Gordon Caine war eine Vassar-Studentin, die auf der Harfe spielte, mit der sie auch herumreiste, sie pflegte in den Hotelzimmern immer alle Möbel umzustellen, selbst wenn sie nur eine einzige Nacht blieb. Sie war groß, rotblond und sehr schön. Ihr Mann war ein bekannter englischer Humorist und einer von John Lanes Autoren. In London waren sie sehr gastlich zu uns gewesen, und wir luden sie an ihrem ersten Abend in Paris zum Essen ein. Ich weiß nicht mehr recht, wie es kam, aber Hélène setzte uns ein miserables Essen vor. Nur zweimal während ihrer langen treuen Dienste hat Hélène uns so im Stich gelassen. Dieses Mal, und dann als zwei Wochen später Carl van Vechten erschien. Da machte sie auch allerlei Seltsames, denn ihr Essen bestand aus nichts als Vorspeisen. Doch darüber später.

Während des Essens sagte Mrs. Caine, daß sie sich erlaubt habe, ihre sehr liebe Freundin und Schulkameradin Mrs. van Vechten aufzufordern, nach dem Essen herzukommen, da ihr sehr viel daran läge, wenn sie Gertrude Stein kennenlernen würde, denn sie sei sehr unglücklich und niedergeschlagen und Gertrude Stein würde bestimmt einen sehr guten Einfluß auf sie haben. Gertrude Stein sagte, daß sie mit dem Namen van Vechten eine sehr undeutliche Vorstellung verknüpfe, aber welche eigentlich daran könne sie sich nicht erinnern. Sie habe ein sehr schlechtes Namengedächtnis. Mrs. van Vechten kam. Sie war sehr groß, und man konnte glauben, daß sehr viele große Frauen Vassar besuchten. Sie sah auch sehr gut aus. Mrs. van Vechten erzählte Gertrude Stein von ihrem tragischen Eheleben, aber Gertrude Stein interessierte sich nicht sehr dafür.

Etwa eine Woche später forderte Florence Bradley uns auf, mit ihr zusammen eine zweite Vorführung des *Sacre du Printemps* zu besuchen. Das russische Ballett hatte es gerade zum erstenmal aufgeführt und damit gewaltiges Aufsehen erregt. Ganz Paris regte sich darüber auf. Florence Bradley hatte drei Logenplätze bekommen, in der Loge waren vier Sitze, und sie bat uns mitzukommen. In der Zwischenzeit hatten wir von Mabel Dodge einen Einführungsbrief Carl van Vechten betreffend erhalten, der ein junger New Yorker Journalist war. Gertrude Stein lud ihn für den nächsten Samstagabend zum Essen ein.

Wir gingen rechtzeitig zum russischen Ballett, es waren die ersten Anfänge der großen russischen Balletts mit dem großen Tänzer Nijinsky. Er war wirklich ein großartiger Tänzer. Ich habe mich immer für die Tanzkunst begeistert und verstehe sehr viel davon. Ich habe drei sehr große Tanzkünstler in meinem Leben gesehen. Meine Genies scheinen immer in Dreiergruppen aufzutreten, aber dafür kann ich nichts, es ist Tatsache. Die drei wahrhaft großen Tanzkünstler, die ich gesehen habe, sind die Argentina, Isadora Duncan und Nijinsky. Wie die drei Genies, denen ich begegnet bin, haben auch sie jeder eine andre Staatsangehörigkeit.

Nijinsky tanzte nicht selber im Sacre du Printemps mit, aber er hat den Tanz derer, die ihn tanzten, geschaffen.

Wir gingen in die Loge und nahmen die drei Plätze in der Vorderreihe ein, so daß ein Stuhl hinter uns freiblieb. Gerade vor uns auf einem der niedrigeren Plätze saß Guillaume Apollinaire. Er war im Frack und eifrig damit beschäftigt, verschiedenen wichtig aussehenden Damen die Hand zu küssen. Er war der erste der ganzen Bewegung, der in der großen Welt erschien, einen Frack trug und sich im Handkuß übte. Wir amüsierten uns sehr und freuten uns, daß wir ihn dabei beobachten konnten. Nach dem Kriege taten es alle, aber er war der erste, der schon vor dem Kriege damit anfing.

Kurz bevor die Vorstellung begann, wurde auch der vierte Stuhl in unsrer Loge besetzt. Wir sahen uns um und erblickten einen großen gutgewachsenen jungen Mann, es hätte ein Holländer oder Skandinavier oder Amerikaner sein können, und er trug ein weiches Frackhemd mit den allerfeinsten Brustfalten über der ganzen Hemdbrust. Es machte uns großen Eindruck, wir hatten überhaupt noch nicht gehört, daß die Herren jetzt solche Frackhemden trugen. Als Gertrude Stein am Abend nach Hause kam, schrieb sie ein Porträt des Unbekannten mit dem Titel: *A Portrait of One.*

Die Vorführung begann. Kaum hatte es angefangen, als auch schon die Aufregung einsetzte. Die nun so wohlbekannte Szene mit dem leuchtend bunten Hintergrund, die jetzt durchaus nichts Ungewöhnliches bietet, beleidigte das Pariser Publikum. Kaum hatten Musik und Tanz begonnen, als sie auch schon zu zischen anfingen. Die Anhänger begannen Beifall zu klatschen. Wir konnten nichts mehr hören, und tatsächlich hörte ich die Musik zu Sacre du Printemps niemals, da es das einzige Mal war, bei dem ich anwesend war, und man konnte während der ganzen Vorführung buchstäblich nichts von der Musik hören. Der Tanz war sehr schön, so viel konnten wir sehen, obwohl unsre Aufmerksamkeit ständig durch einen Herrn in der Loge neben uns abgelenkt wurde, der seinen Stock schwang, und schließlich kam es zu einem heftigen Streit zwischen ihm und einem Herrn in der ihm benachbarten

Loge, dem er eins mit seinem Stock überzog und dabei den Zylinder zusammenschlug, den der andre sich gerade aus Trotz aufgesetzt hatte. Es ging unglaublich wild zu.

Am nächsten Samstagabend sollte Carl van Vechten zum Essen kommen. Er erschien auch und war der junge Mann mit der weichen vielgefältelten Hemdbrust, und er trug das gleiche Hemd. Natürlich war er auch der Held oder Schurke der tragischen Erzählung von Mrs. van Vechten.

Wie ich schon gesagt hatte, brachte Hélène zum zweitenmal in ihrem Leben ein erstaunlich schlechtes Essen zustande. Aus einem Grund, der nur ihr selbst bekannt sein mag, setzte sie uns ein Hors d'œuvre nach dem andern und zum Schluß ein süßes Omelette vor. Gertrude Stein begann Carl van Vechten zu foppen, indem sie hin und wieder ein Wort fallen ließ, das eine intime Kenntnis seiner Vergangenheit verriet. Natürlich war er betroffen. Es war ein merkwürdiger Abend.

Gertrude Stein und er wurden sehr gute Freunde.

Er machte Allan und Louise Norton mit Gertrude Steins Werk bekannt und veranlaßte sie, in der kleinen Zeitschrift *The Rogue*, die sie gegründet hatten, *The Galérie Lafayette* zu veröffentlichen, die erste von Gertrude Steins Arbeiten, die je in einer kleinen Zeitschrift herauskam. In einer andern Nummer dieser jetzt selten gewordenen kleinen Zeitschrift veröffentlichten sie eine Abhandlung über Gertrude Steins Werk. Carl van Vechten war es auch, der einem seiner ersten Bücher als Motto den Wahlspruch Gertrude Steins auf ihrem Briefpapier mitgab: *a rose is a rose is a rose is a rose*. Vor kurzem erst hat sie ihm von unserm Töpfer, der am Fuß des Hügels in Belley wohnt, einige Teller aus gelbem Ton machen lassen und auf dem Rand steht ringsherum a rose is a rose is a rose is a rose und in der Mitte steht *To Carl*.

Alle Zeit und zu jeder Zeit hielt er dem Publikum ihren Namen und ihr Werk vor Augen. Als er sich einen Namen gemacht hatte, antwortete er immer, wenn er gefragt wurde, welches Buch er für das wichtigste des Jahres hielte, *Three*

Lives von Gertrude Stein. Seine Treue und Hilfsbereitschaft ließen nie nach. Er versuchte Knopf zu einer Herausgabe ihres Buches *The Making of Americans* zu bewegen, und es gelang ihm auch beinahe, aber natürlich schwenkten sie schließlich doch ab.

Da ich gerade von dem Wahlspruch *a rose is a rose is a rose is a rose* spreche, möchte ich erwähnen, daß ich es war, die ihn in einem ihrer Manuskripte entdeckte und darauf bestand, daß er als Wahlspruch auf ihrem Briefpapier, auf dem Tischzeug und überall angebracht würde, wo sie es mir nur gestattete, ihn anzubringen. Ich bin sehr stolz darauf, es getan zu haben.

Carl van Vechten hat während all dieser Jahre eine reizende Gewohnheit beibehalten, allen Leuten, von denen er glaubte, Gertrude Stein könne sie amüsant finden, Einführungsbriefe mitzugeben. Er hat dabei eine so verständnisvolle Auswahl getroffen, daß Gertrude Stein von allen begeistert war.

Der erste und wahrscheinlich am meisten geschätzte unter ihnen war Avery Hopwood. Die Freundschaft dauerte bis zu Averys Tode vor wenigen Jahren. Wenn Avery nach Paris kam, bat er Gertrude Stein und mich immer zum Essen. Diese Gewohnheit begann schon in den ersten Tagen der Bekanntschaft. Gertrude Stein geht nicht gern zum Essen in die Stadt, aber Averys Einladungen hat sie nie abgelehnt. Er hatte den Tisch entzückend mit Blumen schmücken lassen und das Menu sehr sorgsam ausgewählt. Er schickte uns unzählige *petits bleus*, Rohrpostbriefe, um diese Abende vorzubereiten, und immer unterhielten wir uns glänzend. In jenen ersten Tagen damals sah er mit seinem flachsfarbenen Haar und wie er den Kopf auf die Seite legte, immer wie ein Lamm aus. Später verwandelte sich das Lamm, wie Gertrude Stein ihm dann sagte, öfters in einen Wolf. Gertrude Stein würde jetzt, das weiß ich, *dear Avery* sagen. Sie liebten sich sehr. Nicht lange vor seinem Tode kam er ins Zimmer und sagte, ich wünschte, ich könnte euch etwas anderes außer dem Essen anbieten, vielleicht ein Bild. Gertrude Stein lachte. Es genügt, Avery, sagte sie zu ihm, wenn du einfach immer zum Tee kommst. Und daraufhin pflegte er fortan, wenn er uns einen *petit bleu* schickte, mit dem er uns zum Essen einlud, noch einen zweiten *petit bleu* zu schicken, in welchem er schrieb, er würde an dem und dem Nachmittag «einfach zum Tee kommen». Einmal kam er auch und brachte Gertrude Atherton mit. Er sagte so reizend, ich möchte, daß die beiden Gertruden die ich so sehr liebe, sich kennenlernen. Es war ein geradezu entzückender Nachmittag. Jeder war glücklich und erfreut und ich als Kalifornierin war besonders zufrieden, denn Gertrude Atherton war mein Jugendschwarm gewesen.

Zum letztenmal sahen wir Avery während seines letzten Besuchs in Paris. Er sandte uns die übliche Nachricht, mit der er uns zum Essen einlud, und als er kam und uns abholte, erzählte er Gertrude Stein, daß er einige seiner Freunde gebeten habe, auch zu kommen, denn er wolle Gertrude Stein um einen Gefallen bitten. Du bist nämlich nie mit mir zum Montmartre gegangen, sagte er, und ich möchte so furchtbar gern, daß du es heute abend tust. Ich weiß zwar, daß es dein Montmartre war lange bevor es der meine wurde, aber würdest du es trotzdem tun? Sie lachte und sagte, natürlich Avery.

Nach dem Essen gingen wir also mit ihm zum Montmartre. Wir gingen zu sehr vielen seltsamen Winkeln, und er war stolz und zufrieden. Wir fuhren immer mit der Droschke von einem Ort zum andern, und Avery Hopkins war immer neben Gertrude Stein und sie führten lange Gespräche zusammen und Avery muß eine Vorahnung gehabt haben, daß es zum letztenmal war, denn er hatte nie so offen und so zutraulich mit ihr gesprochen. Schließlich verabschiedeten wir uns, und er brachte uns an den Wagen und sagte zu Gertrude Stein, es sei einer der schönsten Abende seines Lebens gewesen. Am nächsten Tag verreiste er in den Süden und wir fuhren aufs Land. Kurz darauf erhielt Gertrude Stein eine Postkarte von ihm, auf der er ihr schrieb, wie glücklich er gewesen sei, sie wiederzusehen und am gleichen Tage stand seine Todesanzeige im *Herald*.

Es war etwa im Jahre 1912, daß Alvin Langdon Coburn in Paris auftauchte. Er war ein seltsamer Amerikaner, der eine seltsame Engländerin, seine Adoptivmutter, mitbrachte. Alvin Langdon Coburn hatte soeben eine Reihe von Photographien aufgenommen, die er für Henry James hatte machen sollen. Er hatte ein Buch mit Photographien hervorragender Persönlichkeiten veröffentlicht und wollte nun einen zweiten Band mit Photographien hervorragender Frauen zusammenstellen. Ich glaube, es war Roger Fry, der ihm von Gertrude Stein erzählt hatte. Auf jeden Fall war er der erste Photograph, der zu ihr kam und eine Aufnahme von ihr als berühmter Frau machte, und sie war sehr befriedigt. Er machte tatsächlich einige sehr gute Aufnahmen von ihr und schenkte sie ihr und dann verschwand er von der Bildfläche, und obwohl Gertrude Stein sich oft nach ihm erkundigt hat, scheint kein Mensch seither von ihm gehört zu haben.

Und damit befinden wir uns schon fast im Frühjahr 1914. Während des Winters gehörte zu den Leuten, die in die Rue de Fleurus zu kommen pflegten, auch die jüngere Stieftochter Bernard Berensons. Sie hatte eine junge Freundin mitgebracht, Hope Mirlees, und Hope sagte, wenn wir im Sommer wieder nach England führen, müßten wir nach Cambridge gehen und bei ihren Eltern wohnen. Wir versprachen es.

Während des Winters beschloß Gertrude Steins Bruder, daß er nach Florenz gehen und dort wohnen wolle. Sie teilten sich in die Bilder, die sie gemeinsam gekauft hatten. Gertrude Stein behielt die Cézannes und die Picassos und ihr Bruder die Matisses und die Renoirs, mit Ausnahme der *Femme au Chapeau*.

Wir hatten geplant einen kleinen Gang zwischen Atelier und Haus zu bauen, und da das auch das Herausbrechen einer Tür erforderte, wollten wir das Atelier neu streichen und das Haus tapezieren und elektrisches Licht legen. Wir machten uns daran, es alles erledigen zu lassen. Es wurde Ende Juni, ehe alles fertig war, und im Hause war noch nicht wieder alles aufgeräumt, als Gertrude Stein einen Brief von John Lane erhielt, der ihr schrieb, er käme am nächsten Tage nach Paris und wolle sie aufsuchen. Wir arbeiteten sehr angestrengt, das heißt ich und die Concierge-Frau und Hélène, und dann war alles für ihn bereit.

Er brachte den ersten Band *Blast* von Wyndham Lewis mit und gab ihn Gertrude Stein und wollte wissen, was sie darüber dächte und ob sie darüber schreiben wolle. Sie sagte, sie wisse es nicht.

John Lane fragte sie dann, ob sie nicht im Juli nach London kommen wolle, da er sich fast entschlossen habe, *Three Lives* neu herauszubringen, und ob sie noch ein anderes Manuskript mitbringen wolle. Sie sagte, daß sie es tun wolle und schlug eine Sammlung aller Porträts vor, die sie bis dahin verfaßt hatte. *The Making of Americans* wurde nicht in Betracht gezogen, weil es zu lang war. Und nachdem sie das vereinbart hatten, reiste John Lane wieder ab.

Zu jener Zeit lebte Picasso recht trübselig in der Rue Schoelcher und er wollte nun etwas nach draußen ziehen, nach Montrouge. Er war nicht gerade unglücklich, aber seit der Montmartre-Zeit hatte man nie wieder sein helles wieherndes spanisches Lachen gehört. Seine Freunde waren ihm in großer Zahl nach dem Montparnasse gefolgt, aber es war nicht das gleiche. Die Freundschaft mit Braque wurde kühler und die einzigen von seinen alten Freunden, die er häufig sah, waren Guillaume Apollinaire und Gertrude Stein. In jenem Jahr begann er Ripolin-Farben zu benutzen anstatt der gewöhnlichen Farben, wie sie sonst die Maler nehmen. Erst neulich noch sprach er sehr ausführlich über Ripolin-Farben. Sehr ernst sagte er, sie sind *le santé des couleurs*, das heißt sie sind die Grundlage langer Lebensdauer. Damals malte er seine Gemälde und alles mit Ripolin-Farben, wie er es noch heutigentags tut und wie es so viele seiner jungen und alten Anhänger ebenfalls tun.

Um diese Zeit machte er auch seine Konstruktionen aus Papier, aus Blech und allen möglichen Stoffen, was ihm später ermöglichte, die berühmte Bühnendekoration für *Parade* herzustellen.

In jener Zeit war es auch, daß Mildred Aldrich sich anschickte, sich auf dem Hochplateau der Marne zur Ruhe zu setzen. Auch sie war nicht gerade unglücklich, aber doch ziemlich traurig. Während jener Frühlingsabende bat sie uns oft, eine Droschke zu mieten und zusammen «eine letzte Ausfahrt» zu machen, wie sie es nannte. Häufiger denn je ließ sie ihren Hausschlüssel durch den ganzen Lichtschacht des Treppenhauses fallen während sie uns vom obersten Stockwerk des Hauses in der Rue Boissonade Gutenacht zurief.

Wir fuhren oft mit ihr aufs Land hinaus um ihr Haus anzuschauen. Endlich konnte sie einziehen. Wir fuhren hin und verbrachten einen ganzen Tag bei ihr. Sie war nicht unglücklich, aber sie war sehr traurig. Die Vorhänge sind aufgesteckt, die Bücher aufgestellt, alles ist sauber, und was tu ich jetzt nur, fragte sie. Ich sagte ihr, daß ich wie meine Mutter mir erzählt hat, als kleines Kind immer zu sagen pflegte, was tu ich jetzt nur, und die einzige Abwechslung in meiner Frage lautete, was soll ich denn jetzt tun. Mildred sagte, das schlimmste sei, daß wir nach London fahren würden und sie uns den ganzen Sommer über nicht zu Gesicht bekäme. Wir versicherten ihr, daß wir nur einen Monat fortbleiben würden, ja sogar Rückfahrkarten hätten, also zurückkommen müßten, und sobald wir wieder da wären, würden wir sie auch gleich besuchen. Immerhin war sie zufrieden, daß Gertrude Stein endlich einen Verleger hatte, der ihre Bücher herausbringen wollte. Aber seid vorsichtig mit John Lane, sagte sie und küßte uns zum Abschied, er ist ein alter Fuchs.

Hélène verließ die Rue de Fleurus, weil ihr Mann inzwischen Vorarbeiter in seiner Fabrik geworden war und darauf bestand, daß sie nicht länger außerhalb arbeitete, sondern zu Hause bliebe.

Kurz und gut, mit dem Frühling und den ersten Sommertagen des Jahres 1914 endete unser bisheriges Leben.

VI

DER KRIEG

Amerikaner, die vor dem Kriege in Europa lebten, wollten nie recht glauben, daß ein Krieg ausbrechen würde. Gertrude Stein erzählt immer vom kleinen Sohn unseres Concierge, der ihr während seiner Spiele auf dem Hof immer wieder zu versichern pflegte, sein Papa würde in den Krieg ziehen. Einmal als ein paar ihrer amerikanischen Basen bei ihr wohnten, hatte sie ein Landmädchen als Aushilfe. Es war zur Zeit des Russisch-Japanischen Krieges und alle sprachen von den letzten Kriegsnachrichten. Das Mädchen ließ entsetzt die Teller aus der Hand fallen und schrie, sind die Deutschen schon vor Paris.

William Cookes Vater, der aus Iowa stammte, machte mit siebzig Jahren im Sommer des Jahres 1914 seine erste Reise nach Europa. Als der Krieg ausgebrochen war, weigerte er sich, es zu glauben und erklärte, er könne wohl verstehen, daß es innerhalb einer Familie Streit gäbe, also Bürgerkrieg, doch nicht einen ernsthaften Krieg mit den Nachbarn.

In den Jahren 1913 und 1914 hatte Gertrude Stein mit sehr viel Interesse die Zeitungen verfolgt. Sie las selten französische Zeitungen, sie las nie etwas französisch Geschriebenes, und sie hielt ständig den *Herald*. In jenem Winter nun bestellte sie auch noch die Daily Mail. Sie las gern über die Suffragetten und über Lord Roberts' Kampagne für die Einführung der Militärdienstpflicht in England. Lord Roberts war einer ihrer frühesten Jugendhelden gewesen. Seine *Forty-One Years in India* war ein Buch, das sie oft las und sie hatte Lord Roberts gesehen, als sie und ihr Bruder, die damals eine Ferienreise machten, den Krönungszug Eduards des Siebenten sahen. Sie las die *Daily Mail*, obwohl sie sich, wie sie sagte, nicht für die irische Frage interessierte.

Wir fuhren am fünften Juli nach England und besuchten wie verabredet John Lane am Sonntagnachmittag in seiner Wohnung.

Es waren eine Menge Leute da und sie unterhielten sich über alles mögliche und einige sprachen auch vom Krieg. Einer von ihnen, wie ich hörte der Redakteur der Leitartikel einer großen Londoner Tageszeitung, bedauerte die Tatsache, daß er in diesem August nicht wie er es sonst gewohnt war, in der Provence würde Feigen essen können. Weshalb nicht, fragten manche. Wegen des Krieges, erwiderte er. Jemand anders, ich glaube es war Walpole oder sein Bruder, sagte, es bestünde keine Aussicht, die Deutschen zu besiegen, da sie ein so ausgezeichnet organisiertes System hätten: alle Eisenbahnwaggons wären übereinstimmend mit den Lokomotiven und Weichen numeriert. Ach, sagte der Feigenesser, das ist alles recht und gut, solange die Waggons innerhalb Deutschlands auf ihren eigenen Schienen und Weichen bleiben, aber in einem Angriffskrieg werden sie über die Grenze gehen und dann, das kann ich Ihnen versichern, gibt's ein numeriertes Durcheinander.

Das ist alles, was ich von jenem Sonntagnachmittag im Juli noch genau behalten habe.

Als wir fortgingen, sagte John Lane zu Gertrude Stein, daß er London für eine Woche verließe und er machte für Ende Juli ein Rendezvous mit ihr im Verlag ab, um den Kontrakt für *Three Lives* zu unterzeichnen. Ich glaube, sagte er, wie die Dinge jetzt liegen, möchte ich lieber *damit* beginnen als mit etwas gänzlich Neuem. Meine Frau ist begeistert davon und die Leser sind es ebenfalls.

Da wir nun zehn freie Tage vor uns hatten, beschlossen wir, die Einladung von Mrs. Mirlees, der Mutter von Hope, anzunehmen, und ein paar Tage in Cambridge zu verbringen. Wir fuhren hin und genossen es sehr.

Es war ein sehr nettes Haus, in dem wir als Hausgäste wohnten. Gertrude Stein gefiel es, weil sie in ihrem Zimmer oder im Garten bleiben konnte so lange sie wollte und ohne sich an Unterhaltungen zu beteiligen. Das Essen, schottische Gerichte, war ausgezeichnet und immer köstlich und frisch. Es war auch sehr unterhaltend, all die verschiedenen Würdenträger der Universität Cambridge kennenzulernen. Wir wurden in alle möglichen Gärten und in viele Häuser eingeladen. Es war herrliches Wetter und die Rosen blühten in Fülle, die Studenten tanzten die alten Volkstänze und alles war reizend. Wir wurden zum Mittagessen nach Newnham eingeladen, Miß Jane Harrison für die Hope Mirlees besonders schwärmte, wollte gern Gertrude Stein kennenlernen. Wir saßen mit der ganzen Fakultät auf einem Podium und fühlten uns sehr geehrt. Die Unterhaltung war nicht besonders angeregt. Miß Harrison und Gertrude Stein hatten einander nicht viel zu sagen.

Wir hörten sehr viel über Doktor und Mrs. Whitehead. Sie wohnten nicht mehr in Cambridge. Doktor Whitehead hatte Cambridge im vergangenen Jahr verlassen und war an die University of London gegangen. Sie wollten vorübergehend nach Cambridge zurückkehren und waren bei Mrs. Mirlees zum Essen eingeladen worden. Sie kamen und ich traf das dritte Genie meines Lebens.

Es war ein reizendes Abendessen. Ich saß neben Housman, dem Cambridger Dichter, und wir sprachen von Fischen und David Starr Jordan; doch es interessierte mich mehr Doktor Whitehead zu beobachten. Später gingen wir in den Garten und er setzte sich zu mir und wir sprachen über den Himmel in Cambridge.

Gertrude Stein und Doktor und Mrs. Whitehead interessierten sich sehr für einander. Mrs. Whitehead bat uns, in London zu ihnen zum Essen zu kommen und anschließend ein Wochenende, das letzte Wochenende im Juli, mit ihnen in ihrem Landhaus in Lockridge bei Salisbury Plain zu verleben. Wir nahmen mit Vergnügen an.

Wir kehrten nach London zurück und unterhielten uns ausgezeichnet. Wir bestellten ein paar bequeme Stühle und eine bequeme mit Chintz bezogene Couch, die einige der italienischen Möbelstücke ersetzen sollten, welche Gertrude Steins Bruder mitgenommen hatte. Damit verbrachten wir ziemlich viel Zeit. Wir mußten die Stühle und die Couch nach unsern eigenen Maßen anfertigen lassen und den Chintz in Farbe und Muster passend zu den Bildern aussuchen, was uns auch glänzend gelang. Diese Stühle und die Couch, die sehr bequem sind, trafen trotz des Krieges eines Tages im Januar 1915 vor der Haustür der Rue de Fleurus 27 ein und wurden mit der größten Freude von uns begrüßt. In jener Zeit brauchte man wahrhaftig solchen Trost und solch Behagen. – Wir aßen bei den Whiteheads, und sie gefielen uns besser denn je, und wir gefielen ihnen besser denn je, wie sie uns liebenswürdigerweise sagten.

Gertrude Stein hielt ihre Verabredung mit John Lane inne. Sie unterhielten sich lange; diesmal dauerte ihr Gespräch so lange, daß ich die Schaufenster jener Gegend auf eine beträchtlich lange Strecke in jeder Richtung auswendig kannte, doch endlich erschien Gertrude Stein wieder und hatte ihren Kontrakt. Das war ein befriedigender Abschluß.

Dann setzten wir uns in den Zug nach Lockridge, um bei den Whiteheads das Wochenende zu verbringen. Wir hatten einen Wochenendkoffer, wir waren sehr stolz auf unsern Wochenendkoffer, wir hatten ihn bei unserm ersten Besuch auf dem Lande benutzt und taten es nun wieder. Doch wie eine meiner Freundinnen sagte: man wird fürs Wochenende eingeladen und bleibt sechs Wochen. Was wir auch taten.

Als wir ankamen, war das Haus schon voll Gäste aus Cambridge, einige junge Leute, Eric, der jüngste Sohn der Whiteheads, der damals fünfzehn Jahre alt, aber sehr groß und blumenhaft war, und ihre Tochter Jessie, die gerade aus Newnham kam. Keiner dachte ernstlich an den Krieg, denn es wurde dauernd von Jessies bevorstehender Reise nach Finnland gesprochen. Jessie befreundete sich immer mit Ausländern aus den seltsamsten Gegenden, sie schwärmte leidenschaftlich für

Geographie und die Herrlichkeit des britischen Weltreichs. Sie hatte eine finnische Freundin, die sie eingeladen hatte, den Sommer bei ihrer Familie in Finnland zu verleben, und sie hatte Jessie die Möglichkeit eines finnischen Aufstandes gegen Rußland in Aussicht gestellt. Mrs. Whitehead zauderte noch, obwohl sie ihre Erlaubnis schon so gut wie gegeben hatte. Sie hatten noch einen älteren Sohn North, der zur Zeit nicht zu Hause war.

Dann plötzlich fanden, wie ich mich entsinne, die Konferenzen zwischen Lord Grey und dem russischen Außenminister statt, um einen Krieg zu verhüten. Und dann kam, ohne daß man etwas hätte unternehmen können, das Ultimatum an Frankreich. Gertrude Stein und ich waren kreuzunglücklich, ebenfalls Evelyn Whitehead, die französische Verwandte hatte, in Frankreich erzogen war und mit ihren Sympathien ganz zu Frankreich hinneigte. Dann kamen die Tage des Einmarschs in Belgien, und ich höre noch heute Doktor Whiteheads sanfte Stimme, wie er uns die Nachrichten vorlas und wie dann alle von der Zerstörung Löwens sprachen und daß sie den tapferen kleinen Belgiern helfen müßten. Gertrude Stein war todunglücklich, als sie mich fragte, wo liegt Löwen. Weißt du es nicht, fragte ich. Nein, sagte sie, und das macht ja auch nichts, aber wo liegt es denn?

Unser Wochenende war vorbei und wir sagten Mrs. Withehead, daß wir abreisen müßten. Aber Sie können doch jetzt nicht nach Paris, sagte sie. Nein, antworteten wir, aber wir können in London bleiben. O nein, sagte sie, Sie müssen bei uns bleiben, bis Sie nach Paris zurückkehren können. Sie war so reizend und wir waren sehr unglücklich und hatten sie so gern und sie hatten uns gern und so willigten wir ein, zu bleiben. Und dann trat zu unsrer unendlichen Erleichterung auch England in den Krieg ein.

Wir mußten nach London fahren, um unsre Koffer zu holen, und an Leute in Amerika telegraphieren und Geld abheben, und Mrs. Whitehead wollte nach London fahren, um sich zu erkundigen, ob sie und ihre Tochter vielleicht den Belgiern helfen könnten. Ich erinnere mich noch so gut an unsre Fahrt. Überall schienen so viel Leute zu sein, obwohl der Zug nicht überfüllt war, aber alle Bahnhöfe, sogar die kleinen Landbahnhöfe, wimmelten von Menschen, nicht etwa von angsterfüllten Menschen, sondern einfach von einer großen Menge Menschen. Am Knotenpunkt, wo wir umsteigen mußten, trafen wir Lady Astley, eine Freundin von Myra Edgerly, die wir in Paris kennengelernt hatten. Oh, guten Tag, rief sie mit ihrer kräftigen Stimme, ich fahre nach London, um mich von meinem Sohn zu verabschieden. Geht er fort, fragte ich höflichkeitshalber. O ja, sagte sie, er ist nämlich in der Garde und sie müssen heute nacht nach Frankreich.

In London war alles schwierig. Gertrude Steins Kreditbrief lautete auf eine französische Bank, meiner jedoch, der glücklicherweise nur klein war, lautete auf eine kalifornische Bank. Ich sage «glücklicherweise nur klein», weil die Banken keine großen Beträge auszahlen wollten; doch ich hatte nicht mehr viel zu erhalten, so daß sie mir ohne zu zögern alles auszahlten, was ich noch hatte.

Gertrude Stein sandte ein Telegramm an ihren Vetter in Baltimore, damit er ihr Geld schickte, wir holten unsre Koffer, trafen Evelyn Whitehead am Zuge und fuhren mit ihr nach Lockridge zurück. Es war eine Erleichterung zurückfahren zu können. Wir waren so dankbar für ihr liebenswürdiges Angebot, denn jetzt in einem Hotel in London zu wohnen, wäre zu furchtbar gewesen.

Dann folgte ein Tag dem andern, und ich kann mich nur schlecht erinnern, was geschah. North Whitehead war nicht da, und Mrs. Whitehead war in der größten Sorge, er könnte sich unbesonnenerweise freiwillig melden. Sie wollte ihn unbedingt sprechen. Sie telegraphierten ihm also sofort nach Hause zu kommen. Sie hatte richtig vermutet. Er war sofort aufs nächste Rekrutierungsbüro gegangen, um sich zu stellen, und glücklicherweise waren schon so viele vor ihm dagewesen, daß das Büro geschlossen hatte, ehe er vorgelassen wurde. Sie ging sofort nach London, um Kitchener zu sprechen. Doktor Whiteheads Bruder war Bischof in Indien und hatte in seiner Jugendzeit Kitchener sehr gut gekannt. Mrs. Whitehead konnte sich also ausweisen und North erhielt ein Offizierspatent. Ganz erleichtert kam sie nach Hause. North mußte in drei Tagen einrücken, mußte aber in dieser Zeit lernen einen Wagen zu lenken. Die drei Tage vergingen sehr schnell, und dann war North gegangen. Er brach sofort nach Frankreich auf, und ohne große Ausrüstung. Und dann kam die Zeit des Wartens.

Evelyn Whitehead war sehr in Anspruch genommen, plante Kriegshilfe und stand jedermann bei, und ich half ihr soweit es mir möglich war. Gertrude Stein und Doktor Whitehead machten endlose Spaziergänge über Land. Sie sprachen über Philosophie und Geschichte, und Gertrude Stein wurde während dieser Zeit gewahr, wie sehr es Doktor Whitehead und nicht Russell gewesen war, der die Ideen für beider großes Werk gehabt hatte. Doktor Whitehead war einer der sanftesten und auf bescheidene Art großmütigsten Menschen; er wollte nie etwas für sich und war voller Bewunderung für jeden, der brillant war – und Russell war zweifellos brillant. Gertrude Stein pflegte immer von diesen Spaziergängen zurückzukommen und mir darüber zu berichten und wie das Land noch genau so sei wie zu Chaucers Zeit, und überall die grünen Pfade der alten Briten, die noch streckenweit zu sehen waren, und dann die dreifachen Regenbögen jenes merkwürdigen Sommers. Beide, Doktor Whitehead und Gertrude Stein, pflegten oft lange mit Wildhütern und Maulwurfsfängern zu sprechen. Ein Maulwurfsfänger sagte einmal, aber Sir, England ist nie in einem Krieg gewesen, ohne als Sieger daraus hervorzugehen. Doktor Whitehead wandte sich mit sanftem Lächeln Gertrude Stein zu, ich glaube, das dürfen wir ruhig sagen. Und der Wildhüter, dem Doktor Whitehead einmal verzagt vorkam, sagte, aber Doktor Whitehead, England ist doch das mächtigste Volk, nicht wahr? Ich hoffe es, ja, ich hoffe, daß es so ist, sagte Doktor Whitehead freundlich.

Die Deutschen rückten immer näher auf Paris zu. Eines Tages sagte Doktor Whitehead zu Gertrude Stein während sie gerade durch ein struppiges kleines Gehölz gingen und er ihr half, haben Sie Kopien Ihrer Werke, oder ist alles in Paris? Es ist alles in Paris, erwiderte sie. Ich wollte nicht gern fragen, sagte Doktor Whitehead, aber ich habe mir Sorgen gemacht.

Die Deutschen rückten immer näher an Paris heran und am letzten Tag konnte Gertrude Stein ihr Zimmer nicht verlassen, sie saß in ihrem Zimmer und trauerte. Sie liebte Paris, sie dachte weder an ihre Manuskripte noch an die Bilder, sie dachte nur an Paris und war trostlos. Ich ging in ihr Zimmer hinauf, ich rief, alles ist gut, Paris ist gerettet, die Deutschen sind auf dem Rückzug. Sie wandte sich ab und erwiderte, sprich mir nicht von solchen Dingen. Aber es ist wahr, rief ich, es ist wahr. Und dann weinten wir zusammen.

Von all unsern Bekannten in England erhielt keiner so früh eine Beschreibung der Marne-Schlacht wie Gertrude Stein, und zwar von Mildred Aldrich. Es war praktisch der erste Brief ihres Buches *The Hilltop on the Marne*. Wir waren beglückt, als wir ihn erhielten und dadurch erfuhren, daß Mildred in Sicherheit war und auch sonst alles darüber hörten. Er wurde reihum gelesen und jeder in der ganzen Nachbarschaft las ihn.

Als wir später nach Paris zurückkehrten, hörten wir noch zwei andere Berichte über die Marne-Schlacht. Meine alte Schulfreundin Nellie Jacott aus Kalifornien wohnte in Boulogne-sur-Seine, und ich machte mir ihretwegen große Sorgen. Ich telegraphierte an sie und sie antwortete mit einem für sie typischen Telegramm, *Nullement en danger ne t'inquiète pas*, keinerlei Gefahr, beunruhige dich nicht. Nellie war es, die in der ersten Pariser Zeit Picasso einen gut aussehenden Stiefelputzer genannt hatte und von Fernande zu sagen pflegte, sie ist nett, aber weshalb bekümmert ihr euch um sie. Nellie war es auch, die Matisse zum Erröten brachte, weil sie ihn über die verschiedenen Möglichkeiten befragte, wie ihm seine Frau erschiene, als seine Ehefrau oder als Modell, und wie er sich von der einen auf die andre umstelle. Nellie war es auch, die folgende nette Sache erzählte, welche Gertrude Stein immer so gern zitierte, wie nämlich ein junger Mann einmal zu ihr gesagt habe, ich liebe dich Nellie, du heißt doch Nellie, ja? Und Nellie war es auch, die, als wir von England zurückkamen und ihr erzählten, alle seien so reizend gewesen, darauf erwiderte, o ja, den Reiz kenne ich.

Nellie beschrieb uns also die Marne-Schlacht. Ihr wißt ja, sagte sie, daß ich einmal die Woche in die Stadt fahre, um Besorgungen zu machen, und jedesmal mein Dienstmädchen mitnehme. Wir fahren mit der Straßenbahn hin, weil es in Boulogne schwierig ist, ein Taxi zu bekommen, und fahren dann in einem Taxi zurück. Wir winkten mehrere heran, aber als sie hörten, wohin sie uns fahren sollten, fuhren sie weiter. Ich weiß, daß Taxifahrer nicht immer gern nach Boulogne hinausfahren, deshalb sagte ich Marie, sie solle ihnen sagen, sie bekämen ein gutes Trinkgeld, wenn sie uns führen. Sie hielt also wieder ein Taxi an, diesmal mit einem alten Fahrer, und ich sagte, ich gebe Ihnen ein sehr gutes Trinkgeld, wenn Sie uns nach Boulogne fahren. Oh, sagte er und legte den Finger an die Nase, zu meinem größten Bedauern ist mir das unmöglich, Madame, heute darf kein Taxi über die Stadtgrenze hinaus. Aber weshalb nicht, fragte ich. Anstatt einer Antwort blinzelte er uns bloß zu und fuhr weg. Wir mußten mit der Straßenbahn nach Boulogne zurückfahren. Später verstand ich natürlich alles, als ich von Galliéni und den Taxis erfuhr, sagte Nellie und schloß, und das war also die Marne-Schlacht.

Eine andere Beschreibung der Marne-Schlacht gab uns gleich nach unsrer Rückkehr nach Paris Alfy Maurer. Ich saß in einem Café, sagte Alfy, und Paris sah blaß aus, wenn ihr versteht, was ich damit sagen will, blaß wie blasser Absinth. Also da saß ich und dann fielen mir eine Unmenge große von

Pferden gezogene Lastwagen auf, die alle langsam vorüberrollten und ein paar Soldaten waren als Begleitung dabei und auf den Kisten stand *Banque de France*. Das war das Gold, das einfach so fortgefahren wurde, kurz vor der Marne-Schlacht.

In jenen düstern Tagen unsrer Wartezeit in England geschah natürlich allerlei. Viele Leute gingen bei den Whiteheads ein und aus und selbstverständlich wurde dauernd diskutiert. Da war zum Beispiel Lytton Strachey. Er wohnte in einem kleinen Haus in der Nähe von Lockridge.

Eines Abends kam er zu Mrs. Whitehead zu Besuch. Er war schmächtig, mit blaßgelber Haut und seidigem Bart und einer leisen hohen Stimme. Wir hatten ihn im Jahr davor kennengelernt, als wir zu Miß Ethel Sands eingeladen waren, um in ihrem Hause George Moore zu treffen. Gertrude Stein und George Moore, der wie ein wohlgenährtes Kindermehlbaby aussah, hegten keinerlei Interesse für einander. Lytton Strachey und ich hatten über Picasso und das russische Ballett gesprochen.

An jenem Abend kam er nun und besprach mit Mrs. Whitehead die Möglichkeit seine Schwester zu retten, die in Deutschland verschwunden war. Sie schlug ihm vor, sich an eine gewisse Persönlichkeit zu wenden, die ihm vielleicht helfen könne. Aber, sagte Lytton Strachey leise, ich habe noch nie seine Bekanntschaft gemacht. Gewiß, sagte Mrs. Whitehead, aber Sie können ihm schreiben und ihn fragen, ob Sie ihn aufsuchen dürfen. Das kann ich nur, erwiderte Lytton Strachey leise, nachdem ich seine Bekanntschaft gemacht habe.

Ein andrer Gast, der in jener Woche in Lockridge erschien, war Bertrand Russell. Er kam am gleichen Tage, an dem North Whitehead sich an die Front begeben mußte. Er war Pazifist und liebte es, zu diskutieren, und obwohl sie sehr alte Freunde waren, fanden Doktor und Mrs. Whitehead, daß sie gerade jetzt seine Ansichten nicht würden ertragen können. Er kam also, und Gertrude Stein wollte die Aufmerksamkeit vom brennenden Problem Krieg oder Frieden ablenken und begann über Erziehung zu sprechen. Das interessierte Russell sofort, und er ließ sich über alle Schwächen des amerikanischen Erziehungssystem aus und besonders über die Vernachlässigung des Studiums der griechischen Sprache. Gertrude Stein entgegnete, daß England als Insel natürlich auf Griechisch angewiesen sei, da Griechenland auch eine Insel war oder hätte sein können. Jedenfalls handle es sich um eine Inselkultur, während Amerika vorzüglich eine kontinentale Kultur brauche, also die lateinische. Diese Folgerungen irritierten Russell und er wurde sehr beredt. Daraufhin wurde Gertrude Stein ganz ernst und hielt einen langen Vortrag über den Wert des Griechischen für die Engländer, abgesehen davon, daß sie ein Inselvolk waren, und die Wertlosigkeit der griechischen Kultur für die Amerikaner auf Grund des amerikanischen Seelenlebens, das anders als das Seelenleben der Engländer sei. Sie sprach mit großer Beredsamkeit über die losgelöste abstrakte Art des amerikanischen Charakters und zitierte Beispiele, die sich zwischen Emerson und Automobilen bewegten und alle bewiesen, daß die Amerikaner Griechisch nicht nötig hätten, und das alles auf eine Art, die Russell immer mehr in Fahrt brachte und aller Aufmerksamkeit in Anspruch nahm, bis man zu Bett ging.

In jener Zeit wurde viel diskutiert. Bischof Whitehead, der Bruder von Doktor Whitehead, kam mit seiner Familie zu Besuch. Sie sprachen dauernd darüber, wie England nur dadurch in den Krieg geraten sei, weil es Belgien hatte helfen wollen. Das konnte ich nicht länger mit anhören, meine Nerven ließen mich im Stich und ich platzte heraus, weshalb sagen Sie das, weshalb sagen Sie nicht einfach, daß Sie für England kämpfen, ich finde, es ist keine Schande, wenn man für seine Heimat kämpft.

Die Frau Bischofin, des Bischofs Frau, sagte etwas sehr Komisches. Sie wandte sich sehr ernst an Gertrude Stein, Miß Stein, Sie sind wie ich höre eine wichtige Persönlichkeit in Paris. Ich finde, es wäre sehr günstig, wenn eine Neutrale wie Sie der französischen Regierung vorschlüge, daß sie den Engländern Pondicherry zurückgeben. Es wäre uns sehr damit gedient. Gertrude Stein erwiderte sehr höflich, daß wenn sie einigen Einfluß in Paris habe, dieser sich auf Maler und Schriftsteller erstrecke, nicht aber auf Politiker. Aber das ist doch einerlei, sagte die Frau Bischofin. Ich finde, Sie sollten der französischen Regierung vorschlagen, uns Pondicherry zurückzugeben. Nach dem Mittagessen tuschelte mir Gertrude Stein leise zu, was zum Teufel ist Pondicherry.

Gertrude Stein wurde regelmäßig wütend, wenn die Engländer immer von Deutschlands Organisation sprachen. Sie bestand darauf, daß die Deutschen keine Organisation hätten, sie hätten Methode, aber keine Organisation. Verstehen Sie denn nicht den Unterschied, sagte sie ärgerlich, zwei x-beliebige Amerikaner, zwanzig x-beliebige Amerikaner, eine Million Amerikaner können sich organisieren, um etwas zu tun, aber die Deutschen können sich nicht selbst organisieren, um irgend etwas zu tun, sie können eine Methode erfinden, die ihnen auferlegt wird, aber das nenne ich nicht Organisation. Die Deutschen, beharrte sie weiterhin, sind nicht modern, sie sind ein zurückgebliebenes Volk, das eine Methode aus dem gemacht hat, was wir Organisation nennen, begreifen Sie das nicht? Sie können daher unmöglich diesen Krieg gewinnen, denn sie sind nicht modern.

Eine andere Vorstellung, die uns furchtbar zu ärgern pflegte, war die Behauptung der Engländer, die Deutschen in Amerika würden Amerika gegen die Alliierten beeinflussen. Seid doch nicht töricht, sagte Gertrude Stein zu all und jedem; wenn ihr nicht begreift, daß Amerika von Grund auf mit Frankreich und England sympathisiert und es nie mit einem mittelalterlichen Land wie Deutschland könnte, dann versteht ihr Amerika nicht. Wir sind Republikaner, pflegte sie sehr energisch zu versichern, zutiefst und glühend und völlig eine Republik, und eine Republik kann mit Frankreich alles gemeinsam haben und mit England sehr vieles, jedoch, welche

Regierungsform es auch hat, nichts Gemeinsames mit Deutschland. Wie oft habe ich sie damals und seither immer wieder erklären hören, daß die Amerikaner Republikaner sind, die in einer Republik leben, welche so sehr Republik ist, daß sie nie irgend etwas anderes sein könne.

Der lange Sommer schlich dahin. Das Wetter war schön und die Gegend war schön, und Doktor Whitehead und Gertrude Stein wanderten unermüdlich und sprachen über alle möglichen Dinge.

Von Zeit zu Zeit fuhren wir nach London. Wir gingen regelmäßig zu Cooks Reisebüro, um zu fragen, wann wir nach Paris zurückkehren könnten, und sie antworteten immer, noch nicht. Gertrude Stein besuchte John Lane. Er war ganz verstört. Er war ein leidenschaftlicher Patriot. Er sagte, natürlich tue er im Augenblick nichts anderes als Kriegsbücher veröffentlichen, doch bald, sehr bald würde alles anders aussehen oder der Krieg vielleicht beendet sein.

Gertrude Steins Vetter und mein Vater schickten uns durch den amerikanischen Kreuzer *Tennessee* Geld. Wir holten es ab. Wir wurden jeder auf die Waage gestellt und unsre Körpermaße gemessen und dann gaben sie uns das Geld. Wieso, fragten wir uns, können ein Vetter, der dich zehn Jahre nicht gesehen hat und ein Vater, der mich sechs Jahre nicht gesehen hat, unser Gewicht und Längenmaß wissen? Es ist uns immer ein Rätsel geblieben. Vor vier Jahren kam Gertrude Steins Vetter nach Paris, und das erste, was sie ihn fragte war, Julian, woher wußtest du mein Körpergewicht und mein Längenmaß, als du mir damals mit der *Tennessee* das Geld schicktest? Habe ich das gewußt, entgegnete er. Jedenfalls, sagte sie, hatten sie es hingeschrieben als ob du es angegeben hättest. Ich kann mich natürlich nicht mehr daran erinnern, sagte er, aber wenn mich heute jemand darüber befragt hätte, würde ich natürlich in Washington eine Kopie eures Passes verlangt haben, und das habe ich damals vermutlich auch getan. Und so war das Rätsel gelöst.

Wir mußten auch auf die amerikanische Gesandtschaft gehen und uns provisorische Pässe besorgen, um nach Paris zurückzukehren. Wir hatten keine Papiere, kein Mensch hatte damals Papiere. Gertrude Stein besaß zwar, was man in Paris ein *papier de matriculation* nannte und welches feststellte, daß sie Amerikanerin und in Frankreich ansässig sei.

Auf der Gesandtschaft war alles überfüllt mit nicht sehr amerikanisch aussehenden amerikanischen Staatsbürgern, die darauf warteten, daß sie an die Reihe kamen. Endlich wurden wir zu einem sehr erschöpft aussehenden jungen Amerikaner geführt. Gertrude Stein machte eine Bemerkung über die vielen nicht sehr amerikanisch aussehenden amerikanischen Staatsbürger, die draußen warteten. Der junge Amerikaner seufzte. Mit denen ist es leichter, sagte er, weil sie alle Papiere haben. Nur der in Amerika geborene Amerikaner hat keine Papiere. Und wie verfahren Sie mit ihnen, fragte Gertrude Stein. Wir tun es auf gut Glück und wir hoffen, daß wir richtig raten. Und jetzt sagte er, wollen Sie bitte den Eid nachsprechen, Oh, mein Gott, sagte er, ich habe ihn so oft gesagt, daß ich ihn schon gar nicht mehr weiß.

Am 15. Oktober sagten uns Cooks, daß wir nach Paris zurückkehren könnten. Mrs. Whitehead kam mit. Ihr Sohn North war ohne Mantel abgefahren und sie hatte ihm einen verschaffen können und fürchtete, er würde ihn erst sehr viel später erhalten, wenn sie ihn auf dem üblichen Wege schickte. Sie traf Vorbereitungen, nach Paris zu gehen und ihn dort zu treffen oder jemand zu suchen, der ihm den Mantel direkt überbringen würde. Sie hatte Referenzen vom Kriegsministerium und von Kitchener, und wir brachen auf.

Auf die Abfahrt aus London kann ich mich nur sehr schlecht besinnen und weiß nicht, ob es Tag oder Nacht war, doch muß es wohl hell gewesen sein, denn als wir auf dem Kanal waren, war es Tag. Das Schiff war überfüllt. Scharen von belgischen Soldaten und Offizieren, die aus Antwerpen entkommen waren, befanden sich an Bord und alle hatten müde

Augen. Es war unser erstes Zusammentreffen mit den müden, aber immer wachsamen Augen von Soldaten. Schließlich gelang es uns, Mrs. Whitehead, die krank gewesen war, einen Platz zu verschaffen, und bald waren wir in Frankreich. Mrs. Whiteheads Referenzen waren so überwältigend, daß wir nirgends aufgehalten wurden, und bald waren wir im Pariser Zug und gegen zehn Uhr abends waren wir in Paris. Wir nahmen ein Taxi und fuhren durch Paris, das schöne und unbeschädigte Paris, und in die Rue de Fleurus. Wir waren wieder einmal daheim.

Alle, die uns so fern erschienen waren, kamen uns nun besuchen. Alfy Maurer beschrieb uns, wie er in seinem Lieblingsdorf an der Marne gewesen sei, wo er immer zu fischen pflegte, und dann kam die Mobilisierungsmaschinerie in Gang und die Deutschen kamen und er war ganz entsetzt und versuchte irgendein Gefährt aufzutreiben, und endlich nach fürchterlichen Anstrengungen gelang es ihm, und er kehrte nach Paris zurück. Als er aufbrach, begleitete Gertrude Stein ihn bis an die Tür und kam lächelnd wieder zu uns. Mrs. Whitehead war etwas zurückhaltend und sagte, Gertrude, du hast immer so warmherzig von Alfy Maurer gesprochen, aber wie kannst du nur einen Mann gern haben, der sich nicht nur selbstsüchtig, sondern so feige benimmt und noch dazu in diesen Zeiten. Er dachte einzig daran, sich in Sicherheit zu bringen und dabei ist er doch ein Neutraler. Gertrude Stein lachte laut heraus. Du Dumme, sagte sie, begreifst du denn nicht, Alfy hatte natürlich seine Freundin bei sich und war in Todesängsten, sie könne den Deutschen in die Hände fallen.

Zu der Zeit waren nicht sehr viele Menschen in Paris, was uns sehr gefiel und wir wanderten in Paris umher und es war so schön, wieder da zu sein, einfach wunderschön. Bald hatte Mrs. Whitehead Mittel und Wege gefunden, um ihrem Sohn den Mantel zu schicken und kehrte nach England zurück und wir richteten uns für den Winter ein.

Gertrude Stein schickte Kopien ihrer Manuskripte an ihre Freunde in New York, sie dort für sie aufzubewahren. Wir hofften, daß alle Gefahr vorüber sei, doch schien es immerhin sicherer vorzubeugen und es konnten ja noch Zeppeline kommen. London hatte ehe wir dort abfuhren, nachts vollständig verdunkelt. Paris hatte bis zum Januar noch weiterhin all seine Straßenlaternen brennen.

Ich kann mich gar nicht mehr erinnern, wie es alles kam, aber es ging über Carl van Vechten und hatte auch mit den Nortons zu tun, und jedenfalls traf ein Brief von Donald Evans ein, der vorschlug, drei Manuskripte zu veröffentlichen, die zusammen einen kleinen Band ergeben würden, und ob Gertrude Stein hierfür einen Titel vorschlagen könne. Von diesen drei Manuskripten waren zwei während unsrer ersten Reise nach Spanien geschrieben worden, und das dritte, *Food, Rooms* usw. unmittelbar nach unserer Rückkehr. Wie Gertrude Stein immer sagte, waren sie der Anfang eines Vermischens des Außen und des Innen. Bis dahin hatte sie sich mit dem Ernst und der Innenseite der Dinge beschäftigt und in diesen Studien beschrieb sie zum erstenmal das Innen von außen gesehen. Sie freute sich furchtbar über die Vorstellung, daß diese drei Manuskripte veröffentlicht werden sollten und willigte sofort ein, und als Titel schlug sie vor: *Tender Buttons.* Donald Evans nannte seine Firma *Claire Marie* und schickte einen Vertrag, der wie jeder andere Vertrag aussah. Wir waren überzeugt, daß es eine Firma Claire Marie gäbe, aber anscheinend gab es keine. Von dieser Ausgabe wurden, ich weiß nicht mehr genau, siebenhundertfünfzig oder tausend Exemplare gedruckt und jedenfalls war es ein ganz entzückendes kleines Buch und Gertrude Stein freute sich mächtig darüber, und wie jeder weiß, hatte es einen ungeheuren Einfluß auf alle jungen Schriftsteller und spornte alle Kritiker des ganzen Landes zu einem großen Spottgesang an. Ich muß erwähnen, wenn die Kritiker wirklich komisch werden, und sie sind es sehr oft, dann platzt Gertrude Stein vor Lachen und liest es mir laut vor.

Und inzwischen verstrich der trübselige Winter 1914/1915. Eines Abends, es muß wohl gegen Ende Januar gewesen sein, war ich, wie es meine Gewohnheit war und noch ist, sehr früh zu Bett gegangen und Gertrude Stein saß unten im Atelier und arbeitete, wie es ebenfalls ihre Gewohnheit war. Plötzlich hörte ich, wie sie leise nach mir rief. Was ist, fragte ich. Ach nichts, sagte sie, aber ich glaube, es wäre besser, du würdest dir etwas Warmes anziehen und nach unten kommen, wenn es dir nichts ausmacht. Was ist denn, fragte ich, ist die Revolution da. Die Concierges und ihre Frauen sprachen alle von der Revolution. Die Franzosen sind so an Revolutionen gewöhnt und haben so viele gehabt, daß sie, wenn irgend etwas passiert, sofort an Revolution denken und davon sprechen. Ja, einmal sagte Gertrude Stein sogar zu französischen Soldaten, die etwas von einer Revolution daherredeten, ihr seid dumm, ihr habt eine tadellos einwandfreie Revolution gehabt und mehrere, die nicht ganz so gut waren; ich finde es dumm, wenn ein intelligentes Volk immer nur in Wiederholungen denkt. Sie blickten recht dümmlich drein und sagten, *bien sûr*, *Mademoiselle*, mit andern Worten, Sie haben recht.

Ich sagte nun also auch, als sie mich aufweckte, haben wir Revolution, sind Soldaten da. Nein, sagte sie, das nicht gerade. Na, aber was ist denn dann, rief ich ungeduldig. Ich weiß auch nicht recht, sagte sie, aber es wurde Alarm gegeben. Jedenfalls ist es besser, wenn du kommst. Ich wollte Licht machen. Nein, sagte sie, laß das lieber sein. Gib mir die Hand und ich führe dich nach unten und dann kannst du unten auf der Couch weiterschlafen. Ich ging also mit ihr. Es war sehr dunkel. Ich setzte mich auf die Couch und dann sagte ich, ich weiß wirklich nicht, was mit mir los ist, aber meine Knie schlagen aneinander. Gertrude Stein lachte und sagte, wart' einen Augenblick, ich hol dir eine Wolldecke. Nein, geh nicht fort, sagte ich. Sie fand etwas, um mich zuzudecken, und dann dröhnte es laut, und danach noch ein paarmal. Es war ein gedämpftes Geräusch und dann bliesen Signale in den

Straßen und wir wußten, daß alles vorbei war. Wir schalteten das Licht an und gingen zu Bett.

Ich muß schon sagen, ich hätte nie geglaubt, daß es wahr ist, daß Knie aneinanderschlagen können, wie es immer in Gedichten und Romanen beschrieben wird, wenn es mir nicht selbst passiert wäre.

Das nächstemal, als wieder Zeppelinalarm war – und es war nicht lange nach dem ersten –, aßen Picasso und Eve bei uns. Wir hatten mittlerweile eingesehen, daß das zweistöckige Ateliergebäude keinen besseren Schutz bot als das Dach des kleinen Pavillons, unter dem wir schliefen, und die Concierge-Frau hatte uns vorgeschlagen, wir sollten in ihr Zimmer gehen, wo wir wenigstens sechs Stockwerke über uns haben würden. Eve fühlte sich damals nicht besonders wohl und war schreckhaft, deshalb gingen wir alle ins Concierge-Zimmer hinüber. Sogar Jeanne Poule, die bretonische Köchin und Nachfolgerin Hélènes, kam mit. Jeanne fand die Vorsichtsmaßnahme bald langweilig und ging trotz aller Vorhaltungen wieder in die Küche, machte Licht, allen Vorschriften zum Trotz, und wusch ihr Geschirr ab. Wir fanden es auch bald in der Pförtnersloge langweilig und gingen wieder ins Atelier hinüber. Wir stellten einen Leuchter unter den Tisch, so daß es nicht allzu hell war, Eve und ich versuchten auf der Couch zu schlafen und Picasso und Gertrude Stein unterhielten sich bis zwei Uhr morgens, als der Endalarm klang und sie nach Hause gingen.

Picasso und Eve wohnten damals in der Rue Schœlcher, in einer ziemlich luxuriösen Atelierwohnung, die auf den Friedhof blickte. Es war nicht sehr erheiternd. Die einzige Abwechslung waren die Briefe von Guillaume Apollinaire, der bei seinen Bemühungen Artillerist zu werden, dauernd vom Pferd fiel. Die einzigen andern Freunde zu jener Zeit waren ein Russe, den sie G. Apostroph nannten und seine Schwester, die Baronin. Sie kauften alle Rousseaus, die in dessen Atelier hingen, als er starb. Sie hatten eine Wohnung am

Boulevard Raspail über Victor Hugos Baum und sie waren nicht unterhaltsam. Picasso lernte von ihnen das russische Alphabet und begann es auf einigen seiner Bilder zu verwenden.

Es war kein fröhlicher Winter. Die Menschen kamen und gingen, alte Bekannte und neue Gesichter. Ellen La Motte kam, heldenhaft, aber bei Geschützfeuer schreckhaft. Sie wollte nach Serbien fahren und Emily Chadbourne wollte mit ihr gehen, aber schließlich gingen sie doch nicht.

Über diese Sache schrieb Gertrude Stein eine Novelle.

Ellen La Motte sammelte Kriegsandenken für ihren Vetter Dupont de Nemours. Es war interessant, wie sie sie alle erhalten hatte. Damals brachte jeder solche «Souvenirs» an, Stahlpfeile, die in Pferdeschädeln steckten, Granatsplitter, Helme, ja, jemand bot uns sogar ein Bruchstück von einem Zeppelin oder Flugzeug an, ich weiß nicht mehr recht, was eigentlich, aber wir verzichteten dankend. Es war ein merkwürdiger Winter, in dem alles und nichts geschah. Wenn ich mich richtig erinnere, war es auch in jenem Winter, daß jemand, ich glaube, Apollinaire, der auf Urlaub war, ein Konzert gab und Gedichte von Blaise Cendrars vorlas. Ich hörte damals zum erstenmal von Erik Satie sprechen und hörte auch was er komponiert hat. Wie ich mich entsinne, fand das Konzert in irgendeinem Atelier statt, und es war ganz überfüllt. Damals begann die Freundschaft zwischen Gertrude Stein und Juan Gris. Er wohnte in der Rue Ravignan im gleichen Atelier in das Salmon eingesperrt wurde, und in dem er meinen Hut mit dem gelben Phantasiestück annagte.

Wir gingen oft hin. Es ging Juan schlecht, kein Mensch kaufte Bilder, den französischen Malern ging es aber trotzdem nicht schlecht, denn sie standen an der Front und ihre Frauen oder Freundinnen erhielten, wenn sie eine bestimmte Reihe von Jahren zusammengelebt hatten, eine monatliche Unterstützung. Nur einem ging es sehr schlimm, das war Herbin, ein netter kleiner Mann, aber so schmächtig, daß er entlassen wurde. Er erzählte bekümmert, die Last, die er hätte tragen müssen, hätte so viel gewogen, wie er selbst, und es sei daher unmöglich gewesen, er schaffte es nicht. Er wurde als dienstuntauglich nach Hause geschickt und verhungerte beinahe. Ich weiß nicht, wer uns von ihm erzählte, er war einer der ersten Kubisten, voller Begeisterung und Eifer. Glücklicherweise gelang es Gertrude Stein, Roger Fry für ihn zu interessieren. Roger Fry nahm ihn mitsamt seinen Bildern nach England, wo er sich einen sehr guten Namen erwarb und, glaube ich, noch heute besitzt.

Mit Juan Gris war es schwieriger. Juan war damals ein geplagter Mensch und kein besonders sympathischer Mensch. Er war sehr melancholisch und unausgeglichen und wie immer sehr intellektuell und klarblickend. Er malte in jenen Tagen fast ausschließlich schwarzweiß, und seine Bilder waren sehr düster. Kahnweiler, der ihm so freundschaftlich beigestanden hatte, lebte in der Schweiz im Exil, und Juans Schwester in Spanien konnte ihm nicht sehr helfen. Seine Lage war wirklich verzweifelt.

Gerade um diese Zeit hatte der gleiche Bilderhändler, der später als Fachmann bei der Kahnweiler-Auktion erklärte, er wolle den Kubismus erledigen, sich vorgenommen, den Kubismus zu retten, und machte nun mit allen Kubisten die noch tätig waren, Kontrakte. Zu ihnen gehörte auch Juan Gris und dadurch war er momentan gerettet.

Sobald wir wieder in Paris waren, versuchten wir Mildred Aldrich zu besuchen. Ihr Haus lag innerhalb der vom Militär besetzten Zone und deshalb nahmen wir an, daß wir eine besondere Erlaubnis benötigen würden, um sie zu besuchen. Wir gingen zum Polizeikommissar unseres Viertels und fragten ihn, was wir tun sollten. Er sagte, was für Papiere haben Sie. Wir haben amerikanische Pässe und französische Ausweise, sagte Gertrude Stein und holte eine ganze Tasche voller Papiere hervor. Er sah sie alle an und fragte bei einem gelben Schein, was ist das. Das, erwiderte Gertrude Stein, ist die

Quittung meiner Bank für Geld, das ich gerade dort eingezahlt habe. Ich glaube, riet er uns ernst, das würde ich auch mitnehmen. Ich glaube, setzte er hinzu, mit so viel Papieren dürften Sie keine Schwierigkeiten haben.

Wir brauchten jedoch nicht ein einziges Papier vorzuweisen und blieben mehrere Tage bei Mildred.

Sie war bei weitem der heiterste Mensch, den wir in jenem Winter sahen. Sie hatte die Marne-Schlacht miterlebt, sie hatte unten in den Waldungen Ulanen gehabt, sie hatte mitangesehen, wie die Schlacht ihren Verlauf nahm, und sie war selbst zu einem Bestandteil jener Gegend geworden. Wir neckten sie und sagten ihr, sie sähe allmählich wie eine französische Bäuerin aus und auf eine lustige Art war sie es auch beinahe, trotzdem sie in New-England geboren und erzogen war. Es war immer verwunderlich, daß ihr kleines französisches Bauernhaus mit den französischen Möbeln, der französischen Farbe und einer französischen Hilfe und sogar einem französischen Pudel völlig amerikanisch aussah. Wir sahen sie in jenem Winter verschiedentlich.

Endlich kam der Frühling und wir schickten uns an, ein Weilchen fortzugehen. Unser Freund William Cook, der eine Zeitlang im Amerikanischen Hospital französische Verwundete gepflegt hatte, war wieder nach Palma de Mallorca gegangen. Cook, der immer durch Malen sein Brot verdient hatte, fand es schwierig, ein Auskommen zu finden und hatte sich nach Palma zurückgezogen, wo man in der Zeit des niedrigen spanischen Kurses mit ein paar Franken täglich glänzend leben konnte.

Wir beschlossen, ebenfalls nach Palma zu fahren und den Krieg ein Weilchen zu vergessen. Wir hatten nur die provisorischen Pässe, die wir in London erhalten hatten und gingen daher auf die Gesandtschaft, um uns einen regelrechten Paß zu besorgen, womit wir nach Spanien reisen konnten. Zuerst sprachen wir mit einem liebenswürdigen alten Herrn, der offenbar vorher nicht in diplomatischen Diensten gestanden hatte. Unmöglich, erwiderte er, sehen Sie doch mich an, ich lebe schon seit vierzig Jahren in Paris und stamme aus einer altangesessenen amerikanischen Familie und habe doch keinen Paß. Ich kann Ihnen einen Paß ausstellen, mit dem Sie nach Amerika zurückkehren können, oder Sie können ohne Paß in Frankreich bleiben. Gertrude Stein bestand darauf, einen der Sekretäre der Gesandtschaft zu sprechen. Wir sahen daraufhin einen errötenden rothaarigen Herrn. Er sagte uns genau das gleiche. Gertrude Stein hörte ihn sich ruhig an. Dann sagte sie, aber der und der, in genau der gleichen Lage wie ich, in Amerika geboren und genau die gleiche Reihe von Jahren in Europa, ein Schriftsteller, der nicht beabsichtigt nach Amerika zurückzukehren, hat soeben von Ihrer Paßabteilung einen regulären Paß erhalten. Der junge Mann errötete noch heftiger und sagte, ich glaube, das ist ein Irrtum. Das läßt sich ganz einfach feststellen, sagte Gertrude Stein, indem Sie es in Ihren Akten nachsehen. Er verschwand und kam wieder und sagte, ja, Sie haben recht, aber sehen Sie, es war ein ganz besonderer Fall. Gertrude Stein erwiderte streng, es darf nicht sein, daß einem amerikanischen Bürger ein Vorrecht gewährt wird, das nicht unter völlig gleichen Umständen auch einem andern amerikanischen Bürger gewährt wird. Er verschwand abermals und kam zurück und sagte, ja, ja, jetzt darf ich wohl mit der Vorverhandlung beginnen. Dann erklärte er uns, daß er Anweisung habe, so wenig Pässe wie möglich auszustellen, wenn jedoch jemand wirklich einen Paß haben wolle, dann sei es natürlich ganz in Ordnung. Wir erhielten unsre Pässe im Handumdrehen.

Und nun gingen wir nach Palma, wo wir nur ein paar Wochen zu verbringen gedachten, aber den ganzen Winter blieben. Zuerst fuhren wir nach Barcelona. Es war erstaunlich, so viele Männer auf der Straße zu sehen. Ich hatte nicht geglaubt, daß es noch so viele Männer in der Welt gäbe. Das Auge hatte sich so an Straßen ohne Männer gewöhnt, und die wenigen Männer, die man gesehen hatte, trugen Uniform und waren daher nicht Männer, sondern Soldaten, und nun war es geradezu beängstigend, so viele Männer die *Ramblas* auf und ab gehen zu sehen. Wir saßen am Hotelfenster und blickten hinaus. Ich ging früh zu Bett und stand früh auf, und Gertrude Stein ging spät zu Bett und stand spät auf, so daß unsre Beobachtungen gewissermaßen lückenlos waren, und es war keine Sekunde, in der nicht Scharen von Männern die *Ramblas* auf und ab gingen.

Wieder einmal kamen wir in Palma an und Cook holte uns ab und ordnete alles für uns. Auf William Cook konnte man sich immer verlassen. Damals war er arm, aber später, als er Geld geerbt hatte und vermögend war und es Mildred Aldrich ganz schlecht erging und Gertrude Stein nicht länger in der Lage war, ihr zu helfen, da gab William Cook ihr einen Blankoscheck für Mildred und sagte, nimm ihn und verbrauche davon für Mildred, du weißt, wie gern meine Mutter ihre Bücher las.

William Cook verschwand oft und man wußte nicht, wo er war und wenn man ihn dann aus irgendeinem Grunde brauchte, war er wieder da. Später trat er ins amerikanische Heer ein und damals arbeiteten Gertrude Stein und ich in der Amerikanischen Hilfe für Französische Verwundete und ich mußte sie oft sehr früh wecken. Sie und William Cook schrieben sich gegenseitig die kläglichsten Briefe, wie unangenehm es sei, sich plötzlich einem Sonnenaufgang gegenübergestellt zu sehen. Sonnenaufgänge seien ganz nett, wenn man sich ihnen langsam im Laufe der Nacht nähere, würde man ihnen aber unvermittelt am nächsten Morgen gegenübergestellt, dann seien sie gräßlich. William Cook war es auch, bei dem Gertrude Stein später Autofahren lernte, er lehrte es sie auf einem der alten Marne-Schlacht-Taxis. Cook, als er einmal unbedingt Geld brauchte, war in Paris Taxifahrer geworden, es war im Jahre 1916, und nun sollte Gertrude Stein für den *American Fund for French Wounded* Auto fahren. An dunklen Abenden fuhren sie also beide in die Gegend außerhalb der

Befestigungsgürtel und saßen ernsthaft auf dem Fahrersitz eines alten Zweizylinder-Vorkriegs-Renault-Taxis, und William Cook lehrte Gertrude Stein Autofahren. William Cook hat Gertrude Stein zu dem einzigen Film angeregt, den sie je auf Englisch schrieb, ich habe ihn soeben in *Operas and Plays* in der *Plain Edition* veröffentlicht. Zu dem einzigen anderen, den sie je auf Französisch schrieb und der auch in *Operas and Plays* enthalten ist, wurde sie von ihrem weißen Pudel Basket angeregt.

Doch nun zurück nach Palma de Mallorca. Wir waren im Sommer vor zwei Jahren dort gewesen, und es hatte uns gefallen und gefiel uns wieder. Sehr viele Amerikaner scheinen es jetzt zu lieben, aber damals waren Cook und wir die einzigen Amerikaner, die auf der Insel wohnten. Ein paar Engländer waren noch dort, etwa drei Familien. Ein Nachkömmling eines Kapitäns von Nelson war auch da, eine scharfzüngige ältliche Dame Mrs. Penfold mit Mann. Sie sagte eines Tages zu dem kleinen Mark Gilbert, einem sechzehnjährigen Engländer, der bei ihr beim Tee auf Kuchen verzichten wollte und der pazifistisch eingestellt war, Marc, du bist entweder alt genug, um für dein Heimatland zu kämpfen oder du bist noch im Alter, wo du Kuchen essen darfst. Mark aß Kuchen.

Es waren auch mehrere französische Familien dort, der französische Konsul Monsieur Marchand mit seiner reizenden italienischen Frau, mit der wir uns bald sehr anfreundeten. Er amüsierte sich sehr über eine Geschichte, die wir ihm über Marokko erzählten. Er war zur Zeit, als die Franzosen den damaligen Sultan von Marokko, Moulai Hafid, zur Abdankung zwangen, in der dortigen französischen Verwaltung. Und wir waren damals zehn Tage in Tanger gewesen, anschließend an unsre erste Spanienreise, als so vieles geschah, was für Gertrude Stein bedeutungsvoll wurde.

Wir hatten uns einen Führer namens Mohammed genommen, und Mohammed hatte Gefallen an uns gefunden. Er wurde eher ein freundlicher Reisekamerad als ein Führer, und wir pflegten lange Spaziergänge mit ihm zu machen, und er nahm uns mit zu seinen Vettern, die in wunderbar sauberen bürgerlich-einfachen Wohnungen lebten und uns Tee vorsetzten. Wir genossen alles sehr. Er erzählte uns auch alles über die Politik. Er war in Moulai Hafids Palast erzogen worden und wußte alles, was vor sich ging. Er erzählte uns, wieviel Geld Moulai Hafid nehmen würde, um abzudanken und zu welchem Zeitpunkt er dafür bereit wäre. Wir mochten diese Geschichten, wie wir all seine Geschichten mochten, deren jede damit endete, und wenn Sie wiederkommen, werden wir elektrische Straßenbahnen haben und dann brauchen wir nicht mehr zu Fuß zu gehen, und das wird reizend sein. Als wir später in Spanien waren, lasen wir, daß alles genau so geschehen war, wie es uns Mohammed vorausgesagt hatte und wir kümmerten uns nicht weiter darum. Als wir nun eines Tages Monsieur Marchand von unserm einzigen Ausflug nach Marokko erzählten, sprachen wir auch von dieser Geschichte. Er sagte, ja so geht es in der Diplomatie zu, wahrscheinlich waren Sie beide die einzigen Menschen in der Welt, die als Nichtaraber wußten, was die französische Regierung so unbedingt dringend wissen wollte – und Sie erfuhren es ganz zufällig und für Sie war es nicht wichtig.

Das Leben in Palma war angenehm und deshalb beschlossen wir, anstatt in jenem Sommer noch weiter herumzureisen, uns in Palma niederzulassen. Wir ließen unsre französische Köchin Jeanne Poule kommen und fanden mit Hilfe des Briefträgers ein kleines Haus an der *Calle de Dos de Mayo* in Terreno gleich außerhalb von Palma und richteten uns dort ein. Wir waren sehr zufrieden. Anstatt nur den Sommer hier zu verbringen, blieben wir bis zum nächsten Frühling.

Wir waren in London eine Zeitlang Mitglieder von Mudies Bibliothek gewesen, und wohin wir auch gingen, Mudies Bücher folgten uns. Zu jener Zeit las mir Gertrude Stein alle Briefe der Königin Viktoria vor und sie selbst gewann immer mehr Interesse an Autobiographien und Tagebüchern von Missionaren. Mudies Bibliothek besaß deren eine große Menge, und sie las sie alle.

Während dieses Aufenthalts in Palma de Mallorca wurden die meisten der nachher in *Geography and Plays* veröffentlichten Stücke geschrieben. Sie sagt immer, daß eine bestimmte Art Landschaft zu Stücken anregt und die Gegend um Terreno tat es ganz sicher.

Wir hatten einen Hund, einen majorkanischen Hund, von der Art, die ein bißchen verrückt sind und bei Mondschein tanzen und nicht einfarbig wie die spanischen Hunde auf dem Festland, sondern gestreift sind. Wir tauften den Hund Polybe, weil uns die im *Figaro* mit Polybe unterzeichneten Artikel so gut gefielen. Polybe glich, wie Monsieur Marchand sagte, einem Araber: reizend zu allen, treu zu keinem. Er hatte eine unheilbare Leidenschaft Kot zu fressen, und nichts konnte ihn daran hindern. Wir legten ihm einen Maulkorb an, um zu sehen, ob wir es ihm dadurch abgewöhnen könnten, doch das kränkte die russische Bedienung des englischen Konsuls derartig, daß wir es lassen mußten. Dann begann er Schafe zu hetzen. Mit Cook hätten wir uns fast wegen Polybe gestritten. Er besaß einen Foxterrier namens Marie-Rose und wir glaubten felsenfest, daß Marie-Rose Polybe zu Untaten anstiftete und sich dann tugendhaft zurückzog, so daß er die Strafe einzustecken hatte. Cook war überzeugt, daß wir nicht wußten, wie man einen Hund erzieht. Polybe hatte einen netten Charakterzug. Er pflegte auf einem Stuhl zu sitzen und behutsam an einem großen Strauß Tuberosen zu riechen, mit denen ich immer eine Vase füllte, die mitten im Zimmer auf dem Fußboden stand. Er rührte sie nie an, um davon zu fressen, sondern roch nur behutsam daran. Als wir einmal verreisten, ließen wir Polybe in der Obhut eines Wachtmanns in der alten Festung Belver. Nach einer Woche sah er uns wieder und kannte weder uns noch seinen Namen. Polybe kommt in vielen Stücken vor, die Gertrude Stein damals schrieb.

Die Gefühle der Inselbewohner waren damals, was den Krieg anbetraf, sehr gemischter Natur. Was ihnen am meisten Eindruck machte, war die Höhe der Geldsummen, die der Krieg verschlang. Sie konnten stundenlang darüber sprechen, wieviel der Krieg jährlich, monatlich, wöchentlich, täglich, stündlich und sogar in einer Minute kostete. Wir konnten sie an den Sommerabenden hören, fünf Millionen Pesetas, eine Million Pesetas, zwei Millionen Pesetas, gute Nacht, gute Nacht, und wußten, daß sie sich wieder einmal mit ihren endlosen Berechnungen der Kriegskosten amüsierten. Da die meisten Männer, selbst die der besseren Mittelklasse, nur mühsam zu lesen, zu schreiben und zu zählen verstanden und die Frauen überhaupt nicht, kann man sich vorstellen, was für ein faszinierendes und nicht endendes Thema die Kriegskosten waren.

Einer unsrer Nachbarn hatte eine deutsche Gouvernante, und sooft die Deutschen einen Sieg zu verzeichnen hatten, ließ sie die deutsche Flagge wehen. Wir reagierten aus besten Kräften, aber ach, um jene Zeit waren die Alliierten nicht sehr siegreich. Die unteren Schichten der Bevölkerung waren sehr für die Alliierten. Der Kellner im Hotel wartete immer darauf, daß Spanien auf seiten der Alliierten in den Krieg eintreten sollte. Er war überzeugt, daß die spanische Armee von großem Nutzen sein würde, da sie länger als jedes andre Heer in der Welt und bei geringerem Proviant marschieren könne. Das Hausmädchen im Hotel interessierte sich sehr für meine Strickerei für die Soldaten. Sie sagte, Madame strickt natürlich sehr langsam, wie alle Damen. Aber, erwiderte ich zuversichtlich, wenn ich viele Jahre lang stricke, vielleicht stricke ich dann auch schnell, nicht so schnell wie Sie, aber immerhin schnell. Nein, sagte sie sehr bestimmt, Damen stricken langsam. Doch erlernte ich es tatsächlich und strickte nicht nur schnell, sondern ich konnte gleichzeitig stricken und lesen.

Wir lebten sehr angenehm, gingen viel spazieren und aßen ausgezeichnet und hatten viel Spaß an unsrer bretonischen Köchin.

Sie war patriotisch und trug immer die Trikolore als Band auf ihrem Hut. Einmal kam sie ganz aufgeregt nach Hause. Sie hatte gerade ein anderes französisches Dienstmädchen besucht und erzählte, stellen Sie sich nur vor, Marie hat gerade Nachricht erhalten, daß ihr Bruder ertrunken ist und ein Zivilbegräbnis bekommen hat. Wie ist denn das möglich, fragte ich auch ganz erregt. Oh, sagte Jeanne, er ist noch nicht bei den Soldaten. Es ist eine große Ehre, einen Bruder zu haben, der während des Krieges ein Zivilbegräbnis bekommt. Jedenfalls ist es sehr selten. Jeanne begnügte sich mit den spanischen Zeitungen, sie hatte keine Schwierigkeiten sie zu lesen, da, wie sie sagte, alle wichtigen Worte auf Französisch dastanden.

Jeanne erzählte endlose Geschichten aus dem Leben ihres französischen Heimatdörfchens und Gertrude Stein konnte ihr lange zuhören und dann unvermittelt mochte sie nicht mehr zuhören.

Das Leben in Mallorca war reizend, bis der Angriff auf Verdun begann. Von da an waren wir alle ganz unglücklich. Wir versuchten einander zu trösten, doch war es sehr schwierig. Einer der Franzosen, ein Graveur, der gelähmt war und von Zeit zu Zeit versuchte, ob der französische Konsul ihn nicht trotz seiner Lähmung doch zum Militär zulassen würde, sagte uns, wir sollten uns keine Sorgen machen, wenn Verdun genommen würde, es sei nicht die Einfallstür nach Frankreich, es sei nur ein moralischer Sieg für die Deutschen. Aber wir waren alle entsetzlich unglücklich. Ich war so voller Zuversicht gewesen und auf einmal hatte ich ein Gefühl, als ob mir der Krieg über den Kopf gewachsen sei.

Im Hafen von Palma lag ein deutsches Schiff, der *Fangturm*, das in Friedenszeiten in allen Häfen des Mittelmeers und vermutlich auch noch an entlegeneren Orten (denn es war ein sehr großer Dampfer) Stecknadeln und Nähnadeln verkauft hatte. Es war durch den Ausbruch des Krieges in Palma überrascht worden und lag nun hier fest. Die meisten Offiziere und die Mitglieder der Mannschaft hatten nach Barcelona gelangen können, aber das große Schiff blieb im Hafen. Es sah sehr verrostet und verwahrlost aus und lag direkt vor unsern Fenstern. Ganz plötzlich, als der Angriff auf Verdun einsetzte, begannen sie den *Fangturm* neu anzustreichen. Man stelle sich unsre Gefühle vor. Wir waren schon so unglücklich und wurden nun ganz verzweifelt. Wir sagten es dem französischen Konsul, und er sprach mit uns darüber und es war gräßlich. Tag für Tag wurden die Nachrichten vom Kriegsschauplatz schlechter und der *Fangturm* war schon auf einer Seite vollkommen neu gestrichen und dann stellten sie die Malerarbeiten plötzlich ein. Sie wußten es vor uns. Verdun würde nicht erobert werden. Verdun war sicher. Die Deutschen hatten die Hoffnung aufgegeben, es einnehmen zu können.

Als alles vorüber war, wollte keiner von uns noch länger in Mallorca bleiben, wir wollten alle nach Hause. Um diese Zeit war es, daß Cook und Gertrude Stein dauernd über Autofahren sprachen. Keiner von beiden konnte fahren, aber sie interessierten sich sehr dafür. Cook dachte auch darüber nach, wie er sich wohl in Paris sein Brot verdienen könne, wenn er wieder dort wäre. Sein kleines Einkommen reichte für Mallorca, aber in Paris wäre es bald zusammengeschmolzen. Er dachte daran, Kutscher bei Félix Potin zu werden und seine Lieferwagen zu fahren, denn eigentlich, sagte er, könne er Pferde doch besser leiden als Autos. Jedenfalls fuhr er nach Paris und als auch wir dort ankamen (wir fuhren nicht auf dem kürzesten Wege, sondern über Madrid), da fuhr er ein Pariser Taxi. Später wurde er bei Renault Versuchsfahrer, und ich erinnere mich noch, wie aufregend es war, wenn er uns beschrieb, wie der Wind ihm um die Nase blies, wenn er achtzig Kilometer in der Stunde fuhr. Später dann trat er ins amerikanische Heer ein.

Wir kehrten über Madrid zurück. Dort hatten wir ein merkwürdiges Erlebnis. Wir gingen zum amerikanischen Konsul, um uns ein Visum geben zu lassen. Es war ein großer breiter und fetter Mensch, der als Sekretär einen Philippino hatte. Er betrachtete unsre Pässe, wog sie in der Hand, blätterte darin und las sie von vorne bis hinten und sagte uns schließlich, er nähme ja an, daß sie in Ordnung seien, aber wie könne er das wissen. Dann fragte er seinen Philippino, was der darüber dächte. Der Philippino schien der gleichen Ansicht wie sein Konsul, daß man es nicht wissen könne. Ich will Ihnen aber sagen, was Sie tun können, sagte er schmeichlerisch, Sie können zum französischen Konsulat gehen, da Sie ja nach Frankreich wollen und in Paris leben, und wenn der französische Konsul sagt, die Pässe sind in Ordnung, dann wird auch der Herr Konsul Ihnen ein Visum geben. Der Konsul nickte.

Wir waren wütend. Es war eine lächerliche Situation, daß ein französischer Konsul und nicht ein amerikanischer entscheiden sollte, ob amerikanische Pässe in Ordnung seien. Da uns jedoch kein andrer Ausweg blieb, gingen wir zum französischen Konsul.

Als wir an der Reihe waren, nahm der betreffende Beamte unsre Pässe zur Hand und betrachtete sie und fragte Gertrude Stein, wann waren Sie das letztemal in Spanien? Sie überlegte, sie kann sich nie an etwas erinnern, wenn man sie so geradezu fragt, doch glaubte sie, es sei dann und dann gewesen. Er sagte nein und nannte ein anderes Jahr. Sie sagte, sehr wahrscheinlich habe er recht. Dann fuhr er fort und nannte all die verschiedenen Daten ihrer Reisen nach Spanien und schließlich sogar den Besuch in Spanien als sie noch studierte und kurz nach dem Spanischen Krieg mit ihrem Bruder herübergekommen war. Für mich war es alles recht beängstigend, so danebenzustehen, aber Gertrude Stein und der Konsulatssekretär schienen vollauf beschäftigt, die einzelnen Daten festzustellen. Schließlich sagte er, ich war nämlich viele Jahre lang am Crédit Lyonnais in Madrid und arbeitete in der Abteilung für Kreditbriefe, und da ich ein sehr gutes Gedächtnis habe, erinnere ich mich noch sehr gut an Sie. Wir freuten uns, und er zeichnete die Pässe und sagte uns, aufs amerikanische Konsulat zurückzukehren und uns dort ebenfalls das Visum geben zu lassen.

Ich war damals wütend auf unsern Konsul, aber jetzt denke ich manchmal, ob nicht eine Abmachung zwischen den beiden Konsulaten bestand, daß der amerikanische Konsul kein Visum für die Einreise nach Frankreich unterzeichnen solle, solange der französische Konsul noch nicht entschieden hatte, ob der betreffende Paßinhaber in Frankreich erwünscht oder unerwünscht sei.

Wir fanden ein völlig verändertes Paris vor. Es war nicht länger düster. Es war nicht länger verlassen. Diesmal wollten wir uns nicht häuslich einrichten, sondern aktiv am Krieg teilnehmen. Eines Tages gingen wir die Rue des Pyramides entlang und dort hielt ein Ford mit einer jungen Amerikanerin am Steuer, und außen am Wagen stand: *American Fund for French Wounded*. Da sieh mal, sagte ich, so etwas können wir tun. Wenigstens, sagte ich zu Gertrude Stein, könntest du chauffieren und ich etwas anderes tun. Wir begannen ein Gespräch mit dem amerikanischen Mädchen und dann sprachen wir mit Mrs. Lathrop, die an der Spitze der Organisation stand. Sie war begeistert, immer war sie begeistert, und sie sagte, verschaffen Sie sich einen Wagen. Aber wo, fragten wir. Aus Amerika, sagte sie. Aber wie, fragten wir. Bitten Sie jemand darum, sagte sie. Gertrude Stein bat ihren Vetter, und nach wenigen Monaten kam unser Ford. Cook hatte ihr inzwischen das Chauffieren beigebracht.

Wie ich schon sagte, war es ein verändertes Paris. Alles war verändert, und jedermann war fröhlich.

Während unsrer Abwesenheit war Eve gestorben und Picasso lebte jetzt in einer kleinen Wohnung in Montrouge. Wir gingen hin, um ihn dort zu besuchen. Er hatte eine wunderbare rosenrote seidene Steppdecke auf dem Bett. Wo kommt die her, Pablo, fragte Gertrude Stein. *Ah ça*, sagte Picasso sehr befriedigt, *c'est une dame*. Eine sehr bekannte

Dame der chilenischen Gesellschaft hatte sie ihm geschenkt. Es war eine wunderschöne Decke. Er war sehr heiter. Er kam dauernd zu uns und brachte Paquerette mit, ein sehr nettes Mädchen, oder Irène, eine sehr schöne verheiratete Frau, die aus den Bergen stammte und ihre Freiheit wieder haben wollte. Er brachte auch Eric Satie und die Prinzessin de Polignac und Blaise Cendrars an.

Es machte uns viel Freude, Eric Satie kennenzulernen. Er stammte aus der Normandie und liebte sie sehr. Marie Laurencin stammt auch aus der Normandie, desgleichen Braque. Als einmal nach dem Kriege Eric Satie und Marie Laurencin zum Essen bei uns waren, entdeckten sie begeistert, daß sie beide aus der Normandie stammten. Eric Satie war sehr für gutes Essen und Wein und verstand sehr viel davon. Wir hatten damals einen sehr guten Branntwein, den uns der Mann von Mildred Aldrichs Mädchen geschenkt hatte und Eric Satie trank sein Glas langsam und mit Kennermiene und erzählte Geschichten vom Lande, wie es in seiner Kindheit gewesen war.

Etwa ein halb dutzendmal war Eric Satie bei uns, und nur einmal sprach er über Musik. Er sagte, es sei immer seine Ansicht gewesen, und er wäre froh, daß sie jetzt allgemein anerkannt würde, daß nämlich die moderne französische Musik dem modernen Deutschland nichts verdanke. Nachdem Debussy vorangegangen sei, wären ihm die französischen Komponisten entweder gefolgt oder sie hätten ihren eigenen typisch französischen Weg gefunden.

Er erzählte reizende Geschichten, meistens aus der Normandie, er war geistreich und konnte in seinem Witz oft sehr scharf sein. Beim Abendessen konnte er ein reizender Gast sein. Viele Jahre später spielte uns einmal Virgil Thomson, als wir ihn das erstemal in seinem kleinen Zimmer in der Nähe des Bahnhofs Saint Lazare besuchten, den ganzen *Socrate*. Damals wurde Gertrude Stein eine glühende Satie-Freundin.

Ellen La Motte und Emily Chadbourne, die nicht nach Serbien gefahren waren, lebten noch in Paris. Ellen La Motte, die eine ehemalige Nurse am *John Hopkins College* gewesen war, wollte an die Front und dort Verwundete pflegen. Sie war noch immer gegen Kanonendonner, aber sie wollte als Krankenschwester an die Front, und sie trafen Mary Borden-Turner, die ein Hospital an der Front leitete, und ein paar Monate lang pflegte Ellen La Motte Verwundete an der Front. Danach gingen sie und Emily Chadbourne nach China und dann wurden sie Führerinnen im Anti-Opiumfeldzug.

Mary Borden-Turner war Schriftstellerin gewesen und wollte es auch weiterhin sein. Sie war von Begeisterung für Gertrude Steins Arbeiten erfüllt und reiste mit den Werken, die sie von ihr hatte und einigen Bänden Flaubert an die Front und zurück. Sie hatte sich ein Haus am Bois genommen, und es war geheizt und während des Winters, als wir alle nicht genug Kohle hatten, war es sehr nett dort zu Abend zu essen und es schön warm zu haben. Wir mochten Turner gern. Er war Hauptmann im englischen Heer und leistete ausgezeichnete Arbeit in der Gegenspionage. Obwohl er mit Mary Borden verheiratet war, hielt er nichts von Millionären. Weihnachten feierte er auf seine Art mit den Frauen und Kindern des Dorfes, in dem er einquartiert war, und er sagte immer, daß er nach dem Kriege gern Zollinspektor für die Engländer in Düsseldorf sein oder nach Kanada auswandern und dort einfach leben wolle. Doch schließlich, sagte er zu seiner Frau, bist du ja keine Millionärin, wenigstens keine richtige. Er hatte sehr britische Maßstäbe, was Millionäre anbetraf. Mary Borden war typisch Chikago. Gertrude Stein sagt immer, daß die Chikagoer so viel Energie darauf verwenden, Chikago loszuwerden, daß es oft schwierig ist zu beurteilen, was sie eigentlich sind. Manche senken die Stimme, manche heben sie, manche legen sich einen englischen Akzent zu, manche sogar eine deutsche Aussprache, manche sprechen schleppend, manche mit hoher spitziger Stimme, und andre gebärden sich spanisch oder chinesisch und bewegen die Lippen nicht. Mary Borden war typisch Chikago und Gertrude Stein interessierte sich sehr für sie und für Chikago.

Die ganze Zeit über warteten wir auf unsern Fordlastwagen, der schon unterwegs war, und dann warteten wir darauf, daß die Karosserie zusammengesetzt würde. Wir warteten sehr lange. Damals schrieb Gertrude Stein eine ganze Menge kurzer Kriegsgedichte, manche sind seither in dem Band *Useful Knowledge* veröffentlicht worden, der nur Dinge über Amerika enthält.

Viele Zeitungen waren über die Herausgabe von *Tender Buttons* erregt und amüsierten sich nun damit, Gertrude Steins Werk nachzuäffen und zu verspotten. *Life* hatte eine besondere Spalte, die nach ihr benannt war.

Gertrude Stein schrieb eines Tages plötzlich an Masson, den damaligen Herausgeber des *Life* und sagte ihm, daß die echte Gertrude Stein wie schon Henry McBride betont habe, in jeder Beziehung lustiger sei als ihre Nachahmer, um nicht zu sagen interessanter, und weshalb sie nicht auch das Original bringen wollten. Zu ihrer Überraschung erhielt sie einen sehr netten Brief von Mr. Masson, worin er schrieb, daß er es sehr gern tun wolle. Und sie taten es auch. Sie veröffentlichten zwei Arbeiten, die sie ihnen geschickt hatte, eine über Wilson und eine etwas längere über das Kriegshilfswerk in Frankreich. Mr. Masson war mutiger als die andern.

Der Winter in Paris war bitter kalt und es gab keine Kohle. Wir hatten schließlich überhaupt keine mehr. Wir schlossen das große Atelier und lebten nur noch in einem kleinen Zimmer, aber zu guter Letzt hatten wir gar nichts mehr. Die Regierung verteilte Kohle an die Armen, aber wir fanden es nicht richtig, unser Dienstmädchen hinzuschicken und auch Schlange zu stehen, um etwas zu bekommen. Eines Nachmittags war es bitter kalt, und wir gingen aus, und an einer Straßenecke stand ein Polizist und bei ihm stand ein Sergeant. Gertrude Stein sprach sie an. Pardon, sagte sie, was sollen wir tun, ich lebe hier in einem Haus an der Rue de Fleurus, das ich schon seit sehr vielen Jahren bewohne. O ja, sagten sie und nickten, natürlich, Madame, wir kennen Sie sehr gut. Ja, sagte sie, und nun habe ich keine Kohle mehr, nicht einmal genug um ein ganz kleines Zimmer zu heizen. Ich will nicht mein Mädchen hinschicken, um etwas umsonst zu besorgen, das scheint mir nicht richtig. Vielleicht können Sie mir sagen, was ich tun soll. Der Polizist blickte seinen Sergeanten an und der Sergeant nickte. Wird erledigt, sagten sie.

Wir gingen nach Hause. Am Abend erschien der Polizist in Zivilkleidung mit zwei Sack Kohle. Wir nahmen es dankbar an und stellten keine Fragen. Der Polizist, ein stämmiger Bretone, wurde unsere Rettung. Er tat alles für uns, putzte unsre Wohnung, fegte den Kamin und brachte uns hierhin und dorthin und in dunklen Nächten, wenn die Zeppeline kamen, war es angenehm zu wissen, daß er irgendwo draußen stand.

Von Zeit zu Zeit hatten wir Zeppelinalarm, doch wie an alles andre hatten wir uns daran gewöhnt. Wenn der Alarm während des Abendessens kam, aßen wir weiter und wenn er während der Nacht kam, weckte Gertrude Stein mich nicht, sie sagte, ich könnte ebensogut bleiben wo ich sei, wenn ich schliefe, denn wenn ich schliefe, sei, um mich zu wecken, mehr als die Sirene nötig, mit der sie das Alarmsignal gaben.

Unser kleiner Ford war beinahe fertig. Später wurde er Tantchen getauft nach Gertrude Steins Tante Pauline, die sich immer in dringenden Fällen wunderbar und in andern Fällen recht gut benahm, falls man ihr hinreichend schmeichelte.

Eines Tages kam Picasso und brachte einen schlanken eleganten jungen Mann mit, der sich auf seine Schulter stützte. Es ist Jean, verkündete Picasso, Jean Cocteau, und wir gehen nach Italien.

Picasso war begeistert über die Idee, die Bühnenausstattung für ein russisches Ballett zu machen, dessen Musik von Satie und dessen Text von Cocteau sein sollte. Jeder war im Krieg, das Leben auf dem Montparnasse war nicht allzu fröhlich,

Montrouge mit einer treuen Dienerin ziemlich langweilig, er brauchte also Abwechslung. Die Aussicht nach Rom zu gehen, begeisterte ihn. Wir trennten uns also und jeder ging seiner Wege.

Der kleine Ford war fertig. Gertrude Stein hatte gelernt, einen französischen Wagen zu fahren, und alle sagten, mit dem Ford sei es genau so. Ich habe nie einen Wagen gefahren, und anscheinend war es nicht genau so. Wir fuhren in die Umgebung von Paris, um ihn abzuholen, als er fertig war, und Gertrude Stein fuhr ihn in die Stadt zurück. Das erste, was sie machte, war natürlich, auf den Schienen zwischen zwei Straßenbahnwagen steckenzubleiben. Alle stiegen aus und schoben uns von den Schienen herunter. Als wir am nächsten Tag wieder losfuhren, um zu sehen, wie es ginge, kamen wir bis an die *Champs Elisées* und dort blieben wir wieder stehen. Fußgänger sammelten sich an und schoben uns an den Prellstein und versuchten dann herauszufinden, was los sei. Gertrude Stein warf die Kurbel an, alle halfen die Kurbel anwerfen, aber es führte zu nichts. Schließlich sagte ein alter Chauffeur, es ist kein Benzin mehr drin. O doch, sagten wir stolz, mindestens vier Liter, aber er wollte unbedingt nachsehen und natürlich war nichts mehr drin. Dann rückte eine ganze Prozession von Militärlastwagen an, denen wir und die Menge den Weg die Champs Elysées hinauf versperrten. Sie hielten alle und ein paar Leute kamen mit einem riesigen Faß Benzin und versuchten es in unsern kleinen Ford zu kippen. Natürlich hatten sie kein Glück. Zu guter Letzt nahm ich ein Taxi und fuhr zu einem Laden in unserm Viertel, wo Besen und Benzin verkauft wurden und wo sie mich kannten, und dann kam ich mit einem Kanister voll Benzin zurück, und so gelangten wir schließlich ins Alcazar d'Eté, das damalige Hauptquartier des *American Fund for French Wounded.*

Mrs. Lathrop wartete, daß einer der Wagen sie zum Montmartre bringen sollte. Ich bot ihr sofort unsern Wagen an und ging nach draußen und sagte es Gertrude Stein. Sie zitierte

Edwin Dodge. Mabel Dodges kleiner Junge hatte nämlich eines Tages gesagt, er wolle gern vom oberen Balkon in den Garten hinunterfliegen. Tu's, hatte Mabel gesagt. Es ist leicht, hatte Edwin Dodge bemerkt, die Mutter eines Spartaners zu sein.

Mrs. Lathrope aber kam, und sie fuhren ab. Ich muß gestehen, daß ich schrecklich nervös war, bis sie wiederkamen, aber sie kamen wieder.

Wir hatten eine Beratung mit Mrs. Lathrop, die uns dann nach Perpignan schickte, in ein Gebiet, in dem es sehr viel Hospitäler gab, die nie von einer amerikanischen Organisation besucht worden waren. Wir brachen auf. Wir waren mit unserm Wagen nie weiter als bis nach Fontainebleau gefahren und es war schrecklich aufregend.

Wir hatten ein paar Erlebnisse, blieben im Schnee stecken, und ich war überzeugt, daß wir auf der falschen Landstraße fuhren und wollte umkehren. Falsch oder richtig, sagte Gertrude Stein, wir fahren weiter. Sie konnte nicht gut rückwärtsfahren und ich darf wohl sagen, daß sie es auch heutigentags, einerlei welchen Wagen und wo sie ihn fährt, noch nicht gut kann. Sie fährt wunderbar geradeaus, aber mit dem Rückwärtsfahren hat sie nicht viel Glück. Wenn wir eine heftige Auseinandersetzung bezüglich ihrer Fahrkunst hatten, so immer nur beim Rückwärtsfahren.

Auf dieser Fahrt gen Süden fanden wir unser erstes Kriegspatenkind. Wir gewöhnten uns damals etwas an, was wir während des ganzen Krieges beibehielten: jeden Soldaten, den wir auf der Landstraße überholten, ein Stückchen mitzunehmen. Wir fuhren bei Tage und wir fuhren bei Nacht und in den einsamsten Gegenden Frankreichs, und überall hielten wir an, wenn wir einen Soldaten ein Stück mitnehmen konnten, und immer haben wir nur die allerangenehmsten Erfahrungen mit diesen Soldaten gemacht. Manche von ihnen jedoch waren wie wir später herausfanden, ziemlich rauhe Gesellen. Einmal sagte Gertrude Stein zu einem Soldaten, der ihr etwas half (sie halfen ihr immer, ob es nun ein Soldat oder ein Fahrer oder sonst irgendein Mann war, und einerlei wo, sie tat nie selbst etwas, weder einen Reifen auswechseln noch den Motor ankurbeln noch den Wagen reparieren), zu diesem Soldaten also sagte sie einmal, Sie sind ja *tellement gentil*, Sie sind sehr nett und hilfsbereit, und er sagte, Madame, alle Soldaten sind nett und hilfsbereit.

Diese Eigenart Gertrude Steins, sich von jedermann bei allem helfen zu lassen, verblüffte die andern Mitarbeiter in unsrer Organisation. Mrs. Lathrop, die ihren Wagen selbst fuhr, sagte, daß ihr kein Mensch je in solchen Dingen behilflich sei. Es waren nicht nur Soldaten – ein Chauffeur konnte sogar an der Place Vendôme aus einem Privatwagen steigen, um Gertrude Stein den alten Ford anzukurbeln. Gertrude Stein sagte, die andern sähen so tüchtig aus, da käme natürlich kein Mensch auf die Idee, ihnen zu helfen. Sie dagegen, sie war nicht so tüchtig, doch war sie gutgelaunt und als gute Demokratin behandelte sie einen Menschen wie den andern, und sie wußte genau, was für Hilfe sie brauchte. Wenn man sich so verhält, sagte sie, dann hilft einem jeder und bei allem. Wichtig ist nur, betont sie immer, daß einem der Sinn für Gleichheit tief im Blute steckt. Dann tut jeder alles für den andern.

Nicht weit von Saulieu fanden wir unser erstes Kriegspatenkind. Es war ein Metzger in einem kleinen Dörfchen nicht weit von Saulieu. Daß wir den einen mitnahmen, kann als gutes Beispiel für den demokratischen Geist in der französischen Armee gelten. Drei Soldaten marschierten die Landstraße entlang. Wir hielten und sagten, wir könnten einen von ihnen auf dem Trittbrett mitfahren lassen. Sie hatten alle drei Heimaturlaub bekommen und wanderten aus der nächsten größeren Stadt zu ihren Familien irgendwo auf dem Lande. Der eine war ein Leutnant, der andre Sergeant und der dritte ein Gemeiner. Sie dankten uns, und dann sagte der Leutnant zu den beiden andern, wie weit habt ihr zu gehen. Jeder nannte die Entfernung, die er noch zurückzulegen hatte, und dann fragten sie, *Et vous, mon lieutenant?* Wie weit haben Sie noch zu gehen? Er sagte es ihnen. Dann fanden sie, daß der Gemeine den weitesten Weg habe und deshalb habe er ein Anrecht darauf, mitgenommen zu werden. Er grüßte, stieg auf und fuhr mit.

Wie ich schon sagte, war er unser erster Kriegspatensohn. Im Laufe der Zeit bekamen wir eine ganze Menge, und es war gar nicht so einfach, sie alle zu bedenken. Die Pflicht einer Kriegspatin bestand darin, jeden Brief zu beantworten, sobald sie einen erhielt und außerdem etwa alle zehn Tage ein Päckchen mit nützlichen oder leckeren Sachen zu schicken. Sie freuten sich über Päckchen, aber über die Briefe freuten sie sich tatsächlich noch mehr. Und sie antworteten so fleißig. Mir schien es immer, kaum hatte ich einen Brief geschickt, dann war schon die Antwort da. Und dann mußte man natürlich ihre ganze Familiengeschichte im Kopf haben und einmal passierte mir etwas Schreckliches, ich verwechselte die Briefe und bat einen Soldaten, über dessen Frau ich alles wußte und dessen Mutter gestorben war, seiner Mutter Grüße zu bestellen und den andern, dessen Mutter lebte, bat ich, seine Frau von mir zu grüßen. Ihre Antwortbriefe waren richtig vorwurfsvoll. Jeder erklärte mir, daß ich mich geirrt habe, und ich konnte heraushören, daß ich jeden tief gekränkt hatte durch mein Versehen.

Der reizendste Patensohn, den wir je hatten, stammte aus Nîmes. Eines Tages als wir in der Stadt waren, verlor ich meine Handtasche. Ich merkte den Verlust erst als wir wieder im Hotel waren und dann war ich ziemlich bestürzt, denn ich hatte viel Geld bei mir gehabt. Während wir beim Abendessen saßen, sagte uns der Kellner, daß uns jemand zu sprechen wünsche. Wir gingen hinaus und da stand ein Mann und hielt die Handtasche in der Hand. Er sagte, er habe sie auf der Straße gefunden und sobald er seine Arbeit beendet hatte, sei er hier ins Hotel gekommen, um sie uns zu überbringen. In der Handtasche hatte eine meiner Visitenkarten gesteckt und er setzte einfach voraus, daß eine Fremde im Hotel wohnen würde – überdies waren wir mittlerweile schon sehr gut bekannt geworden in Nîmes. Ich bot ihm natürlich eine beträchtliche Belohnung an, doch er sagte nein. Er sagte jedoch, er wolle uns um einen Gefallen bitten. Sie waren eine Flüchtlingsfamilie von der Marne und sein jetzt siebzehnjähriger Sohn Abel hatte sich soeben freiwillig gemeldet und stand gerade in Nîmes in Garnison, und ob ich wohl seine Patin werden wolle. Ich willigte ein und bat ihn, seinem Sohn zu sagen, er solle mich an seinem ersten freien Abend besuchen. Am folgenden Abend erschien der jüngste reizendste und kleinste Soldat, den man sich vorstellen kann. Es war Abel.

Wir gewannen Abel sehr lieb. Ich erinnere mich noch an seinen ersten Brief von der Front. Er begann damit, daß er sagte, er sei wirklich nicht sehr überrascht von allem, was er an der Front sähe, es sei genau so, wie es ihm beschrieben worden war und wie er es sich vorgestellt habe, ausgenommen, daß es keine Tische gäbe und man deshalb auf den Knien schreiben müsse.

Als wir Abel das nächstemal wiedersahen, trug er die Rosette, denn sein ganzes Regiment war mit dem Kreuz der Ehrenlegion ausgezeichnet worden und wir waren sehr stolz auf unsern Patensohn. Später dann, als wir nach dem Waffenstillstand mit der französischen Armee ins Elsaß zogen, ließen wir Abel kommen und behielten ihn ein paar Tage bei uns, und ein stolzer Bursche war er, der da aufs Straßburger Münster kletterte.

Als wir endlich nach Paris zurückkehrten, kam Abel und blieb eine Woche bei uns. Wir zeigten ihm alles, und am Abend des ersten Tages erklärte er feierlich, er fände es sei der Mühe wert gewesen, hierfür gekämpft zu haben. Doch Paris bei Nacht erschreckte ihn und wir mußten ihm immer jemand mitgeben, der mit ihm ausging. Die Front hatte ihm nicht so viel Angst eingejagt, wie Paris bei Nacht.

Einige Zeit darauf schrieb er uns und berichtete, daß seine Familie in ein andres Département ziehe, und er schickte mir die neue Adresse. Durch ein Versehen erreichten wir ihn nicht unter dieser Adresse und verloren ihn aus den Augen.

Endlich gelangten wir also nach Perpignan und begannen Hospitäler zu besuchen und unsere Vorräte zu verteilen und an unser Hauptquartier zu schreiben, wenn wir meinten, es fehle an mehr Sachen als wir bei uns hatten. Zuerst war es ein wenig schwierig, aber bald machten wir alles, was wir tun sollten ganz richtig. Wir erhielten auch eine Menge Liebesgabenpäckchen, und diese zu verteilen war eine ständige Freude, denn es war wie eine andauernde Weihnachtsbescherung. Wir hatten immer von der Hospitalsleitung die Erlaubnis, den Soldaten die Liebesgaben selber zu überreichen, was eine große Freude war und uns gleichzeitig ermöglichte, die Soldaten zu Dankespostkarten zu veranlassen, die wir säckeweise an Mrs. Lathrop schickten, die sie an die Leute in Amerika weiterschickte, von denen die Liebesgabenpäckchen stammten. Und so war jedermann zufrieden.

Dann erhob sich die Frage nach Brennstoff. Der *American Fund for French Wounded* hatte eine Bestätigung von der französischen Regierung, daß sie überall Benzin kaufen durften. Aber es gab kein Benzin zu kaufen. Die französische Armee hatte viel, wollte uns auch gerne abgeben, durfte es aber nicht verkaufen; wir dagegen hatten nur eine Erlaubnis es zu kaufen, nicht aber, es umsonst anzunehmen. Es wurde notwendig, den Offizier aufzusuchen, der die Versorgung des Departements unter sich hatte.

Gertrude Stein war immer willens, den Wagen überall hinzufahren, den Wagen anzukurbeln, wenn niemand da war, der es für sie tun konnte, den Wagen zu reparieren, wobei sie sehr geschickt war, wenn sie auch nicht einwilligte, ihn ganz und gar auseinanderzunehmen und wieder zusammenzusetzen, wie ich ihr anfangs der Übung halber empfohlen hatte, sie hatte sich sogar daran gewöhnt, frühmorgens aufzustehen, doch weigerte sie sich rundheraus in ein Büro zu gehen und mit einem Beamten zu verhandeln. Ich war von Amts wegen die Delegierte und sie die Fahrerin, also mußte ich auch die Verhandlung mit dem Major führen.

Der Major war reizend. Es war eine umständliche Geschichte, er schickte mich bald hierhin, bald dorthin, aber schließlich kam alles in die Reihe. Die ganze Zeit über nannte er mich natürlich Mademoiselle Stein, weil Gertrude Steins Name auf allen Papieren stand, die ich ihm vorlegte, denn sie war die Fahrerin des Wagens. Und jetzt, Mademoiselle Stein, sagte er, möchte meine Frau Sie sehr gerne kennenlernen und hat mich gebeten, Sie zum Essen zu uns zu bitten. Ich war ganz verwirrt. Ich zauderte. Aber ich bin nicht Mademoiselle Stein, sagte ich. Er sprang beinahe hoch. Was, brüllte er, nicht Mademoiselle Stein. Wer sind Sie dann. Hierbei muß man bedenken, daß es mitten im Kriege war und Perpignan dicht an der spanischen Grenze liegt. Mademoiselle Stein können Sie auch sehen, sagte ich. Wo ist Mademoiselle Stein, fragte er. Unten, sagte ich matt, im Auto. Aber, was soll das alles bedeuten, fragte er. Oh, sagte ich, Mademoiselle Stein ist die Fahrerin und ich bin die Abgesandte und Miß Stein hat keine Geduld, sie will kein Büro betreten und dort warten und mit Beamten sprechen und Erklärungen abgeben und deshalb tue ich es für sie und sie bleibt im Auto sitzen. Und was hätten Sie getan, fragte er streng, wenn ich von Ihnen verlangt hätte etwas zu unterschreiben. Dann hätte ich es Ihnen gesagt, sagte ich, wie ich es Ihnen auch jetzt sage. Gut, sagte er, dann wollen wir nach unten gehen und uns Mademoiselle Stein betrachten.

Wir gingen hinunter und Gertrude Stein saß auf dem Fahrersitz des kleinen Ford und er trat auf sie zu. Sie schlossen sofort Freundschaft und er wiederholte seine Einladung und wir gingen alle drei zum Essen. Wir hatten es sehr gut. Madame Dubois stammte aus Bordeaux, dem Land des Weins und des guten Essens. Und was für ein Essen, vor allem was für eine Suppe. Für mich ist sie noch heute die Suppe, nach der ich alle andern Suppen beurteile. Manche mögen ihr nahekommen, wenige sind ebenso gut, keine hat sie je übertroffen.

Perpignan liegt nicht weit von Rivesaltes und Rivesaltes ist der Geburtsort Joffres. Das Städtchen hat ein kleines Hospital und wir verschafften dem Hospital zu Ehren Papa Joffres eine Extrazuteilung. Außerdem ließen wir den kleinen Ford mit dem roten Kreuz und dem Zeichen des A.F.F.F.W. und uns selber darin sitzend, vor dem Haus in der kleinen Straße photographieren, in dem Joffre geboren war und diese Photographie ließen wir vervielfältigen und schickten sie an Mrs. Lathrop. Diese Postkarten wurden nach Amerika geschickt und dort zugunsten des *Fund* verkauft. Inzwischen waren die Vereinigten Staaten auch in den Krieg eingetreten und wir ließen uns von jemand eine Menge Bänder mit daraufgedruckten Sternen und Streifen schicken und schnitten sie in kleine Fähnchen und verteilten sie unter die Soldaten und sie freuten sich darüber und wir uns auch.

Das erinnert mich an einen französischen Bauern. In Nîmes hatten wir immer einen amerikanischen Sanitäter bei uns im Wagen und wir fuhren über Land. Der junge Mann war ausgestiegen, um sich einen Wasserfall anzusehen und ich war weggegangen, um ein Hospital zu besuchen und Gertrude Stein blieb alleine im Wagen. Nachher erzählte sie mir, daß ein alter Bauersmann zu ihr gekommen sei und sie gefragt habe, was für eine Uniform der junge Mann trage. Das ist die Uniform der amerikanischen Armee, hatte sie voller Stolz erwidert, die Uniform eures neuen Verbündeten. Oh, sagte der alte Bauer. Und dann fuhr er nachdenklich fort, ich möchte mal wissen, was wir zusammen ausrichten werden. *Je me demande je me demande qu'est-ce que nous ferons ensemble.*

Als unsere Arbeit in Perpignan beendet war, fuhren wir wieder nach Paris zurück. Unterwegs passierte dauernd etwas mit dem Wagen. Vielleicht war es selbst für einen Ford in Perpignan zu heiß gewesen. Perpignan liegt unterhalb des

Meeresspiegels und sehr nahe am Mittelmeer und es ist dort sehr heiß. Gertrude Stein, die es gern heiß und immer noch heißer haben wollte, hat sich seit Perpignan nie mehr so recht nach Hitze gesehnt. Sie sagte immer, es sei ihr wie einem Pfannkuchen zumute gewesen, Hitze von oben, Hitze von unten und dann auch noch einen Wagen ankurbeln. Wer weiß wie oft fluchte sie und sagte, ich schlag ihn in Stükke, ich schlag ihn in Stücke, weiter ist er nichts wert. Ich redete ihr gut zu oder protestierte, bis der Wagen wieder ging.

Im Zusammenhang hiermit hat Mrs. Lathrop einmal Gertrude Stein einen Streich gespielt. Als der Krieg vorüber war, erhielten wir beide von der französischen Regierung eine Auszeichnung, die *Reconnaissance Française*. Und wenn man eine Auszeichnung erhält, bekommt man gleichzeitig auch ein Schriftstück, das erläutert, weshalb man sie bekommen hat. Der Bericht über unsre Leistungen lautete genau gleich, abgesehen davon, daß man bei mir geschrieben hatte, meine Hingabe sei *sans relâche* gewesen und bei ihr hatten sie die Worte *sans relâche* nicht hinzugefügt.

Auf unserm Rückweg nach Paris hatten wir wie ich schon sagte, alles Mißgeschick, das einem Wagen nur zustoßen kann; Gertrude Stein gelang es jedoch mit Hilfe eines alten Landstreichers, der ihn in kritischen Momenten schob und stieß, den Ford bis nach Nevers zu schaffen, wo wir die ersten amerikanischen Soldaten sahen. Es waren Quartiermeister und Matrosen, die ersten, die französischen Boden betraten. Dort hörten wir, was Gertrude Stein immer den traurigen Sang der Seesoldaten nennt, in dem es heißt, daß alle Truppengattungen der amerikanischen Armee irgendwann einmal gemeutert hätten, die Marine jedoch nie.

Gleich bei der Einfahrt in Nevers sahen wir Tarn McGrew, einen Kalifornier und Pariser, den wir nur sehr flüchtig kannten, doch war er in Uniform und daher konnten wir ihn zu Hilfe rufen. Er kam. Wir klagten ihm unser Leid. Er sagte, gut, stellen Sie den Wagen nur in die Hotelgarage, morgen können ihn die Soldaten in Ordnung bringen. Wir taten es.

Jenen Abend verbrachten wir auf McGrews Bitte hin im Y.M.C.A. und sahen zum erstenmal nach vielen Jahren Amerikaner – richtige Amerikaner von der Art, die sonst nie nach Europa hätte kommen können. Es war für uns ein aufregendes Erlebnis. Gertrude Stein sprach natürlich mit allen, wollte wissen, aus welchem Staat und welcher Stadt sie kämen, was sie machten, wie alt sie seien und wie es ihnen gefiele. Sie sprach mit den französischen Mädchen, die bei den Amerikanern waren und die Französinnen sagten ihr, was sie von den amerikanischen Soldaten hielten und die amerikanischen Soldaten, was sie von den französischen Fräuleins hielten.

Den folgenden Tag verbrachte sie in der Garage mit Kalifornien und Iowa, wie sie die beiden Soldaten nannte, die beordert worden waren, ihren Ford in Ordnung zu bringen. Sie hatte ihren Spaß an ihnen, denn jedesmal wenn irgendwo ein lauter Lärm ertönte, sagten sie, das ist bloß der französische Chauffeur, der einen andern Gang einschaltet. Gertrude Stein, Kalifornien und Iowa unterhielten sich so glänzend miteinander, daß ich leider sagen muß, die Reparatur hielt nicht lange vor, nachdem wir Nevers verließen, doch kamen wir immerhin noch nach Paris.

Um diese Zeit war es, daß Gertrude Stein den Plan faßte, eine Geschichte der Vereinigten Staaten zu schreiben, die Kapitel enthalten sollte, in denen erklärt wird, inwiefern sich Iowa von Kansas und Kansas von Nebraska unterscheidet und so weiter. Sie arbeitete ein wenig daran, und dieser Teil ist auch in *Useful Knowledge* enthalten.

Wir blieben nicht lange in Paris. Sobald der Wagen wieder in Ordnung war, fuhren wir nach Nîmes, wir sollten die drei Départements Gard, Bouches-du-Rhône und Vaucluse betreuen.

Wir kamen nach Nîmes und richteten uns dort recht behaglich ein. Wir besuchten den obersten Militärarzt der Stadt, Doktor Fabre, und dank seiner großen Freundlichkeit und der seiner Frau fühlten wir uns bald in Nîmes zu Hause, doch ehe wir mit unsrer Arbeit dort begannen, bat Doktor Fabre uns um einen Gefallen. Es gab in Nîmes keine Automobilambulanzen mehr. Nun war aber im Militärhospital ein Apotheker, ein Hauptmann, der sehr schwer erkrankt war, todkrank, und er wollte bei sich zu Hause sterben. Seine Frau war schon bei ihm und würde auch neben ihm bleiben und wir hätten weiter keine Verantwortung für ihn zu übernehmen, als ihn nach Hause zu fahren. Natürlich sagten wir zu und taten es.

Es wurde eine lange schwierige Fahrt in die Berge, und längst vor unsrer Rückkehr war es dunkel geworden. Wir waren noch immer ziemlich weit von Nîmes entfernt, als wir plötzlich auf der Landstraße vor uns Gestalten erblickten. Die Scheinwerfer des alten Ford konnten auf der Straße nicht sehr viel beleuchten und seitlich überhaupt nichts, so daß wir nicht gut erkennen konnten, wer eigentlich vor uns war. Wir hielten jedoch an, wie wir es immer taten, wenn uns jemand bat mitgenommen zu werden. Ein Mann, offenbar ein Offizier, sagte, mein Wagen hat eine Panne und ich muß heute noch nach Nîmes. Schön, sagten wir, ihr könnt beide nach hinten klettern, dort ist eine Matratze, macht's euch nur bequem. Wir fuhren weiter. Als wir in die Stadt kamen, fragte ich durch das kleine Fenster hinten, wo wollt ihr abgesetzt werden? Eine Stimme fragte uns, wohin wir führen. Ins Hotel Luxembourg, erwiderte ich. Das paßt gut, sagte die Stimme. Wir fuhren vor dem Hotel Luxembourg vor und hielten. Wir hörten es hinter uns rumoren und dann erschien ein kleiner Mann, der sehr aufgebracht war und Mütze und Eichenlaub und am Halse den Orden der Ehrenlegion trug und ein Divisionsgeneral war. Er blieb vor uns stehen und sagte, ich möchte Ihnen danken, aber ehe ich es tue, muß ich wissen wer Sie sind. Ich erwiderte ganz vergnügt, wir sind die Delegierten des *American Fund for French Wounded* und momentan in Nîmes stationiert. Und ich, sagte er, bin der Kommandierende General hier, und da ich sehe, Sie haben eine französische Militärnummer an Ihrem Wagen, hätten Sie sich sofort bei mir melden müssen. Das wußten wir nicht, sagte ich, und es tut mir außerordentlich leid. Es ist jetzt in Ordnung, sagte er kriegerisch, und wenn Sie je etwas wünschen oder benötigen sollten, dann lassen Sie es mich wissen.

Wir ließen es ihn sehr bald wissen, denn natürlich erhob sich die ewige Benzinfrage und er war die Güte selbst und veranlaßte alles für uns.

Der kleine General und seine Frau stammten aus Nordfrankreich und sie hatten ihr Heim verloren und sprachen von sich als Refugiés. Später, als die dicke Berta Paris zu bombardieren begann und eine Granate den Luxembourg-Garten ganz in der Nähe von der Rue de Fleurus traf, brach ich, das muß ich gestehen, in Tränen aus und erklärte, ich wolle kein unglückseliger Flüchtling werden. Wir hatten vielen geholfen und wußten, was es bedeutete. Gertrude Stein sagte, General Frotiers Familie besteht auch aus Refugiés und sie sind nicht unglückselig. Aber unglückseliger als ich es sein möchte, erwiderte ich verbittert.

Bald kam das amerikanische Heer nach Nîmes. Eines Tages trafen wir Madame Fabre, die uns erzählte, daß ihre Köchin amerikanische Soldaten gesehen habe. Sie muß sie mit englischen Soldaten verwechselt haben, erwiderten wir. Durchaus nicht, sagte sie, sie ist sehr patriotisch. Jedenfalls kamen tatsächlich amerikanische Soldaten, ein ganzes Regiment vom S. O. S., das heißt *Service of Supply*, und wie sehr sie das «of» betonten.

Bald kannten wir sie alle gut und einige sehr gut. Da war Duncan, ein Junge aus den Südstaaten, mit so ausgesprochenem Dialekt, daß ich, wenn er lange an einer Geschichte erzählte, zum Schluß kein Wort mehr verstand. Gertrude Stein, deren Verwandte alle aus Baltimore stammen, hatte keinerlei Schwierigkeiten und sie brüllten meistens vor Lachen, und alles, was ich davon verstehen konnte, war, daß «sie ihn wie ein Huhn abgeschlachtet» hätten. Die Bewohner von Nîmes waren in der gleichen Lage wie ich. Ein großer Teil der Damen dort sprach sehr gut englisch. Es hatte in Nîmes immer englische Gouvernanten gegeben und die Einwohnerinnen waren immer stolz gewesen auf ihre Englischkenntnisse, doch wie sie jetzt erklärten, konnten sie nicht nur die Amerikaner nicht verstehen, sondern die Amerikaner konnten auch sie nicht verstehen, wenn sie englisch mit ihnen sprachen. Ich mußte zugeben, daß es mir auch nicht viel besser erging.

Die Soldaten stammten alle aus Kentucky, Südkarolina und so weiter und deshalb konnte man sie so schwer verstehen.

Duncan war reizend. Er war Sergeant und Proviantmeister, und als wir mit der Zeit in den französischen Hospitälern auf amerikanische Soldaten stießen, nahmen wir Duncan mit, der ihnen Stücke ihrer verlorengegangenen Uniformen ersetzte und Weißbrot verschaffte. Der arme Duncan war unglücklich, weil er nicht an die Front gelassen wurde. Er hatte sich schon damals zur Expedition nach Mexiko gemeldet und hier war er auch wieder weit ab vom Schuß und ohne Aussichten, je nach vorne zu kommen, weil er einer der wenigen war, die das komplizierte System der Armeebuchhaltung verstanden und deshalb schlugen ihn seine Offiziere nicht für die Front vor. Ich gehe, sagte er böse, sie können mich totschlagen, wenn sie Lust haben. Ich renne einfach weg. Doch wir erzählten ihm, es gäbe eine Menge Deserteure, Südfrankreich wäre voll davon und wir träfen sie oft unterwegs und sie fragten uns immer, ob Militärpolizei in der Nähe sei. Für solch Leben war der arme Duncan nicht geschaffen. Der arme Duncan. Zwei Tage vor dem Waffenstillstand besuchte er uns und war angetrunken und verbittert. Im allgemeinen trank er überhaupt nicht, aber zu seiner Familie zurückkehren zu müssen, ohne daß er je an der Front war, das war zu gräßlich. Er saß bei uns, in einem kleinen Wohnzimmer, und im großen Vorderzimmer waren einige seiner Offiziere, und es wäre gar nicht gut gewesen, wenn sie ihn in seinem Zustand erblickt hätten und es war Zeit für ihn ins Lager zurückzukehren. Er hatte den Kopf auf den Tisch gelegt und war halb eingeschlafen. Duncan, rief Gertrude Stein scharf. Ja, sagte er. Sie sagte zu ihm, hören Sie zu, Duncan. Miß Toklas steht jetzt auf, Sie werden auch aufstehen und Ihre Augen fest auf Miß Toklas' Hinterkopf heften, verstanden? Ja, sagte er. Und dann wird sie aufbrechen und Sie folgen ihr und wenden nicht eine Sekunde die Augen von ihrem Hinterkopf ab, bis Sie in meinem Wagen sind. Ja, sagte er. Und dann fuhr Gertrude Stein ihn ins Lager zurück.

Der liebe Duncan. Er war so begeistert über die Nachricht gewesen, daß die Amerikaner bei Saint-Mihiel vierzig Dörfer eingenommen hatten. Er sollte an jenem Nachmittag mit uns nach Avignon fahren, um ein paar Kisten abzuliefern. Er saß sehr gerade auf dem Trittbrett, und plötzlich fiel sein Blick auf einige Häuser. Was ist das, fragte er. Oh, nur ein Dorf, sagte Gertrude Stein. Nach einem Weilchen tauchten wieder ein paar Häuser auf. Und was sind das für Häuser, fragte er. Oh, das ist auch ein Dorf. Er verfiel in Stillschweigen und betrachtete sich die Gegend, wie er es nie vorher getan hatte. Plötzlich seufzte er tief und sagte, vierzig Dörfer ist nicht so schrecklich viel.

Wir genossen das Leben mit unsern Soldaten, und am liebsten würde ich stundenlang weiter Geschichtchen über sie erzählen. Mit den französischen Soldaten kamen sie erstaunlich gut aus. Sie arbeiteten zusammen in der Reparaturwerkstätte der Eisenbahn. Das einzige, was die Amerikaner verdroß, waren die langen Arbeitsstunden. Sie arbeiteten zu eifrig, um es lange Zeit durchhalten zu können. Schließlich wurde vereinbart, daß sie während ihrer Arbeitszeit und die Franzosen während der ihren arbeiten sollten. So kam es zu einem guten Teil freundschaftlicher Rivalität. Die Amerikaner konnten nicht begreifen, daß man Dinge, die doch bald zusammengeschossen wurden, so tadellos ausarbeiten sollte, während die Franzosen sagten, sie könnten keine Arbeit abliefern, die nicht fixfertig sei. Doch beide Gruppen mochten einander sehr gut leiden.

Gertrude Stein sagt immer, der Krieg war viel viel besser als nur eine Reise nach drüben. Hier waren wir mit einem Amerika zusammen, das uns auf der Reise durch Amerika nie begegnet wäre. Von Zeit zu Zeit wurde auch wohl der eine oder andre amerikanische Soldat in Nîmes ins Hospital eingeliefert, und da Doktor Fabre wußte, daß Gertrude Stein eine medizinische Ausbildung genossen hatte, wollte er immer gern, daß sie bei solchen Anlässen anwesend war. Einer war einmal aus dem Zuge gefallen. Er wollte nicht glauben, daß die kleinen französischen Züge so schnell fahren konnten. Aber sie konnten es, sie fuhren schnell genug, um ihn umzubringen.

Es wurde eine sehr große Trauerfeier. Gertrude Stein, die Frau des Präfekten, der im Departement der höchste Beamte war, und die Frau des Generals waren die Hauptleidtragenden. Duncan und zwei andere amerikanische Soldaten bliesen auf dem Horn, und alle hielten Ansprachen. Der protestantische Pfarrer fragte Gertrude Stein über den Verstorbenen und seine guten Eigenschaften aus und Gertrude Stein erkundigte sich bei seinen Kameraden. Es war schwierig, gute Eigenschaften herauszufinden. Anscheinend war er ein recht grober Bursche gewesen. Aber könnt ihr mir denn gar nichts Nettes über ihn sagen, rief sie verzweifelt. Schließlich blickte Taylor, einer seiner Freunde, feierlich auf und sagte, ich kann Ihnen eins sagen: er hatte ein Herz so groß wie ein Waschfaß.

Ich frage mich oft – und habe es auch damals schon getan –, ob auch nur einer von all den jungen Soldaten, die Gertrude Stein damals in Nîmes so gut kannten, sie je mit der Gertrude Stein in den Zeitungen in Zusammenhang brachte.

Wir führten ein sehr geschäftiges Leben. So viele amerikanische Soldaten waren da, so viele in den kleinen Hospitälern ringsum, wie auch im Regiment in Nîmes, und alle mußten wir aufsuchen und gut zu ihnen sein, und dann waren da noch all die Franzosen in den Hospitälern, die wir auch alle besuchen mußten, denn das war unser Hauptdaseinszweck, und später, als die Grippe-Epidemie ausbrach, fuhr auch noch einer der Militärärzte von Nîmes auf all die kleinen Dörfer meilenweit in der Runde und brachte kranke Soldaten und Offiziere, die während ihres Urlaubs in ihren Wohnungen erkrankt waren, nach Nîmes ins Lazarett.

Während einer dieser langen Fahrten begann Gertrude Stein wieder sehr viel zu schreiben. Die Landschaft und das seltsame Leben regten sie an. Damals begann sie das Rhônetal zu lieben, und es wurde die Landschaft, die ihr vor allen andern besonders viel bedeutete. Jetzt leben wir noch immer hier in Bilignin im Rhônetal.

Um diese Zeit schrieb sie das Gedicht *The Deserter*, das fast umgehend im *Vanity Fair* veröffentlicht wurde. Henry McBride war es gelungen, Crowninshield für ihr Werk zu interessieren.

Eines Tages als wir in Avignon waren, trafen wir Braque. Braque hatte eine schlimme Kopfverwundung erhalten und war nach Sorgues bei Avignon gegangen, um sich dort zu erholen. Dort war er auch gewesen als er den Stellungsbefehl erhalten hatte. Es war furchtbar nett, die beiden Braques wiederzusehen. Picasso hatte gerade an Gertrude Stein geschrieben und ihr seine Heirat mit einem jungen Mädchen, diesmal einem richtigen jungen Mädchen, anzuzeigen, und er hatte Gertrude Stein als Hochzeitsgeschenk ein schönes kleines Bild und eine Photographie des Porträts seiner Frau geschickt.

Das schöne kleine Bild hat er viele Jahre später für mich auf Gobelinleinwand kopiert und ich stickte es und das war der Beginn meiner Teppichstickereien. Ich hätte es nicht für möglich gehalten, ihn zu bitten, ob er mir etwas als Arbeitsmuster aufzeichnen könnte, aber als ich darüber mit Gertrude Stein sprach, sagte sie, schon gut, ich werde zusehen, was sich tun läßt. Eines Tages nun als er bei uns war, sagte sie, Pablo,

Alice will einen Teppich nach deinem kleinen Bild sticken und ich habe ihr versprochen, daß ich es ihr vorzeichne. Er sah sie mit freundlicher Verachtung an, wenn es überhaupt jemand tut, dann bin ich es. Schön, sagte Gertrude Stein und holte ein Stück Gobelinleinwand hervor, dann fange an, und er tat es. Und seither mache ich dauernd Teppiche nach seinen Gemälden und sie finden viel Anklang und eignen sich wunderbar für alte Polstermöbel. Auf diese Art habe ich zwei kleine Louis-XV.-Sessel angefertigt. Jetzt ist er so gut und macht mir alle Zeichnungen auf meinem Arbeitsstoff und tönt sie auch noch in Farben.

Braque erzählte uns noch, daß auch Apollinaire eine richtige junge Dame geheiratet habe. Wir schwatzten tüchtig zusammen. Aber viel Neues gab es eigentlich doch nicht zu berichten.

Die Zeit verging, wir waren sehr beschäftigt, und dann kam der Waffenstillstand. Wir waren die ersten, die diese Nachricht in viele kleine Dörfer brachten. Die französischen Soldaten in den Hospitälern waren eher erleichtert als froh. Sie schienen nicht zu denken, daß es ein dauerhafter Frieden sein würde. Ich erinnere mich noch, wie einer zu Gertrude Stein sagte, als sie ihm sagte, jetzt haben wir Frieden – ja, für zwanzig Jahre wenigstens, sagte er.

Am nächsten Morgen erhielten wir ein Telegramm von Mrs. Lathrop. Kommt sofort, möchte, daß ihr mit französischer Armee ins Elsaß geht. Wir hielten uns unterwegs nicht auf. Wir schafften es in einem Tage. Sehr kurz darauf verließen wir Paris und fuhren ins Elsaß.

Wir fuhren ins Elsaß und hatten auf dem Wege dorthin unsere erste und einzige Panne. Die Straßen waren schrecklich, voller Schlamm, Schnee und Schmutz und tiefer Furchen, und überfüllt von Soldaten der französischen Armee, die sich ins Elsaß begab. Als wir vorüberfuhren, schlugen zwei Pferde, die eine Militärküche zogen, aus und trafen unsern Ford; das Schutzblech und die Werkzeugkiste wurden heruntergerissen, was aber am unangenehmsten war, das Dreieck der Steuerung wurde übel verbogen. Die Soldaten sammelten unsere Werkzeuge und das Schutzblech wieder ein, aber mit dem verbogenen Dreieck war nichts zu machen. Wir fuhren weiter, immer über die verschlammte Straße, und bergauf und bergab, und Gertrude Stein hielt das Steuerrad umklammert. Schließlich, nach etwa vierzig Kilometern, sahen wir auf der Landstraße ein paar Fahrer einer amerikanischen Ambulanz. Wo können wir unsern Wagen ausbessern lassen, riefen wir. Ein bißchen weiter vorne, riefen sie. Wir fuhren ein bißchen weiter vor und fanden dort die Werkstätte. Ein Ersatzschutzblech hatten sie nicht, aber sie konnten uns ein neues Dreieck geben. Ich erzählte dem Sergeanten von unserm Mißgeschick und er murrte und sagte leise etwas zu einem Mechaniker. Dann wandte er sich an uns und brummte, fahren sie ihn rein. Danach zog der Mechaniker die Jacke aus und warf sie auf den Kühler. Wie Gertrude Stein sagte, hätte der Wagen jedem Amerikaner gehört, der so etwas tut.

Wir hatten nie vorher so gründlich begriffen, wozu Schutzbleche dienen, aber als wir in Nancy anlangten, wußten wir es. Die französische Militärreparaturwerkstätte rüstete uns mit einem neuen Schutzblech und einer Werkzeugkiste aus und wir fuhren weiter.

Bald erreichten wir die Schlachtfelder und die Schützengrabenlinien auf beiden Seiten. Keiner, der sie im damaligen Zustand gesehen hat, kann sich so etwas vorstellen. Es war nicht entsetzlich, es war fremdartig. Wir waren an zerstörte Häuser, sogar an zerstörte Städte gewöhnt. Das hier war anders. Es war eine Landschaft. Aber sie gehörte nirgends hin.

Ich erinnere mich, daß einmal eine französische Krankenschwester etwas über die Front sagte, und das einzige, was sie von der Front sagte, war, *c'est un paysage passionnant*, es ist eine ergreifende Landschaft. Und so war auch das, was wir hier sahen. Es war fremdartig. Tarnungen und Bretterbuden und alles war da. Es war naß und dunkel und nur wenig Menschen waren zu sehen, man wußte nicht, waren es Chinesen oder Europäer. An unserm Kühler hatte sich etwas verbogen, er arbeitete nicht mehr. Ein Wagen vom Stab hielt und besserte die Sache mit einer Haarnadel aus, wir trugen damals noch Haarnadeln.

Etwas anderes, das uns mächtig interessierte, war die Tatsache, wie verschieden die Tarnungen der Franzosen von denen der Deutschen waren, und schließlich stießen wir auf eine sehr sehr ordentliche Tarnung, und die war amerikanisch. Die Idee war überall die gleiche, aber da es schließlich verschiedene Nationen waren, die sie gebaut hatten, war ein Unterschied unvermeidbar. Die Farben waren verschieden, die Muster waren verschieden, die Anordnung war verschieden, die ganze Theorie über Kunst und ihre Unvermeidbarkeit wurde einem klar.

Endlich kamen wir in Straßburg an und von da fuhren wir nach Mühlhausen. Wir blieben dort bis etwa Mitte Mai.

Im Elsaß beschäftigten wir uns nicht mit den Hospitälern, sondern mit den Flüchtlingen. Überall im verwüsteten Land kehrten die Einwohner in ihr zerstörtes Heim zurück, und es war das Bestreben der A.F.F.F.W., jeder Familie zwei Wolldecken, Unterwäsche und wollene Kinderstrümpfe und Säuglingsschuhchen zu geben. Es ging ein Gerücht, die Unmenge Säuglingsschuhchen, die wir erhalten hatten, stammte aus einer Sendung von Mrs. Wilson, die ungefähr um diese Zeit einen kleinen Wilson in die Welt setzen sollte. Es waren furchtbar viele Säuglingsschuhchen da, aber für das Elsaß waren es nicht zu viele.

Unser Hauptquartier war das Sitzungszimmer eines großen Schulhauses in Mühlhausen. Die deutschen Lehrer waren verschwunden und französische Lehrer, die mitgekämpft hatten, wurden vorübergehend als Lehrer eingestellt. Der Rektor unsrer Schule war verzweifelt, nicht so sehr in bezug auf die Fügsamkeit der Kinder oder ihre Absicht, Französisch zu erlernen, sondern wegen ihrer Kleider. Französische Kinder sind immer sehr ordentlich angezogen. So etwas wie ein Kind in Lumpen gibt es in Frankreich nicht, selbst Waisenkinder, die auf dem Lande zu Bauern in Pflege gegeben werden, sind immer ordentlich angezogen, so wie auch alle französischen Frauen und Mädchen immer ordentlich gekleidet sind, sogar die Armen und die Alten. Sie mögen nicht immer sauber sein, doch sehen sie immer ordentlich aus. Von diesem Gesichtspunkt aus waren die bunten Lumpen der verhältnismäßig wohlhabenden elsässischen Kinder erbärmlich und die französischen Lehrer litten darunter. Wir taten unser Möglichstes, um ihnen mit schwarzen Kinderschürzen auszuhelfen, doch hatten wir nicht genug und mußten sie außerdem für die Flüchtlingskinder aufheben.

Wir lernten das Elsaß und seine Bewohner sehr gut kennen und zwar alle Arten von Elsässern. Sie waren erstaunt über die bescheidenen Lebensgewohnheiten der französischen Armee und ihrer Soldaten und wie sie sich selbst versorgten. Doch die französischen Soldaten verhielten sich ziemlich mißtrauisch gegenüber den Elsässern, die zu schnell Franzosen werden wollten und doch keine waren. Sie sind nicht offen, sagten die französischen Soldaten zu uns. Und das ist sehr richtig. Was die Franzosen auch für Eigenschaften haben mögen, vor allem sind sie offen. Sie sind sehr höflich, sie sind gescheit, und früher oder später werden sie einem immer die Wahrheit sagen. Die Elsässer sind nicht gescheit, sie sind nicht höflich und sie sagen einem nicht ohne weiteres die Wahrheit. Vielleicht werden sie nun durch die erneute Berührung mit den Franzosen all diese Eigenschaften wiedererlangen.

Wir verteilten Sachen. Wir fuhren in alle zerstörten Dörfer. Gewöhnlich baten wir den Priester, uns bei der Verteilung zu helfen. Ein Priester, der uns sehr viel gute Ratschläge gab und mit dem wir uns sehr anfreundeten, hatte nur noch ein einziges großes Zimmer in seinem Hause übrigbehalten. Ohne Wandschirme oder Teilungswände hatte er sich daraus drei Zimmer gemacht, im ersten Drittel standen seine Wohnzimmermöbel, im zweiten Drittel seine Eßzimmermöbel und im letzten Drittel seine Schlafzimmermöbel. Wenn wir bei ihm zu Mittag aßen (und es gab gutes Essen und seine elsässischen Weine waren sehr gut), dann empfing er uns im Wohnzimmer, danach entschuldigte er sich und zog sich ins Schlafzimmer zurück, um sich die Hände zu waschen, und dann lud er uns sehr formell ein, ins Eßzimmer zu kommen, es war wie eine altmodische Bühnendekoration.

Wir verteilten Sachen, fuhren im Schnee umher, sprachen mit jedermann und jedermann sprach mit uns und gegen Ende März waren wir fertig und beschlossen aufzubrechen.

Unser Heimweg führte uns über Metz, Verdun und Mildred Aldrich.

Wieder einmal kehrten wir in ein verändertes Paris zurück. Wir waren von Rastlosigkeit erfüllt. Gertrude Stein begann sehr angestrengt zu arbeiten. Um jene Zeit schrieb sie ihre *Accents in Alsace* und andere politische Stücke, die letzten Schauspiele in ihrem Buch *Geography and Plays*. Wir lebten noch immer unter den Nachklängen unseres Kriegshilfswerks und fuhren fort, etwas dafür zu tun, besuchten die Hospitäler und die Soldaten darin, deren es noch einige gab, wenn sie jetzt auch von allen reichlich vernachlässigt wurden. Wir hatten während des Krieges sehr viel von unserm Geld verbraucht und mußten nun sparen, Dienstboten zu bekommen, war schwierig, wenn nicht unmöglich, die Preise waren hoch. Wir behalfen uns für den Augenblick mit einer Aufwartung die nur ein paar Stunden täglich kam. Ich pflegte immer zu sagen, Gertrude Stein ist der Chauffeur und ich bin die Köchin. Früh am Morgen gingen wir zu den öffentlichen Markthallen und machten unsre Einkäufe. Die Welt war aus den Fugen geraten.

Jessie Whitehead war als Sekretärin einer Delegation bei der Friedenskonferenz nach Frankreich gekommen und wir interessierten uns natürlich sehr für alles, was mit dem Frieden zusammenhing. Gertrude Stein sprach damals oft von einem jungen Mann der Friedenskommission, der sich immer brüstete, er wisse alles über den Krieg, da er seit Beginn der Friedensverhandlungen dabeigewesen wäre. Gertrude Steins Vettern kamen nach Europa, alle Welt kam herüber, jeder war unzufrieden und rastlos. Es war eine rastlose und unruhige Zeit.

Gertrude Stein und Picasso stritten sich. Keiner von beiden vermochte je ganz genau zu sagen, weshalb eigentlich. Jedenfalls sahen sie sich ein ganzes Jahr lang nicht und dann trafen sie sich zufällig auf einer Gesellschaft bei Adrienne Monnier. Picasso sagte guten Tag und ein paar Worte, etwa, ob sie ihn nicht besuchen wolle. Nein, ich will nicht, erwiderte sie düster. Picasso kam zu mir und sagte, Gertrude sagt, sie will mich nicht besuchen, meint sie das im Ernst. Ich fürchte, wenn sie es sagt, meint sie es auch. Sie sahen sich auch ein weiteres Jahr nicht mehr und inzwischen kam Picassos kleiner Sohn zur Welt und Max Jacob beklagte sich, daß er nicht als Pate gebeten wurde. Sehr kurze Zeit darauf waren wir in einer Bildergalerie und Picasso kam zu uns und legte seine Hand auf Gertrude Steins Schulter und sagte, zum Kuckuck, laß uns wieder Freunde sein. Gut, sagte Gertrude Stein, und sie umarmten sich. Wann kann ich dich besuchen, fragte Picasso, ich muß mir's überlegen, sagte Gertrude Stein, leider haben wir sehr viel zu tun, aber ihr könnt ja am Samstag zum Abendessen kommen. Unsinn, sagte Picasso, wir kommen morgen zum Essen, und sie kamen.

Paris hatte sich verändert. Guillaume Apollinaire war tot. Wir sahen eine ungeheure Menge Menschen, aber so weit ich mich erinnern kann, keinen, den wir von früher her kannten. Paris war voller Menschen. Es war so wie Clive Bell sagte, wie es heißt wurden furchtbar viel Menschen im Krieg getötet, aber mir scheint, daß eine außerordentlich große Zahl Erwachsener plötzlich geboren wurde.

Wie ich schon sagte, waren wir rastlos und wir mußten sparen und tagein tagaus sahen wir Leute und dann fand endlich der Umzug statt, die Parade der Alliierten und der Durchmarsch unter dem Arc de Triomphe.

Die Mitglieder des *American Fund For French Wounded* sollten Sitzplätze auf Bänken haben, die längs der Champs Elysées aufgestellt werden sollten, aber die Einwohner von Paris protestierten dagegen und mit Recht, denn die Sitzreihen würden es unmöglich gemacht haben, daß sie die Parade zu sehen bekamen; also ließ Clemenceau alles umgehend wieder abbrechen. Glücklicherweise sah Jessie Whiteheads Hotelzimmer direkt auf den Arc de Triomphe und sie forderte uns auf, zu ihr zu kommen, um die Parade anzuschauen. Wir nahmen gerne an. Es war ein wundervoller Tag.

Wir standen bei Sonnenaufgang auf, da es später unmöglich gewesen wäre, Paris im Wagen zu durchqueren. Es war eine der letzten Fahrten, die «Tantchen» zurücklegte. Das rote Kreuz darauf war inzwischen übermalt worden, doch war es immer noch ein Lastwagen. Sehr bald danach fand er ein ehrenvolles Ende und wir kauften uns einen kleinen Sportwagen, einen Zweisitzer namens Godiva. Godiva nannten wir ihn, weil er nackend auf die Welt gekommen war und unsre Freunde schenkten uns jeder etwas, um ihn zu schmücken.

«Tantchen» machte also sozusagen ihre letzte Fahrt. Wir ließen sie an der Seine stehen und gingen zum Hotel hinauf. Alle Welt war auf der Straße, Männer, Frauen, Kinder, Soldaten, Priester, Nonnen, wir sahen zwei Nonnen, denen die Leute halfen auf einen Baum zu klettern, damit sie etwas sehen konnten. Wir selbst waren ausgezeichnet untergebracht und konnten alles herrlich sehen.

Wir sahen alles, zuerst ein paar Verwundete vom *Invalides* in ihren Rollstühlen, die sie selbst fuhren. Es ist ein alter französischer Brauch, jedem militärischen Umzug einige Veteranen vom *Invalides* voranziehen zu lassen. Nun marschierten sie alle durch den Arc de Triomphe. Gertrude Stein dachte daran, wie ihre Gouvernante einst zu ihr gesagt hatte, als sie als kleines Kind auf den Ketten rings um den Arc de Triomphe geschaukelt hatte, daß keiner unter dem Bogen hindurchgehen dürfe, weil nach dem Deutsch-Französischen Kriege 1870/71 die Deutschen dort hindurchmarschiert seien. Und jetzt marschierten alle hindurch, die Deutschen ausgenommen.

Alle marschierten auf verschiedene Art, manche langsam, manche schnell, die Franzosen verstehen ihre Flaggen am schönsten zu tragen, und Pershing und der Offizier hinter ihm mit der Fahne waren vielleicht die am besten gruppierten. Diese Szene beschreibt Gertrude Stein in dem Film-Skript, das sie damals schrieb und welches ich in *Operas and Plays* in der *Plain Edition* veröffentlichte.

Doch schließlich näherte es sich seinem Ende. Wir wanderten die Champs Elysées auf und ab und der Krieg war vorbei und die Stöße eroberter Kanonen, die zwei große Pyramiden bildeten, wurden entfernt und wir hatten wieder Frieden.

VII

NACH DEM KRIEGE: 1919 BIS 1932

Wenn ich jetzt auf jene Zeit zurückblicke, scheint es mir, daß wir ständig Leute trafen.

Jene ersten Jahre nach dem Kriege haben nur verworrene Erinnerungen in mir hinterlassen und es fällt mir schwer, zurückzudenken und mich zu erinnern, in welcher Reihenfolge sich alles abspielte. Picasso sagte einmal, wie ich schon berichtet habe, als er sich mit Gertrude Stein über gewisse Ereignisse unterhielt, du vergißt, als wir jung waren, geschah eine Unmenge innerhalb eines Jahres. Wenn ich nun um mein Gedächtnis aufzufrischen, in der Bibliographie von Gertrude Steins Werk blättere, dann bin ich erstaunt, weil ich gewahre, wieviel sich in einem Jahr ereignet hat. Vielleicht waren wir nicht mehr so sehr jung, aber es gab eine Menge Jugend in der Welt und das läuft vielleicht auf das gleiche hinaus.

Die alten Freunde waren nicht mehr da. Matisse war nun ständig in Nizza und obwohl Gertrude Stein und er noch immer gut Freund waren, wenn sie sich sahen, so sahen sie sich doch eigentlich kaum. Es war die Zeit, in der Gertrude Stein und Picasso sich nicht besuchten. Sie sprachen immer in Worten der zärtlichsten Freundschaft übereinander und zu allen, die sie einst gekannt hatten, aber sie besuchten sich nicht. Guillaume Apollinaire war tot. Braque und seine Frau sahen wir von Zeit zu Zeit, er und Picasso hatten sich mittlerweile ziemlich heftig überworfen. Ich entsinne mich, wie Man Ray eines Abends eine Photographie mitbrachte, die er von Picasso gemacht hatte, und zufällig war Braque gerade bei uns. Die Photographie wurde herumgereicht, und als sie zu Braque kam, sah er sie an und sagte, *je dois connaître ce monsieur*, dieser Herr kommt mir bekannt vor. Diese Epoche und eine noch ziemlich lange Zeitstrecke danach wurde durch Gertrude Steins Bezeichnung als die Zeit berühmt, «in der man nicht mehr befreundet war».

Juan Gris war krank und mutlos. Er war sehr krank und konnte sich nie wieder richtig erholen. Entbehrungen und Verzweiflung hatten ihre Spuren hinterlassen. Kahnweiler kam sehr bald nach dem Kriege nach Paris zurück, aber all seine alten Freunde mit Ausnahme von Juan hatten so viel Erfolg, daß sie ihn nicht länger brauchten. Mildred Aldrich hatte ungeheuren Erfolg mit ihrem *Hilltop on the Marne* und auf ihre Art hatte sie großartig ausgegeben, was sie großartig eingenommen hatte und gab weiterhin aus und hatte ihre Freude daran, wenn sie auch schon etwas gedämpfter war. Wir pflegten sie einmal im Monat zu besuchen, ja bis an ihr Lebensende konnten wir sie regelmäßig besuchen. Selbst in den Tagen ihres allergrößten Ruhms freute sie sich über einen Besuch von Gertrude Stein mehr als über einen Besuch von wer weiß wem. Und es war auch größtenteils um Mildred Aldrich eine Freude zu machen, daß Gertrude Stein versuchte, das *Atlantic Monthly* dazu zu bewegen, etwas von Gertrude Stein anzunehmen. Mildred glaubte und sagte immer, es sei wie eine Auszeichnung, wenn das *Atlantic Monthly* einwillige, was es natürlich nie tat. Über noch etwas anderes pflegte Mildred sich schrecklich zu ärgern. Gertrude Steins Name erschien nie in Amerikas *Who's Who*. Er fand sich in den Bibliographien englischer Autoren, ehe er je in einer amerikanischen stand. Das beunruhigte Mildred sehr. Ich finde es scheußlich, sagte sie zu mir, wenn ich in Amerikas *Who's Who* blättere und all die unbedeutenden Leute darin sehe, aber nicht Gertrude Steins Namen. Und dann pflegte sie zu sagen, ich weiß, daß es nichts zu bedeuten hat, aber trotzdem wünschte ich Gertrude Stein würde nicht so in Bann getan. Die gute Mildred. Und ausgerechnet in diesem Jahr hat aus Gründen, die nur ihm allein bekannt sein mögen, *Who's Who* zum erstenmal Gertrude Steins Namen auf seine Liste gesetzt. Das *Atlantic Monthly* nicht, wie wohl kaum erwähnt zu werden braucht.

Die Geschichte mit dem *Atlantic Monthly* ist wirklich komisch.

Wie ich schon berichtet habe, schickte Gertrude Stein dem *Atlantic Monthly* einige Manuskripte, nicht mit der kleinsten Idee, daß sie sie veröffentlichen würden, wenn es aber wunderbarerweise doch geschehen wäre, hätte es ihr Freude gemacht und Mildred wäre begeistert gewesen. Eine Antwort kam, und zwar eine ziemlich lange und streitbare vom Redaktionsbüro. Gertrude Stein, die glaubte, daß eine Bostoner Sekretärin im Redaktionsbüro ihr geschrieben habe, beantwortete die einzelnen Punkte ausführlich und sandte die Antwort an Miß Ellen Sedgwick. Sie erhielt fast umgehend Antwort, die auf alle Punkte einging und gleichzeitig zugab, daß die Sache nicht ohne Interesse sei, daß aber das *Atlantic Monthly* seinen Lesern natürlich nicht zumuten könne, diese Manuskripte im Textteil der Zeitschrift zu lesen. Es sei jedoch möglich, sie vielleicht in einer Spalte zu bringen, die sich, wenn ich mich recht entsinne, *Contributors' Club* nannte. Am Schluß des Briefes hieß es, der Schreiber sei nicht Ellen, sondern Ellery Sedgwick.

Gertrude Stein war natürlich beglückt, daß es Ellery und nicht Ellen war und gestattete den Abdruck im *Contributors' Club*, doch erschienen die Manuskripte natürlich auch nicht in der Spalte *Contributors' Club*.

Die ganze Zeit über lernten wir neue Menschen kennen.

Irgend jemand, ich weiß nicht mehr wer, hatte uns von einer Amerikanerin erzählt, die in unserm Viertel eine Leihbücherei mit englischen Büchern eröffnet hatte. Wir hatten weil wir jetzt sparten, unser Abonnement bei Mudie aufgegeben, und die *American Library* versorgte uns etwas mit Lesestoff, doch Gertrude Stein wollte mehr haben. Wir forschten nach und entdeckten Sylvia Beach. Sylvia Beach war von Gertrude Stein ganz begeistert und die beiden schlossen Freundschaft. Gertrude Stein wurde Sylvia Beachs erste Jahresabonnentin und Sylvia Beach war sehr stolz und dankbar. Ihre kleine Bücherei lag in einer Seitenstraße in der Nähe der Ecole de Médecine. Von Amerikanern wurde sie damals nur selten aufgesucht. Der Autor von *Beebie the Beebeist* die Nichte von Marcel Schwob und ein paar vereinzelte irische Dichter gingen hin. Wir sahen Sylvia in jener Zeit sehr häufig, sie kam zu uns in die Rue de Fleurus oder fuhr im alten Wagen mit uns aufs Land hinaus. Wir lernten Adrienne Monnier kennen und sie brachte uns Valéry Larbaud und alle interessierten sich sehr für *Three Lives* und Valéry Larbaud schien darüber nachzudenken, ob er es übertragen solle. Um jene Zeit erschien Tristan Tzara zum erstenmal in Paris. Über dieses Ereignis war Adrienne Monnier ganz begeistert. Picabia hatte ihn während des Krieges in der Schweiz aufgestöbert, und zusammen hatten sie den Dadaismus erfunden, und aus dem Dadaismus ging nach mancherlei Kampf und Streit der Surrealismus hervor.

Tzara kam in die Rue de Fleurus, ich glaube, Picabia brachte ihn mit, bin aber nicht ganz sicher. Ich habe es immer sehr schwer gefunden, den Geschichten über seine Heftigkeit und Schlechtigkeit Glauben zu schenken oder wenigstens fand ich es im Augenblick schwer, denn Tzara saß als er in die Rue de Fleurus kam, neben mir am Teetisch und unterhielt sich mit mir wie ein netter und nicht sehr aufregender Vetter.

Adrienne Monnier wollte, daß Sylvia in die Rue de l'Odéon zöge und Sylvia zauderte, tat es aber schließlich, und danach haben wir sie nicht mehr sehr oft gesehen. Adrienne gab eine Gesellschaft, gleich nachdem Sylvia dort eingezogen war, und wir gingen hin und dort entdeckte Gertrude Stein zum erstenmal, daß sie in Oxford eine Gruppe von jungen Anhängern hatte. An jenem Abend waren bei Adrienne mehrere Studenten aus Oxford und sie waren ganz begeistert, sie kennenzulernen und baten sie um Manuskripte und veröffentlichten sie im gleichen Jahr 1920 im *Oxford Magazine*.

Sylvia Beach brachte hin und wieder ganze Gruppen in die Rue de Fleurus, Gruppen junger Schriftsteller in deren Begleitung sich ältere Damen befanden. Damals brachte sie auch Ezra Pound mit, nein, das kam auf andre Art zustande. Sie hörte allmählich auf uns zu besuchen, doch benachrichtigte sie uns, Sherwood Anderson sei nach Paris gekommen und wolle Gertrude Stein besuchen und ob er kommen dürfe. Gertrude Stein antwortete, daß sie sich sehr freuen würde, und er kam mit seiner Frau und dem Musikkritiker Rosenfeld.

Aus irgendeinem Grunde war ich bei diesem Zusammentreffen nicht anwesend, wahrscheinlich wegen Haushaltskomplikationen, jedenfalls war Gertrude Stein als ich nach Hause kam, so bewegt und erfreut wie sie es selten war. Gertrude Stein war damals etwas verbittert weil all ihre Manuskripte unveröffentlicht waren und keine Aussicht auf Veröffentlichung oder ernste Anerkennung bestand. Sherwood Anderson kam nun und sagte ihr ganz einfach und offen wie es seine Art ist, was er von ihrem Schaffen hielt und was ihm ihr Werk für seine eigene Entwicklung bedeutet hatte. Er sagte es ihr dort in der Rue de Fleurus und, was noch seltener war, er sagte es auch sofort danach schwarz auf weiß und veröffentlichte es. Gertrude Stein und Sherwood Anderson sind immer die besten Freunde gewesen, aber ich glaube nicht einmal er selbst ahnt, was sein Besuch für sie bedeutet hat. Er war es auch, der dann die Einführung für *Geography and Plays* schrieb.

Damals traf man weiß Gott wen weiß Gott wo. Die Jewetts waren ein amerikanisches Ehepaar, die bei Perpignan ein Schloß aus dem zehnten Jahrhundert besaßen. Wir hatten sie dort während des Krieges kennengelernt, und als sie nach Paris kamen, besuchten wir sie. Bei ihnen trafen wir auch Man Ray und Robert Coates, und wie sowohl der eine als auch der andre dort hinkamen, weiß ich nicht.

Als wir kamen, waren schon eine Menge Menschen im Zimmer und bald unterhielt sich Gertrude Stein mit einem kleinen Mann, der in einer Ecke saß. Als wir gingen, hatte sie eine Verabredung mit ihm getroffen. Sie sagte, er sei ein Photograph und schiene interessant zu sein und sie erinnerte mich daran, daß Jeanne Cook, die Frau von William Cook, eine

Aufnahme von sich wollte, um sie Cooks Verwandten nach Amerika zu schicken. Wir gingen alle drei zu Man Rays Hotel. Es war eins von den winzig kleinen Hotels in der Rue Delambre und Man Ray hatte darin ein sehr kleines Zimmer, aber noch nie sah ich einen Raum, nicht einmal eine Schiffskabine, voll so vieler Sachen und die Sachen alle wunderbar untergebracht. Er hatte ein Bett, er hatte drei große Kameras, er hatte mehrere Arten von Beleuchtungskörpern, er hatte einen großen Wandschirm und in einem kleinen Wandschrank entwickelte er all seine Aufnahmen. Er zeigte uns Bilder von Marcel Duchamp und sehr vielen andern Leuten und bat, ob er kommen und Aufnahmen vom Atelier und von Gertrude Stein machen dürfe. Er tat es und machte auch von mir einige Aufnahmen und wir waren sehr zufrieden mit dem Ergebnis. Er hat in verschiedenen Zeitabständen noch mehr Aufnahmen von Gertrude Stein gemacht und sie ist immer voller Interesse, wie er Beleuchtunsquellen verwendet. Immer kommt sie sehr zufrieden nach Hause. Eines Tages erzählte sie ihm, daß sie die von ihm gemachten Photographien besser fände als alle die je von ihr gemacht worden seien, mit einer einzigen Ausnahme, einem Bildchen, das ich kürzlich von ihr aufgenommen hatte. Das schien ihn zu beunruhigen. Nach einem Weilchen bat er sie, wiederzukommen und ihm zu sitzen, und sie tat es. Er sagte, bewegen Sie sich so sehr Sie wollen, die Augen, den Kopf, es soll ein Porträt sein und doch alle Merkmale einer Momentaufnahme aufweisen. Sie saß sehr lange, bewegte sich, wie er es verlangt hatte, und das Resultat – die letzten Bilder, die er von ihr gemacht hat – war außerordentlich interessant.

In jenen ersten Tagen gleich nach dem Kriege trafen wir bei den Jewetts auch Robert Coates. Ich erinnere mich noch sehr gut an den Tag. Es war ein kalter düsterer Tag in einem hochgelegenen Hotelzimmer. Es waren eine Anzahl junger Leute da, und plötzlich rief Gertrude Stein, sie habe vergessen die Lampen am Wagen brennen zu lassen und sie wolle nicht wieder ein Strafmandat, wir hatten gerade eins bekommen, weil ich vor einem Polizisten gehupt hatte, damit er uns aus dem Wege geht und sie, weil sie in der falschen Richtung um einen Laternenpfahl herumgefahren war. So, sagte ein rothaariger junger Mann, und sofort war er nach unten gegangen und schon wieder oben. Ihre Lampen brennen, sagte er. Aber wieso konnten Sie wissen, welches mein Wagen ist, fragte Gertrude Stein. Oh, das wußte ich, sagte Coates. Wir hatten Coates immer sehr gern. Es ist erstaunlich, wie wenig bekannte Menschen man trifft, wenn man durch Paris schlendert, aber Coates trafen wir oft, ohne Hut und mit seinem roten Haarschopf, an den unerwartetsten Stellen. Es war gerade zu der Zeit, als *Broom* erschien, worüber ich gleich erzählen werde, und Gertrude Stein interessierte sich sehr lebhaft für Coates' Werk sowie er es ihr zeigte. Sie sagte, er sei der einzige junge Mann mit eigenem Rhythmus, seine Worte vermittelten den Augen einen Klang, was die Worte anderer meistens nicht tun. Wir fanden auch Coates' Adresse so nett, das City-Hotel auf der Insel, und wir mochten seine ganze Art.

Gertrude Stein war begeistert über das Thema, das er sich für den Guggenheim-Preis gestellt hatte. Leider gewann seine Arbeit, ein reizender kleiner Roman mit Gertrude Stein als erster Referentin, keinen Preis.

Wie ich schon sagte, erschien *Broom*.

Vor dem Kriege hatten wir einen jungen Mann kennengelernt, ihn aber nicht oft, sondern nur hin und wieder gesehen, Elmer Harden hieß er und studierte in Paris Musik. Während des Krieges hörten wir dann, daß Elmer Harden zur französischen Armee gegangen und schwer verwundet worden sei. Es war eine befremdliche Geschichte. Elmer Harden hatte im amerikanischen Hospital französische Verwundete gepflegt und einer seiner Patienten, ein französischer Hauptmann mit kaum voll gebrauchsfähigem Arm, wollte wieder an die Front. Elmer Harden hatte nicht länger Lust nur zu pflegen. Er sagte zu Hauptmann Peter, ich gehe mit. Aber das ist doch unmöglich, sagte Hauptmann Peter. Ich gehe aber, sagte Elmer hartnäckig. Sie nahmen also ein Taxi und fuhren zum Kriegsministerium und zu einem Zahnarzt und ich weiß nicht wohin sonst noch, und nach Ablauf einer Woche stand Hauptmann Peter an der Front und Elmer war als Gemeiner in seinem Regiment. Er kämpfte tapfer und wurde verwundet. Nach dem Kriege sahen wir ihn wieder und von da an trafen wir ihn sehr oft. Er und die schönen Blumen, die er uns zu schicken pflegte, waren in den trübseligen Tagen gleich nach dem Kriege ein richtiger Trost. Er und ich pflegten immer zu sagen, daß er und ich die letzten unsrer Generation seien, die sich an den Krieg erinnern können. Ich fürchte jedoch, wir haben ihn beide schon ein wenig vergessen. Erst vor kurzem erzählte uns Elmer von einem großen Triumph, er habe Hauptmann Peter, der ein Bretone ist, dazu gebracht, ihm zuzugeben, daß es ein netter Krieg gewesen sei. Wenn Elmer bisher gefragt habe, Hauptmann Peter, *c'était une chic guerre*, dann habe derHauptmann die Antwort verweigert, aber als Elmer diesmal gesagt habe, *c'était une chic guerre*, da habe der Hauptmann geantwortet, *oui Elmer*, *c'est vrai*, *c'était une chic guerre*.

Kate Buss stammte aus der gleichen Stadt wie Elmer, aus Medford in Massachusetts. Sie war in Paris und besuchte uns. Ich glaube nicht, daß Elmer sie mitbrachte. Sie kam von selbst. Sie interessierte sich sehr für Gertrude Steins Werk und besaß alles, was bisher veröffentlicht worden war und verkauft wurde. Sie brachte Kreymbourg mit. Kreymbourg war mit Harold Loeb nach Paris gekommen, um *Broom* zu gründen. Kreymbourg und seine Frau besuchten uns oft. Er wollte sehr gern *The Long Gay Book* in Fortsetzungen erscheinen lassen, jene Arbeit, die Gertrude Stein gleich nach *The Making of Americans* geschrieben hatte. Harold Loeb wollte natürlich nicht seine Zustimmung geben. Kreymbourg pflegte mit großem Behagen ganze Sätze aus diesem Buch vorzulesen. Außer ihrer gegenseitigen Zuneigung bestand noch ein anderes Band, das Gertrude Stein mit ihm verknüpfte, denn die Grafton Press, die *Three Lives* druckte, hatte auch sein erstes Buch gedruckt, und ungefähr um die gleiche Zeit.

Kate Buss brachte uns Scharen von Menschen ins Haus. Sie brachte Djuna Barnes und Mina Loy und sie hatten James Joyce bringen wollen, aber er kam nicht. Wir freuten uns Mina wiederzusehen, der wir in Florenz als Mina Haweis begegnet waren. Mina brachte Glen Westcott mit, der auf seiner ersten Europareise war. Glenway überraschte uns sehr mit seinem englischen Akzent. Hemingway erklärte es uns. Er sagte, wenn man sich in Chikago an der Universität immatrikulieren läßt, braucht man nur zu sagen, welchen Akzent man haben möchte, und den erhält man dann auch beim Schlußexamen. Man kann einen vom sechzehnten Jahrhundert oder einen modernen wählen, was man will. Glenway hatte sein seidenes Zigarettenetui mit seinem Monogramm bei uns vergessen, wir bewahrten es bis zu seiner Rückkehr auf und gaben es ihm dann wieder.

Mina brachte auch Robert McAlmon mit. McAlmon war damals sehr nett, sehr männlich und sehr hübsch. Sehr viel später veröffentlichte er dann *The Making of Americans* in der Contact-Press und dann zerstritten sie sich. Doch so geht's in Paris, nur daß in diesem Falle Gertrude Stein und er sich nie wieder aussöhnten.

Kate Buss brachte auch Ernest Walsh mit, er war damals noch sehr jung und fiebrig und sie machte sich seinetwegen Sorgen. Wir sahen ihn später bei Hemingway und auch in Belley, aber wir lernten ihn nicht näher kennen.

Ezra Pound lernten wir in Grace Lounsberys Haus kennen, er kam dann zum Essen zu uns und blieb lange, er sprach unter anderem von japanischen Holzschnitten. Gertrude Stein mochte ihn gern, fand ihn aber nicht sehr amüsant. Sie sagte, er sei ein Dorfredner, was ausgezeichnet sei, wenn man ein Dorf sei, wenn man es aber nicht sei, nicht. Ezra sprach auch über T. S. Eliot. Es war zum erstenmal, daß jemand bei uns über T. S. gesprochen hatte. Bald sprach alle Welt über T. S. Kitty Buss sprach auch über ihn und Hemingway sprach von ihm als dem «major». Sehr viel später sprach auch Lady Rothermere von ihm und lud Gertrude Stein ein, ihn bei sich zu treffen. Sie gründeten damals das *Criterion*. Wir hatten Lady Rothermere durch Muriel Draper kennengelernt, als wir sie nach vielen Jahren zum erstenmal wiedersahen. Gertrude Stein war nicht besonders versessen darauf, zu Lady Rothermere zu gehen, um dort T. S. Eliot kennenzulernen, doch bestanden wir alle darauf, daß sie gehen müsse und sie gab zaudernd ihre Einwilligung. Ich hatte kein Abendkleid, das ich zu diesem Anlaß hätte anziehen können und begann deshalb mir eins zu machen. Da läutete es, und Lady Rothermere erschien mit T. S. Eliot.

Eliot und Gertrude Stein unterhielten sich sehr förmlich, meistens über das Spalten von Infinitiven und andere grammatikalische Fehler und weshalb Gertrude Stein sie nicht vermeide. Schließlich erhoben sich Lady Rothermere und T. S. Eliot, um aufzubrechen und Eliot sagte, wenn er etwas von Gertrude Stein im *Criterion* veröffentlichen würde, dann müsse es eine ihrer allerneuesten Arbeiten sein. Sie gingen und Gertrude Stein sagte, jetzt brauchst du dein Abendkleid nicht fertigzunähen, denn nun brauchen wir nicht hinzugehen, und sie begann ein Porträt von T. S. Eliot zu verfassen und nannte es *The fifteenth of November*, denn das war das Datum jenes Tages und somit konnte kein Zweifel bestehen, daß es ihre allerneueste Arbeit war. Es handelte alles von *wool is wool and silk is silk* oder *wool is woollen and silk is silken*. Sie schickte es an T. S. Eliot, der es annahm, es aber natürlich nicht veröffentlichte.

Dann begann ein langer Briefwechsel, jedoch nicht zwischen Gertrude Stein und T. S. Eliot, sondern zwischen T. S. Eliots Sekretärin und mir. Wir redeten einander als «Sehr geehrter Herr» an und ich unterschrieb A. B. Toklas und die Sekretärin zeichnete auch mit ihrem Namenszug.

Erst sehr viel später entdeckte ich, daß es eine Sekretärin und nicht ein Sekretär war. Ich weiß nicht, ob sie je herausgefunden hat, wer ich war.

Trotz dieser langen Schreiberei ereignete sich nichts und Gertrude Stein erzählte die ganze Geschichte boshafterweise allen Engländern, die uns besuchten und damals kamen gerade sehr viele Engländer zu uns. Endlich kam dann ein Brief vom *Criterion* – es war inzwischen Vorfrühling geworden –, in welchem Miß Stein gefragt wurde, ob sie etwas dagegen hätte, wenn ihr Beitrag in der Oktobernummer erschiene. Sie erwiderte, daß nichts geschickter sein könne, als *The Fiftheenth of November* am fünfzehnten Oktober erscheinen zu lassen.

Wieder ein langes Schweigen und dann erschien ein Fahnenabzug des Beitrags. Wir waren erstaunt, sandten aber den Abzug prompt zurück. Anscheinend hatte ein junger Mann den Abzug ohne Ermächtigung gesandt, denn bald danach kam ein Entschuldigungsbrief, in dem es hieß, daß ein Irrtum unterlaufen sei, der Beitrag würde noch nicht sofort erscheinen. Auch dies wurde unsern englischen Gästen erzählt, mit dem Ergebnis, daß der Beitrag erschien. Später wurde er dann in den *Georgian Tales* veröffentlicht. Gertrude Stein war entzückt, als sie erfuhr, T. S. Eliot habe in Cambridge gesagt, Gertrude Steins Werk ist sehr gut, aber nicht für uns.

Doch nun wieder zu Ezra. Ezra kam wieder und er kam mit dem Herausgeber des *Dial* an. Diesmal war es schlimmer als mit den japanischen Holzschnitten, denn es ging bedeutend heftiger zu. Vor lauter Überraschung wegen dieser Heftigkeit fiel Ezra Pound vom Stuhl – es war Gertrude Steins Lieblingssessel, den ich seitdem mit Picasso-Mustern bestickt habe –, und Gertrude Stein war wütend. Schließlich gingen Ezra Pound und der Herausgeber des *Dial* fort, und keiner war in sehr gehobener Stimmung. Gertrude Stein wollte Ezra Pound nie wieder sehen. Ezra begriff nicht recht weshalb. Er traf Gertrude Stein eines Tages in der Nähe der Luxembourggärten und sagte, aber ich möchte unbedingt zu Ihnen kommen. Es tut mir leid, erwiderte Gertrude Stein, aber Miß Toklas hat einen schlimmen Zahn und außerdem haben wir alle Hände voll zu tun, um Feldblumen zu pflücken. Daran war jedes Wort wahr, wie bei allem, was Gertrude Stein äußert, doch Ezra regte sich darüber auf und wir sahen ihn nie wieder.

Während dieser Monate nach dem Kriegsende gingen wir eines Tages eine kleine Straße entlang und sahen einen Mann vor einem Schaufenster, der vorwärts und rückwärts und nach rechts und links ging und sich auch sonst ganz seltsam benahm. Lipschitz, rief Gertrude Stein. Ja, sagte Lipschitz, ich kaufe gerade einen eisernen Hahn. Wo ist er, fragten wir. Dort natürlich, sagte er, und da war er auch. Gertrude Stein hatte Lipschitz früher nur sehr obenhin gekannt, aber durch diesen kleinen Vorfall wurden sie zu Freunden und bald bat er sie, ihm zu sitzen. Er hatte gerade eine Büste von Jean Cocteau beendet und wollte jetzt mit der ihren beginnen. Sie hat nichts dagegen, jemandem zu sitzen, die Ruhe ist ihr angenehm, und obwohl sie nicht für Skulpturen ist und es auch Lipschitz sagte, begann sie ihm zu sitzen. Ich erinnere mich, daß es ein sehr heißer Frühlingstag war und in Lipschitz' Atelier war es fürchterlich heiß und dort verbrachten sie ganze Stunden.

Lipschitz ist eine großartige Klatschbase und Gertrude Stein ist selig, wenn sie die Geschichten von Anfang bis zu Ende kennt und Lipschitz war in der Lage, ihr die fehlenden Teile zu verschiedenen Geschichten nachzuliefern.

Und dann sprachen sie über Kunst und Gertrude Stein fand die Büste nicht so übel und sie wurden gute Freunde und dann waren die Sitzungen zu Ende.

Eines Tages waren wir in der Stadt in einer Gemäldeausstellung und jemand trat auf Gertrude Stein zu und sagte etwas. Sie wischte sich die Stirn und sagte, wie heiß es ist. Er sagte, er sei ein Freund von Lipschitz und sie erwiderte, oh, bei dem war es auch furchtbar heiß. Lipschitz hatte ihr versprochen, Photographien von der Büste zu bringen, die er gemacht hatte, doch er kam nicht und wir hatten furchtbar viel anderes zu tun und wunderten uns nur manchmal, weshalb Lipschitz nicht kam. Jemand anders wollte auch die Photos sehen, also schrieb sie ihm, sie herzubringen. Er kam. Sie fragte, weshalb sind Sie denn nicht eher gekommen? Er sagte, er sei nicht gekommen, weil sie zu jemand gesagt habe, daß sie nicht gern für ihn gesessen habe. Ach zum Kuckuck, sagte sie, ich bin doch wohl bekannt dafür, daß ich über alle und zu all und jedem etwas sage, ich sage über alle etwas und ich sage zu allen etwas, ich sage es, wann es mir paßt und wie es mir paßt, aber da ich meistens sage, was ich denke, wäre es doch das mindeste, daß Sie sich zufriedengeben mit dem, was ich zu Ihnen sage. Er schien sehr zufrieden und sie plauderten glücklich und freundlich miteinander und dann sagten sie beim Abschied, *à bientôt*, *à très bientôt*. Lipschitz ging und ließ sich jahrelang nicht sehen.

Dann tauchte Jane Heap auf und wollte einige von Lipschitz' Arbeiten mit nach Amerika hinübernehmen und sie wollte, daß Gertrude Stein ihr auswählen helfen sollte. Aber wie kann ich denn, sagte Gertrude Stein, da Lipschitz offensichtlich böse mit mir ist, ich habe nicht die leiseste Ahnung, weshalb und wieso, aber er ist es nun mal. Jane Heap sagte, Lipschitz habe ihr gesagt, er könne Gertrude Stein besser leiden als die meisten Menschen und sei todunglücklich, weil er sie nicht mehr sähe. Oh, sagte Gertrude Stein, ich habe ihn sehr gern. Natürlich will ich mitkommen. Sie ging hin. Beide umarmten sich herzlich und waren glücklich und ihre einzige Rache war, daß sie beim Abschied zu Lipschitz sagte, *A très bientôt*. Und Lipschitz sagte, *comme vous êtes méchante*. Seitdem sind sie die besten Freunde gewesen und Gertrude Stein hat eins ihrer schönsten Porträts über Lipschitz geschrieben, doch von dem Streit haben sie nie wieder gesprochen und wenn er weiß, was beim zweitenmal eigentlich geschah, so weiß sie es jedenfalls immer noch nicht.

Durch Lipschitz traf Gertrude Stein Jean Cocteau wieder. Lipschitz erzählte Gertrude Stein etwas, das sie nicht wußte, daß nämlich Cocteau in seinem *Potomac* von ihrem *Portrait of Mabel Dodge* gesprochen und daraus zitiert habe. Hierüber freute sie sich natürlich sehr, da Cocteau der erste französische Schriftsteller war, der von ihrem Werk gesprochen hatte. Sie trafen sich ein paarmal und begannen eine Freundschaft, die darin besteht, daß sie sich sehr oft schreiben und sich ungeheuer gut leiden können und viele gemeinsame junge und alte Freunde haben, doch besuchen sie sich nicht.

Auch Jo Davidson fertigte diesmal eine Büste von Gertrude Stein an. Bei ihm ging alles friedlich zu, Jo war witzig und amüsant und er gefiel Gertrude Stein. Ich kann mich nicht mehr entsinnen, wer kam und ging, waren es lebendige Menschen oder die Büsten, die er von ihnen gemacht hatte, jedenfalls waren es sehr viele. Unter anderen war auch Lincoln Steffens da, und auf eine seltsame Art hängt er damit zusammen, daß wir auf einmal sehr häufig Janet Scudder sahen, aber ich erinnere mich nicht mehr genau wie es eigentlich kam.

Ich erinnere mich jedoch noch sehr gut daran, wie ich das erstemal Janet Scudders Stimme hörte. Es war ganz im Anfang als ich gerade erst nach Paris gekommen war und meine Freundin und ich hatten eine kleine Wohnung in der Rue Notre Dame des Champs. Meine Freundin, in ihrer Begeisterung, andre Leute begeistert zu sehen, hatte sich einen kleinen Matisse gekauft und ihn gerade an die Wand gehängt. Mildred Aldrich kam zu Besuch, es war ein warmer Frühlingsnachmittag und Mildred lehnte aus dem Fenster. Plötzlich hörte ich wie sie rief, Janet, Janet, komm nach oben. Was ist denn, fragte eine reizende schleppende Stimme. Ich möchte, daß du nach oben kommst und meine Freundinnen Harriet und Alice kennenlernst, und ich möchte, daß du nach oben kommst und dir ihre neue Wohnung ansiehst. Oh, sagte die Stimme. Und außerdem, fuhr Mildred fort, haben sie einen großen neuen Matisse gekauft. Komm nach oben und sieh ihn dir an. Lieber nicht, sagte die Stimme.

Später als Matisse draußen in Clamart wohnte, sah Janet sehr viel Bilder von Matisse. Und sie und Gertrude Stein sind immer gute Freunde gewesen, wenigstens von der Zeit an, da sie sich näher kennenlernten.

Wie Doktor Claribel Cone besteht auch Janet darauf, daß sie Gertrude Steins Werk zwar nicht versteht, aber mit Begeisterung liest und nachempfindet und oft liest sie daraus vor.

Wir reisten zum erstenmal seit dem Kriege ins Rhônetal und Janet und eine Freundin in einer Zwillingsschwester unsrer Godiva sollten auch mit uns kommen. Hierüber will ich gleich berichten.

Während all dieser bewegten Monate versuchten wir auch Mildred Aldrich das Kreuz der Ehrenlegion zu verschaffen. Nach Beendigung des Krieges erhielten sehr viele Menschen die Kriegshilfsdienst gemacht hatten, diese Auszeichnung, aber sie waren alle in Organisationen gewesen, Mildred Aldrich dagegen nicht. Gertrude Stein war sehr darauf bedacht, daß Mildred es bekommen sollte, erstens fand sie, sie müsse es einfach haben, denn keiner hatte so viel Propaganda für Frankreich gemacht, wie Mildred mit ihren Büchern, die in Amerika von jedermann gelesen wurden, und zweitens wußte sie, daß Mildred sich darüber freuen würde. Wir begannen also unsern Feldzug. Es war keine Kleinigkeit, da die Organisationen natürlich den größten Einfluß hatten. Wir setzten verschiedene Leute in Bewegung. Wir stellten Listen von prominenten Amerikanern auf und baten um ihre Unterschriften. Sie weigerten sich auch nicht, doch eine Liste mag wohl etwas helfen, kann aber nicht allein zu einem Erfolg führen. Mr. Jaccaci, der Gertrude Stein sehr bewunderte, war sehr hilfsbereit, aber alle Leute, die er kannte, wollten zuerst einmal etwas für sich selber haben. Wir gewannen die American Legion dafür, oder wenigstens zwei ihrer Obersten, aber sie hatten auch bereits andre Bekannte, denen sie voranhelfen sollten. Wir hatten alle Welt aufgesucht, mit jedem gesprochen und jedermanns Interesse gewonnen und alle versprachen Hilfe, aber nichts geschah. Schließlich lernten wir einen Senator kennen. Er hätte uns wohl sehr nützlich sein können, aber Senatoren sind vielbeschäftigte Menschen, doch dann lernten wir eines Nachmittags seine Sekretärin kennen. Gertrude Stein fuhr die Sekretärin in der Godiva nach Hause.

Wie es sich herausstellte, hatte die Sekretärin des Senators versucht chauffieren zu lernen, aber es war ihr nicht geglückt. Die Art und Weise, wie Gertrude Stein mit der Ruhe und Gleichgültigkeit eines Chauffeurs sich im Pariser Verkehr ihren Weg suchte und dabei gleichzeitig eine berühmte Autorin war, das überwältigte sie. Sie sagte, sie würde Mildred Aldrichs Akten aus dem Fach holen, in dem sie wahrscheinlich schlummerten, und sie tat es auch. Kurz darauf erhielt eines Morgens Mildred Aldrich einen amtlichen Besuch vom Bürgermeister ihres Dorfes. Er legte ihr die erforderlichen Formulare vor, die zuerst unterzeichnet werden müssen. Er sagte zu ihr, bedenken Sie bitte, Mademoiselle, daß solche Sachen oft einen Anfang haben, aber nicht immer kommt etwas dabei heraus. Seien Sie also auch auf Enttäuschungen gefaßt. Mildred Aldrich erwiderte ruhig, Monsieur le Maire, wenn meine Freunde eine Sache dieser Art beginnen, dann kommt auch etwas dabei heraus. Und so war es auch. Als wir auf unserer Fahrt nach Avignon durch Saint-Rémy kamen, erhielten wir eine Depesche, die uns mitteilte, daß Mildred ihre Auszeichnung bekommen hatte. Wir waren begeistert und Mildred verlor bis zu ihrem Todestage weder ihren Stolz noch ihre Freude an der Auszeichnung.

Während dieser bewegten Nachkriegsjahre arbeitete Gertrude Stein unermüdlich. Nicht wie in der ersten Zeit ganze Nächte hindurch, aber doch überall, zwischen Besuchen, im Auto, während sie auf der Straße wartete, wenn ich Besorgungen machte, und während der Sitzungen. Sie liebte es damals besonders, im Auto zu arbeiten, wenn es in von Menschen wimmelnden Straßen stand.

Damals schrieb sie als eine Art Scherz *Finer than Melanctha*. Harold Loeb, der damals der alleinige Herausgeber des *Broom* war, sagte zu ihr, er würde gern etwas von ihr haben, das ebenso schön wie *Melanctha*, die Negergeschichte in *Three Lives*, sei.

Der Straßenlärm und die Bewegungen der Autos konnten sie sehr beeinflussen. Sie liebte es damals auch sehr, sich einen bestimmten Satz als eine Art Stimmgabel und Metronom vorzuhalten und dann in dieser Tonart und auf dieses Zeitmaß zu schreiben. Eins dieser Experimente war *Mildred's Thoughts*, veröffentlicht in *The American Caravan*, und sie fand es sehr gelungen. Ein anderes war *The Birthplace of Bonnes*, veröffentlicht in *The Little Review*. Damals wurde auch geschrieben *Moral Tales of 1920–1921*, *American Biography* und *One Hundred Prominent Men*, als sie, wie sie sagte, nur aus ihrer Phantasie einhundert Männer erschuf, alles wirklich Männer, alle wirklich prominent. Die beiden letzteren Werke wurden später in *Useful Knowledge* veröffentlicht.

Um diese Zeit herum kam auch Harry Gibb wieder für ein Weilchen nach Paris. Er war sehr besorgt darum, daß Gertrude Stein wieder ein Buch mit ihren Arbeiten veröffentlichen sollte, um zu beweisen, was sie in all den Jahren getan hatte. Kein kleines Buch, sagte er ständig, sondern ein dickes Buch, etwas, an dem sie sich die Zähne ausbeißen können. Sie müssen es tun, pflegte er zu sagen. Aber kein Verleger wird es auch nur anschauen, erwiderte sie, jetzt, da John Lane sich zurückgezogen hat. Das ist einerlei, rief Harry Gibb heftig, es geht darum, daß sie das Wesen der Sache selbst sehen, und noch vieles von Ihnen muß veröffentlicht werden, und dann wandte er sich an mich und sagte, Alice, Sie müssen es tun. Ich wußte, daß er recht hatte und daß es getan werden mußte. Aber wie.

Ich sprach mit Kate Buss darüber und sie schlug die *Four Seas Company* vor, die ein kleines Buch von ihr veröffentlicht hatten. Ich begann einen Briefwechsel mit Mr. Brown (Verdammt-noch-eins-Brown, wie Gertrude Stein ihn immer in Anlehnung an einen Ausspruch von William Cook nannte, wenn alles sich ganz widerwärtig anließ). Nachdem endlich eine Abmachung mit Verdammt-noch-eins-Brown zustandegekommen war, brachen wir auf und fuhren im Juli 1922 nach dem Süden.

Wir fuhren in der Godiva, unserm kleinen Sportwagen-Ford, und hinter uns her eine zweite Godiva mit Janet Scudder in Begleitung von Mrs. Lane. Sie wollten nach Grasse fahren, um sich dort ein Heim zu erwerben, fanden aber schließlich etwas in der Nähe von Aix-en-Provence. Und wir gingen nach Saint-Rémy, um in Friedenszeiten die Gegend wieder zu besuchen, die wir während des Krieges so geliebt hatten.

Wir waren erst hundert Kilometer von Paris entfernt, als Janet Scudder hupte, was ein verabredetes Zeichen war, daß wir halten und warten sollten. Janet fuhr mit ihrem Wagen neben den unsern und begann mit ernster Miene zu reden (Gertrude Stein nennt sie immer den Zinnsoldaten, sie sagt nämlich, es gäbe nur zwei todernste Dinge auf Erden, den einfachen amerikanischen Soldaten und Janet Scudder, und Janet Scudder, sagt Gertrude Stein immer, habe auch alles Feine und Liebenswürdige und Tief-Einsame des gewöhnlichen amerikanischen Soldaten an sich). Janet fuhr also längsseits und sagte ernsthaft: ich glaube wir sind auf der falschen Landstraße, es heißt hier Paris–Perpignan, aber ich will nach Grasse.

Jedenfalls fuhren wir nun nicht weiter und blieben in Lorne und merkten, wie müde wir waren. Wir waren einfach müde.

Wir schlugen den andern vor, daß sie allein weiter nach Grasse fahren sollten, aber sie sagten, sie wollten warten und so warteten wir alle. Es war das erstemal seit Palma de Mallorca im Jahre 1916, daß wir einfach stille hielten. Schließlich bewegten wir uns langsam bis nach Saint-Rémy vor und die andern beiden fuhren weiter nach Grasse und kamen wieder.

Sie fragten uns, was wir tun wollten und wir erwiderten, nichts, einfach hierbleiben. Sie fuhren also wieder fort und kauften sich ein Grundstück in Aix-en-Provence.

Janet Scudder hat, wie Gertrude Stein immer sagt, eine wahre Pionierleidenschaft, sich unnützes Land zu kaufen. In jeder kleinen Stadt, in der wir unterwegs hielten, entdeckte Janet ein Stück Land, das sie zum Erwerb geeignet fand und Gertrude Stein protestierte heftig und schleppte sie weg. Überall wollte sie sich Land kaufen, ausgenommen in Grasse, wo sie sich ursprünglich etwas Land hatte kaufen wollen. Schließlich kaufte sie Haus und Land in Aix-en-Provence, nachdem sie darauf bestanden hatte, Gertrude Stein solle es sich ansehen, die ihr aber gesagt hatte, es nicht zu kaufen und NICHT telegraphierte und NICHT telephonierte. Janet kaufte es trotzdem, doch glücklicherweise gelang es ihr, es nach einem Jahr wieder loszuwerden. Während dieses Jahres blieben wir ruhig in Saint-Rémy.

Wir hatten beabsichtigt, nur ein oder zwei Monate zu bleiben, aber wir blieben den ganzen Winter. Mit Ausnahme eines gelegentlichen Austauschs von Besuchen zwischen Janet Scudder und uns sahen wir keinen Menschen, nur die Landleute dort herum. Wir fuhren nach Avignon, um Besorgungen zu machen, wir fuhren hin und wieder durch die Gegend, die wir während des Krieges so gut kennengelernt hatten, aber die meiste Zeit wanderten wir nur bei Saint-Rémy umher, gingen in die Alpilles, die kleinen Berge, die Gertrude Stein in ihren Dichtungen jenes Winters wieder und wieder beschreibt, beobachteten die riesigen Schafherden, die, von Eseln mit Wasserkrügen angeführt, in die Berge hinaufzogen, oder wir saßen vor den römischen Bauwerken und oft gingen wir auch nach Les Baux. Das Rhônetal übte wieder seinen alten Zauber auf uns aus.

Es war während dieses Winters, daß Gertrude Stein über die Verwendung von Grammatik, von dichterischen Formen und von «Landschaftsstücken», wie man es nennen könnte, nachsann.

In dieser Zeit schrieb sie *Elucidation*, das 1927 in *Transition* veröffentlicht wurde. Es war ihr erster Versuch, ihre Ausdrucksprobleme und ihre Bemühungen um eine Lösung schriftlich darzulegen. Es war auch ihr erster Versuch, bei dem sie sich genau klar wurde, was ihr Schaffen bedeutete und weshalb es so war, wie es war. Später, sehr viel später schrieb sie ihre Abhandlungen über Grammatik, Sätze, Paragraphen, Wortschatz und so weiter, die ich in der *Plain Edition* unter dem Titel *How to Write* veröffentlicht habe.

In Saint-Rémy und während jenes Winters schrieb sie ihre Gedichte, die dann die jüngere Generation so weitgehend beeinflußt haben. Ihr *Capital Capitals* hat Virgil Thomson in Musik gesetzt. *Lend a Hand* oder *Four Religions* ist in *Useful Knowledge* herausgekommen. Dieses Stück hat sie immer ungeheuer interessiert, es war der erste Versuch, aus dem sich später *Opera and Plays* entwickelte und die erste Konzeption einer Landschaft als eines Schauspiels. Damals schrieb sie auch die *Valentine to Sherwood Anderson*, die ebenfalls in *Useful Knowledge* enthalten ist, sowie *Indian Boy*, später im *Reviewer* veröffentlicht (denn Carl van Vechten hatte uns damals Hunter Stagg geschickt, einen jungen Mann aus den Südstaaten, der ebenso hübsch war wie sein Name), und außerdem *Saints in Seven*, das sie benutzte, um ihre Vorlesungen in Oxford zu verdeutlichen, und schließlich noch *Talks to Saints in Saint-Rémy*.

Gertrude Stein arbeitete in jenen Tagen sorgfältig-langsam und mit größter Konzentration. Sie war oft in Gedanken versunken.

Endlich erhielten wir die ersten Exemplare von *Geography and Plays*, der Winter war vorbei und wir kehrten nach Paris zurück.

Dieser lange Winter in Saint-Rémy räumte mit der Rastlosigkeit der Kriegs- und Nachkriegsjahre endgültig auf. Sehr vieles sollte sich noch ereignen, neue Freundschaften würden geschlossen, Feindschaft entstand, noch viele andere Dinge harrten unser, doch mit der Rastlosigkeit war es vorbei.

Gertrude Stein sagt immer, sie habe nur zwei richtige Liebhabereien, ihre Bilder und ihr Auto. Vielleicht würde sie jetzt noch Hunde nennen.

Sofort nach dem Kriege wandte sie ihre Aufmerksamkeit dem Werk eines jungen französischen Malers namens Fabre zu, der ein natürliches Gefühl für Landschaften und Gegenstände auf einem Tisch hatte, aber er kam zu nichts. Der nächste Maler, der ihre Aufmerksamkeit fesselte, war André Masson. Masson stand damals unter dem Einfluß Juan Gris', dem Gertrude Steins ständiges und lebendigstes Interesse galt. Sie interessierte sich für Masson als Maler, besonders wo er Weiß malte, und sie interessierte sich für die Komposition seiner Bilder, die wandernde Linie in seinen Kompositionen. Masson geriet bald unter den Einfluß der Surrealisten.

Die Surrealisten sind gewöhnlich gewordene Picabias, so wie Delaunay und seine Anhänger gewöhnlich gewordene Picassos sind. Picabia hatte das Problem der Linie erkannt und mit dem Problem gerungen, daß die Linie die Vibration eines musikalischen Klanges haben solle, und die Vibration sollte das Resultat einer so subtilen Schau der menschlichen Gestalt und des menschlichen Gesichts sein, daß dadurch die Vibration in der sie verkörpernden Linie erregt würde. Dies ist Picabias Weg zur *Art désincarné* zu gelangen. Und diese Idee war es auch, die, mathematisch aufgefaßt, Marcel Duchamp beeinflußte und sein Bild *Nu Descendant l'Escalier* zur Folge hatte.

Picabia hat sein Leben lang darum gerungen, diese Auffassung zu verwirklichen und zu beherrschen. Gertrude Stein glaubt, daß er sich jetzt vielleicht der Lösung seines Problems nähert. Die Surrealisten, die wie alle Verflacher die Manier für die Sache selbst nehmen, setzen die schon vibrierend gewordene Linie voraus und halten sie daher an sich fähig, sie zu höherem Flug zu inspirieren. Derjenige, der einmal der Schöpfer der vibrierenden Linie sein wird, weiß, daß sie noch nicht geschaffen wurde und daß sie, selbst wenn sie es wäre, niemals nur an sich existieren würde, sondern sie würde immer vom Gefühl abhängen, das die Vibration bedingt. Doch hiermit genug über den Schöpfer und seine Nachahmer.

Gertrude Steins Werk zeigt sie immer als besessen von der geistigen Leidenschaft für Genauigkeit bei der Beschreibung der inneren und äußeren Realität. Dank dieser Konzentrierung ist ihr eine Vereinfachung und als deren Folge die Ausschaltung von Gefühlsassoziationen in Dichtung und Prosa gelungen. Sie weiß, daß Schönheit, Musik und Dekoration das Resultat eines Gefühls sind, nie aber dessen Ursache sein sollten; sogar Ereignisse sollten nicht die Ursache des Gefühls sein, noch sollten sie das Material für Dichtung und Prosa sein; noch sollte Gefühl an sich die Ursache zu Dichtung oder Prosa sein, sondern sie sollten in einer genauen Wiedergabe entweder einer äußeren oder einer inneren Realität bestehen.

Diese Auffassung von unbedingter Genauigkeit ist es, die das enge Verstehen zwischen Gertrude Stein und Juan Gris herbeiführte.

Juan Gris hatte die gleiche Auffassung von unbedingter Genauigkeit, doch hatte dies Verlangen in ihm eine mystische Basis. Er bedurfte der Genauigkeit als Mystiker. Bei Gertrude Stein war dies Bedürfnis intellektuell, eine reine Leidenschaft für Genauigkeit. Daher wurde ihr Werk auch so oft mit dem von Mathematikern, und von einem französischen Kritiker mit dem Werk Bachs verglichen.

Picasso, der von Natur begabteste, hatte weniger Klarheit intellektuellen Vorhabens. Er war in seinem schöpferischen Impuls vom spanischen Ritual beherrscht, später vom Neger-Ritual, wie es sich in den Neger-Skulpturen ausdrückt (die eine arabische Basis haben, die Basis auch des spanischen Rituals), und noch später vom russischen Ritual. Da sein schöpferischer Impuls sich so beherrschend durchbrach, schuf er jedoch jedes Ritual nach seinem eigenen Bilde um.

Juan Gris war der einzige Mensch, den Picasso fortwünschte, und so war ihre Beziehung zueinander.

In jener Zeit als die Freundschaft zwischen Gertrude Stein und Picasso, falls das überhaupt möglich war, enger denn je wurde (für seinen kleinen am vierten Februar geborenen Sohn – ihr Geburtstag war am dritten – schrieb sie ihr *Birthday Book*, mit einer Zeile für jeden Tag des Jahres), in jener Zeit also mißfiel Picasso ihre Freundschaft mit Juan Gris. Nach einer Ausstellung von Bildern Juans in der Galérie Simon rief er voller Zorn, sag mir, weshalb du dich für sein Werk einsetzt, du weißt selbst, daß du es nicht gern hast. Sie antwortete ihm nicht.

Später, als Juan starb und Gertrude darüber zu Tode betrübt war, kam Picasso zu ihr und blieb den ganzen Tag. Ich weiß nicht, was sie miteinander sprachen, ich weiß nur, daß Gertrude Stein einmal voller Bitterkeit sagte, du hast kein Recht, um ihn zu trauern, und er erwiderte, und du hast kein Recht, mir das zu sagen. Du hast nicht begriffen, um was es ihm ging, weil es nicht in dir ist, sagte sie zornig. Du weißt ganz genau, daß ich es begriffen habe, erwiderte er.

Das ergreifendste Werk, das Gertrude Stein je verfaßt hat, ist *The Life and Death of Juan Gris*. Es wurde im *Transition* veröffentlicht und später für die Juan-Gris-Gedächtnis-Ausstellung in Berlin ins Deutsche übersetzt.

Nie wünschte Picasso Braque fort. Einmal, als Picasso und Gertrude Stein sich zusammen unterhielten, sagte Picasso, ja, Braque und James Joyce, das sind die beiden Unverständlichen, die alle Welt verstehen kann. *Les incompréhensibles que tout le monde peut comprendre*.

Das erste, was nach unsrer Rückkehr in Paris geschah, war das Erscheinen Hemingways mit einem Einführungsbrief von Sherwood Anderson.

Ich erinnere mich noch sehr gut an den ersten Eindruck, den ich an jenem Nachmittag von Hemingway hatte. Er war ein außerordentlich hübscher junger Mensch und dreiundzwanzig Jahre alt. Nicht lange danach war jedermann sechsundzwanzig Jahre alt. Es waren die Tage der Sechsundzwanziger. Während der folgenden zwei oder drei Jahre war alle Welt sechsundzwanzig. Anscheinend war's das richtige Alter damals für Zeit und Ort. Ein oder zwei junge Leute waren wohl unter zwanzig, zum Beispiel George Lynes, aber wie Gertrude Stein ihnen genauestens klarmachte, sie zählten nicht. Wenn es junge Leute waren, waren sie eben sechsundzwanzig. Später, sehr viel später, waren alle einundzwanzig oder zweiundzwanzig.

Hemingway war also dreiundzwanzig, ziemlich fremdländisch aussehend, mit eher leidenschaftlich interessierten als interessanten Augen. Er saß Gertrude Stein gegenüber, lauschte und schaute.

Sie sprachen damals und von da an immer häufiger sehr viel zusammen. Er bat sie, doch zu kommen, einen Abend in seiner Wohnung zu verbringen und sich seine Arbeiten anzusehen. Hemingway hatte damals und auch später stets einen guten Instinkt gehabt, Wohnungen in merkwürdigen aber netten Gegenden zu finden, desgleichen gute Haushälterinnen und gutes Essen. Seine erste Wohnung lag gleich hinter der Place du Tertre. Dort verbrachten wir den Abend und Gertrude Stein ging all seine Manuskripte durch, die er bis dahin geschrieben hatte. Er hatte den unvermeidlichen Erstlingsroman begonnen und auch kleine Gedichte waren da, die nachher von McAlmon in der *Contact Edition* abgedruckt wurden. Gertrude Stein fand die Gedichte nicht übel, sie waren geradezu und im Stile Kiplings, aber mit dem Roman war sie nicht einverstanden. Er enthält sehr viel Beschreibung, sagte sie, und nicht etwa besonders gute Beschreibung. Fangen Sie von vorne an und vertiefen Sie sich besser in ihn.

Hemingway war damals Pariser Korrespondent für eine kanadische Zeitung. Er war also gezwungen, das auszudrükken, was er den kanadischen Standpunkt nannte.

Er und Gertrude Stein begannen viel zusammen spazierenzugehen und sich sehr viel miteinander zu unterhalten. Eines Tages sagte sie zu ihm, hören Sie her, Sie sagten doch, daß Sie und Ihre Frau ein klein wenig Geld im Hintergrund haben. Genügt es, um bescheiden davon zu leben? Ja, sagte er. Gut, sagte sie, dann tun Sie es. Wenn Sie weiterhin für Zeitungen arbeiten, werden Sie niemals Dinge sehen, sondern bloß Worte, und das genügt nicht, ich meine natürlich, wenn Sie ein Schriftsteller werden wollen.

Hemingway sagte, daß er allerdings ein Schriftsteller werden wolle. Er und seine Frau unternahmen zusammen eine kleine Reise und kurz darauf kam Hemingway alleine zu uns. Er kam gegen zehn Uhr morgens und blieb, er blieb zum Mittagessen, er blieb den ganzen Nachmittag, er blieb zum Abendessen und er blieb bis etwa zehn Uhr abends, als er plötzlich verkündete, daß seine Frau in andern Umständen sei, und empört rief er, und ich, ich bin zu jung, um schon Vater zu sein. Wir trösteten ihn so gut wir konnten und schickten ihn nach Hause.

Als sie das nächstemal kamen, sagte Hemingway, sie hätten einen Entschluß gefaßt. Sie wollten nach Amerika zurückkehren, und er wollte ein Jahr lang schwer arbeiten und mit dem dann Verdienten und dem, was sie hatten, wollten sie sich irgendwo ansiedeln und er würde seine Arbeit für die Zeitung aufgeben und Schriftsteller werden. Sie fuhren ab, und es war noch kein Jahr verstrichen, da waren sie wieder da und mit einem kleinen Neugeborenen. Mit dem Journalismus war es vorbei.

Das erste, was sie sogleich nach ihrer Rückkehr tun wollten, war, wie sie gehofft hatten, das kleine Baby taufen zu lassen. Gertrude Stein und ich sollten Patinnen sein und ein englischer Kriegskamerad von Hemingway sollte Pate sein. Wir waren alle verschiedener Religion und kaum einer übte die seine noch aus, es war also ziemlich schwierig zu entscheiden, in welcher Kirche man das Baby taufen lassen konnte. Wir verbrachten alle zusammen einen großen Teil des Winters damit, dieses Problem zu erörtern. Endlich wurde bestimmt, daß es in der Episkopalkirche getauft werden sollte und dabei blieb es auch. Wie es dann mit den verschiedenerlei Taufpaten durchgeführt wurde, weiß ich wahrhaftig nicht mehr, doch wurde es in der Episkopalkirche getauft.

Dichtende oder malende Taufpaten sind berüchtigt für Unzuverlässigkeit. Weil nämlich über kurz oder lang die Freundschaft abkühlt. Ich kann mehrere Fälle als Beispiel anführen, die Paten des armen Paulot Picasso verschwanden von der Bildfläche und natürlich ist es ebenfalls schon lange her, seit einer von uns von unserm Hemingway-Patenkind gesehen oder gehört hat.

Zu Anfang waren wir jedoch sehr aktive Paten, ich ganz besonders. Ich stickte einen kleinen Stuhl und strickte ein buntes Kleidchen für mein Patenkind. Der Vater des Patenkindes war mittlerweile sehr eifrig an der Arbeit, um ein Schriftsteller zu werden.

Gertrude Stein korrigiert nie Einzelheiten, wenn jemand etwas geschrieben hat, sie hält sich streng an allgemeine Prinzipien, zum Beispiel daran, wie der Schriftsteller etwas sehen will und die Beziehung zwischen seiner Vision und der Art wie er sie hat verwirklichen können. Wenn die Vision nicht tief genug ist, sind die Worte flach, das ist ganz klar, da kann man sich nicht drüber hinwegtäuschen, betont sie immer. Um diese Zeit begann Hemingway die kurzen Sachen zu schreiben, die nachher *In Our Time* veröffentlicht wurden.

Eines Tages kam Hemingway an und war ganz aufgeregt wegen Ford Maddox Ford und der *Transatlantic Review*. Ford Maddox Ford hatte mit der *Transatlantic Review* erst vor wenigen Monaten begonnen. Vor sehr vielen Jahren, ja, vor dem Kriege hatten wir Ford Maddox Ford getroffen, der sich damals Ford Maddox Hueffer nannte, und er hatte mir sehr gut gefallen, wie mir auch seine Geschichten über Mistral und Tarascon gefallen hatten, und es gefiel mir auch, ihn davon erzählen zu hören, wie man ihm dort im Herzen des französischen Royalismus folgte, weil er dem bourbonischen Kronprätendenten glich. Ich habe den Kronprätendenten nie gesehen, doch hätte Ford um jene Zeit bestimmt ein Bourbone sein können.

Wir hatten gehört, daß Ford in Paris sei, doch hatten wir ihn noch nicht gesehen. Gertrude Stein hatte jedoch Nummern der *Transatlantic Review* gelesen und sie interessant gefunden, ohne weiter darüber nachzudenken.

Hemingway kam also ganz aufgeregt zu uns und sagte, daß Ford für die nächste Nummer etwas von Gertrude Stein haben wolle und er, Hemingway, wolle, daß *The Making of Americans* in Fortsetzungen erschiene und er müsse sofort die ersten fünfzig Seiten haben. Gertrude Stein war natürlich auch gleich vor Aufregung überwältigt, doch war von dem Manuskript keine Kopie vorhanden, wir hatten nur das eine, das wir hatten binden lassen. Das ist einerlei, rief Hemingway, ich werde es abschreiben. Und wir beide, er und ich, machten uns also an die Arbeit des Abschreibens und in der nächsten Nummer der *Transatlantic Review* erschien es. Und so wurde zum erstenmal ein Teil jenes Monumentalwerks veröffentlicht, das der Beginn, ja wirklich der Beginn aller modernen Literatur war, und wir waren sehr glücklich. Später, als sich die Dinge zwischen Gertrude Stein und Hemingway zuspitzten, dachte sie doch immer voll Dankbarkeit daran, daß es schließlich Hemingway gewesen war, der den ersten Abdruck eines Teils von *The Making of Americans* veranlaßt hatte. Sie sagt immer, doch ja, ich habe eine Schwäche für Hemingway. Schließlich war er der erste von all den jungen Leuten, der an meine Türe klopfte und Ford veranlaßte, den ersten Teil von *The Making of Americans* zu veröffentlichen.

Ich selbst bin nicht so überzeugt, daß Hemingway es wirklich getan hat. Ich habe nie erfahren, was für eine Geschichte dahinter steckte, aber ich bin immer ganz sicher gewesen, daß irgend etwas dahinter steckte. So empfinde ich es eben.

Gertrude Stein und Sherwood Anderson sind beide sehr komisch, wenn sie Hemingway als Gesprächsthema haben. Als Sherwood das letztemal in Paris war, sprachen sie oft über ihn. Beide hatten sie Hemingway unterwiesen, und beide waren sie ein bißchen stolz und ein bißchen beschämt wegen ihres Geisteskindes. Hemingway hatte einmal, als er Sherwood Anderson und sein ganzes Werk verworfen hatte, einen Brief im Namen der amerikanischen Literatur an ihn geschrieben, die er und seine Zeitgenossen zu retten glaubten, und in diesem Brief hatte er ihm gesagt, was er, Hemingway, von Sherwoods Werk dächte, und seine Gedanken waren keineswegs schmeichelhaft. Als Sherwood nach Paris kam, hatte Hemingway natürlich Angst. Und Sherwood natürlich nicht.

Wie ich schon sagte, konnten Sherwood und Gertrude Stein sich endlos über dieses Thema unterhalten. Sie gaben zu, daß Hemingway feige sei, ja, das ist er, beharrte Gertrude Stein, genau wie die Bootsleute auf dem Mississippi, die Marc Twain beschreibt. Doch – darin waren sie beide einer Meinung – was für ein Buch wäre der wahre Hemingway! Nicht die Geschichten, die er jetzt schreibt, sondern das Bekenntnis des wahren Hemingway! Es wäre für eine andre Zuhörerschaft als die, die er jetzt hat, aber es würde herrlich sein. Und dann gaben sie beide zu, daß sie eine Schwäche für Hemingway haben, weil er solch guter Schüler ist. Ein widerlicher Schüler protestierte ich. Das verstehst du nicht, riefen sie beide, es ist so schmeichelhaft, einen Schüler zu haben, der alles hinnimmt, ohne es zu verstehen, mit andern Worten, er läßt sich trainieren, und jeder, der sich trainieren läßt, ist ein Vorzugsschüler. Sie gaben beide zu, daß es eine Schwäche von ihnen sei. Gertrude Stein setzte noch hinzu, er ist nämlich wie Derain. Erinnerst du dich daran, was Monsieur de Tuille sagte, als ich nicht verstand, weshalb Derain den Erfolg hatte, den er damals hatte: es sei, weil er wie ein Moderner aussähe und nach Museum rieche. Und so ist Hemingway, er sieht aus wie ein Moderner und riecht nach Museum. Aber was für eine Geschichte gäbe das, die Geschichte des wahren Hem, und eine, die er selbst schreiben müßte, aber ach, das wird er nie tun.

Denn schließlich ist da noch, wie er einmal seufzte, die Karriere, ach ja, die Karriere.

Doch zurück zu den Ereignissen, die sich damals abspielten.

Hemingway machte alles. Er kopierte die Manuskriptseiten und las die Korrekturbögen. Korrekturbögenlesen ist, wie ich schon einmal sagte, wie Staubabwischen, man begreift den Wert einer Sache so, wie er einem beim bloßen Lesen nie aufgehen würde. Beim Korrekturlesen lernte Hemingway eine Menge und bewunderte alles, was er gelernt hatte. Damals schrieb er Gertrude Stein, sie sei es, die mit *The Making of Americans* das eigentliche Werk vollbracht habe, und er und alle seinesgleichen sollten nichts andres tun, als ihr Leben dransetzen, daß das Werk auch veröffentlicht würde.

Er hoffte, daß es ihm gelingen würde. Jemand, ich glaube, er hieß Sterne, hatte gesagt, daß er es bei einem Verleger anbringen könne. Gertrude Stein und Hemingway glaubten ihm, doch bald darauf berichtete Hemingway, daß Sterne wieder einmal seine Tour habe und völlig unzuverlässig sei. Das war das Ende.

In der Zwischenzeit und schon etwas vorher hatte Mina Loy McAlmon in die Rue de Fleurus gebracht und er kam von Zeit zu Zeit und brachte auch seine Frau mit und brachte auch William Carlos Williams mit. Und schließlich wollte er *The Making of Americans* in der *Contact Edition* herausbringen und tat es endlich auch. Darauf komme ich noch zurück.

In der Zwischenzeit hatte McAlmon die drei Gedichte und zehn Geschichten von Hemingway veröffentlicht und William Bird hatte *In Our Time* herausgebracht und Hemingway wurde bekannt. Er lernte Dos Passos und Fitzgerald und Bromfield und George Antheil und alle übrigen kennen und auch Harry Loeb kam wieder nach Paris zurück. Hemingway war ein Schriftsteller geworden. Er war auch dank Sherwood ein Schattenboxer geworden und von mir hatte er über Stierkämpfe gehört. Ich habe spanische Tänze und spanische Stierkämpfe immer sehr geliebt und ich zeigte allen gern die Photographien von Stierkämpfen und Toreros. Ich zeigte auch gern die Photographie, wo Gertrude Stein und ich in der ersten Reihe sitzen und wir ganz zufällig mitphotographiert wurden. Damals gab Hemingway irgendeinem jungen Menschen Boxunterricht. Der junge Mann konnte nicht boxen, doch rein zufällig schlug er Hemingway k. o. So etwas soll manchmal vorkommen. Jedenfalls war Hemingway damals obwohl er ein Sportsmann ist, leicht ermüdet. Er war immer ganz erschöpft, wenn er von sich zu Hause bis in die Rue de Fleurus gegangen war. Doch da war er noch müde vom Krieg. Selbst jetzt ist er noch sehr zart, wie es Hélène übrigens von allen Männern behauptet. Neulich erzählte einer von Hemingways robusten Freunden, Ernst ist so zart, immer wenn er sich einen Sport vornimmt, bricht ihm etwas kaputt, ein Arm, ein Bein oder der Kopf.

In seiner ersten Zeit damals mochte Hemingway all seine Zeitgenossen leiden, Cummings ausgenommen. Er beschuldigte Cummings alles nachgemacht zu haben, nicht unbewußt, sondern absichtlich kopiert zu haben. Gertrude Stein, auf die Cummings' *The Enormous Room* sehr großen Eindruck gemacht hatte, erwiderte, daß Cummings nicht kopiere, er sei der natürliche Erbe der Neu-England-Tradition in all ihrer Trockenheit und Unfruchtbarkeit, aber auch ihrer Besonderheit. Hierin konnten sie sich nicht einigen. Auch über Sherwood Anderson konnten sie sich nicht einigen. Gertrude Stein behauptete, daß Sherwood Anderson in seiner Art, den Satz zu verwenden, um ein direktes Gefühl zu vermitteln, einfach ein Genie wäre, und es sei ganz in der großen amerikanischen Tradition begründet und daß wirklich außer Sherwood keiner in Amerika sei, der einen klaren und leidenschaftserfüllten Satz schreiben könne. Hemingway glaubte es nicht, Sherwoods Geschmack gefiel ihm nicht. Geschmack hat nichts mit Sätzen zu tun, behauptete Gertrude Stein. Sie fügte noch hinzu, daß Fitzgerald der einzige unter den jüngeren Dichtern sei, der wirklich auf natürliche Art in Sätzen schriebe.

Gertrude Stein und Fitzgerald haben eine sehr merkwürdige Beziehung zueinander. *This Side of Paradise* hatte auf Gertrude Stein einen sehr großen Eindruck gemacht. Sie las es sofort, als es herauskam und ehe sie irgendeinen von den jungen Amerikanern kennenlernte. Sie sagte, dieses Buch sei es, das dem Publikum die neue Generation gezeigt habe. Sie hat ihre Ansicht hierüber nie geändert. Sie glaubt, daß es auch auf *The Great Gatsby* zutrifft. Sie glaubt, daß Fitzgerald noch gelesen wird, wenn viele seiner bekannten Zeitgenossen vergessen sind. Fitzgerald sagt, er glaube, daß Gertrude Stein diese Sachen bloß sagt, um ihn aufzuziehen und ihn glauben zu machen, daß es ihr ernst ist damit, und auf seine typische Art fährt er fort, daß sie es tut, ist das grausamste, was mir je vorgekommen ist. Doch wenn sie zusammen sind, amüsieren sie sich immer herrlich. Und als sie das letztemal zusammen waren, amüsierten sie sich über sich selbst und Hemingway.

Dann sahen wir auch McAlmon. McAlmon hatte eine Eigenschaft, die Gertrude Stein gefiel, er war unerschöpflich, er konnte schreiben und schreiben, doch klagte sie, daß es langweilig sei.

Dann war da noch Glenway Westcott, aber für den hatte sich Gertrude Stein nie interessiert. Er hat einen gewissen Sirup, aber er fließt nicht.

Hemingways Karriere hatte also ihren Anfang genommen. Ein Weilchen sahen wir ihn seltener, und dann kam er wieder. Er berichtete Gertrude Stein Gespräche, die er nachher in *The Sun Also Rises* verwandte, und sie sprachen auch stundenlang über Harold Loeb. Um diese Zeit bereitete Hemingway seinen Band mit Kurzgeschichten vor, um ihn den Verlegern in Amerika anzubieten. Eines Abends, nachdem wir ihn längere Zeit nicht gesehen hatten, erschien er mit Shipman. Shipman war ein amüsanter Bursche, der ein paar tausend Dollar erben sollte, wenn er mündig wurde. Er war noch nicht mündig. Er solle die *Transatlantic Review* kaufen, wenn er mündig wurde, sagte Hemingway. Er solle eine surrealistische Zeitschrift unterstützen, wenn er mündig wurde, sagte André Masson. Er solle ein Haus auf dem Lande kaufen, wenn er mündig wurde, sagte Josette Gris. Und als er dann mündig wurde, schien keiner von denen, die ihn damals gekannt hatten, zu wissen, was er eigentlich mit seiner Erbschaft machte. Hemingway brachte ihn mit in die Rue de Fleurus, um über den Ankauf der *Transatlantic Review* zu sprechen und gleichzeitig brachte er auch sein Manuskript mit, das er nach Amerika schicken wollte. Er überreichte es Gertrude Stein. Er hatte seinen Geschichten noch eine Art Meditation beigefügt, in der er sagte, *The Enormous Room* sei das großartigste Buch, das er je gelesen habe. Daraufhin sagte Gertrude Stein, Hemingway, Bemerkungen sind noch nicht Literatur.

Danach sahen wir ihn eine Zeitlang gar nicht mehr und dann besuchten wir einmal jemand, es war gerade nachdem *The Making of Americans* veröffentlicht worden war, und Hemingway, der anwesend war, trat auf Gertrude Stein zu und wollte ihr auseinandersetzen, weshalb er keine Kritik über ihr Buch schreiben könne. Und im gleichen Augenblick legte sich ihm eine schwere Hand auf die Schulter und Ford Maddox Ford sagte, junger Mann, ich bin's, der hier mit Gertrude Stein zu reden hat. Und dann sagte Ford zu ihr, ich möchte Sie um Erlaubnis bitten, Ihnen mein neues Buch widmen zu dürfen. Darf ich es tun? Gertrude Stein und ich waren beide ganz begeistert und gerührt.

Hiernach sahen sich Gertrude Stein und Hemingway einige Jahre nicht mehr. Und dann hörten wir, daß er wieder in Paris sei und überall herumerzähle, wie gern er sie wiedersehen wolle. Komm mir ja nicht mit Hemingway am Arm nach Hause, pflegte ich immer zu sagen, ehe sie zu einem Spaziergang aufbrach. Aber natürlich, eines Tages kam sie mit ihm an.

Sie saßen und unterhielten sich lange. Schließlich hörte ich, wie sie sagte, ach, Hemingway, trotz alledem sind Sie neunzig Prozent Rotarier. Können Sie's nicht achtzig machen, sagte er.

Nein, sagte sie bedauernd, das kann ich nicht. Und trotz alledem, wie sie immer zu sagen pflegt, hatte er, und ich darf wohl sagen, hat er, Anwandlungen von Selbstlosigkeit.

Dann trafen sie sich wieder ziemlich häufig. Gertrude Stein sagt immer, sie sähe ihn gern, er sei so wunderbar. Und wenn er bloß seine eigene Geschichte erzählen könnte. In ihrem letzten Gespräch beschuldigte sie ihn, er habe eine Menge seiner Nebenbuhler umgebracht und unter den Rasen gebracht. Niemals, erwiderte Hemingway, habe ich jemand richtig umgebracht, ausgenommen einen einzigen Menschen, und das war ein schlechter Mensch, wenn ich aber jemand anders umgebracht habe, dann tat ich es ohne es zu wissen und bin deshalb nicht verantwortlich.

Ford war es, der einmal von Hemingway sagte, er kommt und setzt sich mir zu Füßen und singt mein Lob. Das macht mich nervös. Hemingway sagte einmal von sich, ich schraube meine Flamme, die klein ist, herunter und immer weiter herunter, und dann gibt's eine große Explosion. Wenn es nichts als Explosionen gäbe, dann wäre mein Werk so aufregend, daß es kein Mensch ertragen könnte.

Doch was ich auch sagen mag, Gertrude Stein sagt immer, ja ja, ich weiß, aber ich habe nun mal eine Schwäche für Hemingway.

Eines Nachmittags erschien Jane Heap. *Little Review* hatte *Birthday of Bonnes* und *The Valentine to Sherwood Anderson* herausgebracht. Jane Heap setzte sich und wir begannen zu schwatzen. Sie blieb zum Abendessen und sie blieb den ganzen Abend und im Morgengrauen konnte der kleine Ford Godiva, dessen Lampen die ganze Nacht über gebrannt hatten, kaum in Gang kommen, um Jane heimzubringen. Gertrude Stein hatte wie immer große Freude an Jane Heap. Für Margaret Anderson interessierte sie sich weniger.

Wieder einmal war es Sommer und diesmal gingen wir an die Côte d'Azur und besuchten die Picassos in Antibes. Dort sah ich auch zum erstenmal Picassos Mutter. Picasso gleicht ihr außerordentlich. Gertrude Stein und Madame Picasso hatten Schwierigkeiten, sich zusammen zu unterhalten, weil sie keine gemeinsame Sprache benutzen, doch plauderten sie hinreichend, um sich gut zu amüsieren. Sie sprachen über Picasso, wie er aussah, als Gertrude Stein ihn das erstemal traf. Damals war er auffallend schön, sagte Gertrude Stein, er strahlte, als ob er einen Heiligenschein trüge. Oh, sagte Madame Picasso, wenn Sie ihn damals für schön hielten, dann kann ich Ihnen versichern, das war nichts im Vergleich mit dem, wie er als Junge aussah. Er war ein Engel und ein Teufel an Schönheit, und keiner konnte sich je an ihm sattsehen. Und jetzt, fragte Picasso etwas gekränkt. Oh, sagte seine Mutter, jetzt – jetzt ist nichts mehr davon übrig. Aber du bist sehr lieb und ein sehr guter Sohn. Und damit mußte er sich zufrieden geben.

Um diese Zeit schrieb Jean Cocteau, der sich immer brüstet, er sei dauernd dreißig, eine kleine Biographie über Picasso und sandte ihm ein Telegramm und bat um sein Geburtsdatum. Und deins, telegraphierte ihm Picasso als Antwort.

Es gibt eine Menge Geschichten über Picasso und Jean Cocteau. Picasso ist genau wie Gertrude Stein leicht aus der Fassung zu bringen, wenn man ihn unerwartet schnell etwas zu tun bittet und Jean Cocteau ist groß darin. Picasso nimmt es übel und rächt sich, sobald er mehr Zeit hat. Vor kurzem passierte da ein ganzer Roman.

Picasso war in Spanien, in Barcelona, und ein Jugendfreund von ihm ist Herausgeber einer Zeitung, die aber nicht auf Spanisch, sondern auf Katalanisch erscheint, und er interviewte ihn. Picasso, der wußte, daß das Interview auf Katalanisch gedruckt würde und wahrscheinlich nie auf Spanisch, leistete sich einen Hauptspaß. Er sagte, daß Jean Cocteau in Paris immer beliebter würde, so sehr, daß man seine Gedichte schon auf dem Tisch im Wartezimmer jedes eleganten Friseurs finden könne.

Wie ich sagte, bereitete es ihm einen Hauptspaß, als er es in seinem Interview behauptete, und dann kehrte er nach Paris zurück.

Ein Katalane in Barcelona schickte die Zeitung an einen befreundeten Katalanen in Paris und der Pariser Katalane übersetzte es für seinen französischen Freund und der französische Freund veröffentlichte es in einer französischen Zeitung.

Picasso und seine Frau erzählten uns beide, was dann geschah. Kaum hatte Jean Cocteau den Artikel gelesen, als er schon versuchte Picasso zu sprechen. Pablo ließ sich verleugnen, er beauftragte das Mädchen, sie solle immer sagen, er sei nicht da, und tagelang konnten sie, wenn das Telephon läutete, nicht Antwort geben. Cocteau stellte schließlich in einem Interview für eine französische Zeitung fest, daß das Interview, das ihn tief verletzt hatte, ein Interview mit Picabia gewesen sei und nicht ein Interview mit seinem Freunde Picasso. Picabia stritt es natürlich ab. Cocteau flehte Picasso an, öffentlich zu erklären, daß er nichts damit zu tun habe. Picasso hielt sich vorsichtig zu Hause.

Am ersten Abend, als die Picassos sich wieder hervorwagten, gingen sie ins Theater und in der Reihe vor ihnen saß niemand anders als Cocteaus Mutter. In der ersten Pause gingen sie zu ihr und im Kreise all ihrer gegenseitigen Freunde sagte sie zu ihm, mein Lieber, Sie können sich die Erleichterung nicht vorstellen, die Jean und ich empfanden, als wir erfuhren, daß nicht Sie hinter diesem scheußlichen Interview stecken – nicht wahr, es stimmt doch.

Und, sagte Picassos Frau, ich als Mutter konnte es nicht mitansehen, daß eine Mutter leiden sollte und sagte, natürlich war es nicht Picasso, und Picasso sagte, ja ja natürlich war ich's nicht, und damit war der öffentliche Widerruf zustandegekommen.

In jenem Sommer schrieb Gertrude Stein, die sich an der Bewegung der kleinen Wellchen am Strande von Antibes erfreute, *The Completed Portrait of Picasso*, *The Second Portrait of Carl van Vechten* und *The Book Concluding With As A Wife Has A Cow (A Love Story)*, und diese Geschichte wurde nachher herrlich von Juan Gris illustriert.

Robert McAlmon hatte sich nun endgültig dazu entschieden, *The Making of Americans* herauszubringen, und den Sommer über sollten wir Korrekturbögen lesen. Im Sommer davor hatten wir wie üblich geplant, uns mit den Picassos in Antibes zu treffen. Ich hatte im *Guide des Gourmets* gelesen und hatte verschiedene Plätze entdeckt, wo man gut aß, darunter auch Pernollets Hotel in der Stadt Belley. Belley heißt es und *belle* ist es, sagte Gertrude Steins älterer Bruder. Wir kamen ungefähr um die Mitte August dort an. Auf der Landkarte sieht es aus, als ob es hoch in den Bergen läge und Gertrude Stein ist nicht für Abgründe und daher war ich, als wir durch eine Schlucht fuhren, etwas nervös und sie protestierte, doch schließlich wichen die Felsen zurück und das Land lag in aller Schönheit vor uns und Belley auch. Es war ein nettes Hotel, obwohl es keinen Garten hatte und wir hätten gern gewollt, daß es einen Garten haben sollte. Wir blieben mehrere Tage.

Dann sagte Madame Pernollet, eine nette Frau mit rundem Gesicht, da wir offensichtlich länger bleiben wollten, weshalb wir da nicht Tages- oder Wochenpension abmachen wollten. Wir sagten ihr, daß wir es gern tun würden. Unterdessen wollten die Picassos wissen, was aus uns geworden sei. Wir schrieben ihnen, daß wir in Belley seien. Wir entdeckten, daß Belley der Geburtsort von Brillat-Savarin war. Und jetzt wohnen wir in Bilignin und benutzen die Möbel aus dem Hause Brillat-Savarins, denn das gehört auch dem Besitzer unsres jetzigen Hauses.

Wir entdeckten auch, daß Lamartine in Belley in die Schule gegangen ist, und Gertrude Stein sagt, wo Lamartine sich auch noch so kurze Zeit aufgehalten hat, dort ißt man gut. Madame Récamier stammt auch aus dieser Gegend und der Ort ist voll von Nachkommen der Familie ihres Mannes. All das fanden wir erst allmählich heraus, und im Augenblick waren wir gut untergebracht und blieben immer länger, bis wir endlich abfuhren. Im folgenden Sommer mußten wir die Korrekturbögen von *The Making of Americans* lesen und verließen also Paris sehr frühzeitig und gingen wieder nach Belley. Das war ein Sommer!

The Making of Americans ist ein Buch von tausend Seiten, eng gedruckt auf großen Seiten. Darantière hat mir gesagt, es seien 565 000 Worte. Es entstand in den Jahren 1906 bis 1908 und abgesehen von den Teilen, die in der *Transatlantic Review* vorabgedruckt worden waren, bestand es nur erst als Manuskript.

Im Maße wie das Buch sich entwickelt, werden die Sätze länger und länger; sie sind manchmal seitenlang und die Setzer waren Franzosen, und wenn sie Fehler machten und eine Reihe ausließen, war es eine entsetzliche Arbeit, die Reihe wieder einzuschieben.

Wir pflegten das Hotel am frühen Morgen zu verlassen, in der Hand unsere Feldstühle, den Lunch und die Korrekturbögen, und den ganzen Tag schlugen wir uns mit den Druckfehlern der französischen Setzer herum. Meistens gab es vierfache Korrekturen, und dann zerbrach mir meine Brille und die Augen streikten und Gertrude Stein machte es allein fertig.

Wir pflegten mit dem Schauplatz unserer Bemühungen zu wechseln und entdeckten reizende Fleckchen, aber überallhin begleiteten uns die endlosen Seiten mit Druckfehlern. Einen unserer Lieblingshügel, von dem aus man in der Ferne den Mont Blanc sehen konnte, nannten wir Madame Mont Blanc.

Ein anderes Plätzchen, zu dem wir auch oft gingen, lag neben einem kleinen Teich, den ein Bach bildete, und er floß neben der Landstraße her. Es war genau wie im Mittelalter, so viele Dinge konnten hier geschehen, einfache schlichte Geschehnisse wie im Mittelalter auch. Ich erinnere mich, daß einmal ein Bauer herankam, der seine Ochsen führte. Sehr höflich fragte er, meine Damen, ist etwas an mir nicht in Ordnung? O wirklich, riefen wir, Ihr Gesicht ist ja ganz blutig. Ach, sagte er, meine Ochsen sind nämlich auf dem Berg ins Rutschen gekommen und ich hielt sie und kam selbst ins Rutschen, und nun dachte ich, ob mir dabei wohl etwas passiert ist. Wir halfen ihm, das Blut abzuwaschen und dann ging er weiter.

Während dieses Sommers war es, daß Gertrude Stein zwei lange Arbeiten, *A Novel* und *The Phenomena of Nature*, schrieb, die später eine ganze Reihe von Abhandlungen über Grammatik und Sätze zur Folge hatten.

Zuerst folgte *An Acquaintance With Description*, das nachher von der *Seizin Press* veröffentlicht wurde. Gertrude Stein begann damals Landschaften zu beschreiben, als ob alles, was sie sah, ein Naturphänomen sei, ein Ding, das an sich bestand und diese Übung fand sie sehr interessant, und es führte sie schließlich zu den späteren *Operas and Plays*. Ich versuche so alltäglich wie möglich zu schreiben, sagte sie oft zu mir. Und dann sagte sie manchmal ein wenig beunruhigt, so alltäglich ist es auch wiederum nicht. Das letzte Stück, das sie fertig machte, *Stanzas of Meditations*, und an dem ich gerade tippe, hält sie für eine Glanzleistung im alltäglichen Ausdruck.

Doch zurück zum Anfang. Wir fuhren wieder nach Paris, nachdem wir die Korrekturbögen fast beendet hatten, und in Paris war Jane Heap. Sie war ganz aufgeregt. Sie hatte einen wunderbaren Plan. Ich habe völlig vergessen, was es eigentlich war, aber Gertrude Stein war auch hingerissen. Es hing irgendwie zusammen mit einem Plan für eine andere Ausgabe des Buches *The Making of Americans* in Amerika.

Jedenfalls wurde McAlmon bei den verschiedenen Komplikationen, die sich hieraus ergaben, sehr ärgerlich und nicht ohne Grund, und *The Making of Americans* erschien, aber McAlmon und Gertrude Stein waren nicht länger Freunde.

Als Gertrude Stein noch ein kleines Mädchen war, hatte ihr Bruder einmal zu ihr gesagt, weil sie im Februar geboren sei, habe sie sehr viel Ähnlichkeit mit George Washington und sei wie er impulsiv von Gefühl und langsam im Denken. Zweifellos war das die Quelle mancher Komplikationen.

In jenem Frühling gingen wir eines Tages aus, um einen neuen *Salon de Printemps* zu besuchen. Jane Heap hatte uns von einem jungen Russen erzählt, dessen Werk sie interessant fand. Als wir mit Godiva über die Brücke fuhren, sahen wir Jane Heap und den jungen Russen. Wir sahen uns seine Bilder an und Gertrude Stein interessierte sich auch dafür. Natürlich besuchte er uns.

In *How to Write* schreibt Gertrude Stein folgenden Satz, die Malerei ist jetzt nach ihrer glorreichen Zeit wieder zu einer untergeordneten Kunstgattung geworden.

Sie war sehr gespannt, wer wohl der Führer in dieser neuen Kunstgattung werden würde.

Hier die Geschichte.

Der junge Russe war interessant. Er malte, wie er sagte, Farbe, die keine Farbe war, er malte blaue Bilder und er malte drei Köpfe in einem. Picasso hatte auch drei Köpfe in einem gemalt. Der Russe malte bald drei Gestalten in einer. War er der einzige, der so malte? Auf gewisse Weise ja, obwohl eine Gruppe bestand. Diese Gruppe hatte sehr bald nachdem Gertrude Stein den russischen Maler kennengelernt hatte, eine Ausstellung in einer der Kunstgalerien, ich glaube bei Druet. Die Gruppe bestand damals aus dem Russen, einem Franzosen, einem sehr jungen Holländer und zwei russischen Brüdern. Alle mit Ausnahme des Holländers waren sechsundzwanzig Jahre alt.

Bei dieser Ausstellung traf Gertrude Stein George Antheil, der bat, ob er sie besuchen könne, und als er kam, brachte er Virgil Thomson mit. Gertrude Stein hatte George Antheil nicht besonders interessant gefunden, obwohl sie ihn gern mochte, doch Virgil Thomson fand sie sehr interessant, obwohl *ich* ihn nicht leiden mochte.

Doch über all das werde ich später berichten. Jetzt zurück zur Malerei.

Das Werk des Russen Tchelitchev war das kräftigste der ganzen Gruppe und das reifste und das interessanteste. Er hegte schon damals eine leidenschaftliche Feindseligkeit gegen den Franzosen, den sie *Bébé Bérard* nannten und dessen richtiger Name Christian Bérard war und der, wie Tchelitchev sagte, einfach alles kopierte.

René Crevel war der Freund all dieser Maler gewesen. Einige Zeit darauf sollte einer von ihnen eine eigene Ausstellung in der Galérie Pierre haben. Wir gingen hin und auf dem Wege dorthin trafen wir René. Wir blieben alle stehen, er war ganz außer sich vor Erbitterung. Er sprach mit der für ihn charakteristischen brillanten Heftigkeit. Diese Maler, rief er, verkaufen ihre Bilder für mehrere tausend Franken das Stück und haben eine Anmaßung, die daher kommt, daß man ihre Arbeiten nach Geldeswert eintaxiert, und wir Schriftsteller, die wir doppelt so Wertvolles produzieren und unendlich lebendiger sind, können nicht unser bloßes Auskommen verdienen und müssen Verleger anbetteln und umschmeicheln, damit sie uns verlegen. Aber die Zeit wird kommen, und nun sprach René wie ein Prophet, wenn diese Maler zu uns kommen werden, um sich bei uns neue Lebenskräfte zu holen und dann werden wir ihnen den Rücken kehren.

René war damals ein überzeugter Surrealist und ist es auch seither geblieben. Da er Franzose ist, braucht und brauchte er eine intellektuelle sowohl als auch eine grundlegende Rechtfertigung für die leidenschaftliche Exaltation, die in ihm glüht. Diese konnte er, da er zur unmittelbaren Nachkriegsgeneration gehört, weder in der Religion noch im Patriotismus finden, weil der Krieg für seine Generation sowohl Religion wie Patriotismus als Leidenschaft unmöglich gemacht hatte. So fand er im Surrealismus seine Rechtfertigung. Der Surrealismus hat für ihn die verworrene Negierung geklärt, in der er lebte und die er liebte. Ihm allein von seiner ganzen Generation ist es wirklich gelungen, das auszudrücken, in seinen früheren Büchern schon ein wenig, und in seinem neuesten Buch *Le Clavecin de Diderot* sehr adäquat und mit der brillanten Heftigkeit, die charakteristisch für ihn ist.

Gertrude Stein interessierte sich anfänglich nicht für diese Malergruppe als Gruppe, sondern nur für den Russen. Dies

Interesse nahm allmählich zu und dann wurde ihr alles zuwider. Zugegeben, pflegte sie zu sagen, daß die Einflüsse, die eine Bewegung in der Kunst und Literatur hervorgerufen hatten, weiterwirken und eine neue Bewegung in Kunst und Literatur hervorrufen; um diese Einflüsse zu erfassen und sie schöpferisch zu gestalten und umzugestalten, ist eine sehr starke schöpferische Kraft erforderlich. Diese hatte der Russe, wie es sich offen zeigte, nicht. Und doch war eine deutlich erkennbare neue schöpferische Idee da. Woher war sie gekommen? Gertrude Stein sagt immer zu den jungen Malern, wenn sie sich beklagen, daß sie ihre Ansicht über ihr Werk geändert hätte, nicht ich bin es, die anders über die Bilder denkt, sondern die Bilder verschwinden in die Wand hinein, ich sehe sie nicht mehr und gehe dann natürlich auch zur Tür hinaus.

In der Zwischenzeit hatte, wie ich schon sagte, George Antheil Virgil Thomson gebracht und Gertrude Stein und Virgil Thomson waren Freunde geworden und sahen einander sehr oft. Virgil Thomson hatte eine Reihe von Gedichten Gertrude Steins vertont, *Susie Asado*, *Preciosilla* und *Capital Capitals*. Gertrude Stein interessierte sich außerordentlich für Virgil Thomsons Musik. Zweifellos hatte er Satie begriffen und er hatte eine ganz eigene Auffassung über Prosodie. Von Gertrude Steins Werk verstand er sehr viel, er pflegte nachts zu träumen, daß noch etwas da wäre, das er nicht verstehe, doch im allgemeinen war er sehr zufrieden über das, was er verstand. Sie war begeistert, ihre von seiner Musik eingerahmten Worte zu hören. Sie sahen sich sehr oft.

Virgil hatte in seinem Zimmer sehr viele Bilder von Christian Bérard, und Gertrude Stein pflegte sie immer lange zu betrachten. Sie konnte sich ganz und gar nicht darüber klar werden, was sie von ihnen hielt.

Sie und Virgil pflegten stundenlang darüber zu sprechen. Virgil sagte, er verstünde nichts von Bildern, doch fände er diese wundervoll. Gertrude Stein erzählte ihm, wie ratlos sie der neuen Bewegung gegenüberstünde und daß die schöpferische Kraft, die dahinterstecke, nicht der Russe sei. Virgil sagte, daß er ihr darin ganz recht gebe und er sei überzeugt, daß es vielmehr Bébé Bérard mit Taufnamen Christian sei. Sie sagte, das sei vielleicht die Antwort, doch hege sie große Zweifel. Sie pflegte von den Bildern Bérards zu sagen, sie seien beinahe etwas und dann seien sie es doch nicht. Wie sie Virgil zu erklären pflegte, mache die katholische Kirche einen scharfen Unterschied zwischen einem Hysterischen und einem Heiligen. Auch in der Welt der Kunst wäre das so. Da gäbe es die Sensibilität des Hysterikers, der allem Anschein nach Kunst schafft, doch wahre Kunst besäße eine individuelle Kraft und das sei etwas ganz anderes. Gertrude Stein neigte der Ansicht zu, daß vom künstlerischen Standpunkt gesehen, Bérard eher Hysteriker als Heiliger sei. Zu jener Zeit hatte sie das Verfassen von Porträts mit erneutem Eifer aufgenommen, und um ihr Denken zu klären, wie sie sagte, schrieb sie auch Porträts von dem russischen Maler und dem französischen Maler. In der Zwischenzeit hatte sie durch Virgil Thomson einen jungen Franzosen namens Georges Hugnet kennengelernt. Er und Gertrude Stein faßten eine große Zuneigung zueinander. Er liebte den Klang ihrer Prosa und Dichtung, er liebte den Sinn und er liebte ihre Sätze.

In seiner Wohnung hingen sehr viele Porträts von ihm selbst, die von seinen Freunden gemalt worden waren. Unter anderen war da eins, das von einem der beiden russischen Brüder gemalt worden war und ein anderes, das ein junger Engländer gemalt hatte. Gertrude Stein brachte kein besonderes Interesse für diese Bildnisse auf. Doch befand sich darunter auch ein Bild von einer Hand, das der junge Engländer gemalt hatte und das ihr zwar nicht gefiel, das sie aber im Gedächtnis behielt.

Um diese Zeit begann sich plötzlich jedermann sehr um seine eigenen Interessen zu bekümmern. Virgil Thomson hatte Gertrude Stein gebeten, einen Operntext für ihn zu schreiben. Unter den Heiligen gab es zwei, die sie immer besonders geliebt hatte, Theresa von Avila und Ignatius von Loyola, und sie sagte, sie wolle ihm eine Oper über diese beiden Heiligen schreiben. Sie begann damit und arbeitete den ganzen Frühling über sehr emsig daran und schließlich beendete sie es, *Four Saints*, und gab es Virgil, damit er es in Musik setze. Er tat es. Und es ist eine sehr interessante Oper, sowohl der Text wie auch die Musik.

Die letzten Sommer waren wir immer wieder in das Hotel Belley gegangen. Wir hatten die Gegend nun so lieb, das Rhônetal schon von jeher, und auch die Menschen jener Gegend und die Bäume der Gegend und die Ochsen der Gegend, so daß wir uns allmählich nach einem Haus umsehen wollten. Eines Tages sahen wir jenseits eines Tales das Haus unsrer Träume. Geh und frage den Bauern dort, wem das Haus gehört, sagte Gertrude Stein zu mir. Was für ein Unfug, sagte ich, es ist ein großes Haus, und bewohnt ist es auch. Geh und frage ihn, sagte sie. Ich tat es sehr widerstrebend. Er sagte, ja, vielleicht ist es zu vermieten, es gehört einem kleinen Mädchen, alle ihre Verwandten sind gestorben und ich glaube, jetzt wohnt dort ein Leutnant von dem Regiment, das in Belley stationiert ist, aber ich hörte, daß sie weggehen. Vielleicht suchen Sie mal den Verwalter des Grundstücks auf. Wir taten es. Es war ein freundlicher alter Bauer, der uns immer sagte, *Allez doucement*, immer sachte, was wir auch taten. Ein Haus war uns zugesichert worden, das wir nie näher als von der andern Talseite gesehen hatten, und zwar sollten wir es haben, sobald der Leutnant fortzöge. Vor drei Jahren endlich ging der Leutnant nach Marokko und wir nahmen das Haus, das wir immer noch nicht anders als von jenseits des Tales gesehen hatten, und wir gewannen es immer lieber.

Als wir noch im Hotel wohnten, kam eines Tages Natalie Barney und aß dort zu Mittag und brachte einige Freunde mit, darunter auch die Duchesse de Clermont-Tonnerre. Gertrude Stein und sie fanden sich gegenseitig reizend und aus der Begegnung ergaben sich die angenehmsten Folgen, aber davon später.

Jetzt zurück zu den Malern. Gleich nachdem die Oper fertig war und ehe wir Paris verließen, gingen wir zufällig in eine Bilderausstellung in der Galerie Bonjean. Dort trafen wir den einen der beiden russischen Brüder, Genia Berman, und Gertrude Stein zeigte Interesse für seine Bilder. Sie ging mit ihm in sein Atelier und sah sich alles an, was er je gemalt hatte. Er schien ein reineres Verständnis als die beiden andern Maler zu haben, die bestimmt nicht die Schöpfer der modernen Bewegung waren; vielleicht ging die Idee ursprünglich von ihm aus. Sie fragte ihn und erzählte ihm die ganze Sache, so wie sie sie damals jedermann vortrug, der sie anhören wollte, und sagte, sind Sie der Urheber der Idee? Er antwortete mit verständnisvollem nach innen gekehrtem Lächeln, daß er wohl glaube, er sei es. Sie war durchaus nicht sicher, daß er etwa unrecht habe. Er besuchte uns in Bilignin und dort kam sie allmählich zu dem Schluß, daß er zwar ein sehr guter Maler sei, jedoch ein zu schlechter, um der Schöpfer einer Idee zu sein. Und damit nahm sie ihre Suche von neuem auf.

Und wieder einmal sah sie, gerade bevor sie Paris verließ, in der gleichen Bildergalerie ein Bild von einem Dichter, der vor einem Wasserfall sitzt. Wer hat das gemalt, fragte sie. Ein junger Engländer, Francis Rose, war die Antwort. – Oh, er interessiert mich nicht weiter. Wieviel kostet es, fragte sie. Es kostete sehr wenig. Gertrude Stein sagt, ein Bild ist entweder dreihundert Franken oder dreihunderttausend wert. Sie kaufte dieses Bild für dreihundert Franken und wir fuhren in unsre Sommerfrische.

Georges Hugnet hatte beschlossen, Verleger zu werden und begann mit den *Editions de Montagne*. Eigentlich hatte George Maratier, der jedermanns Freund war, die Firma gegründet, aber er hatte sich entschieden nach Amerika zu gehen und Amerikaner zu werden, und so hatte Georges Hugnet den Verlag geerbt. Das erste Buch, das dort erscheinen sollte, waren sechzig Seiten von *The Making of Americans* auf Französisch. Gertrude Stein und Georges Hugnet übersetzten es gemeinsam und sie war ganz glücklich darüber. Darauf folgte späterhin ein Band *Ten Portraits*, geschrieben von Gertrude Stein und illustriert durch Selbstbildnisse der Künstler oder durch von ihnen gezeichnete Bilder der andern, nämlich Virgil Thomson von Bérard gezeichnet und ein Selbstbildnis von Bérard, ein Selbstbildnis von Tchelitchev, ein Selbstbildnis von Picasso, dann Guillaume Apollinaire und Satie, beide von Picasso, ein Selbstbildnis von Kristians Tonney, dem jungen Holländer, und eins von Bernard Faÿ, von Tonney gezeichnet. Diese Bände hatten sehr viel Erfolg und jedermann war zufrieden.

Und wieder einmal verreisten alle.

Während des Winters bringt Gertrude Stein ihren weißen Pudel Basket zum Baden zu einem Tierarzt und pflegt dann, bis Basket wieder trocken ist, in die Bildergalerie zu gehen, wo sie das romantische Bild des jungen Engländers gekauft hatte. Jedesmal wenn sie nach Hause kam, brachte sie noch mehr Bilder von dem jungen Engländer mit. Sie sagte nicht viel darüber, aber es wurden mehr und mehr. Mehrere Leute erzählten ihr von dem jungen Mann und erboten sich, ihn zu ihr zu bringen. Gertrude Stein lehnte ab. Sie sagte nein, sie habe genug davon, immer wieder junge Maler kennenzulernen, sie wolle sich jetzt damit begnügen, junge Malerei kennenzulernen.

Unterdessen hatte Georges Hugnet ein Gedicht mit dem Titel *Enfance* geschrieben. Gertrude Stein erbot sich, es für ihn zu übersetzen; doch statt es zu übersetzen schrieb sie selbst ein Gedicht über das Gedicht. Darüber freute sich Georges Hugnet zuerst ganz außerordentlich und dann ganz und gar nicht. Gertrude Stein gab ihrem Gedicht den Titel *Before The Flowers of Friendship Faded, Friendship Faded* (Ehe die Blüten der Freundschaft welkten, welkte die Freundschaft). Alle mischten sich in die Geschichte ein, und die ganze Gruppe fiel auseinander. Gertrude Stein regte sich zuerst sehr darüber auf, und dann tröstete sie sich darüber, indem sie alles in einer reizenden Kurzgeschichte berichtete, *From Left to Right*, und sie im Londoner *Harper's Bazar* veröffentlichte.

Es war nicht sehr lange danach, daß Gertrude Stein eines Tages den Concierge ins Atelier rief und ihn bat, alle Francis-Rose-Bilder aufzuhängen, und es waren mittlerweile über dreißig geworden. Gertrude Stein war, während sie es tun ließ, sehr erregt, und ich fragte sie, weshalb sie es tue, wenn sie sich dabei so aufrege. Sie sagte, sie könne es auch nicht ändern, sie fühle einfach, sie müsse es tun, doch sei es andrerseits sehr aufregend, das Aussehen des ganzen Ateliers zu ändern, indem man diese dreißig neuen Bilder aufhänge. Und dabei blieb es.

Doch nun zurück zu den Tagen gleich nach der Veröffentlichung von *The Making of Americans*. Um diese Zeit stand im *Athenaeum* eine Kritik über Gertrude Steins Buch *Geography and Plays*, unterzeichnet von Edith Sitwell. Die Kritik war lang und ein wenig herablassend, aber mir gefiel sie. Gertrude Stein hatte sie nicht gefallen. Ein Jahr darauf stand in der Londoner *Vogue* wieder ein Artikel von Edith Sitwell, in dem sie sagte, daß sie, seit sie den Artikel im *Athenaeum* geschrieben habe, das ganze Jahr nur mit dem Lesen von *Geography and Plays* verbracht habe und nun hervorheben wolle, daß sie es für ein sehr wichtiges und wunderbares Buch halte.

Eines Tages trafen wir bei Elmer Harden die Herausgeberin der Londoner *Vogue*, Miß Todd. Sie sagte, daß Edith Sitwell binnen kurzem nach Paris kommen und sehr gerne Gertrude Stein besuchen würde. Sie sagte, daß Edith Sitwell sehr scheu sei und zaudere, ob sie kommen solle. Elmer Harden erbot sich, sie zu begleiten.

Ich erinnere mich noch sehr genau an den ersten Eindruck, den ich von ihr hatte, ein Eindruck, der sich seither nicht geändert hat. Sie war sehr groß und leicht vornübergeneigt; etwas stockend und dann zaudernd kam sie näher, und sie war schön und hatte die vornehmste Nase, die ich je an einem Menschen gesehen habe. Damals und auch später, wenn sie sich mit Gertrude Stein unterhielt, war ich immer entzückt über die Delikatesse und Einsicht ihres poetischen Verständnisses. Sie und Gertrude Stein wurden sofort Freunde. Diese Freundschaft barg wie alle Freundschaften ihre Schwierigkeiten, aber ich bin überzeugt, daß zwischen Gertrude Stein und Edith Sitwell eine echte Freundschaft besteht und daß sie es genießen, miteinander befreundet zu sein.

Damals sahen wir Edith Sitwell sehr häufig und dann kehrte sie nach London zurück. Im Herbst des Jahres 1925 erhielt Gertrude Stein einen Brief vom Präsidenten der Literarischen Gesellschaft in Cambridge, der sie bat, zu Beginn des Frühjahrs eine Vorlesung bei ihnen zu halten. Gertrude Stein, die schon bei dem bloßen Gedanken ganz und gar aus der Fassung geriet, antwortete umgehend mit Nein. Sofort kam ein Brief von Edith Sitwell, die ihr schrieb, sie müsse ihr Nein in ein Ja ändern. Es wäre von der größten Wichtigkeit, daß Gertrude Stein diese Rede hielte und daß außerdem die Literarische Gesellschaft in Oxford nur auf Gertrude Steins Zusage in Cambridge warte, um sie daraufhin auch einzuladen.

Offenbar blieb nichts anderes als ja zu sagen und daher sagte Gertrude Stein ja.

Was ihr da bevorstand, regte sie sehr auf, der Frieden, sagte sie, berge viel größere Schrecknisse als der Krieg. Abgründe wären nichts dagegen. Sie war ganz deprimiert. Glücklicherweise begann der alte Fordwagen Anfang Januar an allen Ecken und Enden zu versagen. Bessere Garagen bekümmerten sich nicht richtig um altersschwache Ford-Autos und Gertrude Stein brachte den ihren also zu einem Schuppen draußen in Montrouge, wo die Mechaniker so lange daran arbeiteten, wie sie daneben saß. Wenn sie ihn allein gelassen hätte, würde wahrscheinlich nichts mehr von ihm übriggeblieben sein, worin sie hätte nach Hause fahren können.

An einem kalten düsteren Nachmittag fuhr sie also hinaus, um neben ihrem Ford zu sitzen und während sie auf dem Trittbrett eines anderen alten Ford-Autos saß und zusah, wie ihr eigenes auseinandergenommen und wieder heilgemacht wurde, begann sie zu schreiben. Sie blieb mehrere Stunden dort, und als sie mit dem reparierten Ford durchfroren nach Hause kam, war der ganze Vortrag *Composition as Explanation* geschrieben.

Nachdem der Vortrag erst einmal niedergeschrieben war, erhob sich das nächste Problem, wie sollte er vorgetragen werden. Jeder erteilte ihr Ratschläge. Sie las ihn jedermann vor, der zu uns kam, und manche lasen ihn auch ihr vor. Prichard war um diese Zeit zufällig da, und er und Emily Chadbourne gaben ihr gute Ratschläge und beide waren ihre Zuhörerschaft. Prichard zeigte ihr, wie man ihn auf englische Art vorlas, doch Emily Chadbourne war durchaus für die amerikanische Manier und Gertrude Stein war viel zu besorgt, um sich die eine oder die andre Vortragsmanier anzueignen. An einem Nachmittag gingen wir zu Natalie Barney. Dort war gerade ein sehr charmanter und sehr alter französischer Geschichtsprofessor. Natalie Barney bat ihn, Gertrude Stein doch zu sagen, wie sie ihre Vorlesung halten solle. Sprechen Sie so schnell Sie können und blicken Sie nie auf, war sein Rat. Prichard hatte gesagt, sprechen Sie so langsam Sie können und senken Sie nie den Kopf. Jedenfalls bestellte ich für Gertrude Stein ein neues Kleid und einen neuen Hut und in den ersten Frühjahrstagen fuhren wir nach London.

Es war im Frühling 1926 und England war immer noch sehr streng in bezug auf Pässe. Wir hatten die unsern bei uns und sie waren in Ordnung, aber Gertrude Stein haßt es, Fragen von Beamten zu beantworten, es regt sie jedesmal auf und mit der Vorlesung vor Augen war sie schon nicht in der rosigsten Stimmung.

Ich nahm also beide Pässe und ging nach unten, wo die Beamten saßen. Und wo ist Miß Gertrude Stein, fragte der eine. Sie ist an Deck, erwiderte ich, und sie möchte nicht gern nach unten kommen. Sie möchte nicht gern nach unten kommen, wiederholte er, ja, ist in Ordnung, sie möchte nicht gern nach unten kommen, und damit stempelte und unterzeichnete er unser Eintrittsdatum. Und dann kamen wir in London an. Edith Sitwell gab unsertwegen eine Gesellschaft, desgleichen ihr Bruder Osbert. Osbert war ein großer Trost für Gertrude Stein. Er verstand so genau all die tausenderlei Möglichkeiten, sich zu fürchten und saß neben ihr im Hotel und sprach mit ihr über die verschiedensten Arten von Lampenfieber, die Menschen wie sie und er nur haben konnten, bis sie ganz beruhigt war. Sie mochte Osbert immer sehr gern. Sie sagte immer, er sei wie der Oheim eines Königs. Er besaß jene angenehme, bei aller Güte unverantwortliche und sanft bewegte Gelassenheit, die sich für den Oheim eines englischen Königs immer ziemt.

Am Nachmittag kamen wir dann schließlich nach Cambridge, wo wir zum Tee eingeladen waren und nachher mit dem Präsidenten der Literaturgesellschaft und einigen seiner Freunde zu Abend aßen. Es war ein gemischtes Publikum, Männer und Frauen. Gertrude Stein war bald ruhiger, der Vortrag nahm einen sehr guten Verlauf, die Männer stellten ihr hinterher eine große Anzahl von Fragen und waren begeistert. Die Frauen sagten nichts. Gertrude Stein überlegte, ob es vielleicht nicht Sitte sei oder ob sie einfach nicht wollten.

Am nächsten Tag fuhren wir nach Oxford. Dort aßen wir mit dem jungen Acton zu Mittag und begaben uns dann zu der Vorlesung. Gertrude Stein fühlte sich in ihrer Rolle als Rednerin schon mehr zu Hause und diesmal hatte sie richtig Freude daran. Wie sie nachher bemerkte: mir war genau wie einer Primadonna zumute.

Der Saal war voll, manche standen im Hintergrund, und die Diskussion nach dem Vortrag dauerte über eine Stunde und keiner ging vorher fort. Es war sehr aufregend. Sie stellten alle möglichen Fragen, vor allem wollten sie wissen, weshalb Gertrude Stein glaube, sie habe recht, wenn sie so schriebe, wie sie schrieb. Sie erwiderte, es handle sich nicht darum, was dieser oder jener glaube und im übrigen habe sie bereits seit zwanzig Jahren getan, was sie noch jetzt tue und nun seien sie ja auch noch hergekommen, um ihren Vortrag zu hören. Das bewiese natürlich nicht, daß sie damit auch schon glaubten, ihre Art zu schreiben sei ein gangbarer Weg, es bewiese überhaupt nichts, aber andrerseits könnte es möglicherweise doch etwas zu bedeuten haben. Sie lachten. Dann sprang ein Mann auf, nachher stellte es sich heraus, daß es ein Dekan war, und sagte, er habe sich in *Saints in Seven* besonders für den Satz mit dem Ring um den Mond interessiert, daß nämlich der Ring dem Mond folge. Er gab zu, daß der Satz einer der ausgewogensten Sätze sei, die er je gehört habe, doch immerhin, folge denn der Ring dem Mond. Gertrude Stein sagte, wenn Sie den Mond anschauen und es ist ein Ring um den Mond und der Mond rückt weiter, folgt dann nicht der Ring dem Mond? Vielleicht scheint es so, erwiderte er. Gut, sagte sie, wenn es so erscheint, woher wollen Sie dann wissen, ob es nicht auch tatsächlich so ist. Er setzte sich. Ein anderer Mann neben ihm, ein Don von der Universität, sprang auf und fragte etwas anders. Dies wiederholten sie mehrmals, die beiden, indem sie immer abwechselnd aufsprangen. Dann sprang der erste wieder auf und sagte, Sie sagen, da alles gleich sei, sei alles immer verschieden, wie ist das möglich. Sie erwiderte, nehmen Sie doch sich und ihren Nachbarn, Sie springen einer wie der andre auf, das ist das gleiche und doch müssen Sie mir gewiß zugeben, daß Sie beide immer verschieden sind. *Touché*, sagte er, und damit war die Diskussion beendet. Einer der Anwesenden war so ergriffen, daß er mir beim Hinausgehen anvertraute, der Vortrag sei für ihn das größte Erlebnis gewesen, seit er Kants Kritik der reinen Vernunft gelesen habe.

Edith Sitwell, Osbert und Sacheverell waren alle anwesend und alle waren begeistert. Sie waren begeistert über den Vortrag und sie waren begeistert über die humorvolle Art, mit der sich Gertrude Stein der Querulanten entledigt hatte. Edith Sitwell sagte, daß ‚Sache' noch den ganzen Nachhauseweg habe lachen müssen.

Am folgenden Tag kehrten wir nach Paris zurück. Die Sitwells hatten gedacht, wir sollten länger bleiben, Interviews geben und so weitermachen, aber Gertrude Stein fand, daß sie genug Ehre und Aufregung gehabt habe. Denn schließlich, behauptet sie immer, braucht kein Künstler Kritik, er braucht Anerkennung. Wenn er Kritik braucht, ist er eben kein Künstler.

Einige Monate darauf veröffentlichte Leonard Woolf den Vortrag *Composition As Explanation* in der *Hogarth Essay Series*. Er wurde auch im *Dial* abgedruckt.

Mildred Aldrich freute sich schrecklich über Gertrude Steins englischen Erfolg. Sie war eine gute Neu-Engländerin und ihr war eine Anerkennung in den Städten Oxford und Cambridge noch wichtiger als im *Atlantic Monthly*. Nach unsrer Rückkehr fuhren wir zu ihr hinaus und besuchten sie, und sie wollte sich den ganzen Vortrag noch einmal vorlesen lassen und jede Einzelheit über das ganze Erlebnis hören.

Mildred Aldrich ging es schlecht. Ihre Rente war ihr ganz unvermittelt nicht mehr ausgezahlt worden und lange Zeit wußten wir nichts darüber. Eines Tages erzählte Dawson Johnston, der Bibliothekar der amerikanischen Bibliothek, Gertrude Stein, daß Miß Aldrich ihm geschrieben habe, er solle zu ihr hinauskommen und alle ihre Bücher abholen, da sie demnächst ihr Haus aufgebe. Wir fuhren sofort hinaus und Mildred Aldrich erzählte uns, daß ihre Rente nicht länger ausgezahlt würde. Es handelte sich anscheinend um eine Jahresrente, die eine Frau ihr ausgesetzt hatte, welche jetzt kindisch wurde und eines Morgens ihrem Rechtsanwalt mitgeteilt hatte, er solle alle Renten streichen, die sie während vieler Jahre an eine Anzahl Leute hatte auszahlen lassen. Gertrude Stein bat Mildred, sich keine Sorgen zu machen. Kate Buss erreichte bei der Carnegie-Stiftung eine Zahlung von fünfhundert Dollar, William Cook gab Gertrude Stein einen Blankoscheck, um alles Fehlende zu besorgen, eine Freundin Mildreds in Providence in Rhode Island sandte auch einen großherzigen Beitrag und die *Atlantic Monthly* veranstaltete eine Sammlung. Bald war Mildred Aldrichs Lebensunterhalt sichergestellt. Verdrießlich sagte sie zu Gertrude Stein, du hast mich nicht auf elegante Manier ins Armenhaus ziehen lassen, denn elegant hätte ich's gemacht. Statt dessen hast du aus meinem Haus ein Armenhaus gemacht – mit mir als der einzigen Insassin. Gertrude Stein tröstete sie und sagte, sie könne hier in ihrer Einsamkeit genau so elegant leben. Denn schließlich, pflegte Gertrude Stein zu ihr zu sagen, keiner kann behaupten, Mildred, daß du im Leben nicht auf deine Kosten gekommen bist. Mildred Aldrichs letzte Lebensjahre waren gesichert.

William Cook war nach dem Krieg in Rußland gewesen, um in Tiflis drei Jahre beim Roten Kreuz zu arbeiten. Eines Abends hatten er und Gertrude Stein Mildred besucht, es war während ihrer letzten Krankheit, und sie kehrten spät abends im Nebel zurück. Cook hatte einen kleinen offenen Wagen mit sehr starken Scheinwerfern, stark genug, um den Nebel zu durchdringen. Dicht hinter ihnen fuhr ein andrer kleiner Wagen, der gleichen Schritt mit ihnen hielt; wenn Cook schneller fuhr, fuhren die andern auch schneller, und wenn er das Tempo verlangsamte, fuhren sie auch langsamer. Gertrude Stein sagte zu ihm, die andern haben Glück, daß du so starke Scheinwerfer hast, ihre Lampen sind kläglich und jetzt können sie von dir profitieren. Ja, sagte Cook mit etwas seltsamem Tonfall, das habe ich mir auch schon gesagt, aber du mußt bedenken, nach drei Jahren Sowjetrußland und der Tscheka ist es selbst mir als Amerikaner ein bißchen komisch zumute und ich muß mir gut zureden, damit ich glaube, daß der Wagen hinter uns nicht der Wagen von der Geheimpolizei ist.

Wie ich schon sagte, kam auch René Crevel in die Rue de Fleurus. Von allen jungen Männern, die zu uns ins Haus kamen, mochte ich, glaube ich, René am besten leiden. Er hatte französischen Charme, und der ist, wenn er sich zu voller Blüte entfaltet, sogar noch charmanter als der amerikanische Charme, so charmant der auch sein kann. Marcel Duchamp und René Crevel sind vielleicht die vollendetsten Beispiele dieses französischen Charmes. Wir hatten René sehr gern. Er war jung und heftig und krank und rebellisch und lieb und zärtlich. Gertrude Stein und René haben einander sehr gern, er schreibt ihr die entzückendsten englischen Briefe und sie schilt ihn tüchtig aus. Er war es, der uns ganz zu Anfang von Bernard Faÿ erzählt hatte. Er sagte, er sei ein junger Professor an der Universität Clermont-Ferrand und René wollte mit uns zu ihm gehen. Eines Nachmittags nahm er uns mit. Bernard Faÿ war ganz und gar nicht so, wie Gertrude Stein ihn sich vorgestellt hatte, und er und sie hatten sich nichts zu sagen.

Ich erinnere mich, daß wir in jenem und dem folgenden Winter eine Menge Gesellschaften gaben. Und für die Sitwells gaben wir einen Tee.

Carl van Vechten schickte uns sehr viele Neger und außerdem kamen auch die Neger Mrs. Regans, die unsre Nachbarin war und Josephine Baker nach Paris gebracht hatte. Carl schickte uns Paul Robeson. Paul Robeson interessierte Gertrude Stein. Er kannte amerikanische Ansichten und amerikanisches Leben wie es nur jemand kennen konnte, der dort lebte, aber nicht dazugehörte. Und doch, sobald jemand anders das Zimmer betrat, war er ganz eindeutig ein Neger. Gertrude Stein mochte es nicht, wenn er Negerspirituals sang. Sie gehören genau so wenig zu Ihnen wie alles andre, weshalb bekennen Sie sich also zu ihnen? Er gab keine Antwort.

Einmal war eine Frau aus den Südstaaten da, eine sehr liebenswürdige Frau, und sie sagte zu ihm, wo stammen Sie her, und er erwiderte, aus New Jersey, und sie sagte, nicht aus dem Süden – wie schade, und er erwiderte, nicht für mich.

Gertrude Stein kam zu der Ansicht, daß die Neger nicht deshalb litten, weil sie verfolgt wurden, sondern wegen ihrer Nichtigkeit. Sie behauptet immer, daß die Afrikaner nicht Primitive sind, sondern sie haben eine sehr alte, aber eine sehr beschränkte Kultur und dabei bleibt es. Infolgedessen geschieht nichts und kann auch nichts geschehen.

Dann kam auch Carl van Vechten zum erstenmal seit jenem fernen Abend mit der gefältelten Hemdbrust wieder nach Paris. Die ganzen Jahre hindurch hatten er und Gertrude Stein Freundschaft gewahrt und in Briefwechsel gestanden. Jetzt, da sein Kommen Wirklichkeit werden sollte, war Gertrude Stein etwas sorgenvoll. Doch als er kam, waren sie bessere Freunde denn je zuvor. Gertrude Stein erzählte ihm, daß sie diesbezüglich Befürchtungen gehegt habe. Ich nicht, erwiderte Carl.

Unter den jungen Männern, die zu jener Zeit in die Rue de Fleurus kamen, als sie immer alle in Scharen erschienen, befand sich auch Bravig Imbs. Bravig gefiel uns, obwohl es, wie Gertrude Stein immer sagte, seine Absicht war, zu gefallen. Er kam mit Elliot Paul, und mit Elliot Paul kam *Transition*.

Bravig Imbs gefiel uns, Elliot Paul gefiel uns sogar noch besser. Er war sehr interessant. Elliot Paul war ein Neu-Engländer und doch war er auch ein Sarazene, eine Sarazene wie man sie manchmal in den Dörfern Frankreichs sieht, wo sich noch immer etwas vom Blut der Nachkommen eines Kreuzfahrer-Ahnherrn lebendig erhalten hat. So einer war auch Elliot. Er hatte etwas an sich, das nicht so sehr mysteriös wie nicht greifbar war, und zwar so, daß er ganz allmählich auftauchte und genau so allmählich entschwand. Dann tauchten Eugène und Marie Joals auf, ohne jedoch zu entschwinden.

Elliot Paul arbeitete damals in Paris für die *Chicago Tribune* und schrieb für diese Zeitung eine Reihe von Artikeln über das Werk Gertrude Steins, und es war die erste ernsthafte Würdigung, die sich an die breite Masse wandte. Gleichzeitig machte er seine jungen Journalisten und Korrektoren zu Schriftstellern. Bravig Imbs verhalf er zum Schreiben seines ersten Buches *The Professor's Wife*, indem er ihn plötzlich mitten im Sprechen unterbrach und rief, benutzen Sie das als Anfang. Ebenso machte er es bei den andern. Er spielte Akkordeon wie kein zweiter und für Gertrude Stein lernte und spielte er, von Bravig Imbs auf der Violine begleitet, Gertrude Steins Lieblingsliedchen *The Trail of the Lonesome Pine*, *My Name is June and very very soon*...

The Trail of the Lonesome Pine machte als Lied einen unauslöschlichen Eindruck auf Gertrude Stein. Mildred Aldrich hatte es unter ihren Platten und wenn wir den Nachmittag bei ihr in Huiry verbrachten, begann Gertrude Stein unweigerlich *The Trail of the Lonesome Pine* auf dem Grammophon zu spielen und konnte überhaupt kein Ende finden. Sie hatte es an sich schon gern, und es hatte sie auch während des Krieges fasziniert, als es in Buchform alle amerikanischen Soldaten bezauberte. Wie oft wenn im Hospital ein amerikanischer Soldat sie besonders in sein Herz geschlossen hatte, pflegte er zu sagen, ich habe mal ein großartiges Buch gelesen, *The Trail of the Lonesome Pine*, kennen Sie es? Schließlich verschafften sie sich für das Lager in Nîmes ein Exemplar, und jeder kranke Soldat wollte es auf seinem Nachttisch haben. Soweit sie es beobachten konnte, lasen sie nicht viele Seiten, manchmal bloß ein paar Abschnitte im Laufe von mehreren Tagen, doch ihre Stimmen waren heiser, wenn sie davon sprachen, und wenn sie sie ganz besonders gern hatten, boten sie ihr das sehr schmutzige und zerfetzte Buch zum Lesen an.

Sie liest alles und natürlich las sie auch dieses Buch und war verblüfft. Im Grunde genommen geschah gar nichts in dem Buch, und es war weder aufregend noch abenteuerlich, es war gut geschrieben und zum größten Teil die Beschreibung einer Gegend in den Bergen. Später stieß sie einmal auf die Erinnerungen einer Frau aus den Südstaaten, die schilderte, wie die Bergler der Südstaatenarmee während des Sezessionskrieges der Reihe nach darauf warteten, daß sie endlich Victor Hugos *Les Misérables* zum Lesen in die Hand bekämen, was ebenso erstaunlich ist, denn auch in diesem Buch geschieht nicht viel und es enthält sehr viel Beschreibung. Gertrude Stein gesteht jedenfalls, daß sie das Lied *The Trail of the Lonesome Pine* ebensosehr liebe wie der einfache amerikanische Soldat das Buch liebt, und immer mußte Elliot Paul es ihr auf dem Akkordeon vorspielen.

Eines Tages kam Elliot Paul ganz aufgeregt an. Im allgemeinen schien er zwar immer von heftigen Gefühlen bedrängt zu sein, ohne sie jedoch jemals zu zeigen oder zu äußern. Diesmal aber zeigte und äußerte sich seine Erregung. Er sagte, er bitte Gertrude Stein um ihren Rat. Es war ihm ein Angebot gemacht worden, in Paris eine Zeitschrift herauszugeben, und er zauderte noch, ob er es annehmen solle. Gertrude Stein war natürlich durchaus dafür. Schließlich wollen wir uns gedruckt sehen, wie sie sagte. Wir schreiben für uns selbst und für Unbekannte, aber wenn keine unternehmungslustigen Verleger da sind, wie kann man dann mit diesen Unbekannten in Kontakt kommen?

Doch da sie Elliot Paul sehr gern hatte, wollte sie nicht, daß er ein zu großes Risiko auf sich nehme. Es ist gar kein Risiko, sagte Elliot Paul, das erforderliche Kapital ist für eine Reihe von Jahren sichergestellt. Nun, sagte Gertrude Stein, eins steht jedenfalls fest, kein Mensch kann ein besserer Herausgeber einer Zeitschrift sein als Sie. Sie sind nicht selbstsüchtig, und Sie wissen genau, was Sie empfinden.

So begann *Transition* und natürlich bedeutete es allen sehr viel. Elliot Paul suchte sehr sorgsam aus, was er in *Transition* veröffentlichen wollte. Er sagte, daß er befürchte, es könne zu beliebt werden. Wenn wir jemals mehr als zweitausend Abonnenten haben sollten, geb ich's auf, pflegte er zu sagen.

Für das erste Heft wählte er *Elucidation*, Gertrude Steins ersten Versuch einer Erklärung, den sie in Saint-Rémy abgefaßt hatte. Später dann nahm er *As A Wife Has A Cow:*

A Love-Story. Für diese Geschichte hat er sich von jeher sehr begeistern können. Er liebte auch *Made A Mile Away*, eine Beschreibung der Bilder, die Gertrude Stein gern hatte, und wählte für eine spätere Nummer *Transition* auch die Novelle *If He Thinks*. Er hatte eine sehr genaue Vorstellung, wie er dem Publikum allmählich die Augen öffnen wollte für das Werk all jener Schriftsteller, die ihn interessierten, und wie ich schon sagte, wählte er seine Stoffe sehr sorgsam aus. Er interessierte sich sehr für Picasso und nahm immer regeren Anteil an Juan Gris, und nach dessen Tode druckte er eine Übersetzung von Juan Gris' *Défense de la Peinture*, die auf Französisch schon in der *Transatlantic Review* erschienen war, und er brachte Gertrude Steins Elegie über Juan Gris' Tod, *The Life and Death Of Juan Gris* und *One Spaniard*.

Elliot Paul entschwand langsam unsern Blicken und statt seiner tauchten Eugène und Marie Jolas auf.

Transition wurde umfangreicher. Auf Gertrude Steins Bitte hin brachte *Transition* einen Nachdruck von *Tender Buttons*, eine Bibliographie all ihrer Werke bis zur Gegenwart und später ihre Oper *Four Saints*. Für diese Veröffentlichungen war Gertrude Stein sehr dankbar. In den letzten Nummern von *Transition* ist von ihren Werken nichts mehr zu finden. Dann ging *Transition* ein.

Von allen kleinen Literaturblättchen, die wie Gertrude Stein es auszudrücken liebt, sich hingeopfert haben, um den Vers freizumachen, war das jüngste und vielleicht lebendigste die Zeitschrift *Blues*. Ihr Herausgeber Charles Henri Ford ist eben erst nach Paris gekommen und ebenso jung und lebendig wie *Blues* selbst und obendrein aufrichtig, was auch sehr angenehm ist. Gertrude Stein glaubt, daß von den jungen Leuten nur er und Robert Coates ein persönliches Sprachgefühl haben.

Während dieser Zeit tauchten immer wieder Leute aus Oxford und Cambridge in der Rue de Fleurus auf. Einer von ihnen brachte Brewer von der Firma Payson and Clarke mit.

Brewer interessierte sich für Gertrude Steins Werk, und obwohl er nicht Versprechen abgab, sprach er mit ihr über die Möglichkeit, daß seine Firma etwas von ihr veröffentliche. Sie hatte soeben einen Kurzroman namens *The Novel* beendet und arbeitete gerade an einem andern kurzen Roman, den sie *Lucy Church Amiably* nannte und den sie als Roman von «romantischer und ländlicher Schönheit beschreibt, der einem alten Stich ähnelt». Auf Brewers Wunsch schrieb sie eine Inhaltsübersicht des Buches in Form einer Voranzeige und erhielt daraufhin von Brewer ein begeistertes Telegramm. Doch wollte er zunächst mit einer Sammlung von kürzeren Stücken beginnen und sie schlug ihm hierfür vor, daß er alle kurzen Arbeiten bringen solle, die sie über Amerika geschrieben hatte, und der Titel solle lauten *Useful Knowledge*. Und so geschah es auch.

In Paris gibt es viele Bilderhändler, die in ihrem Beruf Gefallen am Abenteuer haben, doch in Amerika gibt es keine Verleger, die in ihrem Beruf Gefallen am Abenteuer haben. In Paris gibt es Bilderhändler, wie Durand-Ruel, die zweimal bankrott machten, weil sie die Impressionisten unterstützten, und ebensoviel tat Vollard für Cézanne, Sagot für Picasso und Kahnweiler für alle Kubisten. Sie machen Geld so gut sie es können und fahren fort, Dinge zu kaufen, für die im Moment keine Nachfrage besteht und tun es beharrlich, bis sie sich das Käuferpublikum dafür geschaffen haben. Und diese Abenteurer wagen das Abenteuer, weil sie sich ganz bewußt darauf einstellen. Andere haben nicht so gut gewählt und sich dabei ein für allemal ruiniert. Doch im Grunde ist es bei den abenteuerlustigeren Bilderhändlern von Paris Tradition geworden, sich ans Abenteuer zu wagen. Vermutlich gibt es sehr viele Gründe, weshalb Verleger nicht so handeln. John Lane war der einzige unter ihnen. Er starb wahrscheinlich nicht als sehr reicher Mann, doch hatte er bei Lebzeiten sein gutes Auskommen, und als er starb, war er einigermaßen wohlhabend.

Wir hofften, daß auch Brewer solch ein Verleger wäre. Er veröffentlichte *Useful Knowledge*, das Ergebnis war durchaus nicht so, wie er es erhofft hatte, und anstatt fortzufahren und allmählich ein Publikum für Gertrude Steins Werk zu schaffen, zog er die Verhandlungen in die Länge und sagte schließlich nein. Ich nehme an, daß es unvermeidlich war. Jedenfalls ging es so vor sich und es geht auch weiterhin so vor sich.

Ich begann nun selbst daran zu denken, Gertrude Steins Werk herauszubringen. Ich bat sie einen Namen für meine Ausgabe zu erfinden und sie lachte und sagte, nenne es *Plain Edition*. Und bei *Plain Edition* ist es auch geblieben.

Alles, was ich über meinen neuen Beruf wußte war, daß ich zuerst ein Buch drucken lassen und dann für seine Verbreitung sorgen, das heißt es in den Handel bringen mußte.

Ich unterhielt mich mit jedermann darüber, wie ich beides erreichen könne.

Zuerst hatte ich daran gedacht, einen Mitarbeiter zu nehmen, aber bald gefiel mir dieser Gedanke nicht mehr und ich beschloß, alles allein zu machen.

Gertrude Stein wollte, daß das erste Buch, *Lucy Church Amiably* wie ein Schulbuch aussehen und einen blauen Einband erhalten solle. Nachdem ich den Auftrag zum Druck erteilt hatte, war das nächste Problem das der Verbreitung. In dieser Hinsicht ward mir eine Unmenge an Ratschlägen zuteil. Manche Ratschläge erwiesen sich als gut, andere als schlecht. William A. Bradley, der Freund und Trost aller Pariser Autoren, riet mir den *Publisher's Weekly* zu abonnieren. Das war bestimmt ein sehr guter Rat. Ich lernte daraus manches für meinen neuen Beruf, doch die wahre Schwierigkeit bestand darin, mit den Buchhändlern in Kontakt zu kommen. Ralph Church, der Philosoph und Freund, sagte, halten Sie sich an die Buchhändler, vor allem andern. Ein ausgezeichneter Rat, doch wie an die Buchhändler herankommen? Da sagte mir eine liebe Freundin, daß sie mir eine alte Liste mit Namen von Buchhändlern, die einem Verleger gehöre, abschreiben wolle. Diese Liste schickte sie mir, und ich begann ein Zirkular auszusenden. Die Sache mit dem Zirkular gefiel mir zuerst, doch bald fand ich heraus, daß es nicht ganz das Richtige sei. Ich erhielt jedoch Aufträge aus Amerika und die Rechnungen wurden ohne viel Mahnen bezahlt und das machte mir Mut.

In Paris war die Verbreitung sowohl leichter wie schwieriger. Es war leicht, das Buch in allen Schaufenstern von Buchhandlungen auszustellen, die englische Bücher verkauften. Dieser Anblick bereitete Gertrude Stein eine kindliche Freude, die sich bis zu heller Begeisterung steigerte. Nie vorher hatte sie eins ihrer Bücher in einer Schaufensterauslage gesehen, ausgenommen die französische Ausgabe von *The Ten Portraits*, und sie verbrachte ihre ganze Zeit damit, in Paris herumzuwandern und sich in den Schaufenstern Exemplare von *Lucy Church Amiably* anzusehen und nach Hause zu kommen und mir darüber zu berichten.

Die Bücher wurden auch verkauft und dann übergab ich die Pariser Arbeit einem französischen Agenten, da ich sechs Monate jährlich nicht in Paris war. Zuerst ging es sehr gut, aber nach einiger Zeit ging es nicht mehr so gut. Aber schließlich muß man Erfahrungen sammeln.

Ich beschloß als nächstes Buch *How To Write* zu wählen und da ich nicht restlos zufrieden mit der Ausstattung der *Lucy Church Amiably* war, beschloß ich, daß das nächste Buch in Dijon gedruckt werden und die Form eines Elzevier haben sollte. Das Problem des Einbands war wiederum schwierig.

Um *How to Write* zu verkaufen, verfuhr ich genau wie beim ersten Buch, doch begriff ich, daß meine Buchhändlerliste überholt war. Mir wurde auch gesagt, ich solle an Buchhändler schreiben und sie auf dem Laufenden halten. Hierbei half mir Ellen du Pois. Außerdem wurde mir gesagt, mich darum zu bemühen, daß die Bücher in Kritiken besprochen wurden. Und ich müsse annoncieren. Anzeigen würden aber unbedingt zu teuer kommen; ich mußte mein Geld zusammenhalten, um die Bücher drucken zu lassen, denn meine Pläne nahmen immer ehrgeizigere Gestalt an. Buchbesprechungen zu erhalten war sehr schwierig, denn es gab zwar genug komische Hinweise auf Gertrude Steins Werk (wie Gertrude Stein immer sich selbst zum Trost zu sagen pflegt: sie zitieren mich, und das bedeutet, daß ihnen meine Worte und Sätze unter die Haut kriechen, ohne daß sie es merken), doch war es schwierig, ernsthafte Buchbesprechungen zu erhalten. So viele Schriftsteller schreiben ihr Briefe, in denen sie ihre Bewunderung ausdrücken, aber in Buchbesprechungen wollen sie sich nicht festlegen, selbst wenn sie es unbeschadet tun könnten. Gertrude Stein zitiert gerne Brownings Ausspruch, der bei einem Essen einen berühmten Gelehrten traf, und dieser Mann kam auf ihn zu und sprach sich sehr eingehend und anerkennend über Brownings Gedichte aus. Browning hörte zu und sagte dann, wollen Sie das, was Sie mir da eben gesagt haben, veröffentlichen lassen. Natürlich erhielt er keine Antwort. In Gertrude Steins Fall gibt es ein paar rühmliche Ausnahmen, Sherwood Anderson, Edith Sitwell, Bernard Faÿ und Louis Bromfield.

Ich ließ auch eine Auflage von hundert in Chartres besonders schön gedruckten Exemplaren ihres Gedichts *Before The Flowers Of Friendship Faded Friendship Faded* herstellen. Diese hundert Exemplare ließen sich sehr gut verkaufen.

Ich war mit der Aufmachung des Buches *How To Write* etwas zufriedener. Doch auch hier erhob sich wieder die Frage des Einbandes. Es ist nahezu unmöglich, in Frankreich einen soliden und doch billigen Einband zu erhalten, da die französischen Verleger ihre Bücher nur broschiert herausbringen. Es machte mir große Sorge.

Eines Abends gingen wir zu Georges Poupet, dem gütigen Dichterfreund, zu einer Abendeinladung. Dort traf ich Maurice Darantière. Er war es, der *The Making of Americans* verlegt hatte und mit vollem Recht auf das Buch und seine Ausstattung stolz war. Er wohnte nicht mehr in Dijon, sondern hatte begonnen, in der Nähe von Paris auf einer Handpresse Bücher zu drucken und er stellte wunderschöne Bücher her. Er ist ein liebenswürdiger Mensch und natürlich erzählte ich ihm von meinen Sorgen. Oh, sagte er, da wüßte ich Ihnen Rat. Ich unterbrach ihn jedoch, aber bedenken Sie, daß meine Bücher nicht teuer sein dürfen. Schließlich sind die Leser von Gertrude Steins Büchern Schriftsteller, Studenten, Bibliothekare und junge Menschen, die nur sehr wenig Geld haben. Gertrude Stein möchte Leser haben, nicht Sammler von Prachtausgaben. Es werden hohe Preise bezahlt für *Tender Buttons* und *The Portrait of Mabel Dodge* und das mißfällt ihr, denn sie will, daß ihre Bücher gelesen und nicht, daß sie «besessen» werden. Ja, ja, sagte er, ich verstehe schon, hören Sie nur, was ich Ihnen vorschlage. Wir werden Ihr Buch in Monotype setzen lassen, was verhältnismäßig billig ist, ich werde es überwachen, dann werde ich die Exemplare auf gutem aber nicht zu kostspieligem Papier von Hand abziehen lassen, so daß sie wunderschön gedruckt sind, und anstatt eines Deckels lasse ich sie in starkes Papier binden, so wie *The Making of Americans*, das gleiche Papier, und ich werde kleine Kästchen machen lassen, in die sie genau hineinpassen, hübsche kleine Kästchen, und dann haben wir das Problem gelöst. Und werde ich Sie zu einem annehmbaren Preis verkaufen können? Ja, Sie werden schon sehen, sagte er.

Ich wurde immer ehrgeiziger, ich wollte jetzt eine Ausgabe von drei Bänden beginnen, anfangend mit *Operas and Plays*, danach *Matisse, Picasso and Gertrude Stein and Two Shorter Stories*, und anschließend *Two Long Poems and Many Shorter Ones*.

Maurice Darantière hat Wort gehalten. Er hat *Operas and Plays* gedruckt und es ist ein sehr schönes Buch geworden und erschwinglich im Preis und jetzt druckt er das zweite Buch *Matisse Picasso and Gertrude and Two Shorter Stories*. Ich habe jetzt eine diesjährige Liste aller Buchhandlungen und bin wieder einmal auf dem besten Wege.

Wie ich schon sagte, gaben wir nach der Rückkehr von unserer Vortragsreise in England sehr viele Gesellschaften, es gab so mancherlei Anlässe für Gesellschaften, alle Sitwells kamen nach Paris, Carl van Vechten kam aus Amerika, auch Sherwood Anderson kam wieder herüber. Und außer diesen gab es noch viele andere Anlässe für Gesellschaften. Damals sahen sich Gertrude Stein und Bernard Faÿ wieder und nun hatten sie sich auf einmal sehr viel zu sagen. Gertrude Stein fand den Gedankenaustausch mit ihm anregend und tröstlich. Langsam kamen sie sich näher.

Ich erinnere mich, wie ich einmal ins Zimmer kam als Bernard Faÿ gerade sagte, die drei Menschen von überragender Bedeutung, die er in seinem Leben getroffen habe, seien Picasso, Gertrude Stein und André Gide. Gertrude Stein fragte ganz freimütig, sehr richtig, aber weshalb Gide hinzurechnen? Etwa ein Jahr später, als sie auf diese Unterhaltung zurückkamen, sagte er zu ihr, ich glaube, Sie hatten recht.

In jenem Winter kam Sherwood nach Paris, was uns die größte Freude machte. Er genoß es sehr und wir genossen ihn. Er wurde als Berühmtheit gefeiert und ich muß sagen, er war eine etwas wunderliche Berühmtheit. So entsinne ich mich, wie er in den Pen-Club eingeladen wurde. Natalie Barney und ein Franzose mit langem Barte sollten ihn einführen. Er wollte, daß auch Gertrude Stein käme. Sie erwiderte, daß sie ihn ja sehr gern hätte, aber den Pen-Club, nein, den nicht. Natalie Barney kam und bat sie auch. Sie überraschte Gertrude Stein gerade als sie draußen den Pudel ausführte; sie entschuldigte sich mit Krankheit. Am folgenden Tag tauchte Sherwood auf. Wie war es, fragte Gertrude Stein. Ach, sagte er, der Empfang war gar nicht für mich, sondern für eine dicke Dame, und sie sah genau so aus wie ein aus dem Gleis gesprungener Güterwagen.

Wir hatten im Atelier elektrische Radiatoren anlegen lassen, wir modernisierten uns wie unser finnisches Mädchen zu sagen pflegte. Es fällt ihr schwer zu begreifen, weshalb wir nicht viel moderner sind. Gertrude Stein sagt, wenn man in seinem Denken seinem Zeitalter voraus ist, dann ist man natürlich im Alltagsleben altmodisch und simpel. Und Picasso setzt hinzu, glaubt ihr, Michelangelo hätte sich über ein Renaissancemöbel gefreut: nein, er zog griechische Münzen vor.

Wir ließen tatsächlich elektrische Radiatoren legen und Sherwood Anderson erschien und wir veranstalteten eine Weihnachtsfeier für ihn. Die Radiatoren rochen und es war entsetzlich heiß, aber wir waren alle glücklich und es war ein gelungenes Fest. Sherwood sah wie immer mit seiner neuesten Halsbinde sehr hübsch aus. Sherwood Anderson zieht sich gut an und sein Sohn John macht es wie er. John und seine Schwester kamen mit ihrem Vater zusammen herüber. Solange Sherwood noch in Paris wohnte, war John der Sohn ein linkischer scheuer Junge. Kaum war Sherwood abgereist, da erschien John bei uns, machte sich's auf der Sofalehne bequem und sah schön aus und wußte, daß er so aussah. An seinem Äußeren hatte sich nichts geändert, aber er hatte sich verändert und er wußte es.

Während dieses Besuchs war es, daß Gertrude Stein und Sherwood Anderson all ihre lustigen Gespräche über Hemingway hatten. Sie hatten das größte Vergnügen an ihrer gegenseitigen Unterhaltung. Sie stellten fest, daß von jeher Grant ihr beiderseitiger geliebter amerikanischer Held gewesen sei und es auch bliebe. Keiner von beiden machte sich viel aus Lincoln. Sie planten sogar eine gemeinsame Arbeit über Grant. Gertrude Stein denkt noch immer gern an eine solche Möglichkeit.

Wir gaben wirklich damals sehr, sehr viele Gesellschaften und die Duchesse de Clermont-Tonnerre kam sehr oft.

Sie und Gertrude Stein konnten einander sehr gut leiden. In bezug auf ihr Leben, ihre Ausbildung und ihre Interessen waren beide grundverschieden, doch waren sie begeistert über das Verständnis, das sie einer beim andern fanden. In ihrem Kreis waren sie auch die beiden einzigen Frauen, die noch lange Haare trugen. Gertrude Stein hatte ihr Haar immer als Knoten oben auf dem Scheitel getragen, eine alte Mode, von der sie nicht abließ.

Madame de Clermont-Tonnerre erschien bei einer unsrer Gesellschaften sehr spät, fast alle hatten sich schon verabschiedet, und sie hatte sich das Haar abschneiden lassen. Gefällt es Ihnen, fragte sie. Ja, sagte Gertrude Stein. Gut, sagte Madame de Clermont-Tonnerre, wenn es Ihnen gefällt und meiner Tochter gefällt – es gefällt ihr nämlich –, dann bin ich zufrieden. Spät abends sagte Gertrude Stein zu mir, ich glaube ich muß es auch tun. Schneide es ab, sagte sie, und ich tat es.

Am nächsten Abend schnitt ich auch noch daran herum, ich hatte im Laufe des Tages immer noch ein bißchen mehr abgeschnitten und mittlerweile war es zu einer Kappe aus Haar geworden, und da kam Sherwood Anderson dazu. Wie gefällt es Ihnen, fragte ich etwas ängstlich. Mir gefällt es, erwiderte er, jetzt sieht sie wie ein Mönch aus.

Wie ich schon erzählt habe, war Picasso, als er es sah, im ersten Augenblick ärgerlich und rief, und mein Porträt, doch sehr bald fügte er hinzu, doch, es ist noch alles da.

Wir hatten nun unser Haus auf dem Lande, und kurz vor unsrer Abreise aus Paris kauften wir noch den weißen Pudel Basket. Wir hatten ihn als kleines Junges auf einer kleinen Hundeschau in der Nachbarschaft entdeckt und er hatte blaue Augen, eine rosa Nase und ein weißes Fell und sprang Gertrude Stein auf den Arm. Mit neuem Hündchen und neuem Ford fuhren wir zu unserm neuen Haus und freuten uns von ganzem Herzen über alle drei. Obwohl Basket jetzt ein großer ungefüger Kerl geworden ist, springt er doch noch Gertrude Stein auf den Schoß und bleibt dort. Sie sagt, wenn sie ihm zuhört, wie er Wasser trinkt, könne sie an diesem Rhythmus den Unterschied zwischen Sätzen und Abschnitten erkennen, und daß Abschnitte gefühlsbedingt seien, Sätze aber nicht.

Bernard Faÿ kam und blieb den Sommer über bei uns. Gertrude Stein und er unterhielten sich draußen im Garten über alles, über das Leben und über Amerika und über sich selber und ihre Freundschaft. Damals legten sie den Grund zu einer Freundschaft, die zu den vier sich bewährenden Freundschaften in Gertrude Steins Leben gehören. Um Gertrude Steins willen fand er sich sogar mit Basket ab. Letzthin hat uns Picabia ein winziges mexikanisches Hündchen geschenkt, wir nennen es Byron. Bernard Faÿ liebt Byron um Byrons willen. Gertrude Stein neckt Bernard Faÿ und sagt, natürlich hat er Byron am liebsten, weil Byron ein Amerikaner ist, während ich natürlich Basket am liebsten habe, weil er ein Franzose ist.

Bilignin gemahnt mich an einen andern neuen alten Freund. Eines Tages kam Gertrude Stein von einem Gang zur Bank nach Hause, zog eine Karte aus der Tasche und sagte, morgen mittag essen wir bei Bromfields. Damals zu Hemingways Zeiten hatte Gertrude Stein Bromfield und seine Frau kennengelernt und immer hatten sie sich von Zeit zu Zeit flüchtig gesehen, sogar Bromfields Schwester hatten wir flüchtig gekannt, und nun plötzlich gingen wir zu Bromfields zum Mittagessen. Weshalb, fragte ich. Weil er sich über Gärten auskennt, erwiderte Gertrude Stein ganz glücklich.

Wir aßen bei den Bromfields zu Mittag, und er kennt sich über Gärten aus und kennt sich über Blumen aus und kennt sich über Erden aus. Gertrude Stein und er schätzten sich zuerst als Gärtner, dann schätzten sie sich als Amerikaner und dann schätzten sie sich als Schriftsteller. Gertrude Stein sagt von ihm, daß er so amerikanisch wie Janet Scudder ist, so amerikanisch wie unsre einfachen amerikanischen Soldaten, doch nicht so ernsthaft wie die.

Eines Tages kamen die beiden Jolas' und brachten Furman, den Verleger mit. Wie viele Verleger vor ihm entfaltete er eine große Begeisterung, Begeisterung für *The Making of Americans*. Aber es ist schrecklich lang, es ist tausend Seiten lang, sagte Gertrude Stein. Kann man's denn nicht kürzen, sagte er, auf etwa vierhundert Seiten kürzen? Ja, sagte Gertrude Stein, vielleicht. Gut, kürzen Sie es, dann will ich es herausbringen, sagte Furman.

Gertrude Stein dachte darüber nach und dann tat sie es. Sie brachte einen Teil des Sommers dabei zu und Bradley und sie fanden es gut.

Gertrude Stein sprach dann mit Elliot Paul darüber. Solange er hier ist, sagte er, ist es gut und schön, aber ist er erst mal wieder drüben, dann lassen es die Boys nicht zu. Wer die Boys sind, weiß ich nicht, aber tatsächlich ließen sie es nicht zu. Elliot Paul hatte recht. Trotz der Bemühungen von Robert Coates und Bradley kam es zu nichts.

Inzwischen nahm Gertrude Steins Ansehen bei den französischen Schriftstellern und Lesern ständig zu. Sie fanden die Übersetzung der Teilabschnitte aus *The Making of Americans* und der *Ten Portraits* sehr interessant. Um diese Zeit schrieb Bernard Faÿ seine Abhandlung über ihr Werk, die in der *Revue Européenne* veröffentlicht wurde. Sie brachten auch die einzige Arbeit, die sie je auf Französisch geschrieben hat und es ist ein kleiner Film über den Hund Basket.

Die Franzosen interessierten sich sowohl für ihre neueren wie für ihre früheren Arbeiten. Marcel Brion schrieb eine gewichtige Kritik über ihr Werk und veröffentlichte sie im *Echange*, er vergleicht darin ihr Werk mit Bach. Seitdem hat er, sobald eins ihrer Bücher erscheint, in *Les Nouvelles Littéraires* eine Besprechung darüber geschrieben. Ganz besonderen Eindruck hat *How to Write* auf ihn gemacht.

Um diese Zeit hatte Bernard Faÿ auch an der Übersetzung eines Teils von *Melanctha* aus *Three Lives* gearbeitet, es war für den Band *Dix Romanciers Américains* bestimmt, dem als Einleitung sein in der *Revue Européenne* erschienener Artikel vorangeschickt wurde. Eines Tages kam er zu uns und las uns seine Übersetzung vor. Madame de Clermont-Tonnerre war zufällig anwesend und seine Übersetzung machte einen großen Eindruck auf sie.

Eines Tages, nicht sehr lange danach, bat sie, ob sie zu uns kommen dürfe, da sie mit Gertrude Stein zu sprechen wünsche. Sie sagte, jetzt ist die Zeit gekommen, wo Sie einem größeren Leserkreis vorgestellt werden müssen. Ich selbst bin unbedingt für einen größeren Leserkreis. Gertrude Stein hat den Glauben daran nicht aufgegeben, aber der Weg ist ihr immer versperrt worden. Doch jetzt, sagte Madame de Clermont-Tonnerre, muß er geebnet werden. Denken wir darüber nach.

Sie sagte, es müsse mit Hilfe eines großen, eines wichtigen Werkes geschehen. Gertrude Stein schlug *The Making of Americans* vor und erzählte ihr, wie es für einen amerikanischen Verleger vorbereitet und auf vierhundert Seiten gekürzt worden war. Das würde sich ausgezeichnet eignen, sagte Madame de Clermont-Tonnerre – und ging.

Schließlich und nach einer nicht zu langen Wartezeit besuchte Monsieur Boutelleau vom Verlag Stock Gertrude Stein und beschloß dann, das Buch herauszubringen. Es erhoben sich Schwierigkeiten, einen Übersetzer zu finden, doch schließlich wurde auch das Problem gelöst. Bernard Faÿ, unterstützt von Baronin Seillière, übernahm die Übersetzungsarbeit, und diese Übersetzung ist's, welche in diesem Frühjahr erscheinen wird und Gertrude Stein zu der Bemerkung veranlaßte, ich wußte, daß es auf Englisch ein wunderbares Buch ist, doch auf Französisch ist es, nun ja, ich kann nicht gut sagen, ein noch wunderbareres Buch, aber es ist bestimmt genau so wunderbar.

Im vergangenen Herbst am Tage als wir gerade von Bilignin nach Paris zurückgekommen waren und ich wie üblich sehr viel mit allen möglichen Dingen zu tun hatte, ging Gertrude Stein weg, um im Bazar in der Rue de Rennes ein paar Nägel zu kaufen. Dort traf sie Guevara, einen chilenischen Maler und seine Frau. Es sind Nachbarn von uns, und sie sagten zu ihr, kommen Sie morgen zu uns zum Tee. Gertrude Stein sagte, wir sind gerade erst nach Hause gekommen, warten Sie noch ein Weilchen. Ach kommen Sie doch, sagte Meraude Guevara. Und dann fügte sie hinzu, es ist jemand da, den Sie gern treffen werden. Wer ist es, fragte Gertrude Stein mit unüberwindlicher Neugierde. Sir Francis Rose, sagten sie. Gut, wir kommen, sagte Gertrude Stein. Jetzt hatte sie gegen ein Kennenlernen Francis Roses nichts mehr einzuwenden. Wir trafen ihn also und natürlich kam er danach sofort mit ihr zu uns. Er war, wie man sich vorstellen kann, vor Aufregung ganz rot im Gesicht. Und was sagte Picasso zu meinen Bildern, als er sie sah, fragte er. Als er sie das erstemal sah, erwiderte Gertrude Stein, sagte er, wenigstens sind sie weniger blöd als die andern. Und seitdem, fragte er. Und seitdem geht er immer dort in die Ecke und dreht die Leinwände um und sieht sie an, aber er sagt nichts.

Seit jenem Tag haben wir Sir Francis Rose sehr oft gesehen, ohne daß es Gertrude Stein den Geschmack an seinen Bildern verdorben hätte. In diesem Sommer hat er das Haus in Bilignin von jenseits des Tales gemalt, so wie wir es zuerst sahen, und auch den in *Lucy Church Amiably* besungenen Wasserfall. Er hat auch ein Bildnis von ihr gemalt. Er hat es gern und ich habe es gern, aber sie ist nicht ganz sicher, ob sie es gern hat; aber wie sie in diesem Augenblick erklärt, hat sie es vielleicht doch gern. Wir haben diesmal einen sehr schönen Sommer verlebt, Bernard Faÿ und Francis Rose sind beides reizende Hausgäste.

Ein junger Mann, der Gertrude Steins Bekanntschaft dadurch machte, daß er ihr zunächst liebenswürdige Briefe aus Amerika schrieb, ist Paul Frederick Bowles. Gertrude Stein sagt von ihm, er sei reizend und vernünftig während des Sommers, doch weder reizend noch vernünftig im Winter. Aaron Copeland kam im Sommer mit Bowles zu uns und er gefiel Gertrude Stein ganz ungemein. Bowles erzählte Gertrude Stein zu ihrem größten Ergötzen, was Copeland ihm einmal angedroht habe, als er wie üblich im Winter weder reizend noch vernünftig gewesen sei: wenn Sie jetzt nicht arbeiten, wo

Sie zwanzig sind, wird kein Mensch Sie lieben, wenn Sie dreißig sind.

Seit einiger Zeit schon haben viele Leute, auch Verleger, Gertrude Stein gebeten, ihre Autobiographie zu schreiben und sie hat stets erwidert, unmöglich.

Sie begann mich zu necken und zu sagen, ich solle meine Autobiographie schreiben. Denk dir bloß, sagte sie immer, wieviel Geld du damit verdienen kannst. Dann begann sie Titel für meine Autobiographie zu erfinden. *Mein Leben unter Größen. Frauen von Genies, mit denen ich plauderte. Meine fünfundzwanzig Jahre bei Gertrude Stein.*

Dann wurde sie ernst und sagte, nein wirklich, Spaß beiseite, du solltest deine Autobiographie schreiben. Schließlich versprach ich ihr, wenn ich im Sommer Zeit fände, würde ich meine Autobiographie schreiben.

Als Ford Maddox Ford die *Transatlantic Review* herausgab, sagte er einmal zu Gertrude Stein, ich bin ein ziemlich guter Schriftsteller und ein ziemlich guter Herausgeber und ein ziemlich guter Geschäftsmann, aber ich finde es schwierig, alles auf einmal zu sein.

Ich bin eine ziemlich gute Hausfrau und eine ziemlich gute Gärtnerin und eine ziemlich gute Stickerin und eine ziemlich gute Sekretärin und eine ziemlich gute Herausgeberin und eine ziemlich gute Tierärztin für Hunde und immer soll ich alles auf einmal sein und ich finde es schwierig obendrein auch noch eine ziemlich gute Autorin zu sein.

Vor etwa sechs Wochen sagte Gertrude Stein, es sieht mir gerade nicht so aus, als ob du jemals deine Autobiographie schreiben würdest. Weißt du, was ich tun werde? Ich werde sie für dich schreiben. Ich werde sie so einfach abfassen wie Defoe, als er die Autobiographie Robinson Crusoes schrieb. Und das tat sie und hier ist sie.

INHALTSVERZEICHNIS

I.	Ehe ich nach Paris kam	7
II.	Meine Ankunft in Paris	10
III.	Gertrude Stein in Paris, 1903 bis 1907	36
IV.	Gertrude Stein, ehe sie nach Paris kam	82
V.	Die Jahre 1907 bis 1914	102
VI.	Der Krieg	168
VII.	Nach dem Krieg: 1919 bis 1932	227

PERSONEN-VERZEICHNIS

Sherwood Anderson, 231, 253, 254, 256, 289, 290, 291
George Antheil, 265
Guillaume Apollinaire, 69–75, 116, 117, 125, 126, 161, 185, 219, 227
Christian (Bébé) Bérard, 265–268
Georges Braque, 11, 12, 24, 26, 69, 75, 77, 108–110, 113, 128–130, 218, 227, 249
Louis Bromfield, 292
Paul Cézanne, 36–38, 40, 41, 45, 49
Jean Cocteau, 202, 329, 240, 260, 261
René Crevel, 266, 279
E. E. Cummings, 256
Robert Delaunay, 115–117
André Derain, 24, 31, 46, 47, 51, 69, 75, 77, 254
Kees van Dongen, 34, 35, 124
Marcel Duchamp, 157, 158, 247, 279
T. S. Eliot, 235–237
Jacob Epstein 148
Bernard Fay, 279, 289, 291–294
Edward Fitzgerald, 256, 257
Ford Madox Ford, 252, 253, 258, 296

Apollinaire von Picasso

Paul Gauguin, 39
Harry Gibb, 138, 139, 243
Juan Gris, 26, 28, 107, 108, 124, 128, 130, 186, 187, 228, 248, 249, 261, 283
Ernest Hemingway, 91, 235, 249–259, 290
Avery Hopwood, 163, 164
Georges Huguet, 268, 270, 271
Max Jacob, 10, 28, 31, 34, 124
Henri James, 7, 92, 93
William James, 92, 95
James Joyce, 249
Marie Laurencin, 34, 69, 72–74, 122–125
Aristide Maillol, 51, 75
Manolo, 113–115
André Masson, 247

Henri Matisse, 9–11, 20, 23, 41–50, 57, 64, 65, 69, 75–80, 109–111, 129, 227
Jean Moréas 115
Fernande Olivier, 16, 19, 20, 24–26, 29, 30, 32–35, 55, 56, 64, 65, 75, 106–108, 113, 121–125, 128-130, 132
Jules Pascin, 112
Elliot Paul, 280–282, 293
Francis Picabia, 140, 157, 158, 230, 247
Pablo Picasso, 9, 10, 12, 13, 15–17, 20, 21, 24, 27–31, 35, 45, 51, 52, 54–56, 59–65, 58–70, 75–77, 91, 92, 104–109, 113, 124, 126, 128, 130–132, 148, 166, 185, 186, 198, 199, 202, 203, 218, 219, 224, 227, 248, 249, 259–261, 290, 291
Ezra Pound, 230, 235, 237, 238
Sir Francis Rose, 270–272, 295
Henri Rousseau (le douanier), 12, 22, 23, 113, 118, 119, 121–127
Bertrand Russel, 177, 178
Jaime Sabartes, 147
André Salmon, 69, 126, 127
Eric Satie, 199
Janet Scudders, 240, 241, 244, 245
Georges-Pierre Seurat, 22

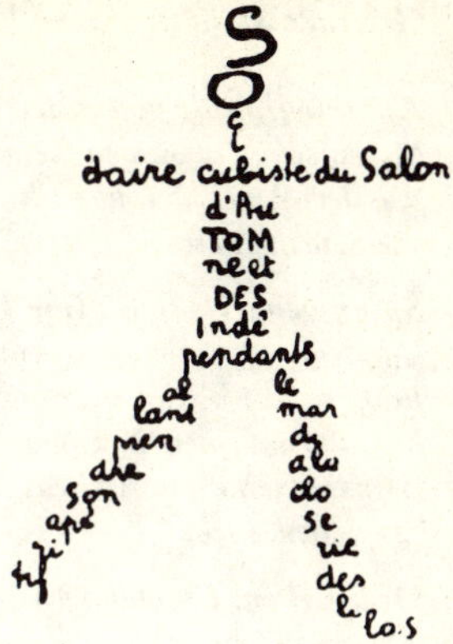

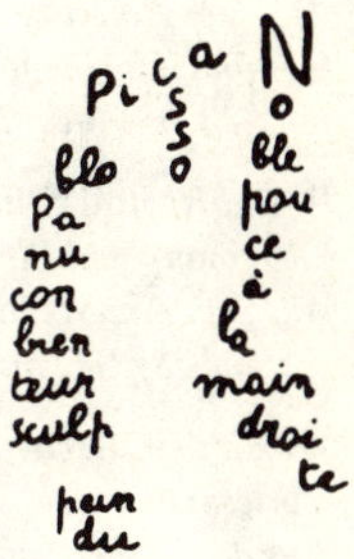

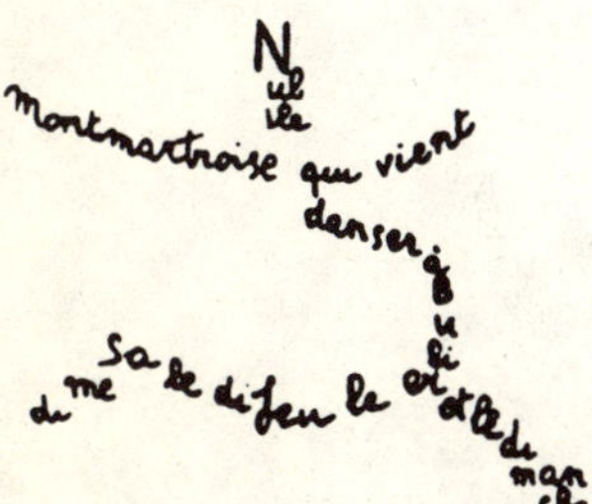

Tchelitchew, 265–267
Virgil Thomson, 265, 267–269
Henri de Toulouse-Lautrec, 109
Tristan Tzara, 230
Félix Valloton, 14, 15, 60, 61
Carl van Vechten, 161–163, 279, 280, 289
Ambroise Vollard, 36, 37, 39–41, 47
Glenway Westcott, 257
James Abbott McNeill Whistler, 39
Alfred Whitehead, 9, 170–175, 177

Zwischen Klassik und Moderne

in der Sammlung Luchterhand

Eine Auswahl

Guillaume Apollinaire
Die Maler des Kubismus
SL 851

Hans Arp
ich bin in der natur geboren
Gedichte
SL 1037

Samuel Beckett
Proust
Essay
SL 820

Gottfried Benn
Statische Gedichte
Hg. von Paul Raabe
SL 991

Brechts Lai-tu
Erinnerungen von Ruth Berlau
Hg. von Hans Bunge
SL 698

Arnolt Bronnen
Tage mit Bertolt Brecht
Geschichte einer unvollendeten Freundschaft
SL 919

Louis-Ferdinand Céline
Gespräche mit Professor Y
SL 828

F. Scott Fitzgerald
Diesseits vom Paradies
Roman
SL 984

Oskar Maria Graf
Reise in die Sowjetunion
1934
SL 1012

Jakob van Hoddis
Gedichte
Hg. von R. Nörtemann
SL 917

Eugene Ionesco
Tagebuch
SL 949

Franz Kafka
»Hochlöblicher Verwaltungsausschuß!«
Amtliche Schriften
Hg. von Klaus Hermsdorf
SL 971

Paul Klee
Gedichte
SL 953

Katherine Mansfield
Prélude
und andere Erzählungen
Hg. von Esther Scheidegger
SL 942

Katherine Mansfield
Seligkeit
Erzählungen
Hg. von Esther Scheidegger
SL 803

Zwischen Klassik und Moderne

in der Sammlung Luchterhand

Eine Auswahl

Raimund Meyer
Dada in Zürich
Die Akteure, die Schauplätze
SL 903

Oskar Panizza
Mama Venus
Texte zu Religion, Sexus und Wahn
SL 1025

Jaime Sabartés
Picasso
Gespräche und Erinnerungen
SL 874

Kurt Schwitters
Tran Nr. 30
Auguste Bolte
(Ein Lebertran.)
SL 1110

Carl Sternheim
Fairfax
und andere Erzählungen
SL 937

William Butler Yeats
Autobiographie
SL 959

William Butler Yeats
Liebesgedichte
Hg. von Werner Vordtriede
SL 218